CELLE QUI A TOUS LES DONS

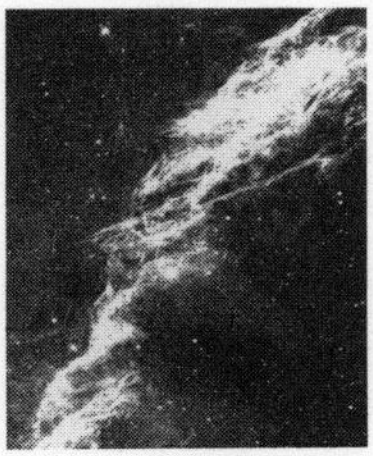

LA DENTELLE DU CYGNE
COLLECTION CODIRIGÉE PAR ALAIN KATTNIG

DU MÊME AUTEUR

aux éditions Bragelonne

Cercle vicieux
La Mort dans l'âme

M. R. Carey

CELLE QUI A TOUS LES DONS

TRADUIT DE L'ANGLAIS
PAR NATHALIE MÈGE

L'ATALANTE
Nantes

Image de couverture : ©altanaka/shutterstock
Maquette et graphisme, adaptation française : leraf

THE GIRL WITH ALL THE GIFTS

First published in Great Britain in 2014 by Orbit

ISBN 978-2-84172-685-1

Librairie L'Atalante, 15, rue des Vieilles-Douves, et 4, rue Vauban
44000 Nantes
www.l-atalante.com

Pour Lin, qui a ouvert la boîte.

I

Elle s'appelle Melanie. Un mot qui veut dire « la Noire », qui vient du grec ancien, sauf que ça ne doit pas lui aller trop bien, puisqu'elle a le teint pâle. Melanie aime beaucoup « Pandore », mais on n'a pas le droit de choisir. Mlle Justineau baptise les enfants à partir d'une longue liste : chaque nouveau a droit au prochain prénom de garçon, chaque nouvelle au prochain prénom de fille, *c'est comme ça et pas autrement,* voilà ce que dit Mlle J.

Il n'y a eu aucun nouveau ni aucune nouvelle depuis un moment, Melanie ne sait pas pourquoi. Avant, il en arrivait plein, toutes les une ou deux semaines. On entendait des voix dans la nuit, des ordres à voix basse, des plaintes, des fois un juron et un claquement de porte de cellule. Et ensuite, au bout d'un moment, un mois ou deux en général, une nouvelle tête était là dans la classe, un enfant qui n'avait même pas encore appris à parler. Enfin, bon, ça rentrait vite.

Melanie aussi a été nouvelle un jour, mais elle a du mal à s'en souvenir, parce que ça remonte à longtemps. À une époque d'avant les mots, où il n'y avait que des choses sans nom, et les choses sans nom ne vous restent pas dans la tête. Elles en tombent, et après, plus rien.

Maintenant, Melanie a dix ans, et un teint de princesse de conte de fées : *une blancheur de neige.* Donc elle sait que quand elle sera grande, une beauté, les princes se bousculeront pour escalader son donjon et pour la sauver.

En supposant qu'elle ait un donjon, bien sûr.

D'ici là, elle a cette cellule, le long couloir, la salle de classe et celle des douches.

La cellule est petite, carrée. Il y a un lit, une chaise, une table, des images accrochées aux murs peints en gris : une grande photo de la jungle amazonienne et puis une, plus petite, d'un chat buvant du lait à sa soucoupe. Des fois, Sergent et son équipe déplacent les enfants. Certaines cellules montrent d'autres images. Melanie a longtemps eu droit à un cheval dans un pré et une montagne au sommet couvert de neige – elle préférait.

C'est Mlle Justineau qui accroche les photos. Elle les découpe dans la pile de vieilles revues posées dans la classe, elle fixe chaque coin avec un truc bleu qui colle. Elle *thésaurise* ce truc bleu comme l'avare d'un conte. Chaque fois qu'elle enlève une image ou qu'elle en affiche une nouvelle, elle racle le moindre petit bout de bleu restant au mur pour le rajouter à la boulette qu'elle range dans le tiroir de son bureau. *Quand il n'y en a plus, il n'y en a plus*, encore une de ses phrases préférées.

Le couloir a vingt portes du côté gauche, dix-huit du côté droit. Plus une à chaque bout. Comme une de ces deux-là est peinte en rouge et donne sur la salle de classe, dans sa tête, Melanie a baptisé ce fond de couloir « le fond classe ». La porte du bout opposé est en acier gris, même pas peint, et vraiment très, très épais. C'est un peu plus difficile de savoir sur quoi elle donne.

Un jour, des hommes travaillaient dessus quand on a ramené Melanie à sa cellule. La porte était défaite de ses gonds, les verrous se voyaient, et aussi toutes les barres qui dépassent des bords pour que ce soit vraiment dur de l'ouvrir quand elle est fermée. Plus loin, on apercevait un long escalier en ciment qui montait très haut. Melanie n'était pas censée voir tout ça. « Cette petite salope a pas les yeux dans sa poche », avait dit Sergent en flanquant le fauteuil de Melanie dans sa cellule avant de claquer la porte. Mais elle a bien vu tout ça, et elle s'en souvient.

Comme elle écoute aussi, grâce aux conversations qu'elle a surprises, elle s'est fait une idée de la façon dont les choses s'organisent entre cet endroit-ci et les autres qu'elle n'a jamais vus. L'endroit où elle est s'appelle *le bloc*. À l'extérieur du bloc, il y a la base, autrement dit HE. À l'extérieur de la base, c'est la région 6, avec Londres à quarante-cinq kilomètres au sud, Beacon soixante plus bas, et puis plus rien d'autre après, que la mer. Le plus gros de la région 6 est dégagé, mais s'il le reste, c'est seulement grâce aux patrouilles de nettoyage, à leurs frags et à leurs boules de feu. C'est à ça que sert la base, Melanie en est à peu près sûre. À envoyer des patrouilles de nettoyage pour dégager les affams. Elles doivent rester très, très prudentes, parce qu'il y en a encore plein là-bas. Quand ils captent votre odeur, ils vous suivent sur cent kilomètres, et quand ils vous attrapent, ils vous dévorent. Melanie est contente de vivre au bloc où elle ne risque rien derrière la grande porte en acier.

Beacon est très différent de la base. C'est toute une grande ville pleine de gens, avec des immeubles qui montent dans le ciel. Il y a la mer d'un côté et des douves et des champs de mines sur les trois autres, pour empêcher les affams d'approcher. À Beacon, on peut passer toute sa vie sans en voir. Et c'est si grand qu'il doit sûrement y avoir cent millions de gens, qui vivent tous ensemble. Melanie espère bien y aller un jour. Quand la mission sera accomplie, et, comme Mme Caldwell l'a dit une fois, *quand tout sera bien remis au carré*. Melanie essaie d'imaginer ça : les murs d'acier se rapprochant comme les pages d'un livre, et ensuite… quelque chose d'autre, de différent, au-dehors, où ils iront tous.

Ce sera effrayant. Mais merveilleux !

Chaque matin, par la porte grise en acier, Sergent entre, suivi des gens de son équipe, et puis enfin de la maîtresse ou du maître. Ils descendent le couloir, dépassent la porte de Melanie.

Un parfum fort, chimique, les enveloppe chaque fois ; ce n'est pas agréable comme odeur, mais c'est une bonne nouvelle parce que ça veut dire que les leçons d'une nouvelle journée vont commencer.

En entendant les verrous et les pas, Melanie court vers la porte de sa cellule. Elle se met sur la pointe des pieds pour atteindre la petite ouverture grillagée et scruter les gens qui passent. Elle leur crie bonjour, mais ils ne sont pas censés répondre et en général ils ne le font pas. Sergent et son équipe obéissent à cette règle, ainsi que Mme Caldwell et M. Whitaker. Et comme Mme Selkirk passe très, très vite, sans jamais regarder dans la bonne direction, Melanie ne peut pas voir son visage.

Mais certaines fois Melanie a droit à un signe de la main de Mlle Justineau ou un sourire rapide, furtif, de Mlle Mailer.

La personne qui fera cours ce jour-là va tout droit jusqu'au fond classe, pendant que l'équipe de Sergent ouvre les portes des cellules une par une. Leur travail, c'est d'emmener les enfants à la salle de cours. Après, ils repartent. Ils suivent un *protocole* qui prend beaucoup de temps. Melanie pense que ce doit être pareil pour tous les enfants, mais évidemment elle ne peut pas en être sûre puisque ça se passe à l'intérieur des cellules, et la seule qu'elle voit, c'est la sienne.

Pour commencer, Sergent cogne à chaque porte en criant aux enfants de se préparer. Ce qu'il dit, en général, c'est « Transit ! », mais des fois il ajoute d'autres mots. « Transit, bande de petits salopiauds ! » ou « Transit ! On veut vous voir ! » Son gros visage balafré s'encadre dans la vitre grillagée et il vous fusille du regard, en s'assurant que vous êtes sortie du lit et que vous vous préparez.

Et une fois, Melanie s'en souvient, il a fait un discours – pas pour les enfants, pour son équipe.

— Il y a des nouveaux parmi vous. Vous vous êtes engagés sans la moindre idée de ce qui vous attend ni d'où vous avez flanqué les pieds. Ces résidus de fausse couche, ils foutent les jetons, hein ? Eh ben, tant mieux. Agrippez-vous à cette peur, qu'elle vous guide de sa lumière. Plus vous les craindrez, moins vous risquerez de merder.

Ensuite il a braillé « Transit ! », et heureusement, parce qu'à ce moment-là Melanie n'était plus sûre de savoir si ce qu'il disait, c'était le cri de transit ou pas.

Une fois que Sergent a dit « Transit », Melanie s'habille, très vite. Elle enfile la liquette blanche pendue à un crochet à côté de sa porte, un pantalon, blanc aussi, pris dans le réceptacle creusé dans le mur comme on lui a appris à le faire. Elle pose les mains sur les bras du fauteuil, les pieds sur les repose-pieds. Elle ferme les yeux, elle attend. En comptant. Le plus loin où elle est jamais arrivée, c'est deux mille cinq cent vingt-six ; le moins loin, mille neuf cent un.

Quand la clé tourne dans la serrure, elle arrête de compter et elle ouvre les yeux. Sergent entre, son arme braquée sur elle. Ensuite, deux membres de son équipe arrivent pour boucler les sangles du fauteuil bien serré autour des poignets et des chevilles de Melanie. Il y en a aussi une pour son cou. C'est celle qu'ils serrent en dernier, quand elle a les mains et les pieds attachés de partout, et ils le font toujours par-derrière. La sangle est conçue pour qu'ils n'aient jamais à passer les mains devant le visage de Melanie.

— Je ne vais pas vous mordre, dit-elle certaines fois.

C'est une plaisanterie, sauf que l'équipe de Sergent ne rit jamais. Sergent, si, il l'a fait une fois, la première, mais c'était un rire méchant. Et il a ajouté :

— Comme si on allait t'en laisser l'occasion, mon petit chou.

Quand Melanie est toute sanglée sur le fauteuil, qu'elle ne peut plus bouger les mains ni les pieds ni la tête, ils la poussent jusqu'à la salle de cours et l'installent à son bureau.

À ce moment-là, la maîtresse (ou le maître, si c'est M. Whitaker, le seul monsieur) parle déjà à d'autres enfants ou écrit quelque chose au tableau, mais elle s'arrête en général pour dire : « Bonjour, Melanie. » Comme ça les enfants sauront que Melanie est entrée et ils pourront la saluer eux aussi. La plupart ne la voient pas quand elle arrive, bien sûr, parce qu'ils sont sur leur fauteuil, sangles de cou bouclées, donc ils ne peuvent pas tourner la tête comme il faudrait.

Ce protocole-là – on vous pousse, la maîtresse dit bonjour, et ensuite les autres élèves saluent en chœur – se répète neuf fois, parce qu'il y en a neuf qui entrent dans la classe après Melanie. L'une d'elles s'appelle Anne. C'était la meilleure amie de Melanie, et elle l'est peut-être encore sauf que, la dernière fois où ils ont déplacé les enfants (Sergent appelle ça « battre les cartes »), elles se sont retrouvées loin l'une de l'autre et que c'est dur d'être amie avec quelqu'un à qui on ne peut pas parler.

Parmi les autres enfants, il y a Kenny. Melanie ne l'aime pas parce qu'il l'appelle *le Melon* ou *M… M… M… Melanie*, pour lui rappeler qu'avant elle bégayait en cours.

Quand tous les enfants sont dans la classe, les cours commencent.

Tous les jours, il y a arithmétique et orthographe, et aussi tests de mémorisation, mais le reste des leçons n'a pas l'air de suivre un plan précis. Certains maîtres préfèrent lire des livres à haute voix, et ensuite poser des questions sur ce qu'ils viennent de raconter. D'autres enseignent des événements, des données, des chiffres et des équations, et là, Melanie est très douée. Elle connaît tous les rois et toutes les reines d'Angleterre avec les dates où ils ont régné, et toutes les villes du Royaume-Uni, leur surface et leur population et les rivières et les fleuves qui les traversent (quand elles en ont) et la devise de leur blason (s'ils en ont). Elle connaît aussi les capitales d'Europe, leur population et les années où elles ont déclaré la guerre à la Grande-Bretagne, parce qu'elles l'ont toutes plus ou moins fait à un moment donné.

Elle ne trouve pas ça difficile à mémoriser ; elle le fait pour ne pas s'ennuyer, parce que l'ennui, il n'y a presque rien de pire. Dès qu'elle connaît une surface et une population, elle peut calculer la densité moyenne dans sa tête, et ensuite faire des analyses de régression pour deviner combien de gens il pourrait y avoir d'ici dix, vingt ou trente ans.

Sauf que ça pose un petit problème. Melanie a appris ces données sur les villes du Royaume-Uni pendant les cours de M. Whitaker, et elle se demande si ses résultats ne sont pas faux. Parce qu'un jour où il se comportait assez bizarrement, où il avait la voix qui s'effilochait, toute vacillante, il a dit quelque chose d'inquiétant. Elle venait de lui demander si un million trente-six mille neuf cents, c'était la population totale de Birmingham avec toutes ses banlieues ou juste celle de la ville elle-même.

— Qu'est-ce que ça change ? a-t-il répondu. Rien de tout ça n'a plus aucune importance. Je vous donne ce chiffre parce que tous les manuels que nous avons remontent à trente ans, rien d'autre.

Melanie a insisté : Birmingham est la plus grosse ville d'Angleterre après Londres, et elle voulait être absolument sûre de ne pas se tromper dans ses calculs.

— Mais les chiffres du recensement de…

M. Whitaker lui a coupé la parole.

— Bon sang, Melanie, peu importe. C'est de l'histoire ancienne ! Il n'y a plus rien là-bas de nos jours. Rien de rien, merde ! Birmingham a zéro habitant.

Il est donc possible, et même très probable, que certaines des listes de Melanie aient besoin d'une mise à jour.

Les enfants ont cours le lundi, le mardi, le mercredi, le jeudi et le vendredi. Le samedi, ils restent enfermés toute la journée dans leur cellule avec de la musique qui passe dans les haut-parleurs. Personne ne vient, même pas Sergent, et la musique est trop forte pour se faire entendre. Melanie a eu l'idée il y a longtemps de fabriquer un langage à base de signes plutôt que de mots, pour que les enfants puissent se parler à travers leurs petites ouvertures grillagées, et elle l'a fait, elle en a inventé un. Elle s'est bien amusée, sauf que quand elle a demandé si elle pouvait l'enseigner à ses camarades, Mlle Justineau a répondu « Non ! » d'une voix très forte et très aiguë. Elle a fait promettre à Melanie de ne parler à aucun prof de ce langage, et surtout pas à Sergent.

— Il est déjà assez paranoïaque comme ça, a-t-elle conclu. S'il croit que tu discutes dans son dos, il perdra le peu de raison qui lui reste.

Donc Melanie n'a jamais enseigné aux autres enfants comment parler par signes.

Les samedis sont longs et mornes, c'est difficile. Melanie se raconte à haute voix certaines des histoires que les enfants ont entendues en cours, ou sinon, elle se chante des démonstrations mathématiques, comme celle de l'infinité des nombres premiers, en rythme avec la musique. Ça, elle peut, parce que le bruit cache sa voix.

Sinon Sergent viendrait lui dire d'arrêter.

Melanie sait que Sergent est encore là ce jour-là, parce qu'un samedi où Bonnie s'est tellement arraché les doigts sur le grillage de sa fenêtre qu'ils ont fini tout pleins de sang et tout abîmés, Sergent est arrivé. Il avait amené deux membres de son équipe, ils étaient tous les trois dans les grosses combinaisons qui leur cachent le visage et ils sont entrés dans la cellule de Bonnie. Melanie a deviné, à partir des bruits, qu'ils essayaient de la sangler sur son fauteuil. Elle a aussi deviné que Bonnie se débattait, ce qui leur compliquait les choses, parce qu'elle n'arrêtait pas de crier « Laissez-moi tranquille ! Laissez-moi tranquille ! » Ensuite, il y a eu un genre de *boum* qui s'est répété plein de fois pendant qu'un des membres de l'équipe de Sergent criait « Seigneur Dieu, ne fais pas... »

Et ensuite, d'autres gens criaient aussi, puis quelqu'un a dit : « Attrapez-la par l'autre bras ! Tenez-la ! », et le silence est revenu.

Melanie n'a pas pu se rendre compte de ce qui s'est passé ensuite. Les gens qui travaillent pour Sergent ont parcouru le couloir en fermant tous les petits stores des vitres grillagées qui empêchent de voir au-dehors des cellules. Les enfants sont restés enfermés comme ça toute la journée. Le lundi d'après, Bonnie n'était plus dans la classe et personne n'avait l'air de savoir ce qui lui était arrivé. Melanie préfère se dire qu'il y a une autre salle de cours quelque part sur la base, que Bonnie y est partie et peut donc revenir un jour, quand Sergent battra les cartes. Mais ce qu'elle croit pour de vrai, quand elle ne peut plus s'empêcher d'y réfléchir, c'est que Sergent a emmené Bonnie pour la punir de ne pas avoir été sage et qu'il ne lui permettra jamais de revoir les autres enfants.

Les dimanches sont comme les samedis, sauf qu'il y a séance de mâche et douche. Au début de la journée, on place les enfants sur leur fauteuil comme si c'était un jour de cours, sauf qu'on leur laisse la main et l'avant-bras droit dessanglés. On les pousse jusqu'à la salle de douche – la dernière porte côté droit, juste avant celle en acier pas peint.

Dans la salle de douche, qui est carrelée de blanc et vide, les enfants restent assis à attendre jusqu'à ce qu'on ait amené tout le monde. Ensuite, l'équipe de Sergent apporte des bols pour la mâche. Ils en posent un sur les genoux de chaque enfant, avec une cuillère déjà plantée dedans.

Dans le bol, il y a des millions de larves vertes qui se tortillent et qui rampent les unes sur les autres.

Les enfants mangent.

Dans les contes qu'ils lisent, un enfant, ça mange parfois autre chose : des gâteaux, du chocolat, des saucisses, de la purée, des chips, des bonbons, des spaghettis, des boulettes de viande. Eux, ils n'ont droit qu'à des larves, et seulement une fois par semaine, parce que – comme le professeur Selkirk l'a expliqué une fois, quand Melanie a posé la question – leur corps est d'une efficacité spectaculaire lorsqu'il s'agit de métaboliser les protéines. Ils n'ont pas besoin d'absorber quoi que ce soit d'autre, pas même d'eau. Les larves leur fournissent tout ce qu'il faut.

Quand ils ont fini de manger, après avoir repris les bols, l'équipe de Sergent sort, referme les portes et met en place les joints hermétiques. La salle de douche est dans le noir complet, maintenant, parce qu'il n'y a aucun éclairage. Des bruits faisant penser à quelqu'un qui se retient de rire sortent des tuyaux situés derrière les murs et une vapeur chimique tombe du plafond.

C'est le même produit que celui qui recouvre les professeurs, Sergent et son équipe, en beaucoup plus fort, du moins il sent pareil. Au début, ça pique un peu. Ensuite, beaucoup. Ça vous laisse les yeux gonflés, rouges, à moitié aveugles. Mais comme ça s'évapore vite sur les vêtements et sur la peau, au bout d'une autre demi-heure dans le silence de la salle obscure, il ne reste plus que l'odeur, qui finalement s'affaiblit aussi, ou disons que vous vous habituez, mais en tout cas ce n'est plus aussi désagréable, alors vous attendez en silence que la porte se déverrouille et que Sergent entre vous chercher. Voilà comment on nettoie les enfants. Le dimanche est le pire jour de la semaine rien que pour cette raison-là.

Le meilleur, c'est celui où la maîtresse est Mlle Justineau. Elle ne vient pas chaque fois le même jour, et certaines semaines on ne la voit pas du tout, mais quand on pousse Melanie sur son fauteuil et qu'elle découvre Mlle J. dans la classe, elle ressent une poussée de pur bonheur, comme si son cœur s'envolait de son corps pour monter dans le ciel.

Personne ne s'ennuie, ces jours-là. Melanie est ravie rien qu'à regarder Mlle J. Elle aime bien essayer de deviner ce qu'elle va porter, si elle aura les cheveux attachés ou pas. Ils sont longs et noirs, généralement défaits, et tellement ondulés qu'on dirait une cascade. Mais des fois elle les noue en chignon au-dessus de sa nuque, un chignon très serré, et ça aussi c'est bien, parce que ça fait ressortir son visage, on dirait presque celui d'une statue qui retient le plafond sur le côté d'un temple. Une *caryatide*. Mais bon, il se voit bien de toute façon, parce qu'elle a la peau formidablement, merveilleusement foncée, comme le bois des arbres dans la photo de la jungle, ceux dont les graines ne germent que sur les cendres d'incendies de forêt, ou comme le café que Mlle J. verse de son pichet à l'heure de la pause. Sauf que sa teinte à elle est plus sombre et plus intense, avec plein d'autres couleurs mélangées, et donc il n'y a rien à quoi la comparer vraiment. Tout ce qu'on peut dire, c'est que Mlle J. a la peau aussi sombre que Melanie l'a claire.

Et des fois elle porte un foulard autour du cou et des épaules. Ces jours-là, on dirait un pirate, ou une des femmes de Hamelin, quand le joueur de flûte est venu. Mais sur l'image du livre de Mlle J. les femmes de Hamelin étaient presque toutes vieilles et courbées, alors que Mlle J. est jeune, toute droite, très grande et très belle. Alors c'est plutôt un pirate, sauf qu'elle n'a pas de longues bottes ni d'épée.

Les jours Justineau, comme les a baptisés Melanie, sont pleins de choses fascinantes. Des fois, Mlle J. lit des poèmes à haute voix, ou elle a apporté sa flûte et elle en joue, ou elle montre les images d'un livre aux enfants en leur racontant des histoires sur les gens qui sont dessus. Voilà comment Melanie a appris ce qui est arrivé à Pandore et Épiméthée et à la boîte qui contenait tous les maux du monde, parce qu'un jour Mlle J. a montré un des dessins. Il y avait une femme qui ouvrait une boîte, donc, dont sortaient des tas de choses très effrayantes.

— C'est qui ? a demandé Anne à Mlle Justineau.

— Pandore. Une femme vraiment merveilleuse. Tous les dieux l'avaient bénie et lui avaient fait des cadeaux. C'est le sens de son prénom. « Celle qui a tous les dons. » Donc elle était intelligente, courageuse, belle, drôle et tout ce qu'on peut rêver d'être. Seulement, elle avait juste un minuscule défaut, elle était très, très, mais alors, vraiment, très très très curieuse.

À partir de là, les enfants avaient été captivés. Comme ils adoraient cette histoire, et Mlle J. aussi, ils ont fini par avoir droit à tout le récit. Ça démarrait avec la guerre entre les dieux et les Titans, et ça se terminait quand Pandore ouvrait la boîte en laissant sortir toutes ces choses horribles.

Melanie a expliqué qu'elle ne trouvait pas juste d'accuser Pandore de ce qui s'était passé, parce que c'était un coup monté par Zeus contre les mortels et qu'il l'avait faite curieuse exprès, juste pour pouvoir tendre son piège.

— N'aie pas peur de le dire, ma fille ! s'était esclaffée Mlle Justineau. Le plaisir est pour les hommes, la faute pour les femmes !

Melanie avait fait rire Mlle J. ! Elle ne sait toujours pas ce qu'elle avait dit de drôle, mais en tout cas, c'était une excellente journée.

Le seul problème, c'est que le temps passe trop vite, les jours Justineau. Chaque seconde est si précieuse que Melanie ne ferme pas les paupières une seule fois : elle reste là les yeux écarquillés dans son fauteuil à s'imprégner de tout ce que dit Mlle J., à le mémoriser pour pouvoir se le repasser plus tard dans sa cellule. Et chaque fois qu'elle a le droit, elle pose des questions, parce que son bruit et son souvenir préférés – ceux qu'elle préfère se rappeler – c'est la voix de Mlle J. qui prononce son prénom. Ce « Melanie »-là lui donne l'impression d'être la personne la plus importante au monde.

2

Une fois, un jour Justineau, Sergent entre dans la classe. Melanie n'a pas conscience de sa présence avant qu'il prenne la parole, parce qu'il se tient au fond. Juste au moment où Mlle J. raconte comment Winnie et Porcinet ont compté trois séries de traces de pas dans la neige, il jette :

— C'est quoi, ce cirque ?

Mlle Justineau désigne les enfants de la tête.

— Je leur lis une histoire, Sergent.

— Ça, je le vois bien. Je croyais que le but était de tester leurs capacités, pas de leur faire le spectacle.

Mlle J. se crispe. Si Melanie ne la connaissait pas aussi bien, ne l'observait pas d'aussi près, elle aurait eu toutes les chances de ne pas le voir. Mais ça ne dure vraiment pas longtemps. Quand Mlle J. reprend la parole, elle a la voix exactement comme d'habitude, pas contrariée du tout.

— Justement, nous nous y employons, monsieur Parks, dit-elle. Il est crucial de se figurer comment ils traitent l'information. Mais pour qu'il y ait de l'output, il faut de l'input.

— De l'input ? (Sergent repend le mot derrière elle.) Des données, vous voulez dire ?

— Pas seulement. Des idées, aussi.

— Parce que *Winnie l'Ourson*, c'est une mine d'idées géniales, bien sûr.

Sergent fait du *sarcasme*. C'est quand on dit le contraire de ce qu'on pense vraiment.

— Blague à part, continue-t-il, vous perdez votre temps. Si vous tenez à leur raconter des histoires, parlez-leur de Jack l'Éventreur et de Ted Bundy.

— Ce sont des enfants, fait remarquer Mlle J.

— Non.

— Sur le plan psychologique, si.

— Ah bon ? Aux chiottes la psychologie. (C'est Sergent qui paraît en colère, maintenant.) Justement, voilà pourquoi il ne faut pas leur lire *Winnie l'Ourson*. Si vous continuez comme ça, vous ne tarderez pas à les percevoir comme de vrais enfants. Et là, vous ferez un faux pas. Vous en détacherez un de son fauteuil parce qu'il aura besoin d'un câlin ou autre. Pas besoin de vous faire un dessin sur ce qui se passera ensuite.

Sergent s'avance vers les premiers rangs de la classe, et là, il a un geste vraiment horrible. Il remonte sa manche bien haut, jusqu'au coude, puis il met son avant-bras dénudé devant le visage de Kenny – pile sous son nez, à deux, trois centimètres, pas plus. Au départ, il ne se passe rien, mais ensuite, Sergent se crache dans la main et frotte la salive sur sa peau, comme pour effacer quelque chose.

— Arrêtez, dit Mlle Justineau. Ne lui faites pas ça.

Sergent ne répond pas, ne la regarde pas.

Comme Melanie est assise deux rangs derrière Kenny, rien ne lui échappe. Kenny se raidit très très fort, et puis sa bouche se met à béer et il essaie de refermer les mâchoires autour du bras de Sergent, qu'évidemment il ne peut pas atteindre. Ensuite, de la bave commence à dégouliner au coin de ses lèvres, mais pas beaucoup, parce que personne ne donne jamais rien à boire aux enfants, alors ce qui sort est épais, pâteux, et pendouille au bout du menton de Kenny, qui pousse un grognement puis claque à nouveau des dents en émettant de petites plaintes.

C'est déjà affreux, mais ça empire, parce que les gamins assis de chaque côté de Kenny se mettent à l'imiter, comme si c'était un tic qu'ils lui avaient emprunté, et ceux qui se trouvent juste derrière tressaillent et tremblent. On dirait que quelque chose leur flanque des coups très durs dans l'estomac.

— Vous voyez ? demande Sergent en se retournant vers Mlle Justineau pour s'assurer qu'elle comprend où il voulait en venir.

Mais là, ses yeux se mettent à ciller, il est tout surpris, et peut-être même qu'il regrette de s'être retourné, parce que Mlle J. le foudroie du regard comme si elle avait l'intention de lui flanquer une gifle. Là, Sergent laisse retomber son bras et il hausse les épaules comme si tout ça n'avait jamais eu aucune importance pour lui de toute façon.

— Tout ce qui ressemble à un être humain n'en est pas forcément un, explique-t-il.

— Exact, approuve Mlle Justineau. Sur ce point-là, je vous suis tout à fait.

La tête de Kenny s'affale un peu sur le côté, au maximum de ce qu'elle peut bouger étant donné la sangle. Il a un hoquet bruyant.

— Ne t'inquiète pas, Kenny, dit Mlle Justineau. Ça va vite passer. Reprenons notre récit. Qu'en dis-tu ? As-tu envie de savoir ce qui est arrivé à Porcinet et à Winnie ? Monsieur Parks, voulez-vous bien prendre congé ?

Sergent la regarde, puis il secoue la tête vraiment très fort.

— Il ne faut pas vous attacher à eux, prévient-il. Vous savez pourquoi ils sont ici. Merde, vous le savez mieux que…

Mais Mlle J. s'est remise à lire, comme si elle ne l'entendait pas, comme s'il n'était même pas là, et il finit par partir. À moins qu'il se tienne toujours au fond de la classe, sans parler, mais Melanie ne croit pas, parce qu'au bout d'un moment Mlle J. se lève pour aller fermer la porte, et Melanie se dit qu'elle ne ferait pas ça si Sergent n'était pas sorti.

Melanie dort à peine cette nuit-là. Elle n'arrête pas de repenser à ce qu'a dit Sergent, que les élèves ne sont pas de vrais enfants, et à la façon dont Mlle Justineau l'a regardé pendant qu'il était méchant envers Kenny.

Melanie songe à Kenny qui grondait et qui voulait mordre le bras de Sergent comme un chien le ferait. Elle se demande ce qui lui a pris, puis elle se dit qu'elle tient peut-être la réponse, parce que quand Sergent a frotté sa peau avec sa salive pour l'agiter sous le nez de Kenny, c'était comme si sous l'odeur chimique acide Sergent en avait une autre, tout à fait différente. Et alors même que cette odeur-là était très faible de là où était Melanie, ça lui a fait tourner la tête et contracté les muscles de la mâchoire, qui se sont mis à bouger tout seuls. Elle ne réussit pas à s'expliquer ce qu'elle a ressenti, parce que ça ne ressemble à rien de ce qui lui est déjà arrivé, ni à ce qui se passe dans les histoires qu'elle connaît, mais on aurait cru qu'elle devait faire quelque chose, quelque chose de si pressant, de si important, que son corps essayait de prendre le contrôle de son esprit pour le faire sans elle.

Sauf qu'au milieu de ces pensées effrayantes Melanie se dit aussi : *Sergent a un nom.* Comme les maîtresses et le maître. Comme les enfants. Jusqu'ici, il ressemblait plus à un dieu ou à un Titan pour Melanie ; maintenant, elle sait qu'il est exactement comme tout le monde, même s'il fait peur. Il ne s'appelle plus seulement Sergent, c'est M. Parks. C'est avant tout cet énorme changement qui la maintient éveillée jusqu'au matin, jusqu'au déverrouillage des portes et à l'arrivée des maîtresses.

Bizarrement, Melanie ne ressent plus du tout la même chose envers Mlle Justineau après cette journée-là. Ou plutôt, si, mais en cent fois plus fort. Il ne peut exister personne de meilleur, de plus gentil, de plus joli que Mlle J. où que ce soit dans le monde. Melanie regrette de ne pas être un dieu, un Titan ou un guerrier troyen pour se battre pour elle et la sauver des Éphélants et des Nouifs. Les Éphélants et les Nouifs, ça vient de *Winnie l'Ourson*, pas d'un mythe grec, mais leurs noms sonnent bien, et l'idée de sauver Mlle Justineau est si plaisante que ça en devient sa pensée préférée.

Melanie y pense chaque fois qu'elle n'a rien d'autre en tête. Ça rend même les dimanches supportables.

Alors un jour, quand Mlle Mailer détache le bras droit de tout le monde à partir du coude, met les planchettes sur les fauteuils et leur dit d'écrire une rédaction, c'est l'histoire qu'écrit Melanie. Mlle Mailer ne s'intéresse qu'à leur vocabulaire, bien sûr, elle se moque bien de quoi ils parlent. C'est vraiment évident parce qu'elle donne une liste de mots en même temps que le sujet du devoir, en disant aux élèves que chaque mot de la liste qu'ils emploieront de façon correcte leur vaudra un point supplémentaire dans la note finale.

Melanie ignore la liste de mots, elle s'en dispense.

Quand Mlle Mailer demande qui voudrait lire son texte à voix haute, elle est la première à agiter la main – autant qu'on puisse le faire en ayant juste l'avant-bras libre – et à s'écrier : « Moi, mademoiselle Mailer ! Moi ! »

Alors elle a le droit de le lire. Ça donne ça :

Il était une fois une femme très belle. La plus belle, la plus gentille, la plus intelligente, la plus formidable qui soit au monde. Elle avait la taille haute, le dos bien droit, le teint si foncé qu'on aurait dit son ombre, et de longs cheveux noirs qui bouclaient tant qu'on avait le vertige rien qu'à la regarder. Et elle habitait en Grèce antique, après la guerre entre les dieux et les Titans, que les dieux avaient déjà gagnée.

Un jour, alors qu'elle se promenait dans une forêt, elle se fit attaquer par un monstre. C'était un résidu de fausse couche, et il voulait la tuer pour la dévorer. La femme était très courageuse, elle se battit à n'en plus finir, mais le monstre était très gros, très féroce et elle avait beau le blesser tant et plus, il n'arrêtait pas de revenir à l'attaque.

La femme avait peur. Elle s'accrocha à cette peur comme à une lumière qui vous guide.

Le monstre lui avait cassé son épée et son javelot, il s'apprêtait à la dévorer.

C'est alors qu'une petite fille arriva. Une petite fille très particulière, fabriquée par tous les dieux, comme Pandore. Et elle était aussi comme Achille, puisque sa mère (la belle femme formidable) l'avait trempée dans l'eau du Styx, donc elle était invulnérable, sauf à un tout petit endroit (mais pas son talon parce que ce serait trop facile : elle gardait le secret pour que le monstre ne le découvre pas).

Et la petite fille combattit le monstre, le tua, lui coupa la tête, les bras, les jambes et tout le reste.

Et la belle femme la serra contre elle comme une lumière qui vous guide, en lui disant : « Tu es ma petite fille rien qu'à moi. Tu m'accompagneras partout, je ne te laisserai jamais seule. »

Et elles vécurent ensemble pour toujours, dans la paix et la prospérité.

La dernière phrase est volée presque mot pour mot à un conte des frères Grimm que Mlle Justineau a lu en classe, et certains des autres bouts viennent du livre de Mlle J. sur les mythes grecs, qui s'intitule *Légendes de la Grèce ancienne, le monde merveilleux des dieux et des déesses, des nymphes et des héros* ou de trucs sympas que Melanie a entendus. Mais ça reste son récit à elle, et quand les autres enfants expliquent tous qu'ils le trouvent très bon, elle est très contente. Même Kenny finit par dire qu'il a apprécié le moment où le monstre se fait découper en morceaux.

Mlle Mailer a l'air contente aussi. Tout le temps où Melanie lisait à voix haute, elle a pris des notes dans son cahier. Et elle a enregistré sur son petit magnétophone. Pourvu qu'elle passe la bande à Mlle J., qu'elle l'entende elle aussi !

— C'était très intéressant, Melanie, dit Mlle Mailer.

Elle met le magnétophone sur la planchette de Melanie, pile devant elle, puis elle lui pose plein de questions sur l'histoire. À quoi ressemblait le monstre ? Quel effet faisait-il à la petite fille tant qu'il était en vie ? Et après sa mort ? Que ressentait la petite fille envers la femme ? Et des tas d'autres détails comme ça, ce qui est assez drôle parce que ça donne l'impression que les personnages de l'histoire sont réels, quelque part.

Comme si Melanie venait de sauver Mlle Justineau d'un monstre, et comme si Mlle Justineau la serrait dans ses bras.

Ce qui vaudrait bien mille mythes grecs.

3

Un jour, Mlle Justineau leur parle de la mort. Tout ça parce que presque tous les hommes de la Brigade légère viennent de mourir, dans un poème que Mlle J. a lu aux élèves. Les enfants veulent savoir ce que ça veut dire, mourir, et quel effet ça fait. Mlle Justineau répond que c'est comme si toutes les lumières s'éteignaient et qu'un grand silence survenait, pareil que la nuit – sauf que c'est pour toujours. Pas de matinée. Les lumières ne se rallument plus.

— Ça a l'air horrible, dit Lizzie d'un ton qui laisse croire qu'elle va se mettre à pleurer.

Melanie trouve aussi. Comme d'être assise dans les douches le dimanche avec l'odeur chimique qui plane, et ensuite même l'odeur disparaît, et puis il n'y a plus rien, plus jamais.

Mlle Justineau se rend compte qu'elle est triste, et essaie de se rattraper en parlant encore plus.

— Mais ce n'est peut-être pas comme ça du tout, ajoute-t-elle très vite. Personne ne sait vraiment, parce que, quand on est mort, on ne peut pas revenir pour en parler. Et de toute façon, ce serait différent pour vous, parce que, contrairement à la plupart des gens, vous…

Là, elle se tait, la fin de la phrase presque figée sur les lèvres.

— Oui, nous, quoi ? demande Melanie.

Il s'écoule une seconde ou deux avant que Mlle Justineau ne reprenne la parole. Melanie a l'impression qu'elle cherche quelque chose à dire qui ne démoralisera pas plus les élèves qu'ils ne le sont déjà.

— Vous êtes des enfants. Vous ne pouvez pas vraiment imaginer à quoi la mort ressemble, parce que pour les enfants tout a toujours l'air éternel.

Ce n'est pas ce qu'elle allait dire juste avant, Melanie en est à peu près sûre. Mais malgré tout, c'est très intéressant. Il y a un silence. Ils y réfléchissent tous. C'est vrai, décide Melanie. Elle ne se souvient d'aucune époque où sa vie était différente d'aujourd'hui, et elle n'arrive pas à imaginer d'autres façons de vivre, pour personne.

Sauf qu'il y a un truc pas logique du tout dans cette équation, alors elle est obligée de poser la question.

— Nous sommes les enfants de qui, mademoiselle Justineau ?

Dans la plupart des histoires qu'elle connaît, les enfants ont un père et une mère, comme Agamemnon et Clytemnestre pour Iphigénie, ou Zeus et Léda pour Hélène. Certaines fois, ils ont des profs aussi, mais pas toujours – et par contre, des Sergent, jamais, apparemment. Donc c'est une interrogation qui s'étire jusqu'aux racines même du monde, et que Melanie pose un peu tremblante.

À nouveau, Mlle J. prend son temps pour réfléchir, au point que Melanie se persuade qu'elle ne va pas répondre. Puis Mlle J. explique :

— Ta mère est morte, Melanie. Quand tu étais toute petite. Ton père sans doute aussi, encore qu'on n'ait aucun moyen de le savoir vraiment. Donc c'est l'armée qui prend soin de toi, maintenant.

— Vous dites ça seulement pour Melanie, ou c'est pareil pour tout le monde ? demande John.

Mlle Justineau hoche lentement la tête.

— Pour vous tous ici.

— Nous sommes dans un orphelinat, affirme Anne.

(Les élèves ont eu droit à l'histoire d'Oliver Twist, lors d'un autre jour Justineau.)

— Non. Vous êtes sur une base militaire.

— C'est ça qui arrive aux enfants dont les parents meurent ?

La question vient de Steven. Melanie se concentre très fort, elle rassemble toutes ces données dans sa tête comme les pièces d'un puzzle.

— Quel âge j'avais quand ma mère est morte ? demande-t-elle.

Elle devait être très petite, puisqu'elle ne se rappelle pas du tout sa maman.

— Ce n'est pas facile à expliquer, répond Mlle Justineau, et tout le monde se rend compte, à voir sa tête, que ce sujet l'embarrasse.

— J'étais encore bébé ?

— Pas tout à fait, Melanie. Mais presque. Très petite en tout cas.

— Et ma mère, elle m'a confiée à l'armée ?

Un nouveau silence qui s'étire.

— Non, finit par dire Mlle J. L'armée s'est servie toute seule, en gros.

C'est sorti vite, tout bas, et presque avec dureté. Mlle J. change de sujet à ce moment-là, et les enfants n'insistent pas, parce qu'ils ne sont plus très emballés par la mort.

Alors ils passent à la table de Mendeleïev, un truc facile et amusant. C'est Miles du premier rang qui s'y colle, et ensuite tout le monde se relaie pour nommer un élément. Ils démarrent dans l'ordre des numéros atomiques, du plus petit au plus grand. Ensuite, ils les énoncent en sens inverse. Puis Mlle Justineau leur lance des défis : « Il faut que ça commence par un N » ou « Seulement les actinides ! »

Personne n'est éliminé tant que les défis ne sont pas très durs, genre : « Il ne doit pas appartenir au même groupe ni à la même période que le précédent et il faut qu'il commence par une lettre de votre prénom ! » Zoé se plaint, elle dit que les enfants comme elle, qui en ont de courts, sont défavorisés, et évidemment elle a raison, mais il lui reste quand même le zirconium, le zinc, l'oxygène, l'osmium, l'einsteinium, l'erbium et l'europium, alors elle ne se débrouille pas trop mal.

Quand Xanthi gagne (avec xénon), tout le monde éclate de rire et on dirait bien que cette histoire de mort est oubliée. Sauf que non, bien sûr. Melanie connaît assez ses camarades pour savoir qu'ils retournent les paroles de Mlle Justineau dans leur tête comme elle le fait de son côté – on les secoue, les triture, pour voir quels indices en tombent. Parce que le seul sujet sur lequel personne ne leur apprend jamais rien, en fait, c'est eux-mêmes.

Or Melanie a déjà songé à la grande exception concernant la fameuse règle qui veut qu'on ait un père et une mère : Pandore, qui était sans famille, parce que Zeus s'était contenté de la modeler dans de l'argile. Melanie trouve que ce serait préférable, par certains côtés, que d'avoir des parents qu'on n'a jamais eu le droit de rencontrer. Le spectre de l'absence des siens plane au-dessus d'elle, la gêne.

Mais elle tient à savoir autre chose, et elle y tient même tant qu'elle décide de courir le risque de fâcher Mlle J. À la fin du cours, elle attend de se retrouver près d'elle, puis elle pose sa question tout bas.

— Mademoiselle Justineau, comment ça se passera quand on sera grands ? L'armée voudra bien continuer à prendre soin de nous, ou est-ce qu'on rentrera à Beacon ? Et si on va à Beacon, est-ce que tous les profs nous accompagneront ?

Tous les profs ! Ouais, enfin… On ne peut pas dire qu'elle tienne à M. Whitaker ni à sa voix qui flanche. Ni à cette raseuse de Mme Selkirk qui garde tout le temps la tête baissée, comme si le simple fait de voir les élèves lui faisait peur. Melanie veut dire *vous, mademoiselle Justineau, vous nous accompagnerez, j'espère ?* et elle manque presque le faire, sauf qu'en même temps ça l'effraie, comme si prononcer cette possibilité à voix haute risquait d'empêcher que ça arrive.

Elle sait bien, grâce aux histoires qu'elle a lues ou entendues, que les enfants, ça ne reste pas à l'école pour toujours, mais que ça ne vit pas non plus au même endroit que ses profs quand ça ne va plus à l'école. Or, si Melanie n'a pas vraiment idée de ce que recouvrent ces mots-là, d'à quoi ressembleraient des journées sans école, elle admet la possibilité que ça arrive un jour, et donc que commence quelque chose de nouveau.

Alors elle est préparée à ce que Mlle Justineau refuse. Si la réponse est non, elle s'est endurcie pour ne rien trahir sur son visage. Tout ce qu'elle veut, c'est la vérité, pour pouvoir se préparer au chagrin de la séparation.

Mais Mlle Justineau ne répond rien du tout. À moins qu'il faille compter le geste rapide de sa main. Elle la lève devant son visage comme si Melanie venait de lui jeter quelque chose à la figure (ce que Melanie ne ferait jamais, jamais de sa vie, pour rien au monde !)

Ensuite, la sirène beugle trois fois pour marquer la fin de la journée. Mlle Justineau incline le front : elle reprend ses moyens après ce coup imaginaire. Et là, chose assez bizarre, pour la première fois Melanie se rend compte que Mlle J. porte toujours du rouge. Son tee-shirt ou un bandeau dans les cheveux, son pantalon ou une écharpe. Alors que les autres profs et Mme Caldwell et Mme Selkirk portent du blanc, et Sergent et son équipe, du vert, du marron, du marron-kaki. Mlle Justineau, c'est du rouge.

Comme du sang.

Comme si elle était blessée quelque part à l'intérieur et que ça ne guérissait pas, ça lui faisait tout le temps mal.

Une idée idiote, se dit Melanie, parce que Mlle Justineau n'arrête pas de sourire, de rire, et que sa voix est comme un chant. Si quelque chose lui faisait du mal, elle ne réussirait pas à sourire autant.

Sauf qu'à ce moment précis Mlle Justineau ne sourit pas du tout. Elle contemple ses pieds et elle a le visage tout tordu, de colère, de tristesse ou d'écœurement – à croire que quelque chose de mauvais va jaillir d'elle : des larmes, des mots, du vomi, ou les trois à la fois.

— Je resterai, lâche Melanie. (Elle n'a plus qu'une envie : faire que Mlle J. se sente à nouveau bien.) Si vous êtes obligée de rester ici. Être à Beacon sans vous, ça n'a aucun intérêt.

Mlle J. relève la tête pour re-regarder Melanie. Elle a les yeux très brillants et la bouche comme la ligne de la machine à EEG de Mme Caldwell : elle change tout le temps.

— Pardon, enchaîne vite Melanie. Je vous en prie, ne soyez pas triste. Vous pouvez faire tout ce que vous voudrez, bien sûr. Partir, rester, ou…

Melanie ne finit pas sa phrase, elle n'y arrive pas. Elle s'effondre dans un silence total, bouche cousue, parce que quelque chose de complètement inattendu, d'absolument merveilleux, se produit.

Mlle Justineau étend le bras pour lui caresser les cheveux.

Elle les frotte de sa main comme si c'était la chose la plus naturelle au monde.

Des lumières papillotent derrière les paupières de Melanie, qui en a le souffle coupé et qui n'arrive plus à parler, à entendre ni à penser à quoi que ce soit, parce que personne ne l'a jamais touchée jusqu'à aujourd'hui en dehors de l'équipe de Sergent (seulement deux ou trois fois et toujours par accident). C'est presque trop agréable pour exister dans ce monde.

Tous les élèves qui la voient d'où ils sont la regardent bouche bée. Il plane un silence tel qu'on entend Mlle Justineau prendre une inspiration, en tremblant légèrement sur la fin, comme si elle frémissait de froid.

— Oh, bon sang ! murmure-t-elle.

— La leçon se termine ici, annonce la voix de Sergent.

Melanie ne peut pas tourner la tête pour le regarder, à cause de la sangle de cou de son fauteuil. Aucun autre élève non plus ne semble l'avoir vu entrer dans la pièce. Sa présence les surprend et les effraie autant que ça a effrayé Melanie. Même Mlle J. semble avoir peur. Encore une chose (comme le fait que Sergent ait un nom) qui change toute l'architecture du monde.

Sergent s'avance dans le champ de vision de Melanie, juste derrière Mlle J. Qui a déjà retiré sa main, dès que Sergent s'est mis à parler. Elle se tasse. Melanie ne distingue plus son visage.

— Ils repartent tout de suite, dit Sergent.

— Oui.

Mlle Justineau a la voix minuscule.

— Et vous aussi, avec une procédure disciplinaire sur le dos.

— Oui.

— Et vous perdrez sans doute votre boulot. Parce que vous venez d'enfreindre à peu près tout le règlement.

Mlle Justineau relève la tête. Des larmes trempent ses deux yeux, maintenant.

— Va te faire foutre, Eddie, dit-elle, aussi bas et aussi calmement que si elle lui souhaitait le bonjour.

Elle s'éloigne hors du champ de vision de Melanie, très vite. Melanie voudrait la rappeler, lui dire quelque chose pour qu'elle reste. *Je vous aime, mademoiselle Justineau. Je serai un dieu ou un Titan pour vous, je vous sauverai.* Mais impossible de prononcer un mot. Ensuite l'équipe de Sergent entre et pousse l'un après l'autre les fauteuils des enfants.

4

Pourquoi ? Pourquoi avoir fait ça ?

Ne trouvant aucune réponse satisfaisante, Helen Justineau continue de retourner cette question dans sa tête. Dans sa chambre du bloc luxueux des civils, une chambre plus longue et plus large d'un mètre que celles des soldats et dotée d'un W.-C. chimique individuel, Helen s'adosse au miroir accroché au mur, évitant son propre regard écœuré, accusateur.

Elle s'est frotté les mains à se les mettre à vif, mais elle sent encore le contact de cette peau froide. Glacée, qu'on ne dirait parcourue par aucun sang. Comme un truc tiré des tréfonds de l'océan.

Pourquoi avoir fait ça ? Qu'est-ce qui lui a pris ? Pourquoi l'avoir touchée ainsi ?

Normalement, Helen se contente de jouer le rôle du gentil flic. Pour observer et mesurer les réactions émotionnelles des enfants face à elle, ce qui lui permettra de rédiger, à destination de Caroline Caldwell, des rapports à demi-mot sur leurs capacités en matière d'affects normaux.

Affects normaux. Voilà ce que Justineau ressent à présent, *a priori*. À croire qu'elle a creusé un piège bien raide et bien profond, consolidé les bords, puis a détourné les yeux… pour plonger ensuite droit dedans.

Sauf qu'en réalité c'est le sujet d'expérience n° 1 qui a creusé ce trou. Melanie. Son béguin désespéré, évident, révérenciel pour elle, a fait trébucher Justineau, ou du moins l'a suffisamment déséquilibrée pour rendre la chute inévitable. Ces grands yeux confiants dans ce visage d'une lividité d'os. La jeune fille ET la mort, deux pour le prix d'une, malgré ses dix ans.

Justineau n'a pas mis sa compassion sous le boisseau assez tôt. Contrairement au rituel qu'elle s'impose au début de chaque journée, elle ne s'est pas répété que Beacon l'héliporterait loin d'ici une fois ce programme bouclé. De la même manière qu'on l'a amenée – vite et bien, « vous embarquez toutes vos affaires sans laisser de traces ». Ce qui se passe au bloc n'est pas la vie, c'est une routine qui suit sa propre logique bien délimitée. Restez inatteignable, et vous pourrez repartir comme vous êtes arrivé.

Sauf qu'Helen a sans doute déjà raté le coche.

5

De temps en temps, au bloc, il y a une journée qui ne démarre pas bien. Une journée où aucun des schémas répétitifs sur lesquels Melanie se base pour mesurer sa vie ne se reproduisent, et où elle a l'impression de flotter en l'air, impuissante – une *baudruche* en forme de Melanie. La semaine qui suit celle où Mlle Justineau a raconté aux élèves que leurs mères étaient mortes, il y a un jour comme ça.

C'est un vendredi, mais quand Sergent et son équipe arrivent, ils n'ont pas de maître ni de maîtresse avec eux et ils n'ouvrent pas les portes des cellules. Melanie sait déjà ce qui va suivre, sauf qu'elle a tout de même un pincement de gêne lorsqu'elle entend claquer les hauts talons de Mme Caldwell sur le sol en béton. Et après, une ou deux secondes plus tard, il y a ce bruit du stylo que Mme Caldwell ouvre et referme à plusieurs reprises quand elle ne veut rien rédiger.

Melanie ne se lève pas du lit. Elle reste assise à attendre. Elle n'aime pas beaucoup Mme Caldwell. En partie parce que chaque fois qu'elle se montre, les rythmes de la journée sont perturbés, mais surtout parce qu'elle ignore à quoi sert cette femme, malgré son titre de « professeur ». Les maîtresses et le maître enseignent, l'équipe de Sergent emmène les enfants des cellules à la salle de cours et retour ; ils les nourrissent, les douchent le dimanche. Mme Caldwell se contente de faire son apparition à des moments imprévisibles (Melanie a tenté une fois d'étudier s'il y avait un schéma, sans en trouver), et le temps qu'elle reparte, tout le monde s'arrête dans ses activités ou renonce à ce qu'il devait faire.

Le claquement de ces chaussures et le bruit du stylo s'amplifient, puis cessent.

— Bonjour, professeur, dit Sergent dans le couloir. À quoi devons-nous le plaisir de votre présence ?

— Sergent, salue Mme Caldwell.

Comme elle a la voix presque aussi douce et aussi chaleureuse que Mlle Justineau, Melanie se sent un peu coupable de ne pas l'aimer. C'est sûrement quelqu'un de très gentil quand on la connaît mieux.

— Je me lance dans une nouvelle série d'expériences et il m'en faut un de chaque.

— De chaque quoi ? répète Sergent. Vous voulez dire un garçon et une fille ?

— Un *garçon* et une *fille* ? jette Mme Caldwell dans un rire mélodieux. Non, rien à voir. Le sexe n'a aucune espèce d'importance, nous l'avons déjà déterminé. Je parlais de sujets qui se classent tout en haut de la courbe ou tout en bas.

— Bah, indiquez-moi juste lesquels vous voulez, répond Sergent. Je vous les emballe et je vous les apporte.

Un froissement de papiers.

— Le seize devrait convenir pour ce qui est du moins bien classé.

Les talons de Mme Caldwell frappent le sol du couloir, mais elle ne marche pas, parce que le son ne s'amplifie pas et ne diminue pas non plus. Son stylo s'ouvre et se referme.

— Je vous mets celle-là ? demande la voix de Sergent.

Il paraît très proche.

Melanie lève la tête. Mme Caldwell scrute la cellule à travers la grille. Son regard croise celui de Melanie, le fixe longtemps, sans que ni l'une ni l'autre ne cille.

— Notre petit génie ? Ne parlez pas inconsidérément, Sergent. Je ne vais pas gaspiller le numéro un sur une simple stratigraphie. Quand je viendrai chercher Melanie, il y aura des trompettes et des anges.

Sergent marmonne quelque chose d'inaudible et Mme Caldwell s'esclaffe.

— Ma foi, je suis certaine que vous pourrez au moins fournir les cuivres !

Elle se détourne, le clic-clac-clic-clac de ses talons s'atténue dans le couloir.

— Deux canetons, lance-t-elle. Le vingt-deux.

Melanie ne connaît pas chaque numéro de cellule des enfants, mais la plupart si, parce qu'un jour une maîtresse les a appelés comme ça, pas par leur prénom. Le seize, c'est Marcia, et le vingt-deux, Liam. Melanie se demande ce que Mme Caldwell veut faire avec eux, ce qu'elle leur dira.

Melanie s'approche de la grille. Les membres de l'équipe de Sergent entrent dans les cellules seize et vingt-deux. Ils font sortir Liam et Marcia dans le couloir, poussent leurs fauteuils dans le sens opposé à la classe, vers la grande porte en acier.

Melanie les suit du regard aussi loin que possible, mais ils disparaissent. Ils doivent avoir franchi la porte, parce qu'il n'y a rien d'autre à cette extrémité-là du couloir. Ils voient de leurs yeux ce qu'il y a de l'autre côté !

Pourvu que ce soit un jour Justineau. Comme Mlle J. autorise les enfants à discuter entre eux de trucs qui ne sont pas dans le cours, quand Liam et Marcia reviendront, Melanie pourra leur demander de quoi Mme Caldwell leur a parlé, ce qu'ils ont fait, ce qu'il y a de l'autre côté de cette porte.

Bien sûr, elle espère aussi que ce sera un jour Justineau pour plein d'autres raisons.

Et il s'avère que c'est le cas. Les enfants inventent des chansons pour que Mlle J. les joue sur sa flûte, en fonction de règles compliquées : longueur des mots, façon de rimer. Ils s'amusent énormément, mais la journée continue sans que Liam et Marcia reviennent. Donc Melanie ne peut pas les interroger, et elle retrouve sa cellule ce soir-là avec une curiosité encore plus brûlante.

Ensuite, c'est le week-end, sans cours et sans discussions. Melanie tend l'oreille, mais la porte en acier ne bouge pas et personne n'arrive ni ne part.

Le dimanche, Liam et Marcia ne sont pas à la douche.

Et le lundi, c'est Mlle Mailer, et mardi M. Whitaker, et sans trop savoir pourquoi, après, Melanie a peur de poser la question, parce que dans son esprit, comme une fissure dans un mur, s'est ouvert la possibilité que Liam et Marcia ne reviennent pas du tout, pareil que pour Bonnie quand elle a tant crié. Et peut-être que demander risque de changer les choses. Peut-être que si les enfants font tous semblant de ne rien remarquer, on ramènera un jour Liam et Marcia sur leurs fauteuils, et que tout sera comme avant, comme s'ils n'étaient jamais partis. Tandis que si quelqu'un demande « où sont-ils allés ? », là, ils auront vraiment disparu et Melanie ne les reverra jamais plus.

6

— Très bien, dit Mlle Justineau. Quelqu'un sait-il quel jour nous sommes ?

Mardi, bien sûr, et surtout c'est un jour Justineau, mais tout le monde s'efforce de deviner ce qu'il y a d'autre.

— Votre anniversaire ?

— L'anniversaire du roi ?

— Un jour où il s'est passé un truc important il y a des années de ça ?

— Une date palindromique ?

— L'arrivée d'un nouveau ?

Ils sont enthousiastes, parce qu'ils savent que ça a quelque chose à voir avec le grand sac de toile que Mlle Justineau a apporté et dont elle est manifestement impatiente elle aussi de leur montrer le contenu. Ça s'annonce comme une bonne journée, l'une des meilleures, sans doute.

C'est Siobhan, en fin de compte, assise derrière Melanie, qui comprend.

— La première journée du printemps ! s'écrie-t-elle.

— Bien, Siobhan, approuve Mlle Justineau. Absolument. C'est le 21 mars et, dans la partie de la planète dans laquelle nous vivons, le 21 mars est… quoi ? Qu'est-ce qu'il y a de très important ce jour-là ?

— Le premier jour du printemps, répète Tom.

Melanie, qui se giflerait de ne pas l'avoir vu plus tôt, sait que Mlle Justineau en demande plus.

— C'est l'équinoxe vernal ! se hâte-t-elle de dire avant que quelqu'un d'autre le fasse.

— Exactement, Melanie, approuve Mlle J. Félicitations. L'équinoxe vernal. Bien, qui va m'expliquer ce que c'est ?

Les élèves braillent tous pour répondre. En général, personne ne prend la peine de leur indiquer la date, et ils ne voient jamais le ciel, bien sûr, mais ils sont forts côté théorie. Depuis le solstice, qui remonte à décembre, les nuits raccourcissent et les journées rallongent (même si les enfants ne voient jamais la nuit ni le jour, puisque aucune pièce du bloc n'a de fenêtre). Aujourd'hui, c'est le moment où nuit et jour sont enfin à égalité, douze heures chacun.

— Ça rend cette journée magique, en quelque sorte, explique Mlle Justineau. Dans les temps anciens, le solstice de printemps signifiait la fin de la longue obscurité de l'hiver, la reprise de la pousse des végétaux, le renouvellement du monde. Il était la promesse que le jour cesserait de raccourcir, qu'il ne disparaîtrait pas complètement… et l'équinoxe était la date de l'accomplissement de cette promesse.

Mlle Justineau prend le grand sac, le pose sur la table.

— Et je pensais à ça ce matin… prononce-t-elle lentement, consciente qu'ils l'observent tous, qu'ils n'en peuvent plus de ne pas savoir ce que contient ce sac. Je me suis dit que personne ne vous a jamais vraiment montré ce que printemps veut dire. Alors j'ai escaladé les clôtures de sécurité…

Des hoquets de surprise chez les enfants. La région 6 est peut-être dégagée, mais ce qui se trouve au-delà des clôtures appartient aux affams. Quand on y met les pieds, ils peuvent vous voir et sentir votre odeur – et dès lors qu'ils la sentent, ils ne s'arrêtent plus de vous suivre tant qu'ils ne vous ont pas mangé.

Mlle Justineau rit devant leurs expressions horrifiées.

— Non, je plaisantais ! En fait, il y a un secteur du camp que les soldats n'ont pas fini de débroussailler quand cette base a été établie. On y voit des tas de fleurs sauvages, et même quelques arbres. Donc… (là, elle ouvre en grand le sac, et :) j'y suis allée, j'ai glané ce que j'ai pu. Avant la Cassure, j'aurais trouvé que c'était détruire l'environnement, mais les fleurs sauvages s'en sortent pas mal de nos jours, alors je me suis dit, mince, tant pis.

Elle plonge la main dans le sac, en tire quelque chose. C'est une sorte de bâton long et tordu, avec d'autres petits bâtons plus petits qui en partent, dans toutes les directions. Et les plus petits bâtons s'ouvrent sur d'autres à leur tour, et ainsi de suite, ça donne donc une forme vraiment folle et compliquée. Et tout autour, il y a de petites boules vertes collées, mais au moment où Mlle J. fait tourner le bâton dans sa main, Melanie s'aperçoit que ce ne sont pas des boules. Ce sont des choses qui émergent de l'intérieur du bois, comme si on les forçait à sortir. Certaines sont cassées, fendues au milieu et les bords ont l'air de s'écailler en une succession d'accolades et de lèvres vertes de plus en plus fines.

— Quelqu'un pour me dire ce que c'est ? demande Mlle Justineau.

Personne n'ouvre la bouche. Melanie réfléchit très fort, en essayant de faire correspondre le bâton à quelque chose qu'elle a déjà vu, ou dont on lui aurait parlé en classe. Elle l'a sur le bout de la langue, parce que le mot veut dire ce qu'il dit – la façon dont le gros bâton se divise en d'autres plus petits, et ainsi de suite, au point qu'ils sont de plus en plus nombreux, comme quand on divise un grand nombre en une longue liste de facteurs premiers…

— C'est une branche, indique Joanne.

Idiote, idiote, idiote, se gronde Melanie.

Sur sa photo de la jungle, il n'y a que ça, des branches. Mais, bizarrement, la vraie n'est pas ressemblante. Elle a une forme plus compliquée, plus ramifiée, une texture plus rigide.

— Oui, tu as sacrément raison ! approuve Mlle Justineau. De saule, je crois. Il y a deux mille ans, les gens qui vivaient dans le secteur auraient appelé cette période de l'année le mois du saule. L'écorce de cet arbre leur servait de médicament, parce qu'elle contient une substance du nom de salicyline. C'est un antidouleur naturel.

Elle fait le tour de la classe en désanglant le bras droit des enfants, pour qu'ils puissent chacun tenir la branche et la regarder de près. Melanie trouve ça moche, mais absolument fascinant. Surtout quand Mlle J. explique que les petites boules sont des bourgeons – qu'ils se transformeront en feuilles au point de couvrir tout l'arbre de verdure, comme s'il enfilait une robe d'été.

Mais le sac contient beaucoup d'autres choses, et quand Mlle Justineau se met à le vider, tous les élèves la contemplent, ébahis. Parce qu'il est plein de couleurs : des astérisques, des roues, des tourbillons de clarté époustouflante, qui sont aussi délicats et complexes dans leur structure que la branche, mais beaucoup plus symétriques.

Des fleurs.

— Du compagnon rouge, indique Mlle Justineau en brandissant un petit bouquet qui n'est pas rouge du tout, mais plutôt violet.

Chaque pétale est fendu en deux comme une patte du tableau servant à identifier les empreintes d'animaux que Melanie a vu un jour.

— Du romarin.

Des languettes blanc et vert, serrées les unes contre les autres, comme quand on a les doigts entre les cuisses parce qu'on ne veut pas montrer sa nervosité.

— Des jonquilles.

Des tubes jaunes pareils aux trompettes dans lesquelles soufflent les anges des vieux tableaux des livres de Mlle J., mais avec des bords effrangés si délicats qu'ils bougent sous l'effet de votre respiration.

— Du néflier.

Des sphères blanches en grappes denses, aux pétales superposés, incurvés et repliés sur eux-mêmes, s'ouvrant à un bout pour montrer quelque chose qui a l'air d'un modèle réduit d'autres fleurs.

Les enfants sont hypnotisés. C'est le printemps dans la classe ; l'équinoxe, où la planète est en équilibre entre l'hiver et l'été, la vie et la mort, comme un ballon qui tourne au bout d'un doigt.

Quand tout le monde a regardé les fleurs et les a touchées, Mlle Justineau les range dans des bouteilles et des bocaux tout autour de la salle, partout où il y a des étagères, des tables ou des surfaces libres. La pièce est une prairie.

Mlle J. lit des poèmes qui parlent de fleurs, en débutant par un texte de Walt Whitman sur le lilas et le retour éternel du printemps, sauf que Walt Whitman ne va pas plus loin, il change de sujet très vite en racontant qu'il veut offrir son lilas à un cercueil qu'il a vu, et c'est la mort qui l'intéresse, alors Mlle J. dit « n'insistons pas, passons à autre chose », et elle se lance dans la lecture d'un poème de Rose Fyleman. L'auteur a même un prénom de fleur, remarque Melanie, qui préfère beaucoup ce poème-ci.

Mais le plus important qui ressort de cette journée, c'est sans doute que Melanie sait quelle date on est. Comme elle ne veut plus que ça cesse, elle décide de tenir le compte. Elle dégage un petit coin de sa tête juste pour ça, où elle ira chaque jour en ajouter un. Elle prend soin de demander à Mlle Justineau si on est dans une année bissextile, et c'est oui. Dès lors qu'elle le sait, le compte est bon.

Connaître la date, elle trouve ça rassurant, sans comprendre pourquoi. On dirait que ça lui donne un pouvoir secret – comme si elle contrôlait un petit bout du monde.

Jusque-là, elle ne se rendait pas compte qu'elle n'avait jamais eu cette impression.

7

Caroline Caldwell a le chic pour détacher le cerveau du crâne. Le doigté, la méthode, la rapidité. Elle l'extirpe d'un seul geste, en n'infligeant qu'un minimum de dégâts aux tissus. Elle a atteint le stade où elle pourrait presque le faire les yeux fermés. Mais voilà trois nuits qu'elle n'a pas dormi, et elle a beau se frotter les paupières, pas moyen de chasser la démangeaison derrière. Malgré cela, elle a les idées claires – à peine entachées d'une aura hallucinatoire. Elle sait ce qu'elle fait. Elle s'observe en approuvant sa technique de la tête, en opinant devant sa propre virtuosité.

Le premier coup tranche dans l'arrière de l'occiput. Caldwell insère sa scie chirurgicale ultrafine dans l'ouverture pratiquée pour son compte par Selkirk, puis elle traverse les couches de chair rabattues en arrière en passant entre les protubérances du muscle exposé.

Elle étire cette première entaille jusqu'à faire se rejoindre les deux extrémités, en prenant soin de suivre une ligne droite horizontale courant sur la plus grande largeur du crâne. Il est important de disposer d'assez d'espace à l'intérieur, pour éviter d'écraser le cerveau ou d'en laisser une partie quand elle l'ôtera. Caldwell poursuit son trajet. La scie va et vient avec légèreté comme un archet de violon dans l'os temporal puis l'os pariétal, sans dévier de sa ligne, puis finit par atteindre les arcades sourcilières.

Arrivé là, on cesse de suivre cette ligne. Il faut imaginer une croix, comme sur une carte au trésor : Caldwell abaisse la scie vers le milieu à partir du côté supérieur gauche, avant de remonter vers la droite, procédant à deux incisions nettement plus profondes qui se croisent à équidistance entre les yeux du sujet. Yeux qui papillotent par saccades, se dilatent puis se contractent : ils s'évertuent à effectuer une mise au point.

Le sujet est mort, mais l'agent pathogène qui contrôle son système nerveux n'est pas découragé le moins du monde par cette perte de conscience. Il sait toujours ce qu'il veut. Il reste le capitaine de ce navire en plein naufrage.

Caldwell approfondit les entailles croisées sur le devant du crâne, parce qu'à cet endroit les sinus créent une double épaisseur d'os.

Après cela, elle repose la scie pour s'emparer d'un tournevis – provenant d'un kit reçu en cadeau par son père lorsqu'il s'était abonné au *Reader's Digest* plus de trente ans plus tôt.

La suite est délicate, ardue. Afin d'élargir l'ouverture autant que possible, Caldwell enfonce la tête de l'outil dans les entailles tout en s'assurant de ne jamais le plonger trop profond, ce qui endommagerait le cerveau.

Le sujet pousse un soupir alors qu'il n'a plus aucun besoin d'oxygène.

— Ce sera bientôt fini, promet-elle – et de se sentir aussitôt idiote : ce n'est pas une conversation, ni un vécu partagé d'aucune sorte.

Selkirk l'observe, l'air légèrement inquiète. Piquée au vif, Caldwell claque des doigts puis désigne la scie, qu'elle force sa collègue à lui tendre.

La voici engagée dans un ballet d'incrémentations infinitésimales – on teste le crâne avec le bout du tournevis pour voir où il bloque, on réenfonce la scie quand on rencontre une résistance, afin de détacher graduellement la calotte supérieure en un seul morceau.

La partie la plus épineuse. Et voilà, c'est fait.

Caldwell soulève le devant de la voûte crânienne. Avec un scalpel de dix à manche antidérapant, elle tranche dans les nerfs et les vaisseaux sanguins tout en haussant doucement le cerveau, qui vient peu à peu. Dès que le tronc cérébral est exposé, elle tranche dedans aussi.

Mais elle n'essaie pas de tout extirper. Maintenant que l'encéphale est libéré, elle rend le scalpel à Selkirk pour recevoir en échange des pinces à bec rond, à l'aide desquelles elle ôte, avec un luxe de précautions, les rares esquilles d'os en V qui se dressent au bord du trou ménagé dans le crâne. Il s'en faudrait d'un rien pour qu'elles rainurent le cerveau pendant qu'on lui fait franchir cette porte de fortune. Dès lors, il ne serait plus que d'une utilité très limitée, pratiquement bon pour la poubelle.

Là, elle le soulève. À deux mains, par en dessous, en le remontant du bout des doigts via l'ouverture, sans jamais le laisser entrer en contact avec le bord.

Puis elle le pose, avec minutie, sur la table à découper.

Le sujet numéro vingt-deux, qui s'appelait Liam si l'on accepte l'idée de donner des prénoms à ces choses, continue de la contempler, de suivre des yeux ses mouvements. Ce qui ne signifie pas qu'il est vivant. Caldwell est d'avis que le moment de la mort est celui où l'agent pathogène franchit la barrière hématoencéphalique. Ce qui demeure, même si le cœur continue à battre (dix à douze fois par minute), même si ça parle et peut être baptisé comme un petit garçon ou une petite fille, ce n'est pas l'hôte. C'est le parasite.

Et ce parasite, dont les besoins et tropismes diffèrent énormément des nécessités et instincts humains, est un régisseur persévérant. Il s'obstine à faire fonctionner une vaste gamme d'appareils et de systèmes corporels sans référence avec le cerveau – ce qui est du reste préférable puisque ledit cerveau ne tardera pas à finir en très fines tranches sous des lamelles de microscope.

— Voulez-vous que j'ôte le reste du tronc cérébral ? s'enquiert Selkirk.

Elle a ce ton hésitant, suppliant, que déteste Caldwell. On dirait un mendiant à un carrefour. Elle ne demande pas d'argent, ni à manger, mais qu'on l'épargne. Ne me faites pas tremper les mains dans le cambouis.

Caldwell, qui prépare le rasoir, ne tourne même pas la tête.

— Avec plaisir, dit-elle. Allez-y.

Elle se montre brusque, voire revêche, parce que cette partie de l'opération, plus que toute autre, est un affront à sa fierté professionnelle. Si elle devait un jour agiter le poing vers ce ciel où ne règne rien, ce serait pour s'insurger contre ça. Ses lectures lui ont décrit la façon dont on disséquait le cerveau à l'époque bénie d'avant la Cassure. Il existait un appareil appelé ultramicrotome automatique, doté d'une lame en diamant, qu'on pouvait calibrer pour qu'il découpe les tissus cérébraux en des tranches égales épaisses d'un neurone. Trente mille par millimètre, à quelques unités près.

Le meilleur score auquel puisse parvenir la guillotine de Caldwell, sans mâcher ni écraser les structures fragiles à examiner, est de dix.

Il suffit d'évoquer les noms de Robert Edwards, d'Elizabeth Blackburn, de Günter Blobel, de Carol Greider ou de n'importe quel autre biologiste cellulaire à avoir jamais décroché un Nobel pour faire partir Caldwell au quart de tour.

La plupart du temps, elle jettera : je parie qu'il (ou qu'elle) disposait d'un ultramicrotome automatique. Ainsi que d'un microscope électronique en transmission de 0,5 nanomètre, d'un système d'imagerie et d'une armée d'étudiants de troisième cycle, d'internes et de techniciens de laboratoire se chargeant des tâches répétitives barbantes pour permettre au lauréat de valser dans les bras de sa satanée muse.

Caldwell essaie de sauver la planète. Or elle a l'impression de porter des maniques au lieu de gants chirurgicaux. Autrefois, elle a eu l'occasion de travailler dans le luxe. Seulement, rien n'en est sorti, et voilà où elle se retrouve. Seule, totalement autonome. Encore à se battre.

Selkirk laisse échapper un barrissement de désarroi qui la tire soudain de sa rêverie improductive.

— Tronc cérébral sectionné, madame.

— Jetez-le, marmonne Caldwell.

Elle n'a même pas tenté de cacher son mépris.

8

Cent dix-sept jours se sont écoulés depuis qu'on a emmené Liam et Marcia, qui ne sont jamais revenus. Melanie continue à y réfléchir et s'en inquiéter, mais elle n'a toujours pas demandé à Mlle Justineau – ni à qui que ce soit d'autre – ce qui leur est arrivé. Elle manque presque le faire, en questionnant M. Whitaker sur la signification de l'expression « deux canetons ». Elle se rappelle que Mme Caldwell l'a employée le jour où tout ça s'est passé.

M. Whitaker est dans une de ces journées pleines de hauts et de bas où il apporte sa bouteille en classe. Un flacon plein à ras bord d'un médicament qui lui remonte d'abord le moral avant de l'enfoncer. Melanie a assisté assez souvent à cette progression curieuse et légèrement déstabilisante pour pouvoir prédire ce qui va se passer. M. Whitaker démarre le cours dans un état d'énervement et d'irritation qui lui fait trouver à redire à tout ce que racontent ou font les élèves. Ensuite, il boit le médicament, qui se répand en lui comme de l'encre dans l'eau (c'est Mlle Justineau qui a montré aux enfants à quoi ça ressemble). Son corps se détend, il n'a plus de tics ni de tressaillements. Ses pensées se calment aussi, et il est doux et patient avec tout le monde, un petit moment. Si seulement il pouvait s'arrêter là, ce serait merveilleux, mais il continue à boire et le miracle s'inverse. Oh, M. Whitaker ne redevient pas grognon. Il vire bien pire, à un état atroce, pour lequel Melanie ne connaît pas de nom. Il a l'air de se rétracter sous l'effet d'un désespoir absolu, et en même temps de sortir de lui-même, comme s'il contenait quelque chose de trop sale qu'il n'est pas question de toucher. Des fois, il pleure, en disant qu'il regrette – pas aux enfants, non, à quelqu'un qui n'est pas vraiment là et qui change tout le temps de prénom.

Bonne connaisseuse de ce cycle, Melanie minute sa question pour qu'elle coïncide avec la phase expansive. Que peuvent donc bien être ces deux canetons dont a parlé Mme Caldwell ? demande-t-elle à M. Whitaker. Et pourquoi l'a-t-elle fait à ce moment-là, le jour où elle a emmené Marcia et Liam ?

— Ça vient d'un jeu appelé bingo, lui explique M. Whitaker d'une voix juste un peu voilée sur les bords. Chaque joueur dispose d'un carton marqué d'un certain nombre de numéros entre un et cent. Au fur et à mesure de la partie, quelqu'un annonce à haute voix les nombres que l'on tire au sort, et le premier joueur qui a tous les numéros sur son carton remporte un lot.

— Les deux canetons en font partie ?

— Non, Melanie, ils font partie des numéros. C'est une sorte de code. Chaque nombre a une expression ou un groupe de mots qui lui est associé. Deux canetons, c'est le vingt-deux, à cause de la forme que prennent les 2 sur la page. Regarde. (Il les dessine au tableau blanc.) On dirait deux petits canards qui nagent l'un derrière l'autre, tu vois ?

Melanie trouve que ça ressemble plutôt à des cygnes, mais le bingo ne l'intéresse pas beaucoup. Donc, tout ce qu'a fait Mme Caldwell, c'est répéter le même numéro, une fois en code et la deuxième en chiffres ordinaires. Pour affirmer qu'elle préférait choisir Liam au lieu de quelqu'un d'autre. Mais le choisir pour quoi faire ?

Melanie réfléchit aux chiffres et aux nombres. Son langage secret en emploie : tant de doigts levés de la main gauche ou de la droite, ou deux fois de la droite si la gauche est encore sanglée sur le fauteuil. Ce qui fait six fois six combinaisons (ne lever aucun doigt est aussi un signal secret), assez pour toutes les lettres de l'alphabet, plus quelques signes pour les maîtresses, pour Mme Caldwell et pour Sergent, plus un point d'interrogation et un qui veut dire « je plaisante ».

Cent dix-sept jours, ça suppose qu'on est en été. Peut-être que Mlle Justineau apportera à nouveau le monde extérieur dans la classe, qu'elle leur montrera à quoi l'été ressemble, comme elle l'a fait pour le printemps. Mais Mlle J. n'est plus pareille ces dernières semaines, devant les élèves. Elle oublie parfois de quoi elle parle, elle se tait au beau milieu d'une phrase et elle reste silencieuse avant de reprendre, en général en changeant complètement de sujet.

Elle passe énormément de temps à leur faire la lecture, et elle organise beaucoup moins de jeux et de séances de chant.

Peut-être que quelque chose la rend triste. Cette idée plonge Melanie dans un mélange de désespoir et de colère. Elle veut protéger Mlle Justineau, comprendre qui pourrait se montrer assez méchant pour lui faire de la peine. Elle ne sait pas ce qu'elle ferait si elle le découvrait, mais une chose est sûre : cette personne-là le regretterait.

Quand Melanie commence à réfléchir à la question, il n'y a vraiment qu'un nom qui lui vient à l'esprit.

Justement, le voilà qui entre dans la classe, à la tête d'une équipe d'une demi-douzaine de gens, son visage renfrogné à demi barré par la diagonale irrégulière de sa cicatrice. Il place les mains sur les poignées du fauteuil de Melanie, le fait pivoter, puis la pousse hors de la salle. Tout ça très vite, alors ça secoue, comme la plupart des choses qu'il fait. Il dépasse carrément la cellule de Melanie, avant d'y rentrer à reculons, en ouvrant la porte avec son derrière, puis il fait faire demi-tour au fauteuil si brusquement que Melanie en a la tête qui tourne.

Deux membres de son équipe entrent après lui, mais ils ne s'approchent pas du tout du fauteuil. Ils se mettent au garde-à-vous, attendent jusqu'à ce que Sergent leur indique qu'ils peuvent agir. L'un braque son arme de poing sur Melanie tandis que l'autre commence à défaire les sangles, en démarrant par celle du cou, par-derrière.

Melanie croise le regard de Sergent et sent quelque chose se fermer comme un poing en elle. C'est sa faute à lui si Mlle Justineau est triste. Forcément, puisqu'elle ne l'était jamais avant que Sergent se mette dans cette colère folle et lui dise qu'elle avait enfreint le règlement.

— Regarde-toi ! jette-t-il à Melanie. Tu as le visage tout tordu comme un masque de tragédie. Comme si tu avais des sentiments, bon sang !

— Si j'avais une boîte qui contient tous les maux du monde, lui crache Melanie, d'un ton aussi cruel qu'elle le peut, je l'ouvrirais juste assez pour vous pousser dedans. Ensuite, je la refermerais à jamais.

Sergent s'esclaffe, et il y a de l'étonnement dans ce rire. Comme s'il n'en croyait pas ses oreilles.

— Merde alors ! réplique-t-il. J'ai intérêt à faire attention à ce que tu ne mettes jamais la main sur une boîte !

Melanie est vexée qu'il ait pris à la légère la plus grande insulte qu'elle a pu imaginer. Elle se creuse désespérément la cervelle pour trouver le moyen de surenchérir.

— Elle m'adore ! lâche-t-elle. C'est pour ça qu'elle m'a caressé les cheveux ! Parce qu'elle m'aime et qu'elle veut être avec moi ! Et vous, tout ce que vous savez faire, c'est la rendre triste, alors elle vous déteste ! Elle vous déteste autant que si vous étiez un affam !

Sergent la contemple, puis son expression change. Il passe de l'étonnement à la peur, et enfin à la colère. Ses gros doigts se rétractent lentement pour former des poings. Il pose les mains sur les bras du fauteuil, qu'il projette en arrière contre le mur. Il a le visage très proche de celui de Melanie, et tout rouge et tordu.

— Putain de petit cloporte, je vais te transformer en chair à pâté ! lance-t-il d'une voix qui s'étrangle.

Son équipe observe tout ça d'un air angoissé. On a l'impression qu'ils hésitent faire quelque chose, sans savoir quoi.

— Sergent… commence l'un d'eux.

Mais là-dessus il se tait.

Sergent se redresse, recule d'un pas, fait un geste qui tient à moitié du haussement d'épaules.

— On a terminé ici, dit-il.

— Elle est encore sanglée, fait remarquer son deuxième homme.

— Dommage.

Il ouvre le battant à la volée et attend qu'ils partent, en regardant d'abord le premier, puis le deuxième, jusqu'à ce qu'ils renoncent. Ils franchissent le seuil en laissant Melanie telle quelle sur place.

— Fais de doux rêves, la môme, dit Sergent.

Il claque la porte derrière lui, et les verrous se mettent en place.

Un.

Deux.

Trois.

9

— Je m'inquiète pour votre objectivité, indique Caldwell à Helen Justineau.

Pardon ? Justineau ne répond pas, mais son expression doit certainement parler pour elle.

— Si nous examinons ces sujets, c'est pour une raison précise, poursuit la scientifique. Ça ne se devine pas forcément étant donné le peu de soutien dont nous bénéficions, mais notre programme de recherche est d'une importance incalculable.

Justineau ne répond toujours pas. Caldwell semble aspirée par le besoin de remplir ce vide. Presque jusqu'à ras bord.

— Il n'est pas exagéré d'affirmer que la survie de la race humaine dépend de notre capacité à comprendre pourquoi l'infection a pris un tour différent chez ces enfants au regard de sa progression habituelle chez 99,999 % des sujets. Notre perpétuation, Helen, voilà ce qui est en jeu. Notre espoir d'avenir. L'issue qui nous permettra de laisser cette catastrophe derrière nous.

Elles sont au labo, l'atelier où Caldwell se livre à ses tripatouillages immondes, où Justineau se rend rarement. Elle n'y est venue que parce qu'on l'y a invitée : la base et la mission ont beau être placées sous la mainmise de l'armée, cette femme demeure son patron. On se doit de répondre quand survient ce genre de convocation. De quitter la salle de classe pour la salle de torture.

Des cerveaux en bocaux. Des cultures de tissus dans lesquelles membres et organes à l'évidence humains s'effilochent et s'étirent en amas grumeleux de matière fongique. Une main, un avant-bras – d'enfant, évidemment – écorchés et fendus, à la peau rabattue en arrière, au muscle fiché d'éclats de plastique qui l'écartent pour permettre l'examen des structures internes. La pièce est un capharnaüm oppressant aux stores toujours baissés, afin de maintenir le monde extérieur à une distance clinique maximum. L'éclairage – d'une blancheur absolue, d'une intensité impitoyable – provient de néons encastrés dans le plafond.

Caldwell prépare des lamelles de microscopie. À l'aide d'une lame de rasoir, elle prélève des copeaux de chair dans ce qui semble être une langue.

Justineau ne sourcille pas. Elle prend soin de tout regarder, parce qu'elle participe de ce qui se passe. Feindre de ne rien voir lui ferait franchir un point de non-retour, elle en est convaincue, basculer de l'autre côté de l'horizon événementiel qu'est l'hypocrisie vers le trou noir d'une solitude absolue.

Bon sang, elle risquerait de devenir une Caroline Caldwell.

Qui a presque réussi à intégrer LE cercle de réflexion pour la survie humaine, aux premiers temps de ce que l'on a baptisé par la suite la Cassure. Une trentaine de scientifiques en mission et en formation secrètes sur ordre du gouvernement – la priorité numéro un dans un univers en voie de rétrécissement rapide. Beaucoup d'appelés, peu d'élus. Caldwell se trouvait en première ligne de la file d'attente quand la porte lui a claqué à la figure. En éprouve-t-elle encore de l'amertume, au bout de toutes ces années ? Est-ce cela qui l'a rendue folle ?

Ça remonte à si longtemps que la plupart des détails ne reviennent plus à Justineau. Trois ans après la première vague de contaminations, quand les sociétés en chute libre du monde développé ont touché ce qu'elles ont pris par erreur pour le fond. Au Royaume-Uni, le nombre de personnes infectées avait semblé se stabiliser un temps, et on débattait de centaines de mesures. Beacon allait trouver le remède, se réapproprier les villes et rétablir le statu quo que tous appelaient de leurs vœux.

Au cours de cette fausse aurore bizarre, deux labos mobiles avaient été commandés. On n'était pas parti de zéro, on n'avait pas le temps. On les avait improvisés à la hâte, mais non sans élégance, en réaménageant deux véhicules déjà en possession du Muséum d'histoire naturelle de Londres.

Censés servir aux expositions itinérantes, le Charles Darwin et le Rosalind Franklin – le Charlie et le Rosie – étaient devenus d'énormes centres de recherche ambulants. De la longueur d'un semi-remorque chacun, mais presque deux fois plus larges que la normale, ils étaient équipés de laboratoires de biologie et de biochimie dernier cri, ainsi que de couchettes destinées à accueillir jusqu'à six scientifiques, quatre gardes et deux chauffeurs. Sous l'égide du ministère de la Défense, le Charlie et le Rosie avaient également bénéficié d'une série de réaménagements dont l'ajout de chenilles, d'un blindage externe épais de trois centimètres et de canons et de lance-flammes à l'avant comme à l'arrière. Ces deux « espoirs de renouveau » (*sic*) avaient été dévoilés avec autant de pompe que possible. Des politiques comptant bien être les héros de la renaissance humaine à venir avaient discouru sur leur toit et brisé des bouteilles de champagne sur leur pare-chocs. On les avait inaugurés dans un mélange de larmes, de prières, de poèmes et d'exhortations.

Ils s'étaient perdus dans l'oubli.

La situation avait connu un effondrement très rapide après ça. Le répit n'avait été qu'un sous-produit du chaos, créé par des forces puissantes qui s'étaient annulées momentanément l'une l'autre. La contamination se répandait encore, et le capitalisme mondial continuait de s'autodévorer – comme les deux géants du tableau de Dalí, *Cannibalisme d'automne*. Au bout du compte, aucune opération de relations publiques, aussi finement orchestrée fût-elle, ne pouvait prendre le pas sur l'Armageddon. Se jouant des barricades, celui-ci s'en était donné à cœur joie.

Personne n'avait jamais revu les génies qu'on avait mis tant de soin à sélectionner. Il ne reste plus désormais que la deuxième division, le banc des remplaçants, les éternels seconds. *Caroline Caldwell est la seule à pouvoir nous sauver.* Bordel, que Dieu nous vienne en aide !

— Vous ne m'avez pas amenée ici pour mon objectivité, rappelle Justineau à sa chef (d'un ton de voix presque égal qui l'étonne elle-même). Vous vouliez compléter par des évaluations psychologiques les données brutes que vous obtenez via vos propres recherches. Si je me montre objective, je ne vous suis d'aucune utilité. Je croyais que toute l'idée, c'était justement que je m'implique dans les processus mentaux des enfants.

Caldwell fait un geste vague, pince la bouche. Elle arbore du rouge à lèvres chaque jour, malgré sa rareté. Il lui sert à faire la meilleure figure possible. En plein règne de la rouille, elle paraît inoxydable.

— Vous impliquer ? dit-elle. Vous impliquer, ça me convient, Helen. Je parle d'une attitude qui va au-delà. (Elle désigne de la tête une pile de documents posée sur l'un des plans de travail, au beau milieu des boîtes de Petri et des coffrets de lamelles.) La feuille du dessus, là-bas. C'est le double archivé d'une requête que vous avez adressée à Beacon. Vous vouliez qu'ils décrètent un moratoire sur les expériences d'ordre physique sur les sujets.

Justineau n'a pas de réponse, hormis l'évidence.

— Je vous ai demandé de me renvoyer chez moi. En sept occasions. Vous avez refusé à chaque fois.

— On vous a amenée ici pour accomplir une tâche. Ce n'est pas encore fait. J'ai choisi de vous faire honorer les termes de votre contrat.

— Dans ce cas, il faudra me prendre telle que je suis, rétorque Justineau. Si vous me gardez ici, vous devrez vous accommoder de quelques inconvénients mineurs, comme le fait que j'ai une conscience.

La bouche de Caldwell se réduit à un trait unique, gradué. Elle tend la main vers le manche de son rasoir, qu'elle dispose parallèlement au bord de la table.

— Non, rétorque-t-elle. Je n'ai aucune obligation. C'est moi qui définis le programme de recherche et le rôle que vous y jouez. Et ce rôle demeure nécessaire, raison pour laquelle je prends le temps de discuter avec vous en ce moment même. Vous m'inquiétez, Helen. Vous semblez avoir commis une erreur de jugement fondamentale. À moins de parvenir à vous en distancier, elle entachera toutes vos observations des sujets. Vous serez alors pire qu'inutile.

Erreur de jugement. Justineau soupèse l'opportunité d'une réplique acerbe sur celui de Caldwell, mais les échanges d'insultes ne l'avanceront pas dans cet affrontement.

— Enfin, vous n'avez pas encore saisi que les réactions des enfants se situent toutes dans une fourchette humaine normale ? choisit-elle de demander à la place. Et qu'elles se concentrent pour l'essentiel à l'extrémité supérieure de ce spectre ?

— Concernant l'aspect cognitif, vous voulez dire ?

— Non, Caroline. Tous les aspects. Cognition, émotions, associations… La totale.

Caldwell hausse les épaules.

— Ma foi, dans « la totale », comme vous dites, il faudrait inclure les réflexes irrépressibles. Un sujet pris d'accès de boulimie cannibale dès qu'il sent l'odeur de la chair humaine sort quelque peu des paramètres de la normalité, vous ne trouvez pas ?

— Vous voyez très bien ce que je veux dire.

— Oui. Et quant à vous, vous voyez très bien que vous faites fausse route.

Caldwell n'a pas haussé le ton, ne montre aucun signe de colère, d'impatience ni d'énervement. Ce pourrait être une enseignante qui expose à un élève débutant le défaut de logique qu'il a commis, afin de lui permettre de se corriger, de s'améliorer.

— Les sujets ne sont pas humains, poursuit-elle. Ce sont des affams. Des affams de haut niveau. Leur capacité à parler nous rend plus susceptibles d'empathie à leur égard, mais les rend aussi beaucoup plus dangereux que la variété bestiale que l'on trouve couramment. Le simple fait de les avoir ici, à l'intérieur du périmètre, constitue un risque en soi – raison pour laquelle on nous a ordonné de nous installer à une telle distance de Beacon. Mais l'information que nous espérons obtenir justifie ce risque. Elle justifierait n'importe quoi.

Justineau part d'un rire suraigu, malsonnant – une convulsion respiratoire à l'exhalation douloureuse. Il lui faut dire ce qu'elle a à dire, pas moyen de tourner autour du pot.

— Vous avez débité deux enfants en morceaux, Caroline. Et ce, sans anesthésie.

— Ils ne répondent pas au produit. La fraction lipidique de leurs neurones est si réduite que les concentrations alvéolaires n'atteignent jamais le seuil d'efficacité. Ce qui devrait suffire à vous indiquer qu'un certain doute plane sur le statut ontologique des sujets.

— Vous disséquez des enfants ! reformule Justineau. Bon Dieu, vous êtes comme la méchante sorcière d'un conte de fées ! Je connais votre palmarès. Vous en avez découpé sept, pas vrai ? Avant mon arrivée. Avant de me réquisitionner. Vous avez arrêté parce qu'il n'y avait aucune surprise. Vous ne trouviez rien que vous ne sachiez déjà. Sauf qu'à présent, pour une raison qui m'échappe, vous faites comme si ça n'avait pas existé et vous recommencez. Alors, oui, je vous ai court-circuitée, parce que j'espérais qu'il resterait peut-être des personnes saines d'esprit parmi vos supérieurs.

Justineau se rend compte qu'elle a parlé trop fort, d'une voix criarde. Elle se plonge dans le silence en attendant qu'on lui signifie son renvoi. Qu'elle envisage avec soulagement. Tout sera terminé. Elle sera allée aussi loin que possible, elle aura perdu, ils l'expulseront de la base. Tout ça ne sera plus son problème. Bien sûr qu'elle sauverait les enfants si elle le pouvait, s'il y avait moyen, mais on ne peut protéger personne de la réalité. Il n'y a nulle part où emmener ces mômes.

— J'aimerais vous montrer quelque chose, lance Caldwell.

Justineau, désemparée, la regarde avec une curieuse impression de dissociation traverser puis quitter cette partie du labo, pour revenir avec un aquarium en verre dans lequel elle a disposé une de ses cultures de tissus. Une des plus anciennes, fruit de plusieurs années de croissance. L'aquarium mesure dans les quarante-cinq centimètres de long sur vingt-cinq de large, et une vingtaine en profondeur. L'intérieur est rempli à ras bord d'un écheveau de filaments étirés gris foncé. *Comme de la barbe à papa parfum peste,* songe Justineau. Il est carrément impossible de dire en quoi consistait le substrat original : il a tout bonnement disparu sous l'effervescence toxique qui en a germé.

— Tout ceci constitue un organisme unique, indique Caldwell avec fierté, voire une forme d'affection perverse. (Elle le montre du doigt.) Et désormais nous savons de quel genre d'organisme il s'agit. Nous l'avons enfin compris.

— Ça me paraissait assez évident, affirme Justineau.

Si Caldwell perçoit le sarcasme dans sa voix, ça ne semble pas la troubler, en tout cas.

— Oh, nous avons su rapidement qu'il s'agissait d'un champignon, admet-elle. Nous avions supposé au départ que le pathogène affameur devait être un virus ou une bactérie. La rapidité du déclenchement de la maladie et les vecteurs d'infection multiples nous faisaient pencher pour cette piste. Mais de nombreux éléments sont venus étayer l'autre hypothèse. Si la

Cassure n'était pas intervenue aussi vite, on aurait isolé cet organisme en quelques jours.

» Vu les circonstances... ça nous a demandé un bon moment. Au cours du chaos qui a régné les premières semaines, nous avons perdu beaucoup de données. Les examens auxquels on soumettait les victimes se sont interrompus brusquement quand elles ont attaqué les médecins et les scientifiques qui les observaient. Elles les ont débordés puis dévorés. La vitesse de propagation exponentielle du fléau a permis la répétition mondiale, *ad libitum*, de ce scénario. Et à chaque fois, vu la nature de leurs travaux, les hommes et femmes qui auraient pu nous en révéler le plus ont été les plus exposés à l'infection, bien entendu.

Caldwell a l'élocution atone, plate, d'un conférencier, mais son expression se durcit : elle contemple l'organisme qui constitue à la fois son ennemi juré et le centre de son existence consciente.

— À condition d'élever le pathogène dans un environnement sec et stérile, il finira par révéler sa véritable nature, poursuit-elle. Mais son cycle de croissance est lent. Une lenteur très surprenante. Dans le corps des affams, les filaments de mycélium mettent plusieurs années à apparaître à la surface de la peau – où ils ressemblent alors à des veines d'un gris sombre ou un fin mouchetage. Dans la gélose de laboratoire, le processus se révèle bien plus long. Ce spécimen a beau avoir douze ans, il reste immature. Les structures sexuelles ou de germination, qu'elles soient à base de sporanges ou d'hyménium, ne sont pas encore formées. Raison pour laquelle on ne peut être contaminé que par morsure d'un affam ou exposition directe à ses fluides corporels. Au bout de deux décennies, l'agent pathogène n'a toujours pas produit de spores. Il ne peut germer que de façon asexuée, dans une solution de nutriments. Idéalement, du sang humain.

— Pourquoi me montrer ça ? demande Justineau. J'ai lu la prose scientifique.

— Oui, Helen, convient Caldwell, mais c'est moi qui l'ai rédigée. Et j'en ai encore sous le coude. Grâce aux cultures que j'ai prélevées chez des affams en état de décomposition très avancée – des cultures comme celle-ci –, j'ai pu prouver que ce champignon a de qui tenir. *Ophiocordyceps unilateralis.*

» Nous l'avons d'abord trouvé parasitant des fourmis. Et son comportement dans ce contexte l'a rendu célèbre. Les documentaires animaliers ont bien insisté sur le moindre détail croustillant.

Caldwell les imite, mais c'est inutile. À l'époque où elle a découvert que l'agent pathogène était un *Cordyceps* mutant, elle a été prise d'une telle joie qu'elle n'a pu s'empêcher de la partager. Elle a convaincu Beacon d'autoriser un programme de formation pour tout le personnel de la base. Ils se sont succédé dans la cantine par groupes de vingt. Caldwell démarrait son show en montrant un court extrait d'un film de David Attenborough daté d'une vingtaine d'années avant la Cassure.

La voix aux intonations de miel du célèbre documentariste, évocatrice de douce campagne anglaise aux jardins parfaits, décrivait avec une tendresse incongrue la façon dont les spores d'*Ophiocordyceps* reposent inertes sur le sol, dans des environnements humides tels que ceux de la forêt tropicale sud-américaine. Collantes, elles se fixent sur d'innocentes fourmis cherchant leur nourriture en adhérant à la partie inférieure de leur thorax ou de leur abdomen. Une fois en place, elles étirent des filaments de mycélium qui pénètrent dans le corps de l'insecte, puis s'attaquent à son système nerveux. Les *fungi* court-circuitent les fourmis.

Sur l'écran, des images de bestioles qui s'escriment en vain à arracher les spores gluantes de leur carapace en les raclant avec les pattes en des gestes spasmodiques. C'est inutile. Les spores ont commencé à se forer un passage, et le système nerveux de l'hyménoptère charrie déjà des molécules étrangères – imitations adroites de ses propres neurotransmetteurs.

Le champignon prend le volant, écrase l'accélérateur et éloigne la fourmi. Il la fait grimper le plus haut possible – jusqu'à la partie inférieure d'une feuille située à au moins quinze mètres du sol, au rachis de laquelle il s'accroche avec ses mandibules, inamovible de cet axe.

Le fungus se répand à travers le corps de la fourmi pour finir par exploser hors de sa tête, sporange phallique niquant à mort de l'intérieur le crâne de l'insecte à l'agonie. Et laissant échapper des milliers de spores, qui tombent d'une telle hauteur qu'elles s'éparpillent sur des kilomètres à la ronde.

Toute l'idée est là. Des milliers d'espèces de *Cordyceps,* tous spécialisés, parasitant de façon unique telle ou telle variété particulière de fourmi.

Mais à un moment donné en a surgi un qui s'est montré beaucoup moins pointilleux. Il a sauté la barrière des espèces, puis celles des genres, des familles, des ordres et enfin des classes. Il s'est hissé jusqu'au sommet de l'arbre de l'évolution, si l'on admet une seconde que l'évolution est un arbre, qui possède un sommet. Bien entendu, il se peut que ce *Cordyceps* ait bénéficié d'une aide extérieure. On l'a peut-être fait pousser en labo pour une raison obscure, en accélérant la cadence à coups d'épissages et d'injections d'ARN. Tout ça constitue de très grands bonds, tout de même.

— Ceci, indique Caldwell avec une tape de la paume sur le couvercle hermétique de l'aquarium, c'est ce qui se trouve sous le crâne des sujets. Dans leur cerveau. Quand vous entrez dans cette salle de classe, vous croyez parler à des enfants. Seulement, ce n'est pas le cas, Helen. Vous vous adressez à l'organisme qui les a tués.

Justineau secoue la tête.

— Je n'en suis pas convaincue.

— Vos avis personnels n'ont aucune importance.

— Leur comportement montre des réactions qui n'ont aucune incidence sur la survie du champignon.

Caldwell hausse les épaules.

— Oui, bien sûr. Pour l'instant. Qui trop embrasse mal étreint. *Ophiocordyceps* ne dévore pas la totalité du système nerveux d'un seul coup. Mais si un de ces organismes que vous considérez comme vos élèves sent une odeur de chair humaine, des phéromones humaines, c'est au fungus que vous aurez affaire. Il commence par raffermir son contrôle sur le cortex moteur et sur le réflexe nutritif. C'est ainsi qu'il se propage – par la salive, essentiellement. La morsure sert à la fois à procurer un aliment à l'hôte et à diffuser la contamination. D'où l'extrême prudence dont nous faisons preuve dans le maniement des sujets d'expérience. Et d'où également – (*soupir*) – la nécessité de la présente mise en garde.

Helen éprouve une envie irrépressible de s'inscrire en faux. Elle s'empare du bord de l'aquarium, en force l'ouverture.

Caldwell émet un cri muet en reculant, la main plaquée sur la bouche. Puis elle réfléchit et abaisse sa paume. Elle fusille Helen du regard. Son détachement glacé a pris un coup fatal.

— C'était très bête, dit-elle.

— Mais pas dangereux. Vous l'avez dit vous-même, Caroline. Pas encore d'organes sexuels. Le champignon n'a pour l'instant aucun moyen de se reproduire dans l'air. Il lui faut du sang, de la sueur, de la salive, des larmes. Vous comprenez ? Vous êtes tout aussi susceptible que n'importe qui de vous tromper dans vos évaluations – de voir un risque où il n'en existe en réalité aucun.

— Votre analogie est bancale. (Caldwell a la voix tranchante comme un rasoir.) Et surestimer le risque ne pose aucun problème dans le contexte qui nous occupe. Le danger, tout le danger, réside dans le fait de l'ignorer.

Justineau se lance dans une dernière tentative.

— Je ne défends pas l'idée d'interrompre le programme, voyons. Juste celle de passer à d'autres méthodes.

Caldwell sourit, cassante, précise.

— Je suis ouverte à d'autres méthodes, assure-t-elle. Raison pour laquelle j'ai demandé qu'on affecte un psychologue du développement à l'équipe. (Son affabilité se fane en un reflux inexorable.) Mon équipe. Vos méthodes viennent en complément des miennes, j'y fais appel quand j'en ai besoin. Ce n'est pas vous qui décidez de notre approche, et il est hors de question que vous passiez par-dessus mon autorité pour communiquer avec Beacon. Gardez bien à l'esprit que nous sommes ici sous juridiction militaire, pas civile, Helen. Cela vous arrive-t-il d'y réfléchir ?

— Rarement, reconnaît Justineau.

— Eh bien, vous devriez. Ça fait une différence. Si je décide que vous mettez en péril mon programme, et si j'en informe le sergent Parks, on ne vous renverra pas chez vous. (Elle fixe Justineau avec un regard chargé d'une douceur et d'une inquiétude incongrues.) On vous fusillera.

Entre elles, le silence s'abat.

— Ce qui se passe sous leur crâne m'intéresse, reprend finalement Caldwell. Pour l'essentiel, il se trouve que je peux le déterminer en examinant des structures physiologiques au microscope. Quand je n'y parviens pas, je consulte vos rapports. Et ce que je compte lire sous votre plume, ce sont des évaluations claires, rationnelles, donnant parfois lieu à quelques conjectures bien argumentées. Comprenez-vous ?

Un long silence.

— Oui, répond Justineau.

— Bien. Alors, pour démarrer, je vous demande de lister les sujets par ordre d'importance quant à vos évaluations. Attelez-vous-y tout de suite. Dites-moi lesquels vous devez encore observer et à quel point ils vous sont nécessaires. Je m'efforcerai de tenir compte de vos priorités au moment de choisir ceux que l'on m'amènera pour dissection. Il va nous falloir énormément de mesures comparatives. Nous sommes le dos au mur, et je ne vois qu'une solution pour trouver de nouvelles pistes : examiner les données brutes. Je compte traiter la moitié de la cohorte au cours des trois prochaines semaines.

Justineau ne peut recevoir ce coup sans broncher.

— La moitié de la classe ? s'étonne-t-elle dans un filet de voix. Mais c'est… Caroline, bon sang !

— La moitié de la *cohorte*, souligne Caldwell. De notre stock restant de sujets d'expérience. La classe est un labyrinthe que vous leur avez construit pour qu'ils s'y promènent. Ne la réifiez pas, n'en faites pas un élément qui mérite considération en soi. Il me faut cette liste d'ici dimanche, mais le plus tôt sera le mieux. Nous attaquerons lundi matin. Merci de m'avoir écoutée. S'il y a quoi que ce soit que je puisse faire pour vous aider, prévenez-moi. Cela vaut aussi pour l'assistance que peut vous apporter madame Selkirk. Quoi qu'il en soit, la décision finale vous appartient, bien sûr. Nous n'interférerons pas avec cette prérogative.

Justineau se découvre soudain à l'air libre, marchant au hasard. Le soleil frappe son visage, elle s'en détourne. Elle a les joues assez brûlantes comme ça.

La moitié de ceux qui restent. La moitié des…

Ses pensées percutent les termes, les envoient filer loin, hors de portée.

Un autre jour, elle aurait peut-être admiré la franchise brutale de Caldwell quant à ses propres insuccès. *Nous sommes le dos au mur.* Cette femme s'identifie tant avec le programme que toute vanité lui est impossible.

Sauf que la décision finale appartient à Helen. C'est du pur sadisme. *Servez à mon autel, Helen. Vous avez même le droit de choisir les sacrifiés, n'est-ce pas génial ?*

La moitié de…

Tout s'écroulera, la clef de voûte ne tiendra pas. Lacérée de peurs et de sentiments d'insécurité, la classe va s'effilocher par tous les bouts. Ils finiront par poser la question à laquelle Justineau ne peut répondre. Elle devra choisir entre aveu et évitement, attitudes qui la projetteront toutes les deux de l'autre côté de la courbe de la catastrophe.

C'est peut-être la place qu'elle mérite. Tueuse d'enfants.

Toi, pas toi. Une facilitatrice de meurtres en série qui affiche un sourire de Judas tout en cochant des cases. L'idée que Parks lui flanque une balle dans la tête est particulièrement tentante en cet instant.

C'est justement à cette seconde-là qu'elle entre en collision avec le sergent, en un choc assez rude pour qu'ils en chancellent tous les deux. Le militaire est le premier à retrouver l'équilibre. Il saisit Helen par les épaules avec ménagements pour l'aider à reprendre le sien.

— Hé, s'inquiète-t-il, ça va, mademoiselle ?

Son visage large et aplati, rendu asymétrique par cette balafre qui l'enlaidit de façon inconcevable, irradie la sollicitude. Justineau s'arrache à sa poigne – les traits déformés, quant à elle, par un accès de colère.

Parks, ignorant d'où cette émotion viscérale provient et où elle risque de mener, sourcille.

— Oui, répond Justineau. Écartez-vous de mon chemin, s'il vous plaît.

Le sergent désigne quelque chose dans son dos, vers la clôture.

— Une sentinelle a repéré du mouvement dans les bois par là-bas, explique-t-il. On ne sait pas si ce sont des affams ou autres. En tout cas, ce périmètre est interdit pour l'instant. Désolé, c'est pour ça que j'ai tenté de vous intercepter.

Ça bouge à mi-distance, dans la direction qu'il montre du doigt, ce qui distrait Helen une seconde et la force à se concentrer à nouveau.

Elle se tourne vers Parks, en tâchant de prendre une inspiration longue et égale, de remballer la bouillasse de ses émotions pour qu'il ne les lise pas sur ses traits. Elle ne veut pas que cet homme la comprenne, même à un niveau aussi superficiel.

Et songer à ce dont il a été le témoin, à ce qu'il sait peut-être sur elle, ou croit savoir, lui fait soudain envisager le déroulé de son humiliation sous un jour nouveau. Quand Parks l'a vue enfreindre la règle du zéro contact, il a menacé de lui mettre une procédure disciplinaire sur le dos. Mais ensuite, rien. Jusqu'à maintenant.

Il est allé médire d'elle auprès de Caroline Caldwell. Justineau en est certaine. Les quatre mois qui séparent l'incident avec Melanie du savon qu'elle vient de subir n'entament en rien cette conviction. Les choses infusent lentement dans les bureaucraties, elles progressent à leur rythme.

Justineau doit réfréner son envie de boxer le champ de ruines qui sert de visage à Parks. Peut-être trouverait-elle la faille, le point de pression qui l'émietterait et qui l'éjecterait de sa vie.

— Je suis toujours là, sergent, lui lance-t-elle, poussée au défi. Vous avez tiré votre meilleure cartouche, mais Caldwell s'est contentée de me donner une petite tape sur la main assortie de quelques pensums.

Parks plisse le front, là où il le peut encore – où le tissu cicatriciel ne froisse pas de façon permanente.

— Excusez-moi ? dit-il.

— Oh, ne vous excusez pas.

Elle entreprend de le contourner, puis se rappelle qu'elle ne peut pas continuer dans cette direction et se retourne, de sorte que l'espace d'un instant elle lui montre le flanc.

— Je n'ai tiré aucune cartouche, répond le sergent du tac au tac. Je n'adresse aucun rapport au professeur Caldwell, si c'est ce que vous pensez.

Il paraît sincère. Il a vraiment l'air de tenir à ce qu'elle le croie.

— Eh bien, vous devriez, rétorque Justineau. C'est un excellent moyen de me mettre hors de moi. Continuez à jouer les petits soldats intrinsèques.

Une émotion proche du désarroi se lit maintenant sur le visage du militaire.

— Écoutez, dit-il, je m'efforce de vous aider. Sans rire.

— M'aider ?

— Eh oui. J'en ai vu, des batailles. Et j'ai survécu à plus d'expéditions de raflage que pratiquement tout le monde. Du solide, du lourd. En ville.

— Et donc ?

Parks hausse ses épaules énormes. Il demeure muet une seconde comme s'il était parvenu aux limites de son vocabulaire – ce que Justineau ne trouve guère improbable.

— Donc je sais de quoi je parle, finit-il par dire. Je connais les affams. On ne survit pas aussi longtemps de l'autre côté du grillage si on ne pige pas les règles. Ce qu'on peut se permettre, et ce qui vous fera tuer.

Justineau affiche son indifférence. Elle sent confusément que ça atteindra plus Parks que n'importe quelle démonstration de colère. Le trouble du sergent est une autoroute qui la mène à un mépris glacial.

— Je ne suis pas de l'autre côté du grillage, réplique-t-elle.

— Sauf que vous avez affaire à eux. Tous les jours. Et que vous ne maintenez pas votre garde. Merde, vous aviez les mains sur ce truc. Vous l'avez touchée…

Sa voix s'éteint à ces mots.

— Oui, admet Justineau. Je l'ai fait. Déstabilisant, hein ?

— C'est idiot. (Parks secoue la tête comme pour en déloger une mouche.) Mademoiselle Justineau… Helen… le règlement a sa raison d'être. Si vous le suivez scrupuleusement, il vous sauvera. De vos propres instincts autant que du reste.

Elle ne prend pas la peine de répondre. Elle se contente de le fixer jusqu'à ce qu'il baisse les yeux.

— D'accord, dit Parks. Dans ce cas, je vais devoir m'en charger moi-même.

— Vous en charger ?

— C'est de mon ressort.

— Vous-même ?

— La sécurité de cette base est de…

— Vous comptez lever la main sur moi, sergent ?

— Je ne toucherai pas un seul de vos cheveux ! éclate-t-il. Je sais faire régner l'ordre sous mon propre toit.

Et là, brusquement, elle déchiffre quelque chose sur ces traits affreux. Il évite un sujet. Un problème qu'il a encore frais à l'esprit.

— Qu'avez-vous fait ? demande-t-elle.

— Rien.

— Qu'avez-vous fait ?

— Rien qui vous concerne.

Elle s'éloigne alors qu'il continue à parler. Elle n'a guère de mal à rester sourde à ce qu'il dit. Ce ne sont que des mots.

Quand elle arrive à la salle de classe, c'est au pas de charge.

10

Lorsqu'il n'y a rien à faire et qu'on ne peut même pas bouger, le temps va beaucoup moins vite.

Melanie a eu des crampes atroces dans les jambes et dans son bras gauche encore sanglés au fauteuil, mais c'était il y a longtemps. Maintenant, la douleur s'est endormie. On croirait que son corps a cessé de prendre la peine de lui montrer ce qu'il ressent, alors elle n'a même plus la distraction de souffrir.

Assise là, elle réfléchit à la colère de Sergent et à ce qu'elle veut dire.

Il y a beaucoup d'explications possibles, mais dans tous les cas le point de départ est le même. C'est seulement quand elle a parlé de Mlle Justineau que Sergent s'est fâché – quand Melanie a dit que Mlle J. l'aimait, elle.

Melanie comprend la jalousie. Jalouse, elle l'est un peu, chaque fois que Mlle J. s'adresse à un autre élève, garçon ou fille. Elle veut que le temps de Mlle J. ne soit que pour elle, et chaque rappel contraire la pique, fait sombrer légèrement son cœur dans sa poitrine.

L'idée que Sergent puisse éprouver la même chose est vertigineuse. Dans ce cas, ça veut dire qu'il existe des limites à son pouvoir – et qu'elle, Melanie, s'en libère, justement, quand elle y réfléchit.

Cette pensée la revigore un instant. Mais personne ne vient, et les heures s'étirent – elle a beau être douée pour attendre sans rien faire, le temps lui est pesant. Elle essaie de se raconter des histoires, elles s'écroulent dans sa tête. Elle s'impose des défis sous forme d'équations à résoudre en simultané, mais c'est trop facile quand on a posé le problème soi-même. On a déjà à demi trouvé la réponse avant même d'y avoir réfléchi comme il faut. Elle est fatiguée, maintenant, sauf que sa posture forcée dans le fauteuil ne lui permet pas de dormir.

Au bout d'un très, très long moment, elle entend la clé tourner dans la serrure, les barres qu'on ramène en arrière. De lourds claquements de porte en acier. Des pas courent sur du béton, soulèvent tout un murmure d'échos. Est-ce Sergent ? Est-il venu la transformer en chair à pâté ?

Quelqu'un déverrouille la porte de Melanie, l'ouvre d'une poussée.

Mlle Justineau se tient sur le seuil.

— Ça va aller, Melanie, dit-elle. Je suis là. Je vais prendre soin de toi.

Mlle J. s'avance. Elle s'escrime sur le fauteuil, comme Hercule combattant un lion ou un serpent. La sangle du bras, en partie défaite, s'ouvre vraiment facilement. Ensuite Mlle J. s'agenouille pour s'attaquer à celles des jambes. La droite. Puis la gauche. Elle marmonne et jure à mesure.

— Il est fou à lier ! Pourquoi a-t-il fait une chose pareille ? Qui pourrait vouloir agir ainsi ?

La constriction diminue et les sensations reviennent dans les jambes de Melanie avec une vague de démangeaisons.

Melanie se met debout d'un bond, le cœur explosant presque de bonheur et de soulagement. Mlle Justineau l'a sauvée ! Elle hausse les mains dans un instinct irrésistible. Elle veut que Mlle Justineau la soulève dans ses bras. Elle veut la serrer contre elle, qu'elle la prenne contre sa poitrine, elle veut un contact qui ne soit pas limité à ses cheveux : celui de ses doigts, de son visage, de tout son corps.

Puis elle se raidit comme une statue. Les muscles de sa mâchoire se crispent, un gémissement lui échappe.

Mlle Justineau s'inquiète. Elle se relève, la main tendue.

— Melanie ?

— Non ! hurle Melanie. Ne me touchez pas !

Mlle Justineau ne bouge plus, mais elle est tellement près ! Tellement près !

Melanie geint. Tout son esprit explose. Elle recule en titubant, sauf que ses jambes raides ne fonctionnent pas comme il faut et elle tombe de tout son long par terre. L'odeur, la merveilleuse, la terrible odeur emplit la pièce, sa tête et ses pensées, et tout ce qu'elle veut, c'est…

— Partez ! gémit-elle. Partez partez partez partez !

Mlle Justineau ne bouge pas.

— Partez, ou je vous transforme en chair à pâté, putain !

Elle n'en peut plus. Elle a la bouche pleine d'une salive épaisse comme une coulée de boue. Ses mandibules se mettent à mâchonner dans le vide.

La tête lui tourne, la pièce a l'air de disparaître, et puis ça revient, comme ça, sans qu'elle bouge.

Melanie est suspendue au bout d'un fil, un fil très, très, très fragile. Elle va tomber et il n'y a qu'une orientation possible.

— Oh, merde ! sanglote Mlle Justineau.

Elle comprend enfin. Elle recule d'un pas.

— Je suis désolée, Melanie. Je n'y ai même pas pensé !

Pas pensé à la douche. Parmi les sons qu'a entendus Melanie, il y a eu un grand absent : le sifflement de vaporisation chimique tombant du plafond pour se déposer sur Mlle J., pour former une couche d'odeur qui cache la sienne en dessous.

Ce qu'éprouve Melanie à ce moment précis, c'est ce que Kevin a ressenti quand Sergent a effacé les produits sur son bras avant de le lui fourrer directement sous le nez. Mais Melanie n'a perçu l'odeur que de loin cette fois-là, et sur le moment elle n'a pas vraiment compris.

Quelque chose s'ouvre à l'intérieur d'elle, comme une bouche qui s'agrandit de plus en plus et qui n'arrête pas de hurler – pas de peur, mais d'envie. Melanie pense avoir un mot pour en parler, maintenant, même si ça ne ressemble toujours à rien qu'elle ait ressenti jusqu'ici : c'est de la *faim*. Quand les enfants mangent, aucune faim n'entre en ligne de compte. On déverse les larves dans votre bol et vous les engloutissez. Sauf que dans les histoires qu'elle a entendues, ça ne se passe pas pareil. Les gens des histoires veulent manger, ils en ont besoin et, quand ils le font, ils éprouvent la sensation d'être remplis de quelque chose. Ça leur donne une satisfaction que rien d'autre ne peut leur fournir. *Tu es mon pain quand j'ai faim*. Melanie repense à une chanson que les enfants ont apprise et chantée un jour. La faim fléchit sa colonne vertébrale comme Achille fléchissait son arc. Mlle Justineau sera son pain.

— Vous devez partir, dit-elle.

Enfin, elle croit l'avoir dit. Pas possible d'en être sûre, parce que son cœur, sa respiration et son sang font un fracas à ses oreilles. Elle agite le bras : dehors ! Sauf que Mlle Justineau se contente de rester plantée là, coincée entre son envie de fuir et celle de lui venir en aide.

Melanie se remet debout tant bien que mal et plonge en avant, mains tendues devant elle. C'est presque comme cet autre geste il y a un instant, quand elle voulait être prise dans les bras, mais maintenant elle écrase ses paumes sur le ventre de Mlle Justineau

elle la touche la touche la touche

et elle la repousse violemment. Elle a plus de force qu'elle le pensait jusqu'ici. Mlle Justineau recule en chancelant, manque trébucher. Si elle trébuche, elle finira morte. Mangée.

Les muscles de Melanie se tendent, se nouent, s'enroulent à l'intérieur d'elle.

Ils se préparent à un effort énorme.

Elle dévie ce mouvement, qu'elle change en rugissement.

Mlle Justineau perd l'équilibre, chancelle, puis passe la porte et la referme à la volée.

Melanie avance tout en s'empêchant de le faire. Elle est un homme qui tient un gros chien en laisse, elle est les deux à la fois. Elle étire la lanière de sa propre volonté.

Le premier verrou claque au moment exact où elle atteint la porte. L'odeur, la faim l'envahissent jusqu'au bout des ongles, mais Mlle Justineau est en sécurité de l'autre côté. Melanie attaque le battant avec ses doigts, en s'étonnant de leur espoir et de leur sottise. La porte ne s'ouvrira plus, maintenant, mais une bête en elle le croit encore possible.

Cette bête met longtemps à renoncer. Après cela, épuisée, la petite fille s'écroule à genoux à côté de la porte et pose son front sur un béton rigide, glacé.

Au-dessus d'elle, la voix de Mlle Justineau résonne.

— Excuse-moi, Melanie. Excuse-moi.

Melanie lève la tête, étourdie, voit le visage de Mlle J. derrière le grillage.

— Tout va bien, dit-elle faiblement. Je ne mords pas.

C'est censé être une plaisanterie. De l'autre côté de la porte, Mlle Justineau fond en larmes.

II

Pour quantité de raisons, les événements de cette journée ne formeront plus au final qu'une masse spongieuse indifférenciée dans l'esprit d'Helen Justineau. Seuls trois éléments s'en détacheront clairement jusqu'au jour de sa mort.

Le premier, c'est que le sergent Parks disait juste depuis le début. Sur elle et sur les risques auxquels son propre comportement l'a exposée. Voir l'enfant se transformer en monstre pile sous ses yeux lui a fait enfin comprendre que les deux existent pour de vrai. Il n'y a pas d'avenir où elle puisse libérer Melanie, la sauver, supprimer cette porte de cellule qui les sépare.

La deuxième, c'est que certaines choses se concrétisent par le simple pouvoir de la parole. Lorsqu'elle a dit à cette fillette « Je vais m'occuper de toi », l'architecture de son esprit, sa définition d'elle-même, a basculé pour se reconstituer autour de cette assertion. Helen a pris un engagement, à moins que ça n'ait été en formuler un déjà existant. Aucun rapport avec un quelconque sentiment de culpabilité envers ses méfaits passés (même si elle a une assez bonne idée de ce qu'elle mériterait) ni avec un espoir de rédemption. C'est juste le point de tangente d'une courbe. Elle s'est élevée aussi haut qu'elle l'a pu et à présent elle retombe, désormais incapable (si tant est qu'elle l'a jamais été) de contrôler ses mouvements.

La date butoir qu'on lui a fixée approche à grands pas. On attend d'elle qu'elle choisisse quels élèves se feront découper en tranches sur la table de dissection de Caroline Caldwell. Helen n'a pas la moindre idée de ce qu'elle va faire. Toutes les issues possibles lui semblent barrées d'une façon ou d'une autre.

Le troisième élément est presque banal, en comparaison. C'est juste que le mouvement qu'elle a aperçu derrière l'épaule de Parks, quand celui-ci lui demandait de quitter le périmètre, se trouvait du mauvais côté de la clôture. C'est cela qui l'a distraite un instant, désarçonnée après qu'ils se sont heurtés.

Une silhouette humaine observait le grillage depuis l'orée du bois, presque invisible parmi les arbres et les buissons d'un mètre de haut.

Pas un affam. Un affam n'aurait pas maintenu une branche écartée d'une main pour disposer d'un bon champ de vision.

Un cureur, donc. Un sauvage qui n'entrerait jamais dans la base.

Par conséquent, pas une menace, conclut-elle.

Parce que les seules qui la préoccupent pour l'instant, ce sont celles qui proviennent du dedans.

12

Si Eddie Parks est sûr d'un truc, c'est qu'il commence à en avoir sa claque de ce poste. Les expéditions, ça lui allait. Le raflage, comme l'appelaient les bidasses. Du sale boulot. Il n'y a guère plus dangereux, mais où est le problème ? Tu connais les risques et les bénéfices. Tu les tiens dans tes mains, tu les soupèses – littéralement –, donc tu les trouves justifiés. Tu sais pourquoi tu fais tel truc.

C'est ça qui te pousse à continuer d'une semaine sur l'autre. À parcourir des secteurs où tu sais pertinemment qu'il y aura de l'affam à chaque coin de rue. Les centres-villes où, vu la densité de population plus élevée, l'infection s'est propagée plus vite que la peur d'être contaminé.

Là, tu joues ta vie à la moindre décision, à la moindre précaution que tu prends, parce que tu risques l'embrouille partout. Les affams urbains, bon sang de Dieu… ils sont comme des statues la plupart du temps, ils restent sans moufter tant que rien d'autre ne bouge. Comme tu es couvert d'établoquant des pieds à la tête, ça te masque à leur odorat, tu peux leur passer à côté – à condition de marcher lentement et sans à-coup, pour ne pas déclencher leurs réflexes.

Tu peux t'enfoncer loin comme ça.

Sur quoi un empoté fini trébuche sur un pavé disjoint, ou éternue, quand ce n'est pas juste qu'il se gratte le cul, et un des affams pivote la tête d'un seul coup en entendant, en voyant ça ou va savoir quoi. Et dès qu'il y en a un qui te repère, toute la horde l'imite. Là, ni une ni deux, ils foncent comme des dératés, à cent à l'heure en un rien de temps et tous dans la même direction. Toi. Là, il te reste trois cas de figure. Dans deux, c'est la mort assurée.

Si tu te figes, les affams débouleront sur toi comme un tsunami de gangrène. Ils savent où te trouver, maintenant, peu importe ton odeur ou son absence, plus moyen de les blouser.

Si tu te retournes pour t'enfuir, ils te choperont. Au départ, tu prends un peu d'avance, tu crois même les avoir distancés, mais l'affam, c'est capable de garder son allure presque éternellement. Ils ne s'arrêtent pas, ne ralentissent jamais et, au fil des mètres, ils te rattrapent.

Alors tu te bats.

Tu balayes tout ça avec de grandes rafales, en visant sous la taille, en mode automatique. Ratiboise-leur les jambes, ils seront forcés de ramper sur les mains pour t'atteindre. Ça, ça change un peu la donne. Et si tu arrives à te dégoter un endroit étroit où ils ne peuvent t'attaquer qu'un par un, ça aussi, bonne idée. Sauf que c'est incroyable ce qu'ils peuvent encaisser comme blessures et continuer d'avancer malgré tout.

Certains jours, tu auras droit à d'autres adversaires.

Les cureurs. Des connards de survivalistes qui ont refusé d'aller s'abriter à Beacon quand l'appel a été lancé, préférant risquer le coup tout seuls et tirer leur subsistance de leur environnement. La plupart restent à bonne distance des villes, comme tous ceux qui ont encore un sou de jugeote, mais leurs bandes de pillards considèrent les secteurs bâtis dans un rayon de cent kilomètres autour de leur camp comme leur chasse et leur domaine privés.

Alors, quand une patrouille de rafleurs de Beacon croise une troupe de cureurs, ça dégénère à tous les coups. Parks doit sa balafre à un de ces types. Elle n'a rien de romantique, rien d'une jolie cicatrice de duel, non, c'est un sillon atroce aux bords dentelés qui lui barre le visage comme une brisure à senestre sur un vieux blason. En général, Parks évalue le tempérament des nouvelles recrues au temps qu'elles mettent à détourner le regard du sien la première fois, avant que ses traits monstrueux ne les fassent se prendre d'une passion intense pour l'observation de leurs croquenots.

Mais là où ça vaut le coup de se démener pour la rafle, c'est que dans les maisons et dans les bureaux, il y a encore des objets qui n'attendent que toi. Des vieilles machines, des ordis, des outils électriques, du matos de communication auquel personne n'a touché depuis la Cassure – des trucs qu'on ne sait même plus fabriquer de nos jours. Beacon a du monde, des techniciens et des ingénieurs qui pigent exactement comment tout ça fonctionne, mais tant qu'on n'a pas les infrastructures, impossible de les produire. À croire qu'avant il y avait une usine pour chaque pièce en plastique et chaque circuit imprimé. Et que les gens qui y bossaient sont ceux qui maintenant tiennent tant à gnaquer ton Kevlar pour atteindre les bons morceaux du dessous.

Résultat, ces vieux objets ont une valeur littéralement inestimable. Ça, Parks le comprend. On essaie de recréer le monde vingt ans après son écroulement, et les plus que rapportent les patrouilles de rafleurs sont… mettons, un pont de lianes au-dessus d'une crevasse sans fond. Il n'y a que ça, si on veut passer de l'état de siège actuel à un avenir où règne l'ordre. Sauf que Beacon a perdu cet objectif-là de vue en chemin. Le jour où on a trouvé les premiers petits monstres prodiges, et où un bidasse qui ignorait manifestement que la curiosité est un vilain défaut a envoyé son rapport.

Bien joué, soldat. Pourquoi tu n'as pas rengainé tes capacités d'observation ? Grâce à toi, les rafleurs ont écopé de toute une série de nouveaux ordres. Amenez-nous un de ces mômes. Regardons-le/la/ça en détail.

Les techniciens ont regardé, et ensuite les savants – curieux comme des pies, eux aussi. Des affams ayant des réactions humaines ? Des comportements idem ? Des fonctions mentales de même niveau que les gamins normaux ?

Des affams capables d'autre chose que de courir et de manger ? Et qui se baladent nus comme des bêtes dans les rues des centres-villes à côté de leurs congénères tarés ? Ça rime à quoi ?

De nouvelles instructions sont arrivées. Réquisitionnez une base, loin de tout. Sécurisez un périmètre et attendez les ordres. À ce moment-là, Parks et ses gars razziaient l'arrière-pays dépenaillé des villes moyennes de l'est, alors la BA de Henlow a semblé convenir. Elle était plus ou moins intacte. Elle offrait pas mal d'espace à la fois en surface et dans ses bunkers en sous-sol, et elle disposait d'une piste d'atterrissage potable.

Ils y ont été parachutés, ont joué de la pelle et du désinfectant. Décoré le tout. Et attendu.

Le moment venu, Caldwell est arrivée avec sa blouse blanche, son rouge à lèvres grenat, son microscope et une lettre de Beacon couverte d'une chiée de signatures et de tampons.

— C'est moi qui dirige ici maintenant, sergent, avait-elle expliqué. Je prendrai ce bâtiment là-bas, ainsi que les deux abris qui le flanquent. Allez me chercher d'autres enfants comme ceux-là. Autant que vous réussirez à en trouver.

Et hop. Comme on commandait un sandwich, à l'époque où il y avait des sandwiches et où on pouvait en commander.

Quand Parks y repense, c'est là que sa vie n'a plus rien voulu dire. Ce moment où le verbe « rafler » a changé de sens. Où lui-même est devenu chasseur, trappeur.

Oh, ça, il était doué. Bon sang, il dépotait. Dès la première expédition en dehors de la base, il a compris qu'on pouvait les repérer, ces cas-là, ces gamins différents des autres, à leur façon de bouger. L'affam, ça oscille entre deux états : pétrifié sur place la plupart du temps, debout comme si ça n'allait plus jamais décoller. Et puis, ça sent une proie, et là, ça se met à sprinter comme un malade. D'un seul coup, sans prévenir, sans échauffement. Facteur de distorsion 9.

Par contre, les petits prodiges se déplacent même quand ils ne chassent pas, donc on peut les distinguer des autres. Et comme ils réagissent à autre chose que la nourriture, on peut attirer leur attention – avec un miroir, mettons, ou le faisceau d'une torche, un bout de plastique coloré.

Il faut les séparer de la meute. Enfin, il n'y a pas vraiment de meute, parce que les affams traitent toujours leurs semblables comme s'ils faisaient partie du décor. Mais on peut les amener à sortir seuls dans des coins où ils se retrouvent à découvert. Et là, il n'y a plus qu'à lancer les filets.

Avec son équipe, Parks en a chopé trente en l'espace d'environ sept mois. Rien de compliqué, une fois que tu as pris le rythme. Puis Caldwell a décrété *terminé, on attend d'autres ordres*. Elle avait assez de matière pour travailler.

Et – si c'est pas tordu, ça ? – tout soudain, Parks se retrouve à diriger un jardin d'enfants. À défendre une base qui ne fout rien à part chouchouter ces petits affams. Ils ont chacun droit à leur chambre, au même lit à base de palettes que les soldats, à un nourrissage hebdomadaire (auquel il vaut mieux ne pas assister si on tient à garder l'appétit) et carrément à une salle de cours.

Pourquoi des cours ? Parce que Caldwell veut savoir si les petits monstres sont capables d'apprendre. Elle veut voir leur cerveau. Pas seulement la façon dont c'est câblé à l'intérieur – elle a sa table à dissection pour ce genre de truc –, mais aussi ce qui se passe dedans. Style, à quoi ils pensent.

Voilà ce que se dit Parks. L'affam classique, c'est de la gnognote comparé à ces horreurs aux allures de mômes. Les autres, au moins, on se rend compte qu'il s'agit de bêtes. Ils ne disent pas « Bonjour, sergent » quand on leur shoote dans le genou.

Franchement, il commence à en avoir ras le burnous. Cette gamine blonde… Melanie (le sujet d'expérience *numéro 1*, mais ne demandez pas pourquoi, parce que ça doit être la onzième ou la douzième que Parks a raflée). Elle lui fout une trouille de tous les diables sans qu'il sache l'expliquer – ou alors il sait, c'est juste qu'il n'aime pas y penser. Ça tient sûrement en partie à cette lèche de petite fille sage qu'elle fait sans arrêt. Une bête, même si ça ressemble à un être humain, ça ne devrait s'exprimer que par borborygmes, ou pas du tout. Le simple fait d'entendre cette môme parler brouille la donne.

Mais Parks est un soldat. La fermer et suivre les ordres, c'est son rayon. Sa spécialité, en vérité. Et il comprend ce que cherche Caldwell. Ces gamins – sans doute ceux de familles de cureurs qui se sont fait coincer, mordre et infecter – ont l'air en partie immunisés contre le pathogène affam. Oh, ils sont cannibales. Ils réagissent toujours pareil que les autres à l'odeur de chair fraîche, d'ailleurs c'est à ça qu'on les reconnaît. Sauf qu'allez savoir pourquoi, l'ampoule sous leur crâne ne s'est pas éteinte, ou pas tout à fait. Quand les rafleurs les ont trouvés, ils vivaient comme des bêtes, mais ils se rééduquent vraiment bien. Ils réussissent à marcher, à parler, à siffler, chanter, compter et ainsi de suite.

Alors que les parents sont perdus à jamais. À supposer qu'ils se soient tous fait choper en même temps, tout le groupe familial, les adultes ont juste réagi pareil que les autres mordus. Ils se sont transformés à cent pour cent en monstres décérébrés.

Les mômes, eux, sont restés bloqués à mi-parcours. Donc, peut-être qu'ils représentent le meilleur espoir de trouver un remède.

Parks n'est pas con, hein. Il sait ce qu'on fabrique ici, donc il sert en silence sans se plaindre. Depuis pratiquement quatre ans. La relève était censée arriver au bout de dix-huit mois.

Il y a d'autres gens dans cette galère, et autant dire que Parks s'en fait plus pour eux que pour lui. Rien à voir avec du baratin compassionnel, c'est juste qu'il connaît mieux ses propres limites qu'eux les leurs. Il a vingt-huit hommes et femmes sous son commandement (il ne compte pas l'équipe de Caldwell, des scientifiques qui n'ont pas la moindre idée de ce qu'est un ordre, pour la plupart), et avec des effectifs aussi réduits, la sécurité de la base dépend de la capacité de chacun au combat et de sa réaction si un problème se fait jour. Parks doute d'à peu près la moitié de ses troupes, à ce stade. Et de lui-même aussi – le serpatte propulsé à la tête d'une unité en poste fixe dans le cadre d'une action civilo-militaire. Le grade et la formation minimum pour ce genre de cantonnement, si on suit le règlement, c'est lieutenant.

Parks a son propre évangile, qui ne recoupe pas des masses ce fameux règlement. Mais il sait quand son centre de gravité est atteint. Or, ces tout derniers temps, c'est ce qu'il ressent, le plus souvent. Par exemple ce jour-là, quand il reçoit le rapport de Gallagher.

Gallagher, K, 2e classe matricule 1097, 24 juillet, 17 h 36.

Au cours d'une mission de nettoyage de routine du bois situé au nord-ouest de la base, j'ai été impliqué dans un incident qui a débouché sur ce qui suit.

J'étais l'appât, Devani me suivait à distance avec le fusil d'assaut. Barlow et Tap faisaient office de nettoyeurs.

Sur Hitchin Road, près du rond-point d'Airman, nous avons constaté la présence d'un grand groupe d'affams stationnaires. Squelettiques pour la plupart, mais aucun ne semblait être une menace. Nous nous sommes postés dans le bois, conformément aux directives opérationnelles. Ensuite, Devani m'a déposé au rond-point. Suivant les ordres du caporal Tap, je ne portais pas d'établoquant.

J'ai entrepris de me mettre sous le vent des affams et j'ai attendu qu'ils me repèrent.

Subséquemment, m'ayant repéré, ils m'ont poursuivi sur plusieurs centaines de mètres, en quittant la route pour pénétrer dans le bois, où je me suis mis en devoir d'...

— Bon sang de Dieu, Gallagher ! s'exclame Parks en reposant le rapport sur son bureau. Vous vous êtes mis en devoir d'entreprendre ? Gardez le baratin pour votre autobiographie. Contentez-vous de me raconter ce qui s'est passé.

Gallagher s'empourpre jusqu'à la racine de ses cheveux carotte. Ses taches de rousseur fondent dans l'incandescence générale. Sur qui que ce soit d'autre, ça signifierait la conscience d'avoir merdé, mais nombreux sont les trucs susceptibles de lui faire piquer un fard comme une collégienne. Entre autres les blagues salaces, tout effort plus exigeant que de défiler au pas, ou une gorgée de faux gin. D'un autre côté, ce n'est pas comme si on le voyait boire souvent – il a tendance à éviter l'alcool, à croire que l'armée dans laquelle il s'est engagé est une de celles qui vous promettent le salut. Parks étend un peu plus loin le bénéfice du doute.

— Monsieur, explique Gallagher, j'avais les affams aux fesses. Littéralement, je veux dire. Ils étaient si proches que je les sentais à l'odeur. Vous savez, cette puanteur rance, quand les filaments commencent à se voir à travers la peau ? C'était tellement fort que ça piquait les yeux.

— Les filamenteux ne s'aventurent pas aussi loin des villes, en général, remarque Parks.

Ce n'est pas une bonne nouvelle.

— Non, monsieur. Mais ceux-là, ils étaient mûrs, je vous assure. Il y en avait deux qui avaient le visage tout bouffé. La plupart, leurs vêtements s'étaient décomposés sur eux. J'ai vu un manchot. Pas moyen de savoir s'il s'était fait arracher le bras au moment de la contamination ou s'il l'avait perdu depuis, mais en tout cas, ceux-là, c'était pas des frais.

» Enfin bref, je repartais au galop vers là où Tap et Barlow s'étaient mis en embuscade, derrière un grand rideau de hêtres. Il y a une haie assez épaisse à cet endroit-là. Il faut bien choisir où on passe, sinon, si c'est trop fourni, ça vous retarde. Et on ne voit pas dans quoi on rentre, évidemment.

Gallagher marque une hésitation, on dirait qu'il tique. Ses souvenirs ont heurté une barrière bien plus épaisse que cette haie.

— Vous êtes rentré dans quoi ? relance Parks.

— Trois types. Des cureurs. Ils longeaient le bout, on ne pouvait pas les repérer de la route. Il y a des buissons de ronces tout du long, alors peut-être qu'ils ramassaient des mûres ou un truc comme ça. Sauf qu'il y en a un qui avait des jumelles – le chef, je me suis dit en voyant ça. Et ils étaient armés tous les trois. Le chef avec un pistolet, les autres des machettes.

» J'ai émergé de la haie à environ cinquante mètres d'eux, dans leur direction. (Gallagher secoue la tête, n'en croyant toujours pas ses yeux.) Je leur ai crié de se mettre à courir, mais ils n'ont pas bronché. Le mec au pistolet m'a braqué avec, il était à deux doigts de me faire sauter la cervelle.

» C'est là que les affams ont jailli de la haie juste derrière moi, et que… l'autre dingue s'est déconcentré, on va dire. Seulement, lui et ses potes me bloquaient encore le passage, et il me braquait toujours. Alors je lui ai foncé dedans. De toute façon, il y avait pas moyen de faire autrement. Il a tiré une balle, mais il a réussi à me rater. Je sais pas comment, à cette distance-là. Ensuite, je l'ai heurté avec mon épaule et j'ai continué à sprinter.

Le soldat s'interrompt à nouveau. Parks attend, le laisse sortir ce qu'il a à dire avec ses mots à lui. Il est clair que cet épisode lui a flanqué une trouille de tous les diables, et recevoir la confession fait parfois partie du boulot de sergent. Gallagher est l'un des bidasses les plus novices. À supposer qu'il ait été né au moment de la Cassure, il tétait encore sa mère à l'époque. Il faut en tenir compte.

— Dix secondes plus tard, je suis sous les arbres, reprend Gallagher. Je regarde derrière moi sans rien voir, mais j'entends un hurlement. Un des cureurs, évidemment. Et le bruit a continué comme ça un bon moment. Je me suis arrêté. Je me tâtais pour y retourner, mais ensuite les affams ont surgi juste dans mon dos et j'ai dû me remettre à sprinter. (Il fait un geste fataliste.) Nous avons bouclé la mission. Tap et Barlow avaient installé les pièges sur la ligne d'arrivée. Les affams ont accouru, ils se sont pris dans les barbelés, et après ça il n'y avait plus qu'à nettoyer.

— Essence ou chaux vive ? demande Parks.

Il ne peut pas s'empêcher de poser la question, parce qu'il a ordonné à Nielson de ne plus donner d'essence pour les cuissons de routine, et il sait avec certitude que l'intendant file encore des bidons de quarante litres.

— Chaux vive, monsieur, répond Gallagher d'un ton de reproche. Il y a une fosse qu'on a creusée en avril près de la route. Pour l'instant, elle n'est même pas à moitié pleine. On a fait rouler les corps jusque-là et on en a vidé trois sacs dessus. Alors, à moins qu'il pleuve, ils devraient se décomposer bien gentiment.

Ces détails purement opérationnels requinquent un tantinet Gallagher, qui s'assombrit pourtant à nouveau en revenant à ce qui le concerne en propre.

— Quand ç'a été fait, on est retournés à la haie. Le chef et un des deux autres gisaient par terre, exactement là où je les avais surpris. Ils étaient très salement mâchés, mais ils tressaillaient encore. Là, le chef a ouvert les yeux et je me suis assuré… (Gallagher se rend compte qu'il retombe dans son jargon administratif, il reprend.) Il pleurait des larmes de sang, comme ça fait parfois quand la pourriture commence juste à les envahir. Infectés tous les deux, c'était évident.

Parks demeure impassible. Il avait vu arriver la chute.

— Vous les avez achevés ?

Un manque de ménagement délibéré : il faut appeler un chat un chat, Gallagher ne doit pas se laisser perturber – tout ça, c'est de la routine. Sur le moment, ça ne le réconfortera pas, mais ça réussira peut-être à adoucir ses affres par la suite.

— Barley… Le 2e classe Barlow les a décapités tous les deux avec la machette du deuxième.

— Barlow avait mis son masque et ses gants ?

— Oui, sergent.

— Et vous avez récupéré leur équipement ?

— Oui, sergent. L'arme est bien entretenue et il y avait quarante munitions dans un des sacs. Pour être honnête, les jumelles sont un peu merdiques, mais le chef avait aussi un talkie-walkie. Nielson pense qu'il pourrait fonctionner avec les nôtres, ceux à longue distance.

Parks indique son approbation de la tête.

— Vous vous êtes très bien débrouillé d'une situation pas commode, dit-il à Gallagher – et c'est sincère. Si vous vous étiez arrêté en sortant de cette haie, les civils y seraient quand même passés. Vous aussi, d'ailleurs, parce qu'ils vous auraient sans doute retardé. Le résultat final est préférable, l'un dans l'autre.

Gallagher ne répond pas.

— Réfléchissez, insiste Parks. Ces cureurs étaient à environ un kilomètre de notre périmètre, armés et équipés pour la surveillance. On n'a aucune idée de ce qu'ils trafiquaient, mais ils n'étaient pas juste sortis prendre l'air. Je sais que vous vous en voulez à mort pour l'instant, soldat, mais vous n'êtes pas responsable de leur sort, même à supposer qu'ils aient été blancs comme neige. Les cureurs choisissent de vivre à l'extérieur des zones clôturées, et donc le risque qui va avec.

» Allez vous saouler. Cherchez la bagarre ou tirez un coup, évacuez tout ça, mais ne gaspillez pas une seconde de votre temps à vous sentir coupable, et ne me faites pas perdre le mien. Allumez un cierge et refermez la page.

Gallagher se met au garde-à-vous, il a anticipé la suite.

— Et maintenant rompez.

— Oui, sergent.

Le troufion salue dans les formes. D'habitude, ils ne prennent plus cette peine, c'est sa façon à lui de remercier.

Au fond, il a peut-être tout d'un bleu, mais au milieu d'effectifs qui vont du je-m'en-foutiste au vrai taré, c'est loin d'être la pire recrue, et Parks ne peut pas se permettre le luxe d'un autre blessé, même léger. Si Gallagher avait tué et éviscéré ces cureurs pour fabriquer des ballons avec leur côlon, Parks aurait tout de même fait de son mieux pour présenter ça sous un bon jour. Dans un cas pareil, ses gars sont sa première et unique priorité.

Seulement, quelque part dans sa tête, il se dit aussi : des cureurs ?

À sa porte ?

Comme s'il n'avait pas déjà assez de raisons de s'en faire, merde.

13

La semaine s'écoule, lente, inexorable. Trois jours Whitaker de suite réduisent les élèves à une léthargie inhabituelle. Sergent se tient à distance de Melanie, volontairement ou pas. Elle entend sa voix hurler « Transit ! » le matin, mais il n'est jamais visible quand on la sort de sa cellule ni quand on l'y ramène. Elle est prête à le combattre à nouveau, à lui déclarer sa haine, à le défier de lui refaire du mal.

Comme il n'apparaît pas dans son champ de vision, elle doit ravaler tous ces sentiments, de la même façon que la femelle de certaines espèces de rongeurs réabsorbe dans son utérus la portée de petits auxquels elle ne peut pas donner naissance sans risque.

Le vendredi est un jour Justineau. En temps normal, ce serait une cause de joie simple et intense. Là, Melanie éprouve autant de peur que d'enthousiasme. Elle a failli mordre Mlle J. Si elle lui en voulait, si elle ne l'aimait plus ?

Le début des leçons ne la rassure pas beaucoup. Mlle J. est revenue mécontente et préoccupée, tellement repliée sur elle-même qu'on ne peut pas déchiffrer ce qu'elle ressent. Elle salue toute la classe en même temps, pas chaque petite fille ou petit garçon un par un.

Elle évite leur regard.

Elle passe la majeure partie de la journée à tester les enfants avec des questionnaires à choix multiples. Après ça, elle reste assise à son bureau à noter les réponses, en inscrivant les résultats du devoir dans un grand cahier pendant que les élèves travaillent sur des calculs arithmétiques.

Melanie ne réfléchit pas beaucoup à ces opérations, qu'elle termine en quelques minutes. Elles sont faciles, la plupart n'ont qu'une variable. Elle est concentrée sur Mlle Justineau, qui, horreur ! pleure en silence tout en travaillant.

Melanie se creuse fiévreusement la cervelle pour trouver quelque chose à dire. Quelque chose qui puisse réconforter Mlle J., ou au moins la distraire de son chagrin. Si c'est donner des notes qui la rend triste, ils n'ont qu'à passer à une autre activité, plus facile et plus amusante.

— On peut avoir des histoires, mademoiselle Justineau ? demande-t-elle.

Mlle J. n'a pas l'air d'avoir entendu. Elle continue à calculer les notes des tests.

Certains des autres enfants poussent des soupirs, claquent la langue ou gigotent. Ils voient bien que Mlle Justineau est triste, et ils se disent manifestement que Melanie ne devrait pas l'ennuyer avec des exigences égoïstes. Melanie n'en démord pas. Elle sait que les élèves sont capables de mettre à nouveau en joie Mlle Justineau, pour peu qu'elle leur parle. Elle-même a toujours connu ses plus grands moments de bonheur ici. C'est forcément pareil pour Mlle J., non ?

Elle réessaie.

— On peut passer aux mythes de la Grèce antique, mademoiselle Justineau ? demande-t-elle plus fort.

Cette fois, Mlle J. l'entend. Elle lève les yeux, secoue la tête.

— Pas aujourd'hui, Melanie.

D'un ton aussi triste que son visage. Pendant quelques secondes, elle se contente de les regarder tous, presque comme si ça l'étonnait de les voir ici.

— Je dois terminer ces évaluations.

Sauf qu'elle ne reprend pas son cahier. Elle continue à regarder les élèves. Elle a comme une moue. On dirait que c'est elle qui calcule des trucs difficiles, pas eux, et qu'elle a atteint une équation tout bonnement impossible à résoudre.

— Bon sang, à quoi ça sert de se raconter des histoires ? lance-t-elle d'une toute petite voix.

Elle déchire les tests, ce qui est étonnant, mais les enfants ne lui en veulent pas vraiment, parce que les résultats, quelle importance ? Les seuls qui s'y intéressent, ce sont Kenny et Andrew, quand ils essaient de se surpasser l'un l'autre, ce qui est vraiment nul et idiot puisque la meilleure élève, c'est Melanie, et la deuxième, Zoé, donc ils luttent seulement pour la troisième place.

C'est là que Mlle J. déchire le cahier. Elle arrache les pages par petites poignées et les réduit en morceaux jusqu'à ce qu'elle ne puisse plus en faire d'autres. Elle les laisse tomber dans la corbeille, seulement ils sont trop petits et trop légers pour descendre droit. Ils tournent, s'étalent, fichent le bazar par terre. Mlle Justineau s'en moque. Elle se met à lancer les petits morceaux en l'air, au lieu de juste les laisser tomber – ils s'éparpillent encore plus.

Elle n'est pas véritablement contente, mais elle a arrêté de pleurer. C'est bon signe.

— Vous voulez des histoires ? demande-t-elle à la classe.

Les élèves en demandent tous.

Mlle Justineau sort le livre sur les mythes grecs du coin bibliothèque et l'apporte au tableau. Elle leur lit la légende d'Actéon, qui les effraie, et celle de Thésée et du Minotaure – encore pire. À la demande de Melanie, elle revient sur Pandore, alors qu'ils connaissent tous ça, mais tant pis. C'est une bonne façon de finir la journée.

Quand l'équipe de Sergent arrive, Mlle Justineau ne les regarde pas. Elle reste assise sur un coin de son bureau en triturant sans arrêt dans ses mains le livre sur les mythes grecs.

— Au revoir, mademoiselle Justineau, dit Melanie. À bientôt, j'espère.

Mlle J. lève la tête. Elle a l'air de vouloir dire quelque chose, mais juste à ce moment-là tout tressaute, parce que quelqu'un – un des membres de l'équipe de Sergent – attrape le fauteuil de Melanie par-derrière et débloque les freins. Le fauteuil se met à tourner.

— Laissez-moi celle-ci encore un instant, dit Mlle Justineau.

Melanie ne la voit pas, parce qu'on l'a presque entièrement retournée, mais la voix de Mlle J. était forte, comme si elle était très près.

— D'accord.

Le soldat a l'air de s'ennuyer, comme si tout ça lui était égal. Il passe au fauteuil de Gary.

— Bonne nuit, Melanie, dit Mlle Justineau.

Mais sans s'en aller. Elle se penche, son ombre retombe sur les bras du fauteuil et sur les mains de Melanie.

Qui sent quelque chose de dur et d'anguleux se glisser entre son dos et le dossier.

— Profites-en bien, murmure Mlle J., mais n'en parle à personne.

Melanie se redresse sur le siège aussi fort qu'elle peut, en aplatissant ses épaules contre les plaques de métal nu. L'objet est coincé au creux de ses reins – complètement invisible. Elle n'a pas la moindre idée de ce que ça peut être, mais ça vient de Mlle Justineau. C'est quelque chose qu'elle lui a donné, à elle et rien qu'à elle.

Melanie reste dans cette position tout le temps du trajet jusqu'à sa cellule, et pendant qu'on lui défait les sangles. Elle ne bouge pas un muscle. Elle garde les yeux fixés vers le sol : elle craint de trahir ce secret, si elle croise le regard des gens de l'équipe de Sergent. Ce n'est que quand ils sont partis, une fois les verrous refermés, qu'elle plonge la main derrière elle pour récupérer l'objet étranger logé contre ses reins, en notant d'abord son poids, puis sa forme rectangulaire, et enfin les mots sur la couverture.

Légendes de la Grèce ancienne, le monde merveilleux des dieux et des déesses, des nymphes et des héros, de Roger Lancelyn Green.

Melanie émet un son étranglé. Elle ne peut pas s'en empêcher, alors même que ça risque de faire revenir l'équipe de Sergent qui se rendra compte de ce qu'elle fait dans sa cellule. Un livre ! Un livre à elle ! Et quel livre ! Elle passe les mains sur la couverture, feuillette les pages, retourne le volume dans ses mains pour le regarder sous tous les angles. Elle le renifle.

Ce qui se révèle être une erreur, parce qu'il a l'odeur de Mlle Justineau. Par-dessus, on sent celle, plus forte et chimique, toujours amère et atroce, déposée aujourd'hui par ses doigts, mais il y a en dessous un peu de l'odeur chaude et humaine de Mlle Justineau – et beaucoup sur les pages intérieures.

La sensation – cette faim folle qui harcèle Melanie – continue longtemps. Mais c'est loin d'être aussi puissant que la fois où elle a senti directement de près Mlle J. quand elle n'avait pas de produit du tout. Ça reste effrayant – une révolte du corps contre l'esprit, comme si Melanie était Pandore qui tient à ouvrir sa boîte et que, malgré toutes les fois où on lui a répété de ne pas le faire, elle y est tout bonnement obligée, et incapable de se forcer à arrêter. Mais en fin de compte Melanie s'habitue, pareil que dans la douche le dimanche, lorsqu'on s'habitue à l'odeur des produits. Ça ne disparaît pas tout à fait, mais ça ne la tourmente plus autant : la faim devient presque invisible à force d'être toujours là. Elle diminue et diminue, et quand elle a entièrement disparu, il reste Melanie.

Le livre aussi est toujours là. Melanie le parcourt jusqu'à l'aube. Elle est dans un autre monde, même quand elle trébuche sur les mots, ou quand elle se retrouve forcée d'en deviner le sens.

Elle y réfléchira par la suite – pas plus tard que le lendemain –, une fois que le monde qu'elle connaît aura disparu.

14

Le lundi est arrivé puis s'est écoulé sans aucune trace de la liste que Caroline Caldwell a exigée. Justineau ne l'a pas appelée, ne lui a pas adressé de mémo. Elle n'a pas expliqué ce retard ni demandé de délai supplémentaire.

L'évaluation de départ de Caldwell était correcte. Le fait que Justineau s'identifie émotionnellement avec les sujets interfère avec l'accomplissement de sa tâche. Et comme cet accomplissement est un devoir vis-à-vis de sa chef, qu'il est factorisé dans ses projets cliniques, cette négligence doit être prise au sérieux.

Caldwell ouvre sa base de données personnelle sur les sujets d'expérience. Par où commencer ? Elle cherche des raisons expliquant cette improbable poignée de cas épargnés par *Ophiocordyceps*. La plupart des gens contaminés par l'agent pathogène subissent la totalité de ses effets de façon presque instantanée. En quelques minutes, au plus quelques heures, pensée et conscience s'éteignent irrévocablement, pour toujours. Le phénomène se produit avant même que les filaments du champignon pénètrent les tissus cérébraux : ses sécrétions, imitant les neurotransmetteurs du cerveau, font la majorité du sale boulot. D'infimes annihilateurs chimiques donnent des coups de boutoir dans l'édifice du moi jusqu'à ce qu'il s'effrite et s'écroule. Le reliquat est un jouet mécanique, qui ne bouge que quand *Cordyceps* actionne son remontoir.

Ces enfants ont beau être infectés depuis des années, ils parviennent toujours à penser et à parler. Et même à apprendre.

Pour l'essentiel, leur cerveau demeure dans un bon état de santé : si les filaments de mycélium sont dispersés largement dans les tissus neuronaux, ils semblent incapables de s'en repaître. Quelque chose, dans la constitution de ces enfants, retarde à la fois la propagation du fungus et la virulence de ses effets.

Une immunité partielle.

Si Caldwell pouvait en trouver le pourquoi, elle aurait fait la moitié du chemin vers un remède total.

Lorsqu'elle y songe en ces termes, la décision se prend toute seule. Il faut débuter avec le sujet qui montre le moins de handicaps. L'enfant qui, bien que recelant autant de champignon dans son sang et ses tissus que chacun des autres, conserve incompréhensiblement le QI d'un génie.

Melanie.

15

Le sergent Parks a reçu ses ordres et s'apprête à les transmettre à ses subordonnés. Mais au fond il n'a aucune raison de ne pas agir en personne. Craignant, depuis qu'il a entendu Gallagher raconter ses misères, que les cureurs n'aient une incursion en vue, il a doublé les rondes autour du périmètre. Son équipe est à la fois sur les rotules et sur les dents. Un mauvais cocktail.

Il reste une demi-heure avant le début du cirque quotidien. En tant qu'officier de permanence, il signe le registre de l'armoire sécurisée où il prend les clés. Puis il contresigne en tant que commandant de la base. Il ôte l'anneau du crochet pour se rendre jusqu'au bloc. Où son ouïe est assaillie par la tonitruance hystérique de l'*Ouverture solennelle 1812*. Il éteint cette merde. C'était une idée de Caldwell de passer de la musique aux résidus de fausse couche quand ils sont dans leur cellule. Ça partait sans doute d'une intention vaguement bienveillante – ça adoucit les mœurs, ou une connerie comme ça. Sauf qu'ils sont réduits aux morceaux qu'ils ont pu trouver, et qu'il y en a des tas qui sont tout sauf doux.

Dans le silence, rendu plus éclatant par contraste, Parks parcourt le couloir jusqu'à la cellule voulue. Melanie regarde dehors par la grille. Il lui fait signe de s'en écarter.

— Transit, lui crie-t-il. Va t'asseoir sur ton fauteuil. Tout de suite.

Elle obéit et il déverrouille la porte. Le règlement exige qu'au moins deux personnes soient présentes quand on sangle les mômes sur leur fauteuil, ou qu'on les dessangle, mais Parks est sûr de pouvoir le faire tout seul. Il a la main sur la poignée de son pistolet, qu'il laisse cependant dans son étui. Il compte sur le pli pris automatiquement à force d'innombrables matinées. Celle-là le contemple de ses grands yeux presque sans paupières – les paillettes de gris dans le bleu intense sont là pour vous rappeler ce qu'elle est, au cas où vous seriez jamais tenté de l'oublier.

— Bonjour, Sergent, dit-elle.

— Laisse tes mains sur les accoudoirs, ordonne-t-il.

Pas besoin. Elle ne bouge pas. Sauf ses fameux yeux, qui pistent Parks pendant qu'il lui attache le poignet droit, puis le gauche.

— Il est tôt, remarque-t-elle. Et vous êtes tout seul.

— Tu vas au labo. Madame Caldwell veut te voir.

La môme se tait complètement pendant une ou deux secondes. Il est passé aux chevilles.

— Comme Liam et Marcia, finit-elle par lâcher.

— Ouais. Exactement.

— Ils ne sont pas revenus.

Elle a un tremblement dans la voix, maintenant. Parks en termine avec les jambes sans rien dire. Ce n'est pas le genre de truc qui semble exiger une réponse. Quand il se redresse à nouveau, ces grands yeux bleus le rivent sur place.

— Je vais revenir ? s'enquiert-elle.

Parks hausse les épaules.

— Pas moi qui décide. Demande à madame Caldwell.

Il fait le tour du fauteuil, attrape le collier. C'est là qu'il faut faire attention où on met les pieds. Enfin, les mains. Elles peuvent facilement se retrouver à portée de ces dents, si on laisse tomber sa garde. Ce que ne fait pas Parks.

— Je veux voir mademoiselle Justineau, lance Melanie.

— Parles-en à madame Caldwell.

— S'il vous plaît, Sergent.

Elle tourne la tête, au pire moment imaginable, ce qui le force à ôter brusquement sa main et à lâcher la sangle, qui n'est qu'à moitié enfoncée.

— Regarde devant toi ! jette-t-il. Ne bouge pas le cou. Tu sais bien !

Elle pivote.

— Désolée, dit-elle d'une voix humble.

— En tout cas, ne recommence pas.

— Je vous en prie, sergent, bredouille-t-elle. Je veux la voir avant de partir. Pour qu'elle sache où je suis. On ne peut pas attendre ? Jusqu'à ce qu'elle arrive ?

— Non, dit Parks en resserrant le collier. Pas possible.

La môme est bien attachée maintenant, ça lui permet de se détendre. Il fait pivoter le fauteuil, le pousse vers le seuil de la cellule.

— Je vous en prie, Eddie, lance Melanie très vite.

Il s'arrête, sous l'effet d'un étonnement total. Il a l'impression qu'une porte vient de claquer dans sa cage thoracique.

— Hein ? Qu'est-ce que tu as dit ?

— Je vous en prie, Eddie. Sergent Parks. Laissez-moi lui parler.

Ce petit monstre s'est débrouillé pour savoir comment il s'appelle. Elle s'insinue sous sa garde, elle agite ce prénom comme un drapeau blanc. *Je ne vous veux aucun mal.* C'est comme si un de ces tableaux qui se font passer pour de vraies portes s'ouvrait devant vous et qu'un croquemitaine sortait la tête par le trou. Ou comme si Parks avait retourné un caillou pour découvrir des bestioles qui grouillent dessous, et qu'une d'elles agitait la patte en lançant « Salut, Eddie ! »

Ça le prend malgré lui, il plonge le bras vers la gorge de la môme pour la comprimer – une entorse au règlement aussi grave que quand Justineau lui a caressé les cheveux comme on flatte une bête.

— Ne refais jamais ça, jette-t-il entre ses dents. Ne prononce plus jamais mon prénom.

La fillette ne répond pas. Il se rend compte avec quelle force il lui serre le gosier. Ça lui coupe sans doute toute possibilité de parler. Il ôte sa main – qui tremble salement – et la remet à sa place, sur la poignée du fauteuil.

— Là, on va chez madame Caldwell, dit-il. Si tu as des questions, garde-les pour elle et pose-les-lui. Je ne veux plus entendre un mot.

Et elle reste muette.

16

Mais c'est en partie parce qu'ensuite il pousse le fauteuil au-delà de la porte en acier, puis lui fait monter l'escalier – de dos tout du long, et en rebondissant, *bang, bang, bang.*

Pour Melanie, c'est comme de franchir à la voile le bord du monde. Autant qu'elle se souvienne, cette porte en acier a toujours marqué l'horizon de son expérience. Elle sait qu'elle a dû entrer par là un jour, dans un passé éloigné, mais ça lui fait l'effet d'une histoire tirée d'un très vieux livre écrit dans un langage que plus personne ne parle.

Alors que ce qui se passe ici fait plutôt penser au passage de la Bible que Mme Selkirk leur a lu une fois, où Dieu fabrique l'univers. Pas Zeus, l'autre dieu.

Les marches. L'espace vertical qu'ils traversent (comme un couloir, mais posé sur le fond, pour qu'il soit orienté vers le haut). L'odeur qui y règne, à mesure qu'ils montent et montent encore et que la puanteur du désinfectant chimique des cellules commence à s'effacer. Les bruits du dehors, qui leur arrivent par une porte pas tout à fait fermée.

L'air. Et la lumière. Quand Sergent ouvre la porte en poussant avec les reins et qu'il traîne Melanie jusque dans la clarté du jour.

Saturation totale.

Parce que l'air est chaud et qu'il respire : il bouge contre la peau de Melanie comme quelque chose de vivant. Et la lumière a une telle intensité qu'on dirait que quelqu'un a plongé le monde dans un bidon de pétrole avant d'y mettre le feu.

Jusqu'ici, elle a vécu dans la caverne de Platon, où elle contemplait les ombres sur la paroi. Là, on l'a retournée pour qu'elle regarde les flammes en face.

Un bruit émerge de Melanie sans qu'elle le veuille. Une haleine douloureuse venue du centre de sa poitrine – d'un endroit obscur et humide qui sent les produits chimiques amers et le piquant des marqueurs effaçables.

Elle s'affale. Le monde se déverse en elle à travers ses yeux et ses oreilles, son nez, sa langue, sa peau. Il y a trop de choses. En plus, ça n'arrête pas. Elle est comme la bonde du coin de la salle de douche. Elle ferme les paupières, mais la clarté les frappe encore, fait danser des motifs de couleur mouchetée dans sa tête. Elle rouvre les yeux.

Elle subit, assemble les données, et commence à comprendre.

Ils longent des bâtiments en bois ou en métal brillant, posés sur des fondations de béton. Ils ont tous la même forme rectangulaire et massive, et à peu près tous la même couleur – vert foncé. Personne n'a essayé de leur donner une jolie apparence. L'important, c'est leur fonction.

Pareil pour la clôture grillagée qui s'élève au loin sur quatre mètres de haut, enfermant complètement toutes les constructions que distingue Melanie. La clôture est surmontée de barbelés coupants, maintenus vers l'extérieur à un angle d'environ trente degrés par des pylônes coudés en béton.

Ils croisent plusieurs gens de l'équipe de Sergent, qui les regardent passer en levant parfois la main pour saluer. Mais ils ne leur adressent pas la parole, et ils ne bougent pas. Ils ont des fusils en bandoulière. Ils surveillent la clôture et les portes qui la percent.

Melanie laisse ces données parcourir son cerveau. Leurs significations possibles se forment spontanément aux points de confluence.

Ils arrivent à un autre bâtiment, où deux personnes de l'équipe de Sergent montent la garde. L'un leur ouvre la porte. L'autre – un roux – salue avec des gestes précis.

— Il vous faut un détachement pour celle-ci, monsieur ? demande-t-il.

— Si j'ai besoin de quoi que ce soit, je le demanderai, Gallagher, grommelle Sergent.

— Oui, sergent !

Ils entrent, et aussitôt le bruit des pas de Sergent change, devient plus fort, prend un écho creux. Ils sont sur du carrelage. Sergent attend, et Melanie sait quoi. Ils sont dans une douche, comme celle du bloc. La vaporisation chimique démarre, se déverse sur eux deux. Ça met plus longtemps que dans la douche du bloc. Les pommeaux bougent carrément, ils glissent le long des murs dans des rainures en métal, et ils s'inclinent tout en descendant pour couvrir le moindre centimètre de leur corps depuis toutes les directions.

Sergent endure ça tête baissée, paupières bien closes. Melanie, qui a l'habitude de cette douleur et qui sait que ses yeux piqueront tout autant qu'elle les ouvre ou les ferme, continue de regarder. Elle se rend compte qu'il y a des volets en métal au fond du secteur douche par lequel ils viennent d'entrer. Un mécanisme simple, à cliquets, permet de les abaisser ou de les lever en actionnant une poignée. Ce bâtiment peut être isolé de la base extérieure, peut devenir une forteresse. Ce qui s'y passe doit être très, très important.

Tout ce temps, Melanie s'efforce de ne pas penser à Liam et Marcia. Elle a peur de ce qui risque de lui arriver ici. Peur de ne jamais pouvoir rejoindre ses amis, la salle de classe, ni Mlle Justineau. C'est peut-être cette peur, ainsi que la nouveauté, qui la rend aussi consciente de ce qui l'entoure. Elle remarque tout ce qu'elle voit. Elle fait également de son mieux pour tout mémoriser, surtout l'itinéraire qu'ils ont pris. Elle veut pouvoir retrouver son chemin, au cas où elle serait libre de le faire à un moment donné.

La vapeur chimique s'éteint dans des gargouillis et des crachotements. Sergent pousse Melanie en avant à travers une double porte battante qui donne dans un couloir percé d'une autre porte, que surmonte une ampoule rouge allumée. Un panneau sur le battant dit INTERDIT AU PERSONNEL NON AUTORISÉ.

Sergent s'arrête là, appuie sur une sonnette et attend.

Au bout de quelques secondes, on ouvre de l'intérieur. C'est Mme Selkirk. Elle porte sa blouse blanche habituelle, mais elle a aussi des gants en plastique vert, et autour de la gorge un genre de collier en tissu. Qu'elle lève en le pinçant entre son index et son pouce : c'est un masque de gaze qui vient lui envelopper le bas du visage.

— Bonjour, madame Selkirk, dit Melanie.

Mme Selkirk la regarde un instant comme pour décider si elle doit répondre ou pas. En fin de compte, elle se contente de hocher la tête. Après quoi elle éclate de rire. Un rire creux, mécontent, trouve Melanie. Celui qu'on aurait quand on déchire le papier sans le vouloir en effaçant une erreur dans un calcul qu'on vient de faire.

— C'est le facteur, annonce Sergent Parks, laconique. Je vous mets ça où ?

— Ah, oui, dit Mme Selkirk, d'une voix étouffée par le masque. Vous pouvez l'amener. Nous sommes prêtes.

Elle s'écarte, tient la porte grande ouverte pour que Sergent puisse pousser le fauteuil à l'intérieur.

Melanie n'a jamais rien vu de plus étrange que cette pièce. Bon, bien sûr, elle commence à se rendre compte qu'elle n'a pas vu tant de choses que ça, mais tout ce qu'il y a ici est d'une variété plus époustouflante que la totalité de ce qu'elle croyait que le monde pouvait contenir. Des flacons, des bacs et des bocaux ; des surfaces de céramique blanche et d'acier inoxydable qui brillent sous la dure clarté de néons accrochés en hauteur.

Certaines des choses dans les contenants ont l'air d'être des morceaux de gens. D'autres sont des animaux. Le plus proche d'elle, c'est un rat (qu'elle reconnaît grâce à une photo vue dans un livre), suspendu la tête en bas dans un liquide transparent. Des fils gris qui font penser à des lacets – des centaines de lacets – ont jailli de la carcasse et rempli presque tout le récipient en enveloppant de façon souple le petit cadavre, comme si ce rat avait décidé d'essayer de se transformer en poulpe et qu'il n'avait pas su s'arrêter. Un flacon, plus loin, contient un globe oculaire derrière lequel flottent de longs serpentins vaporeux de tissu nerveux qui lui sont reliés par-derrière.

Ces choses submergent l'esprit de Melanie de spéculations folles. Elle ne dit rien, elle absorbe tout ça.

— Transférez-la sur la table, s'il vous plaît.

Ce n'est pas Mme Selkirk qui prononce ces mots, c'est Mme Caldwell. Elle se tient près d'une surface de travail de l'autre côté de la salle, où elle range dans un ordre précis des objets en acier brillants. Elle en touche certains à plusieurs reprises, comme si la distance et les angles qui les séparent comptaient énormément à ses yeux.

— Bonjour, madame Caldwell, dit Melanie.

— Bonjour, Melanie, répond Mme Caldwell. Bienvenue dans mon laboratoire. La pièce la plus importante de la base.

Avec l'aide de Mme Selkirk, Sergent transfère Melanie de son fauteuil jusqu'à une table surélevée, au centre de la salle. Une manœuvre complexe. Ils détachent ses mains des accoudoirs, les lui menottent devant elle. Ils entravent ses pieds avec une barre. Puis ils dessanglent le collier et la soulèvent sur la table. Comme elle ne pèse presque rien, ils n'ont aucun mal à la porter.

Une fois qu'elle est assise sur la table, ils sanglent ses pieds dans des courroies attachées bas, sur le côté, et que Mme Selkirk ajuste avec soin pour qu'elles soient serrées. Ensuite, ils ôtent la barre d'entrave, qui ne sert plus.

— Allonge-toi, Melanie, dit Mme Caldwell. Et tends tes bras.

Chacune des femmes s'empare d'une main. Pendant que Sergent défait les menottes, elles mettent ses poignets dans deux autres harnachements. C'est Mme Caldwell qui les serre.

Melanie est totalement immobile à présent, sauf sa tête. Heureusement, il n'y a pas de collier comme sur le fauteuil.

— Besoin de moi ? demande Sergent à Mme Caldwell.

— Strictement pas.

Sergent ramène le fauteuil vers la porte. Melanie enregistre cette donnée et l'interprète correctement. Elle n'aura plus besoin du fauteuil. Elle ne retournera pas dans sa cellule. *Légendes de la Grèce ancienne* y est à plat sous son matelas, et il y a des chances pour qu'elle ne le revoie jamais. Elle percute ça tête la première. Ces pages chargées de l'odeur de Mlle Justineau sont maintenant, et peut-être pour toujours, inaccessiblement éloignées.

Elle veut crier à Sergent d'attendre – ou lui demander d'apporter un message à Mlle J. Elle n'arrive pas à dire un mot. Des pressentiments l'envahissent. Elle est en territoire inconnu, et elle a peur de l'avenir vierge, indéchiffrable dans lequel on l'a poussée avant qu'elle soit prête. Elle veut que son avenir soit comme son passé, mais elle sait qu'il ne faut pas y compter. Cette certitude est comme un pavé dans son estomac.

La porte se referme derrière Sergent. Les deux femmes commencent à déshabiller Melanie.

Elles l'extraient de sa liquette de coton avec des ciseaux.

17

Quelque chose ne tourne pas rond. Helen Justineau en aperçoit le premier indice dans le couloir menant de la douche à la classe. Helen cherche le visage de Melanie dans l'ouverture grillagée de sa cellule, mais la fillette n'apparaît pas.

Helen déverrouille la salle, reste campée à côté de son bureau le temps qu'on amène un par un les enfants. Elle les salue chacun leur tour. Le vingtième (vingt et unième, jusqu'à ce qu'on emmène Marcia) devrait être Melanie, mais c'est Anne. L'un des soldats adolescents mutiques dépose la petite et se dirige aussitôt vers la porte.

— Attendez, dit Justineau.

Le soldat se retourne pour lui faire face. Politesse minimum.

— Oui, mademoiselle ?

— Où est Melanie ?

Il ouvre les mains paume en l'air.

— Une des cellules était vide. Je suis passé à la suivante. Il y a un problème ?

Justineau ne répond pas. Elle sort dans le couloir. Qu'elle parcourt jusqu'à la cellule de Melanie. Rien à voir là-dedans. La porte est grande ouverte. Personne sur le lit ni sur le fauteuil.

Tout cela n'augure rien de bon. Derrière elle, le militaire lui redemande s'il y a un problème. Faisant fi de sa question, elle se dirige vers l'escalier.

En haut, Parks est occupé à parler à voix basse à un groupe de soldats qui ont tous l'air très effrayés – rien à voir avec la routine habituelle. À un autre moment, cela aurait peut-être fait marquer un temps d'arrêt à Justineau, elle aurait au moins attendu qu'il finisse, mais là, elle l'interrompt carrément.

— Monsieur Parks ! l'interpelle-t-elle. A-t-on déplacé Melanie ?

Il a beau l'avoir vue grimper l'escalier, il la contemple comme s'il venait juste de comprendre qui elle est.

— Désolé, mademoiselle. Nous avons une sorte d'urgence. Potentielle. Nous avons repéré un grand nombre d'affams près du périmètre.

— A-t-on déplacé Melanie ? répète Justineau.

Parks résiste.

— Si vous repartez dans la salle de classe, nous pourrons en discuter dès que j'…

— Contentez-vous de me répondre. Où est-elle ?

Il détourne le regard, à peine un instant, puis il la fixe droit dans les yeux.

— Caldwell a demandé qu'on l'amène au labo.

Justineau en a l'estomac retourné.

— Et… vous… vous l'avez fait ? ânonne-t-elle.

Il acquiesce.

— Il y a environ une demi-heure. Je vous aurais prévenue, bien sûr, mais les cours n'avaient pas commencé et je ne savais pas où vous étiez.

Elle aurait dû s'en douter dès qu'elle a vu la cellule vide. Une fois énoncé, ça devient si évident, si éclatant, qu'elle se maudit d'avoir perdu ces quelques secondes précieuses. Elle file déjà à toutes jambes vers les bâtiments du labo. Parks lui crie quelque chose où il est question de rentrer au bloc – mais elle aura le temps de lui régler son compte après.

Tout le temps au monde, ce monde de merde, si elle arrive trop tard.

18

Mme Caldwell et Mme Selkirk nettoient Melanie de la tête aux pieds sans rien oublier, avec du savon désinfectant qui sent exactement comme la vapeur des douches. Elle se soumet en silence. Les idées se bousculent dans sa tête.

— Tu aimes les cours de sciences, Melanie ? lui demande Mme Caldwell.

Mme Selkirk décoche à sa collègue un regard un peu étonné.

— Oui, répond prudemment Melanie.

Quand elle est propre, Mme Caldwell attrape une sorte d'outil grand comme à peu près une brosse à tableau. Quand elle appuie dessus, il se met à vibrer dans sa main. Elle l'applique contre le côté de la tête de Melanie, le fait courir le long de son crâne en suivant des lignes droites. Il vous envoie des vibrations jusque dans le cerveau à travers la peau.

Melanie s'apprête à demander quel est cet objet quand elle voit Mme Selkirk soulever une poignée de cheveux blonds et la laisser tomber dans une corbeille en plastique.

Mme Caldwell est méthodique. Elle lui fait deux fois tout le tour de la tête. La deuxième, elle appuie plus fort, et ça fait carrément mal – enfin, un petit peu. Mme Selkirk chasse d'autres monceaux de cheveux de Melanie. Ensuite, elle s'essuie les mains avec soin sur une serviette en papier humide prise dans un distributeur fixé au mur.

Mme Caldwell applique sur le cuir chevelu de Melanie une peinture bleu clair, stockée dans un récipient en plastique dont l'étiquette indique GEL BACTÉRICIDE E2J. Melanie essaie d'imaginer quelle tête elle a maintenant, le crâne nu et bleu. Elle doit ressembler un peu à un guerrier picte. M. Whitaker leur a montré des portraits de Pictes, un jour où il avait la voix vacillante, et il a eu une crise de fou rire en répétant « Des Pictes épiques ». Quand ils allaient nus à la bataille, les Pictes se disaient « vêtus de ciel ». Melanie n'a presque jamais été nue. Ce n'est pas agréable du tout comme sensation, décide-t-elle : ça la rend vulnérable, elle se sent honteuse.

— Non, jette-t-elle.

— Non, quoi ?

Mme Caldwell repose le pinceau, s'essuie les mains sur sa blouse blanche, où elle laisse des traînées bleu ciel.

— Non, je n'aime pas les cours de sciences. Je veux repartir, s'il vous plaît. Je veux aller en classe.

Mme Caldwell soutient son regard pour la première fois.

— C'est malheureusement impossible, dit-elle. Ferme les yeux, Melanie.

— Non, répond-elle.

Elle est sûre que, si elle obéit, Mme Caldwell lui fera quelque chose de méchant. Qui lui fera mal.

Et, tout à coup, comme quand on perce à jour une illusion d'optique, elle sait quoi. Elles vont la découper en morceaux et les mettre dans des bocaux, comme ces bouts d'autres gens tout autour d'elle.

Elle tire sur les courroies, se débat désespérément, mais ça ne bouge pas du tout.

— Et si on essayait un peu d'isoflurane ? demande Mme Selkirk.

Sa voix tremble. On dirait qu'elle va se mettre à pleurer.

— Vous savez bien qu'ils ne répondent pas au produit, répond Mme Caldwell. Il est hors de question de gaspiller un de nos derniers tubes d'anesthésique général pour rendre le sujet d'expérience légèrement groggy. Souvenez-vous, chère collègue, que celui-ci a l'aspect d'un enfant mais qu'il s'agit en réalité d'une colonie de *fungi* animant un corps. Il n'y a pas de place pour le sentimentalisme en la matière.

— Non, répond Mme Selkirk. Je sais.

Elle prend un couteau d'une sorte que Melanie n'avait jamais vue. Il a le manche long et la lame très courte – et si fine que, tournée vers elle côté tranche, elle est presque invisible. Mme Selkirk le tend à Mme Caldwell.

— Je veux repartir, répète Melanie. Aller en classe.

Le couteau glisse entre les doigts de Mme Selkirk, tombe par terre juste avant que Mme Caldwell puisse l'attraper. Il produit un tintement en frappant le sol, puis un deuxième en rebondissant.

— Oh, désolée, désolée, glapit Mme Selkirk.

Elle se penche pour ramasser le couteau, hésite, se redresse, puis en récupère finalement un autre sur le plateau d'instruments. Elle tique sous le regard de Mme Caldwell tout en le lui tendant.

— Si le bruit vous dérange, je commencerai par ôter le pharynx.

Mme Caldwell a posé le bord froid de la lame contre la gorge de Melanie.

— Ce sera la dernière chose que vous ferez de votre vie, lance la voix de Mlle Justineau.

Les deux femmes en blouse blanche s'interrompent dans leurs gestes pour se tourner vers la porte. Au début, Melanie n'y arrive pas, elle, parce que si elle lève la tête elle va se couper la gorge contre la lame du couteau. Mais comme à ce moment-là Mme Caldwell ôte sa main, Melanie est libre de tordre le cou pour regarder.

Mlle Justineau se tient sur le seuil. Elle a quelque chose dans les bras – un cylindre rouge sur le côté duquel est fixé un tube noir. Ça a l'air assez lourd.

— Bonjour, mademoiselle Justineau, dit Melanie.

Le soulagement l'étourdit, mais ces paroles ridicules, inadaptées, sont inscrites en profondeur en elle. Elle ne pourrait pas les retenir même si elle essayait.

— Helen, lance Mme Caldwell, je vous en prie, entrez donc. Et refermez derrière vous. Nous ne sommes pas dans un environnement aseptique à cent pour cent, mais nous y tendons.

— Posez ce scalpel tout de suite, Caroline, ordonne Mlle Justineau.

Mme Caldwell fronce les sourcils.

— Ne soyez pas ridicule. Je suis en pleine dissection.

Mlle Justineau s'avance dans la pièce et ne s'arrête qu'une fois à la hauteur du bord inférieur de la table où sont sanglés les pieds nus de Melanie.

— Non, dit-elle, vous en êtes au début. Si vous en étiez au milieu, nous n'aurions pas cette discussion. Posez ce scalpel et personne ne sera blessé.

— Ah, zut, répond Mme Caldwell. Sinon ça finira mal, je suppose ?

— Ma foi, à vous de voir.

Mme Caldwell jette un regard à Mme Selkirk, qui n'a pas fait un geste ni prononcé un mot depuis que Mlle Justineau est entrée. Elle se contente de rester là, lèvres à demi ouvertes, mains crispées sur la poitrine. On dirait quelqu'un qui contemple le pendule d'un hypnotiste et ne va pas tarder à sombrer.

— Jane, appelez la sécurité, s'il vous plaît, dit Mme Caldwell. Ordonnez-leur de monter et de faire sortir Helen du bloc opératoire.

Mme Selkirk regarde le téléphone sur le plan de travail. Elle entame un pas dans cette direction. Mlle Justineau pivote beaucoup plus vite qu'elle et abaisse l'extincteur. Le téléphone se casse en deux dans un bruit d'écrasement sec, complexe. Mme Selkirk bondit en arrière.

— C'est ça, scrutez-le bien, lui dit Mlle Justineau. Au prochain mouvement, vous l'aurez en pleine figure.

— Et vous comptez proférer la même menace si j'essaie de gagner la porte ou la fenêtre, j'imagine ? demande Mme Caldwell. Helen, je crois que vous n'avez pas bien réfléchi à tout cela. Que j'annule cette séance ou non n'a aucune importance, en réalité. Vous pouvez emmener Melanie hors du labo, mais pas de la base. Chaque porte est surveillée, des sentinelles patrouillent devant les grilles. Vous n'avez aucune chance d'empêcher cette dissection.

Mlle Justineau ne répond pas, mais Melanie sait que Mme Caldwell se trompe. Mlle Justineau peut faire tout ce qu'elle veut. Elle est comme Prométhée, tandis que Mme Caldwell est comme Zeus. Zeus se prenait pour quelqu'un de fort et de malin parce qu'il était un dieu, sauf que les Titans n'avaient pas du tout peur de lui. Bien sûr, dans la légende, les Titans ont perdu à la fin – mais Melanie n'a aucun doute sur l'identité de qui sortira victorieuse de cette bataille-ci.

— J'improviserai à mesure, gronde Mlle Justineau. Défaites ces lanières, Jane.

— Non, n'en faites rien, ordonne aussitôt Mme Caldwell.

Tout en le disant, elle jette un regard féroce à Mme Selkirk, avant de se reconcentrer pleinement sur Mlle Justineau.

Pour s'adoucir tout de suite.

— Helen, vous n'êtes pas bien. La situation telle qu'elle se présente nous a toutes mises dans un état de stress atroce. Tous ces fantasmes autour du fait de secourir le sujet d'expérience… ma foi, cela fait partie de votre réaction à ce stress. Nous sommes toutes les trois amies et collègues. Vous ne ferez l'objet d'aucun rapport. Nous trouverons une solution ensemble, parce qu'il n'y a vraiment aucune autre possibilité.

Mlle Justineau hésite, endormie par cette douceur.

— Je vais poser le scalpel, annonce Mme Caldwell. Je vous demande de faire de même avec votre… arme.

Et Mme Caldwell fait comme elle a dit. Elle montre le fameux scalpel, le serre fort une seconde, puis le pose au bord de la table, près du flanc droit de Melanie. Tout cela avec lenteur, un soin exagéré. Du coup, Mlle Justineau observe la main qui tient le scalpel. Bien sûr.

De son autre main, Mme Caldwell attrape un petit objet brillant dans la poche de sa blouse de labo.

— Mademoiselle Justineau ! crie Melanie.

Trop tard. Beaucoup trop tard. Mme Caldwell jette le truc brillant à la figure de Mlle Justineau. Il y a un *pschhh* pareil au sifflement de la vapeur des douches, et une odeur acide, brûlante, qui vous coupe le souffle. Mlle J. gargouille. Tout d'un coup, elle n'a plus de son. Elle laisse tomber l'extincteur, se griffe le visage. Elle s'affaisse lentement à genoux, puis bascule sur le flanc sur le sol du labo, où elle tressaille et se tortille en faisant des bruits – on dirait qu'elle s'étouffe.

Mme Caldwell la regarde, imperturbable.

— Bien, maintenant, Jane, allez chercher un détachement de sécurité. Je veux qu'on mette cette femme aux arrêts pour tentative de sabotage.

Melanie s'avachit à nouveau sur la table avec une plainte angoissée – à la fois pour elle-même et pour Mlle Justineau. Le désespoir la remplit, la rend lourde comme du plomb.

Mme Selkirk se dirige vers la porte, mais ça signifie éviter au passage Mlle Justineau, qui est toujours par terre à râler et à geindre : elle essaie de respirer malgré les miasmes brûlants de ce que Mme Caldwell lui a envoyé à la figure. Ça stagne dans l'air, et du coup Mme Selkirk se met à tousser à son tour.

Complètement excédée, Mme Caldwell tend la main pour reprendre le scalpel.

Mais juste à ce moment-là, il se passe quelque chose qui la stoppe dans son geste. Deux choses, en fait. La première est une explosion, assez forte pour faire tressauter les fenêtres dans leurs montants. La deuxième, c'est un cri à percer les tympans, comme si cent personnes hurlaient toutes en même temps.

Mme Selkirk a l'air d'abord inerte, puis terrifiée.

— C'est le signal d'évacuation générale, dit-elle. Non ? La sirène ?

Mme Caldwell ne perd pas de temps à lui répondre. Elle traverse la pièce pour remonter les volets.

Melanie se redresse aussi haut qu'elle peut, mais elle est trop basse. Elle ne voit pratiquement que le ciel au-dehors.

Les deux femmes contemplent l'extérieur par la fenêtre. Mlle Justineau est toujours par terre, les mains plaquées sur le visage. Elle a le dos et les épaules qui tremblent. Elle ne fait attention à rien, qu'à sa douleur.

— Que se passe-t-il ? bêle Mme Selkirk. Il y a des gens qui bougent là-bas. Est-ce que ce sont…

— Aucune idée, répond Mme Caldwell. Je vais abaisser les volets d'urgence. On peut rester réfugiées ici jusqu'au signal de fin d'alerte.

Elle tend le bras. Pose la main sur la poignée. C'est là que la fenêtre se fracasse.

Et que les affams se bousculent pour grimper à travers.

19

Bien avant que Parks puisse concevoir une contre-attaque, les clôtures tombent.

Oh, ça n'est pas rapide – juste imparable. Les affams que Gallagher avait repérés parmi les arbres, sur le périmètre est, en émergent soudain au galop. Ils ne pourchassent rien, ils courent, point, et l'étrangeté de ce phénomène fait hésiter Parks une seconde ou deux, le temps d'essayer de comprendre.

Ensuite, le vent tourne et l'odeur l'atteint. Une vague nauséeuse de décomposition, si intense qu'elle fait l'effet d'un coup de poing en pleine figure. Les soldats qui flanquent Parks de chaque côté ont un haut-le-cœur. Quelqu'un pousse un juron.

Et cette odeur le renseigne, avant même qu'il ait vu. Ils sont encore plus nombreux. Beaucoup plus. C'est l'odeur de toute une horde d'affams, un putain de raz-de-marée. Beaucoup trop gros pour qu'on l'endigue.

L'unique possibilité consiste à les ralentir. À amortir cette charge avant qu'ils n'atteignent la clôture.

— Visez les jambes ! braille-t-il. Tir automatique, à fond ! (Et ensuite :) Engagez !

Les soldats obéissent. L'air se remplit de la répétition forcenée de leurs armes. Les affams tombent, se font piétiner par d'autres, encore plus nombreux, qui arrivent par derrière. Mais ils sont trop nombreux et trop proches. Ça ne les arrêtera pas.

Alors, Parks voit autre chose, au fond de cette muraille mouvante de morts-vivants. Des cureurs. Des cureurs si blindés de protections qu'on dirait des Bonhommes Michelin. Certains brandissent des lances. D'autres manient ce qui ressemble à des aiguillons à bétail, qu'ils enfoncent dans le cou ou le dos du moindre traînard. Deux au moins portent des lance-flammes. Leurs langues de feu, à droite et à gauche, contiennent les affams et les empêchent de trop s'éloigner de la cible.

Qui est la clôture et, derrière, la base.

Deux bulldozers aux pales bloquées en oblique roulent aussi le long des flancs de ce troupeau. Quand les affams qui s'étalent sur les bords s'en approchent trop, s'ils ne repartent pas vers la foule centrale, ils se font blackbouler dessous.

Ce n'est pas une débandade, c'est une transhumance de bétail.

— Bon Dieu ! s'exclame le 2e classe Alsop d'une voix étranglée. Oh, Seigneur !

Parks perd un autre instant à s'émerveiller du pur génie de cette attaque. Utiliser les affams comme béliers, comme armes de guerre. Il se demande comment les cureurs en ont rassemblé autant, et où ils les ont enfermés avant cette marche forcée, mais tout ça, c'est de la simple logistique. L'idée de faire un truc pareil – c'est carrément impérial.

— Visez les vivants ! beugle-t-il. Les cureurs ! Tirez-leur dessus !

Mais ils n'arrivent qu'à caser deux misérables rafales avant de devoir se replier, s'écarter de la clôture. Parce qu'elle va céder, et qu'ils se retrouveront englués jusqu'au cou dans du cannibale pourri.

Ils se retirent en bon ordre tout en faisant feu.

La vague s'abat. Elle ne ralentit même pas. Les affams foncent à plein tube dans le grillage et les étais en béton qui le soutiennent. La clôture s'incline, gronde et grince mais a l'air de tenir le coup : les premiers rangs de cadavres ambulants font du sur-place. Mais de plus en plus atterrissent derrière, poussent dans leur dos, transmettent au point d'impact, à cette mince barrière de fils de fer entrecroisés, leur poids et leur vitesse acquise. Les piliers en béton eux-mêmes commencent à pencher comme des ivrognes. Un pan de l'enceinte s'abat, brusquement instable : un des piliers a carrément été éjecté du sol, accompagné d'une motte de terre hémisphérique.

Les morts qui s'ignorent basculent dessus par dizaines, se font piétiner, écraser et réduire en charpie. Mais il y en a des tonnes d'autres qui suivent. Ils foncent, leurs pieds bondissants laminent les restes des autres.

Les affams entrent en un éclair.

20

Justineau tâche de se lever. Elle a du mal. Ses entrailles bouillonnent, ses poumons sont pleins d'acide et sous ses pieds le sol se soulève comme le pont d'un bateau. Son visage lui fait l'effet d'un masque de fer chauffé à blanc, ajusté beaucoup trop serré contre l'os. Des choses se déplacent rapidement autour d'elle. Aucun commentaire ne le souligne excepté des ahanements et un bref cri étouffé. Le gaz poivre de Caldwell l'a aveuglée, et la bordée de larmes initiale a eu beau en chasser de ses yeux la majeure partie, ses paupières ont tant gonflé qu'elles en restent à demi fermées. Elle distingue des formes floues qui s'entrechoquent comme du bois flotté dans le sillage d'une inondation.

Elle cille fiévreusement, pour forcer ses conduits lacrymaux secs et grillés à s'humecter à nouveau.

Deux des silhouettes se précisent. L'une est Selkirk, sur le flanc par terre. Ses jambes s'ouvrent et se replient dans un staccato frénétique. L'autre est l'affam qui, à califourchon sur elle, engloutit les enroulements roses et mous de ses intestins répandus.

D'autres affams jaillissent de tous côtés, cachant Selkirk. Elle est un pot de miel pour mouches putrescentes. La dernière chose que Justineau aperçoit de sa collègue, c'est la désolation qui se lit sur ses traits.

Melanie ! songe Justineau. *Où est Melanie ?*

Le labo est une mer de corps qui se bousculent, qui se cramponnent. Justineau recule loin de cette frénésie vorace et manque rentrer dans une autre : près de la fenêtre, Caroline Caldwell lutte pour la vie avec une férocité muette. Deux affams qui ont franchi l'appui à croupetons en laissant des lambeaux de chair sur les rebords coupants du carreau cassé lui ont empoigné les jambes pour monter à l'assaut. Leurs mâchoires s'actionnent comme une excavatrice à doubles godets. Caldwell a les mains posées sur leur crâne comme pour les bénir, mais en réalité elle s'emploie de toutes ses forces à les maintenir à distance : elle essaie désespérément de les empêcher de se pencher vers elle pour y planter les dents – bataille qu'elle perd centimètre par centimètre.

Justineau trouve l'extincteur là où elle l'a laissé tomber. Sa teinte rouge vif se détache sur les blancs et gris neutres du labo. Elle le ramasse, pivote sur elle-même en le balançant sous son bras telle une lanceuse de marteau. Il heurte quelque chose avec un tintement creux, et l'un des affams, la nuque brisée net, incline la tête sur le côté. L'agresseur de Caldwell ne lâche toujours pas prise, mais sa mandibule ne peut plus s'actionner maintenant que le cou ne la retient plus : elle a la main droite libérée.

Avec la force et la résolution que confère une terreur absolue, Caldwell agrippe un mince triangle de verre accroché au cadre de la fenêtre et l'arrache. Elle en larde encore et encore l'autre affam, lui emportant le visage en de larges lambeaux tandis que son propre sang suinte entre ses doigts.

Justineau la laisse à son ouvrage. Avec cette fenêtre juste devant elle, elle peut s'orienter. Elle se retourne face à la table d'opération. Merveilleux. Rien n'empiète sur son champ de vision. La plupart des affams se disputent des morceaux de Jane Selkirk, ce qui signifie qu'ils sont le groin dans l'auge, à croupetons.

La table d'opération est nue. Les lanières plastifiées qui immobilisaient Melanie pendent, inutiles, tranchées net. Le scalpel que Caldwell avait posé pour projeter son gaz poivre repose sur le côté gauche de la table. Justineau regarde frénétiquement autour d'elle. Elle émet un son proche du gémissement, qui se perd dans les reniflements liquides du banquet de monstres. Le chaos qu'était cette pièce s'est résorbé en une scène simple : Selkirk servant de festin, Caldwell entaillant le visage et le torse de l'affam qui tente toujours aveuglément de grimper sur elle, mais qui finit par s'effondrer, efficacement dépouillé.

Pas de Melanie.

Caldwell est libre, à présent, et de ses mains rendues glissantes par le sang, la voilà qui rassemble fiévreusement des notes et des échantillons. Elle veut en emporter trop, elle les empile et ils tombent de ses bras en une cascade sonnante. Le bruit est assez sonore pour éveiller l'attention des affams qui dévorent Selkirk. Leurs têtes se redressent brusquement, se tournent à gauche puis à droite en une synchronisation irréelle.

Caldwell a posé un genou à terre, elle ramasse ses trésors. Justineau l'agrippe par le col pour la hisser debout.

— Venez ! crie-t-elle.

Ou du moins elle essaie. Comme elle a avalé une partie du gaz poivre, sa langue a triplé de volume. On dirait la voix de Charles Laughton dans *Quasimodo*. Peu importe. Au moment où les affams se relèvent puis piétinent ce qu'il reste de Selkirk dans leur empressement à atteindre cette nouvelle source de nourriture, Justineau entraîne Caldwell jusqu'à l'entrée du labo comme une mère tracte son enfant turbulent. Justineau claque la porte au visage des affams. Sans la fermer à clé, mais c'est un détail. Les affams ne sont pas plus doués avec les serrures que ne le seraient des chiens sauvages. Le battant tressaille sans s'ouvrir sous leurs assauts répétés.

Les femmes sont dans un bref couloir qui se termine par le dispositif de douche. Justineau prend dans cette direction, vers les portes qui sont au-delà, qu'elle a laissées grandes ouvertes en entrant – mais elle ralentit, puis s'arrête avant d'y arriver. Dans l'espace situé entre ce bloc et les abris pour véhicules se déroule une course-poursuite armée. Les hommes qu'elle distingue, qui plongent à terre, tirent et filent se mettre à couvert derrière le coin du bâtiment voisin n'appartiennent pas à l'équipe de Parks, ils n'ont pas ces tenues kaki qu'elle a toujours détestées : ce sont des sauvages aux vêtements disparates, aux cheveux noircis et sculptés au goudron, qui portent des machettes coincées à la ceinture.

Des cureurs.

Alors que Justineau continue de les contempler, deux d'entre eux font un saut carpé à une vitesse impossible. L'éclair et le rugissement de la grenade surviennent au bout d'une demi-seconde, le frémissement péristaltique de l'onde de choc, un battement de cœur plus tard.

Caldwell désigne une deuxième porte – peut-être dit-elle aussi quelque chose, mais le carillon affolé qui tinte maintenant aux oreilles de Justineau masque tous les autres sons. La porte est fermée à clé. Caldwell fouille dans ses poches en laissant des courbes de Bézier sanguinolentes sur sa blouse blanche. Ses mains, constate Justineau, sont en très sale état, des lambeaux de peau pendent des incisions profondes qu'elle s'est faites en empoignant l'éclat de vitre pour se défendre.

Une poche, une deuxième, encore une autre. Caldwell ne trouve pas la clé. Elle finit par arracher les boutons de sa blouse blanche pour chercher dans son pantalon. Les voilà. Elle ouvre la porte et les deux femmes se retrouvent dans une réserve contenant une dizaine d'étagères identiques en métal gris. C'est un refuge.

Un piège. Dès que Caldwell a refermé à clé de l'intérieur, Justineau comprend qu'elle ne peut pas rester ici. Melanie se balade quelque part dehors comme le Petit Chaperon Rouge dans les forêts obscures, entourée d'hommes qui tirent des salves d'armes automatiques.

Elle doit la trouver. Ce qui signifie sortir.

Caldwell est adossée à l'extrémité d'un rayonnage, soit qu'elle reprend ses esprits, soit qu'elle se réfugie dans un espace mental plus agréable que celui-ci. Justineau l'ignore pour passer en revue la pièce étroite. Il n'y a pas d'autres portes, mais une fenêtre, si, en hauteur dans le mur. Ça doit donner sur le côté du bâtiment le plus proche de la clôture et le plus éloigné des combats. À partir de là, elle pourrait tenter de passer en force et foncer jusqu'au bloc classe, où Melanie a dû aller se terrer pour peu qu'elle ait retrouvé son chemin.

Sous le regard muet de Caldwell, Justineau commence à vider l'élément de rayonnage le plus proche, chassant du bras par terre cartons et bouteilles, sachets de gaze médicale et rouleaux de serviettes en papier. Elle tire l'étagère jusqu'à la fenêtre pour s'en servir comme échelle.

— Ils vont vous tuer, dit Caldwell.

— Alo lessé ici, rétorque Justineau sans se retourner.

Mais quand elle entreprend de monter, Caldwell maintient l'étagère de ses mains déchiquetées, puis grimpe tant bien que mal derrière elle, en émettant de petits hoquets de douleur chaque fois qu'elle doit agripper le métal froid.

La fenêtre se ferme avec un loquet. Justineau le repousse, entrouvre sur deux centimètres. À l'extérieur, juste une étendue d'herbes hautes où personne n'a marché. Les cris et les tirs sont amortis par la distance.

Elle ouvre la fenêtre en grand, franchit l'ouverture et se laisse tomber sur l'herbe. Encore humide de rosée, froide contre ses mollets. La banalité de cette sensation est comme un télégramme venu de l'autre côté du monde.

Caldwell a plus de mal à s'extirper de là, parce qu'elle s'efforce de ne pas faire usage de ses mains blessées pour s'appuyer. Elle choit lourdement, incapable de garder l'équilibre, et s'étale de tout son long. Justineau l'aide à se relever sans trop de ménagements.

Du coin, on distingue tout le terrain d'exercice, jusqu'au bloc classe et aux casernements proprement dits. Il y a des affams partout, courant à toutes jambes en groupes serrés.

Justineau croit d'abord qu'ils se déplacent au hasard, mais elle aperçoit alors les cureurs aux protections grotesques qui les guident, armés de piques, de Tasers et, tout bonnement, de feu. D'un regard clinique, elle note que les cureurs sont entièrement maculés de goudron – pas seulement les cheveux, mais aussi la peau des bras, des mains, et le Kevlar de leurs gilets. Ça doit avoir un effet similaire à l'établoquant, ça masque l'odeur de leur sueur apocrine, ce qui empêche les affams de faire demi-tour pour remonter cette piste chimique et sauter à la gorge de leurs bourreaux.

Mais elle pense avant tout : *les affams comme armes biologiques !* Peu importe qui remportera cette bataille, la base est cuite.

— Je vais essayer de traverser jusqu'au bloc classe, indique-t-elle à Caldwell. Vous devriez sans doute vous accorder quelques secondes et ensuite foncer vers la clôture. Ils auront en partie les yeux ailleurs.

— Le bloc classe est souterrain, jette Caldwell. Il n'y a qu'une entrée. Vous serez prise au piège.

Quel duo fortiche elles font ! Deux scientifiques qui assemblent des données pour en tirer des conclusions. Deux esprits inquisiteurs refusant de jeter l'éponge devant ce cauchemar intégral. Justineau ne prend pas la peine de répondre. Elle se contente de foncer. Elle a défini un trajet et elle s'y tient, passant au large de la plus proche meute d'affams qui se déverse dans l'autre sens, en direction des casernements. Les cureurs qui les mènent sont trop occupés par leur tâche pour se détourner.

Et leurs semblables qui arrivent derrière sont pris en tenaille par des tirs : l'équipe de Parks met le terrain à profit. Elle transforme en abattoir les espaces à découvert entre les baraquements en bois. Justineau est forcée d'éviter trois soldats qui courent vers elle le fusil à la main, puis elle se retrouve près du flanc d'un deuxième triangle d'affams qui se ruent en avant. Elle recule, sinue, et ce n'est que passé un autre coin de bâtiment qu'elle prend conscience de s'être perdue : devant elle, une dizaine d'hommes aux cheveux hérissés, au corps noir et luisant d'un goudron sans doute encore liquide, font feu derrière une barricade improvisée de bennes à ordures renversées.

Les cureurs se retournent, la repèrent. La plupart se désintéressent d'elle et reprennent leurs rafales, mais deux se lèvent aussitôt pour s'avancer. Le premier sort un couteau d'un étui de ceinture, le soupèse dans sa main. L'autre se contente de braquer l'arme qu'il brandissait déjà.

Justineau se pétrifie. Ça ne sert à rien de s'enfuir, de tourner le dos à ce fusil. Quand elle essaie d'imaginer une autre réaction, son cerveau est inondé d'un flux froid de vide. De vide total.

L'homme au couteau chasse ses jambes sous elle, l'envoie s'étaler. Il l'attrape par la manche de son chemisier, la hisse à moitié debout et la tend au second comme une offrande.

— À toi l'honneur.

Justineau lève la tête. Soutenir le regard d'une bête sauvage : mauvaise idée, en général, mais tant qu'à mourir, autant que ce soit en lui disant d'aller se faire foutre et aussi, si elle a le temps, où et comment.

C'est le regard du tireur qu'elle croise. Et elle prend conscience, avec un sursaut d'étonnement presque irréel, de sa jeunesse. Sûrement encore adolescent. Il abaisse vers sa poitrine le fusil qu'il braquait sur son crâne. Peut-être ne veut-il pas rentrer chez lui en gardant l'image d'un visage explosé collée dans son album onirique.

Il y a quelque chose de rituel dans tout cela, dans la façon dont l'autre, l'aîné, maintient leur prise en attendant que le jeune la liquide. C'est un rite de passage – un moment où des liens se renforcent, peut-être entre un père et un fils.

Le jeune prend visiblement son courage à deux mains.

Et puis, il disparaît. Renversé par terre. Quelque chose de sombre, à la rapidité subliminale, est passé en un éclair en l'emportant. Il se tortille sur le macadam, luttant contre un ennemi qui, malgré sa taille minuscule, crache, miaule et le griffe comme une troupe entière de chats en furie.

C'est Melanie. Et elle ne fait pas de quartier.

L'homme – ou plutôt le jeune – lâche un cri qui se finit en gargouillis liquide quand les dents de la petite fille se referment sur sa gorge.

21

Le choc de cette première bouchée de sang et de chair tiède est si intense que Melanie s'en évanouit presque. Rien dans son existence n'a jamais été aussi bon. Même de se faire caresser les cheveux par Mlle Justineau ! L'afflux du plaisir la déborde. La part d'elle-même encore en état de réfléchir plie sous cette cataracte, attaquée par les flancs, et s'accroche à ce qu'elle peut pour éviter d'être emportée. Melanie essaie de se remémorer les enjeux. Elle s'en est prise à cet homme parce qu'il allait faire du mal à Mlle Justineau, pas à cause de son odeur irrésistible de viande fraîche : ça, elle n'en avait pas capté une bouffée avant d'être à califourchon sur lui, et elle a mordu avant même d'y penser. Son corps s'est passé de sa permission pour le faire, et il n'était pas prêt à attendre. Maintenant qu'elle mord, déchire, mâche et avale, les sensations la remplissent. Elles l'assaillent comme le torrent d'une cascade se déversant dans une coupe juste en dessous.

Quelque chose la frappe durement, la détachant de sa proie, de son repas. Un deuxième homme se tient au-dessus d'elle. Il se penche, un couteau brandi. Mlle Justineau l'attaque par-derrière, en lui tapant sur la tête à deux mains. Il est obligé de se retourner pour se défendre et Melanie réussit à lui attraper fermement la jambe. Elle s'enroule autour de lui de ses bras forts. Elle se fixe à lui comme une sangsue.

L'homme beugle des jurons incohérents, la martèle de coups frénétiques. Ça fait mal, mais on s'en fiche. Guidée par un instinct si profond qu'elle ne saurait même pas dire d'où il sort, elle trouve l'endroit où la cuisse s'articule au torse. Elle referme les dents, mord à travers la jambe du pantalon, jusqu'à ce que le sang épais afflue et jaillisse dans sa bouche. Elle s'y attendait. Elle a senti l'artère l'envoûter sous les replis de chair et de tissu.

La plainte de l'homme est un son effrayant, aigu et tremblant, qui déplaît énormément à Melanie. Par contre, qu'il a bon goût ! Elle aime ce muscle ouvert qui se transforme en fontaine, comme si la viande crue était un jardin magique, un paysage caché qu'elle n'avait jamais aperçu jusque-là.

Au bout du compte, ça en fait trop. Son ventre et sa tête n'y suffisent plus. Le monde entier non plus. Engourdie de bonheur, une satiété qui lui liquéfie le corps et le cerveau, elle ne résiste pas, cette fois, quand deux mains la détachent, la soulèvent.

En dessous de la puanteur chimique, l'odeur de Mlle Justineau. Familière, bienvenue, merveilleuse. Serrée contre sa poitrine, Melanie émet un ronron repu. Elle veut se rouler en boule et dormir là comme un animal dans son terrier.

Sauf qu'elle ne peut pas, parce que Mlle Justineau se déplace. Elle court. Chaque foulée secoue Melanie. Et l'impression de satiété ne dure pas. Sa faim endormie revient vite à l'attaque, titillant les bords de son esprit avec des ordres impérieux. Cette odeur signifie déjà autre chose. Elle la presse de se nourrir à nouveau. Melanie se tourne et se tortille dans ces bras trop faibles pour la retenir. Bouche ouverte, de nouveau prête à mordre, elle cogne de la tête le dessous du bras de Mlle J.

Mais il ne faut pas il ne faut pas non ! C'est Mlle Justineau, qui l'aime. Qui l'a sauvée de la table et du fin couteau effrayant, du scalpel. Melanie ne réussit pas à empêcher sa mâchoire de claquer, mais elle bascule la tête en arrière à la dernière seconde, alors ses dents se referment dans le vide, pas dans la chair.

Un grondement enfle en elle, au même endroit qui lui a fait faire un bruit de chaton il n'y a que quelques instants.

tu dois

il ne faut pas

tu dois

Elle se débat contre une bête sauvage, et cette bête, c'est elle.

Donc elle sait qu'elle va perdre.

22

Justineau sprinte de nouveau. À présent sans aucune idée d'où elle se dirige. Entre la fumée des explosions, le fracas des coups de feu et les courses en tous sens, la géographie familière de la base lui est devenue obscure.

En prime, Melanie, qui gigote et se débat sous sa poigne, la déconcentre. Justineau l'a soulevée du corps du jeune cureur comme on décroche du ventre d'un chien une tique gorgée de sang. Lorsqu'elle y repense, elle doit lutter contre l'envie d'abandonner la petite fille.

Pourquoi lutter ? Pas parce que Melanie l'a sauvée. Sauf que si, en un sens. Parce qu'Helen vient de tourner le dos à une part d'elle-même, et que Melanie en est le signe – l'anti-Isaac récupéré dans l'incendie, pour prouver à Dieu qu'Il n'a pas toujours le dernier mot.

Allez vous faire foutre, Caroline.

Melanie émet des bruits qu'aucune gorge humaine ne devrait pouvoir produire. Sa tête balancée d'arrière en avant vient cogner le bras de Justineau. Elle possède une force étonnante. Elle va se libérer. Les faire tomber toutes les deux.

Justineau aperçoit la porte métallique du bloc classe, inespérément proche. Elle dévie dans cette direction. Pour se rendre compte aussitôt que ça ne sert à rien. Le battant est fermé, or les serrures se bloquent automatiquement lorsqu'il est dans cette position. Il n'y a aucun moyen d'entrer.

Des affams se profilent sur sa droite, une dizaine, en provenance du labo. Peut-être les mêmes que ceux qu'elle a fuis et qui auraient suivi son odeur ? En tout cas, ils la sentent à présent, et ils l'ont dans le collimateur. Ils accourent en levant et en posant infatigablement les jambes sur un rythme mécanique. Elle ne peut que tourner casaque. Les fuir aussi vite que possible, en priant pour arriver quelque part avant qu'ils ne la rattrapent.

Elle arrive bien quelque part. À la clôture. Qui est soudain là, pile devant elle, lui bloquant le passage comme un Everest de grillage. C'est fichu.

Elle se retourne, aux abois. Les affams accourent avec ces mêmes foulées métronomiques implacables. À droite et à gauche, il n'y a rien. Aucune cachette possible, aucune issue. Justineau lâche Melanie, la voit tomber comme chute un chat, se remettre en position en l'air pour atterrir à quatre pattes.

Justineau crispe les poings, se prépare à l'inévitable, mais un épuisement gigantesque la frappe et l'obscurité afflue aux coins de son champ de vision : sa poussée d'adrénaline la déserte. Quand le premier affam ouvre grand les mâchoires et tend le bras pour l'attirer à lui, elle n'essaie même pas de cogner.

Il se fait ratatiner et labourer dans un craquement humide.

Un mur glisse, fluide, en travers du champ de vision de Justineau. Il est métallique, vert mat et comporte une vitre. Derrière, le visage d'un monstre la scrute. Les traits du sergent Parks.

— Montez ! beugle-t-il.

Ce qu'elle a sous les yeux se résout, comme une photo mystère.

C'est l'un des Hummer blindés de la base. Justineau s'escrime à ouvrir la portière. Elle essaie dans toutes les directions, tord et tire, puis finit par la déclencher d'une simple pression sur le bouton de détente de la face intérieure de la poignée.

Au moment où les affams contournent l'arrière du grand 4x4 et s'élancent vers elle, elle ouvre la portière à la volée. L'un des enfants soldats de Parks, un môme deux fois plus jeune qu'elle, tignasse rousse comme un feu de joie automnal, manie le fusil sur affût de la plate-forme d'armes. Il le fait tourner frénétiquement, cousant l'espace avec des aiguillons de métal. Difficile de dire ce qu'il vise, mais d'une de ses rafales orientées vers le bas, il coupe la trajectoire des affams les plus proches et les fauche.

Justineau tient la portière, immobile – parce que Melanie ne bouge pas. Recroquevillée par terre, la petite fille contemple l'intérieur sombre du véhicule avec une défiance animale.

— C'est bon ! hurle Justineau. Melanie, viens. Entre. Dépêche-toi !

Melanie se décide – bondit directement dans l'habitacle en dépassant Justineau. Qui grimpe derrière elle en claquant la portière.

Et qui se retourne, pour découvrir le visage livide et transpirant de Caldwell la fixant droit dans les yeux. Les mains coincées sous les aisselles, la scientifique gît sur le plancher comme un fagot de sarments.

Melanie s'accroupit loin d'elle, se blottit à nouveau contre Justineau, laquelle, par réflexe, la serre dans ses bras.

Parks fait demi-tour. Par le pare-brise, on distingue un instant un kaléidoscope de fumée, de dévastation et de silhouettes qui courent.

Ils franchissent la clôture sans s'arrêter, mais il s'en faut d'un cheveu qu'ils ne passent pas le fossé. Le Hummer fait un plat, tressaille quelques secondes comme un lave-linge en mode essorage, mais finit par trouver assez d'adhérence pour traîner son cul par-dessus le bord.

Sur les kilomètres suivants, cinq mètres de grillage et un pilier en béton l'escortent, rebondissant comme des boîtes de conserve derrière une voiture de jeunes mariés.

23

Parks préférerait couper droit à travers champs – le Humvee n'a pas tellement besoin de bitume –, mais vu comment ça proteste et ça ripe à l'arrière, cet essieu-là doit avoir un problème. Du coup, il rétrograde pour avoir plus de reprise puis met le pied au plancher et fonce à tombeau ouvert le long des routes secondaires désertes, en bifurquant à gauche et à droite au hasard. Il se dit que pour le moment, le meilleur moyen d'éviter qu'on les retrouve, c'est d'être carrément perdus eux-mêmes.

Au moins, il n'y a pas trace de poursuivants. Ça, c'est le bonheur.

À une quinzaine de kilomètres de la base, après avoir quitté la route pour un champ en friche lardé d'ornières, il finit par s'arrêter. Il coupe le contact et reprend son souffle, penché en avant sur le volant, tandis que le moteur refroidit. Les bruits mécaniques ne sont pas de bon augure. Parks a raflé le Humvee à l'atelier, seul endroit accessible à ce moment-là sans avoir à traverser un terrain à découvert grouillant d'affams, et il se demande – trop tard, mais bon – ce qui avait valu à l'engin de partir en réparation.

Gallagher descend de la plate-forme d'armes, rabat le fusil derrière lui et bloque la trappe. Il tremble comme s'il avait la fièvre, ces gestes simples lui prennent un temps fou. Finalement, assis à la place du mort, il adresse au sergent un regard terrifié, cherchant les ordres, les explications ou quoi que ce soit d'autres qui lui permettrait de ne pas craquer.

— Du bon boulot, le complimente Parks. Va voir les civiles. Je pars faire une petite reco.

Il ouvre la portière mais ne va pas plus loin. Gallagher, qui vient de jeter un œil dans son dos vers la banquette arrière, pousse un bref cri douloureux.

— Sergent ! Sergent !

— Oui, fils, qu'est-ce qu'il y a ? demande Parks d'une voix lasse.

Quand il se retourne pour regarder, son moral a déjà fait le plongeon : il se dit qu'une des deux femmes doit avoir une blessure à l'abdomen ou un truc comme ça et qu'ils vont devoir assister à l'agonie.

Sauf que ce n'est pas ça. Caldwell a sa blouse trempée de sang, mais ça semble provenir en grande partie de ses mains. Et à part son visage rouge et enflé, Helen Justineau a l'air en assez bonne forme.

Non, ce qui a fait s'écrier le jeune, c'est leur troisième passagère. L'une des mômes affams, les monstres du bloc de confinement, accroupie sur le sol du Humvee. Parks la reconnaît avec un choc palpable : c'est celle qu'il a amenée ce matin se faire charcuter au labo de Caldwell. Elle a changé depuis. Elle est nue comme un ver, le crâne rasé, et barbouillée comme une sauvage. Ses yeux d'un bleu intense font l'aller-retour entre les deux femmes. L'arrondi de son dos trahit à la fois une tension et l'imminence d'un mouvement.

Gauchement, à cause de l'angle, Parks dégaine son arme de poing et vise, en la fourrant entre les deux dossiers. Il la braque directement vers le crâne de la petite fille. Un tir à la tête est sa meilleure chance de l'abattre, à cette distance-là.

Leurs regards se croisent. Elle ne moufte pas. Comme si elle lui demandait d'appuyer sur la détente.

C'est Helen Justineau qui arrête Parks, en s'interposant physiquement entre eux. Dans la cabine confinée du Humvee, elle forme un barrage assez imparable.

— Bougez de là, lui dit Parks.

— Et vous, posez cette arme, dit Justineau. Il est hors de question que vous la tuiez.

— Elle est déjà morte, en théorie, fait remarquer Caldwell depuis le sol, d'une voix vacillante.

Justineau lui décoche un regard torve mais ne prend pas la peine de lui répondre. Elle revient aussitôt à Parks.

— Elle ne constitue pas un danger. Pas pour l'instant. Vous le voyez bien. Faites-la sortir du Humvee, laissez-la s'éloigner de vous – de nous tous – et on improvisera ensuite. D'accord ?

Ce que Parks voit bien, c'est que ce cauchemar ambulant qui a l'air d'une môme tremble, les yeux écarquillés, et qu'elle se maîtrise à peine. Tout le monde dans l'habitacle est aspergé d'établoquant jusqu'à la racine des cheveux, mais il y a tellement de sang qui se trimballe partout – sur les mains, les bras et les vêtements de Caldwell, sur la gamine elle-même – que ça suffira malgré tout à déclencher ses pulsions. Il n'a jamais vu d'affam pris d'envie de viande qui ne la mette pas à exécution. C'est une première, et peut-être que ça durera, mais il ne jouera pas sa vie sur un tel pari.

Soit il l'abat maintenant, soit il cède à Justineau. Or, s'il descend la gamine, il prend le risque de tuer l'une des civiles, voire les deux.

— Allez-y, ordonne-t-il. Grouillez-vous.

Justineau ouvre grand la porte.

— Melanie… dit-elle, mais la môme n'a pas besoin qu'on lui fasse un dessin. Elle s'éjecte du Humvee comme une balle et fonce jusqu'au fond du champ à une telle vitesse qu'à la place de ses cannes maigriottes, on ne voit que du flou.

Elle s'est mise contre le vent, ne peut s'empêcher de remarquer Parks. Elle s'éloigne de leur odeur. Celle du sang. Ensuite, elle s'accroupit parmi les hautes herbes, presque invisible, et se recroqueville sur elle-même en s'agrippant les genoux. Elle a détourné la tête.

— C'est assez loin, ça va ? demande Justineau.

— Non ! rétorque aussitôt Caldwell. Nous devons l'entraver et la ramener avec nous. Nous n'avons pas la moindre idée de ce qui est arrivé au reste des sujets. Si la base est fichue et mes résultats avec, Melanie est tout ce qu'il nous reste de quatre ans de recherches.

— Ce qui en dit long sur ce travail, réplique Justineau.

Caldwell la foudroie du regard. L'espace qui les sépare toutes les deux regorge de mauvaises vibrations. Parks adresse un signe à Gallagher – un bref mouvement de tête –, puis il sort, laissant les bonnes femmes à leur querelle. Il se fait de la bile pour l'essieu arrière du Humvee, il tient à l'examiner tout de suite. Il se peut qu'il faille reprendre la route d'une seconde à l'autre.

24

Melanie redescend.

Au départ elle n'arrive pas du tout à réfléchir. Ensuite, quand les pensées lui reviennent, elle s'en écarte, comme M. Whitaker lorsque sa fiole est presque vide. Elle a la bouche hantée par des souvenirs qui veulent redevenir réels. Son esprit vacille devant ce qu'elle a fait.

Et son corps est secoué de millions de tics et de tremblements – chaque cellule gémit sur son sort, exige ce qu'elle ne peut pas avoir.

Elle a toujours été sage. Mais elle a mangé des morceaux de deux hommes, qu'elle a très probablement tués tous les deux. Tués avec les dents.

Elle avait faim, ils étaient son pain.

Alors, qu'est-ce que ça fait d'elle ?

Ces énigmes lui viennent quand la faim résiduelle lui permet de se concentrer dessus. Des fois, elles sont énormes et très nettes, d'autres fois lointaines et brouillées par des écheveaux pelucheux, fumeux.

Autre chose qui lui vient et qui repart : un souvenir. Quand elle était étendue sur la table, attachée, et qu'elle sciait la lanière en plastique qui attachait son poignet – main droite tordue, le scalpel tenu gauchement tout au bout de ses doigts –, un des affams s'est penché au-dessus d'elle.

Elle s'est figée tout de suite. A regardé, le souffle coupé, ce visage sauvage et vide. Elle ne pouvait strictement rien faire, pas même crier. Ni fermer les yeux. Sa volonté l'avait fuie, suivant les vecteurs de sa peur.

L'espace d'une seconde étirée, qui soudain s'est cassée en mille morceaux.

L'affam avait la bouche grande ouverte, la mâchoire pendante, la tête inclinée et les omoplates décollées comme un vautour. Son regard a glissé loin de celui de Melanie, vers la gauche puis la droite. Il a sorti la langue pour goûter l'air et il a recommencé à faire le tour de la table en trébuchant, pour s'approcher d'une masse gigotant sur le sol du labo, presque hors du champ de vision de Melanie.

C'est par pur hasard qu'il avait fixé son regard pendant cette unique seconde. Après ça, il n'a même pas paru conscient de la présence de Melanie.

Entre les effets du manque et cette énigme qui la travaille, elle met longtemps à remarquer le monde dans lequel elle est.

Des fleurs sauvages l'entourent. Elle en reconnaît deux sortes – les jonquilles et le compagnon rouge –, grâce au cours du jour de l'équinoxe vernal. Les autres sont totalement nouvelles, et il y en a des dizaines. Melanie tourne la tête, très lentement, en les contemplant tour à tour.

Elle note les petites choses bourdonnantes qui volent entre les fleurs et devine qu'il doit s'agir d'abeilles : elles visitent chaque corolle après l'autre, forçant le passage vers le centre à coups de poussées et de balancements, avant de ressortir et de décoller pour la prochaine.

Quelque chose de beaucoup plus gros traverse le champ devant elle en volant.

Un oiseau de couleur noire qui doit être une corneille ou un choucas, au chant rauque, un cri de guerre électrisant. D'autres chants plus doux et plus agréables se mêlent au sien, mais elle ne voit pas les oiseaux – si ce sont bien des oiseaux.

L'atmosphère est chargée d'odeurs. Melanie sait que certaines viennent des fleurs, mais l'air lui-même semble en avoir une – un parfum de terre, riche et compliquée, faite de choses vivantes, de choses mourantes et de choses mortes depuis longtemps. Celui d'un monde où rien n'arrête de bouger, rien ne reste pareil. Brusquement, Melanie est une fourmi toute ratatinée sur le sol de ce monde. Un atome statique dans une marée de changement. Le gigantisme de la terre l'enveloppe et pénètre en elle. Elle le sirote avec chaque goulée d'air enivrant, surchargé.

Et même dans cet état hébété, drogué, et malgré ses souvenirs de chairs et de violence monstrueuse qui lui barrent l'esprit, elle aime vraiment beaucoup ce qu'elle ressent.

Les odeurs, surtout. Elles l'affectent de façon très différente de celles des gens, mais elles l'excitent tout de même – ça éveille dans sa tête quelque chose qui devait dormir jusque-là.

Elles l'aident à repousser la faim et les souvenirs au second plan, où ils ne lui font plus aussi mal, ni honte.

Peu à peu, elle reprend ses esprits. Et c'est là qu'elle se rend compte que Mlle Justineau se tient pas très loin d'elle et qu'elle l'observe en silence. Elle a l'air méfiante et taraudée de questions.

Melanie décide de répondre à la plus importante.

— Je ne vais pas mordre, mademoiselle Justineau… Mais vous feriez mieux de ne pas avancer plus, se dépêche-t-elle d'ajouter en reculant à tâtons quand Mlle J. fait un pas vers elle. Vous sentez très… et vous avez du sang sur vous. Je ne sais pas comment je vais réagir.

— D'accord. (Mlle Justineau s'arrête net en hochant la tête.) Nous trouverons où nous laver, et ensuite nous remettrons de l'établoquant. Ça va, Melanie ? Ça a dû te faire vraiment peur, tout ça.

Son visage exprime plein d'inquiétude, avec autre chose. De la peur, peut-être.

Et elle a raison d'avoir peur. Elles sont de l'autre côté de la clôture, dans la région 6, et sans doute à des kilomètres de la base. Elles se retrouvent au milieu des monstres, des affams, sans aucun refuge à proximité.

— Ça va ? répète Mlle Justineau.

Melanie hoche la tête, mais c'est un mensonge. Elle ne va pas bien, pas encore. Elle ne sait pas si ça ira un jour. Se retrouver sanglée sur la table avec le couteau de Mme Caldwell devant les yeux, c'était le plus effrayant qui lui soit jamais arrivé. Jusqu'à ce qu'elle voie Mlle J. sur le point de se faire tuer, et là, c'est devenu ça, le plus effrayant. Et puis maintenant, c'est de penser qu'elle a mordu et mangé des morceaux de ces gens.

On peut regarder la situation par tous les bouts, la journée n'a pas été bonne du tout. Elle veut poser la question qui lui perce le cœur. Parce que Mlle Justineau saura. Forcément. Mlle Justineau sait tout. Sauf que Melanie n'arrive pas à forcer les mots à sortir. Elle refuse de reconnaître qu'il y a un doute, une question.

Je suis quoi ?

Alors elle ne dit rien. Elle attend que Mlle Justineau parle. Ce qu'elle fait, au bout d'un long moment.

— Tu as été très courageuse. Si tu n'étais pas arrivée et si tu n'avais pas combattu ces hommes, ils m'auraient tuée.

— Et madame Caldwell allait me tuer, me découper en morceaux et me mettre en bocaux, lui rappelle Melanie. C'est vous qui m'avez sauvée la première, mademoiselle Justineau.

— Helen, corrige Mlle J. Tu peux m'appeler Helen. C'est mon prénom.

Melanie réfléchit à cette affirmation.

— Pas pour moi, dit-elle.

25

Lorsque Parks descend sous le Humvee pour regarder de près ce qui coince, il pousse un juron.

Amer.

Pas besoin d'être un as de la mécanique pour voir que l'essieu est pratiquement pété. Il a pris une grosse claque presque au milieu – quand ils ont sauté par-dessus le fossé de protection, sûrement. À hauteur du point d'impact, le métal est plié en un V aplati et fendu – pas des masses, mais tout de même. Ils ont de la chance d'avoir pu pousser aussi loin sans que ça se casse en deux. Ils ne feront plus tellement de chemin, aucun doute là-dessus. En tout cas pas sans aide. Or Parks a émis suffisamment d'appels radio à ce stade, sur les fréquences normales comme sur celles d'urgence, pour savoir qu'il n'y a rien à attendre de la base.

Il soupèse l'utilité de jeter un œil au moteur. Là aussi, il y a un hic, qui serait sans doute plus facile à réparer, seulement l'essieu a de fortes chances de céder bien avant que l'autre problème n'en devienne vraiment un.

De fortes chances. Mais rien de sûr.

Avec un soupir, il s'extrait en rampant de sous le Humvee pour aller vérifier sous le capot. Le soldat Gallagher le suit pas à pas comme un chiot égaré, il ne demande qu'à recevoir des ordres.

— Tout va bien, sergent ? s'enquiert-il anxieusement.

— Contente-toi de me soulever ce capot, fils, dit Parks. Il faut aussi qu'on lui regarde le ventre.

Le ventre a l'air en forme, curieusement. Les bruits du moteur ont une cause évidente : l'un des supports est dévissé. Le bloc-moteur pend en biais et vibre contre le haut du passage de roue, là où il touche la carrosserie. Ça aurait fini par se démantibuler complètement, mais ça n'a pas l'air d'avoir fait des masses de dégâts pour l'instant. Parks sort le jeu de clés du compartiment à outils qui flanque le Hummer et visse un nouveau boulon sur le montant, rebloquant le moteur où il doit être.

Il prend son temps, parce que quand ce sera terminé, il devra se décider à propos de cette autre chierie.

Pour réduire les risques d'une mauvaise surprise, il tient son briefing à l'intérieur du véhicule, en obligeant la gamine affam à rester assise dehors sur le capot.

C'est comme ça qu'il appelle mentalement cette séance, un briefing. Mis à part Gallagher, trop jeune pour avoir un avis et encore moins un plan, il est le seul soldat, donc c'est lui qui va devoir décider.

Seulement, ça ne tourne pas ainsi. Les civiles ont des idées bien à elles – ce qui présage toujours un désastre et des larmes, dans son expérience – et elles n'hésitent pas à les exprimer dès qu'il annonce qu'ils prendront vers le sud. C'est cent pour cent logique – et très probablement leur seul espoir –, mais il n'a pas plus tôt dit ça qu'elles le houspillent.

— Toutes mes notes et tous mes échantillons sont sur la base ! proteste le professeur Caldwell. Quelqu'un doit les récupérer.

— Il y a aussi trente enfants, ajoute Justineau. Et la plupart de vos hommes. Qu'allons-nous faire ? Les abandonner purement et simplement ?

— C'est exactement ça, leur répond Parks. Si vous la fermez, je vais vous dire pourquoi. J'ai appelé sur la radio à peu près tous les quarts d'heure depuis qu'on s'est arrêtés. Non seulement il n'y a aucune réponse de la base, mais personne ne répond ailleurs non plus. Soit personne d'autre n'a réussi à sortir, soit ceux qui l'ont fait étaient à pied et sans moyen de communiquer. Donc ils pourraient aussi bien être sur une autre planète en ce qui nous concerne. Pour l'instant, impossible d'attirer leur attention sans que les cureurs nous sautent sur le râble. Si on les croise sur le chemin, génial. Sinon, on est seuls, et la seule décision sensée, c'est de rentrer chez papa maman. Nous diriger vers Beacon.

Caldwell reste sans répondre. Elle a déplié les bras pour la première fois. Elle vérifie craintivement, furtivement ses blessures, comme un joueur de poker qui relève le coin de ses cartes pour voir ce que la Fortune lui a réservé.

Par contre, Justineau ne lâche pas le morceau – grosso modo ce à quoi s'attendait Parks à ce stade.

— Et si nous patientions quelques jours et que nous repartions vers la base ? Il suffit d'avancer lentement et d'envoyer des éclaireurs. Si les cureurs tiennent toujours la place, nous battons en retraite. Mais s'il n'y a plus de danger, nous pouvons continuer. Peut-être juste moi et le professeur Caldwell, pendant que vous restez en arrière tous les deux pour nous couvrir. Si les enfants sont toujours vivants, je ne peux pas me contenter de les abandonner.

Parks soupire. Il y a tant de dinguerie dans cette envolée lyrique, aussi brève soit-elle, qu'il ne sait pas par quel bout commencer.

— Bon, dit-il. Et d'une, ils ne sont pas vivants, ils ne l'ont jamais été. Et de deux…

— Ce sont des enfants, monsieur Parks. (La voix de Justineau est très agressive.) Qu'il s'agisse d'affams ou pas, là n'est pas le problème.

— Excusez-moi, mademoiselle, mais si, au contraire. Vu leur nature, ils peuvent survivre très longtemps sans manger. Peut-être même indéfiniment. À supposer qu'ils soient toujours bouclés dans ce bunker, ils ne risquent rien. Et ça continuera tant que personne n'ira leur ouvrir. S'ils sont sortis, les cureurs ont dû se contenter de les ajouter à ce troupeau qu'ils ont, auquel cas ce n'est plus notre problème. Par contre, je vais vous dire ce que c'est, notre problème. Vous parlez de nous infiltrer près de la base. D'évaluer les possibilités là-bas. Et vous comptez vous y prendre comment, au juste ?

— Ma foi, nous passons par… entame Justineau, qui s'arrête net parce qu'elle a vu le truc.

— Si on y va en Hummer, impossible de ne pas nous faire repérer, énonce Parks, formulant ce qu'elle commence juste à se dire. Ils nous entendront arriver à des kilomètres. Et si on y va *sans* le Hummer, on sera le cul à l'air dans un coin où deux mille affams se baladent. Je ne donne pas cher de notre peau.

Justineau ne répond pas. Elle sait qu'il a raison, elle ne va pas argumenter en faveur du suicide.

Sauf que Caldwell revient à l'attaque.

— Je crois que c'est une question de priorités, monsieur Parks. Mes recherches étaient le fondement même de l'existence de la base. Quels que soient les risques encourus à récupérer mes notes et mes échantillons, je pense que nous devons le faire.

— Pas moi, dit Parks. Mon raisonnement vaut aussi pour ça. Si vos affaires sont en bon état, ce sera parce qu'ils n'y auront pas touché. À mon avis, c'est le cas, vu qu'ils ne doivent pas chercher du papier – sauf peut-être pour se torcher. C'est la nourriture, les armes, l'essence et les trucs comme ça qui les intéressent.

À moins qu'ils n'aient voulu venger les types que Gallagher a fait tuer, mais ça, Parks n'a pas l'intention de l'évoquer pour l'instant.

— Plus longtemps nous laissons… commence à objecter Caldwell.

— Donc c'est moi qui tranche, coupe Parks. On va prendre vers le sud en continuant à guetter les ondes radio. Une fois assez près pour recevoir le signal de Beacon, on leur indiquera ce qui s'est passé. Ils pourront héliporter du monde, avec une vraie puissance de feu en soutien. Ils prendront tous ces trucs dans votre labo, et ensuite ils feront sûrement un crochet sur le chemin du retour pour nous récupérer. Sinon, dans le pire des cas, si on n'arrive pas à entrer en contact en chemin, on fait notre rapport en arrivant, et ensuite, pareil, ils vont chercher vos affaires, mais un ou deux jours plus tard. Dans un cas comme dans l'autre, tout le monde est content.

— Pas moi, dit Caldwell d'un ton glacial. Je ne le suis pas du tout. Tout retard dans la récupération de ce matériel, ne serait-ce que d'une journée, est inacceptable.

— Et si j'y allais, mais seule, à la base ? propose Justineau. Vous pourriez m'attendre ici, et au cas où je ne rentre pas…

— Hors de question, jette Parks.

Il ne veut pas jouer les rabat-joie, mais il en a ras-le-bol de ces conneries.

— Pour l'instant, ces fils de pute ignorent jusqu'où on est allés, dans quelle direction, et même si on a survécu. Je tiens à ce que ça continue. Si vous y retournez et qu'ils vous attrapent, ils pourront tout de suite remonter jusqu'à nous.

— Je ne leur dirai rien, se défend Justineau, mais Parks n'a même pas besoin d'ouvrir la bouche pour contrer ce truc-là : on est entre adultes, quand même.

Il attend d'autres objections, parce qu'il est sûr d'en voir arriver. Sauf que Justineau regarde de l'autre côté de la vitre, à présent : la petite fille affam, qui a l'air d'écrire quelque chose dans la poussière, sur le pare-chocs du Hummer. À son expression, on dirait qu'elle essaie de comprendre un mot compliqué sur une page souillée. Et Justineau fait la même tête, maintenant qu'il y réfléchit. Ce qui soulève nettement le cœur de Parks. De son côté, Caldwell plie et replie les doigts comme pour vérifier qu'ils fonctionnent toujours : il a le champ libre.

— D'accord, dit-il, voici ce qu'on va faire. Il y a un ruisseau d'eau claire à deux kilomètres à l'ouest, il coulait encore la dernière fois que j'en ai entendu parler. On y passe d'abord récupérer de quoi boire. Ensuite, on se trouve une des caches d'urgence et on s'approvisionne. Il nous faut surtout de la nourriture et de l'établoquant, mais un tas d'autres trucs nous seraient très utiles. Après ça, on file. Direct vers l'est jusqu'à ce qu'on tombe sur l'A1, et après, plein sud jusqu'à Beacon. Soit on contourne Londres, soit on traverse tout droit. Il faudra voir en fonction de la situation là-bas, une fois qu'on se sera rapprochés. Des questions ?

Il y en a des milliers, il le sait foutrement. Et il intuite aussi assez bien laquelle va sortir en premier. Ça ne rate pas.

— Et Melanie ? demande Justineau.

— Oui, quoi ? contre Parks. Ici, elle ne court aucun risque. Elle peut trouver à se nourrir, comme tout affam. Ils préfèrent manger des gens, mais ils prennent n'importe quoi comme viande du moment que ça a une odeur. Et pas besoin de vous expliquer à quelle vitesse ils courent, vous étiez aux premières loges. Sur une longue distance, ils sont capables de rattraper pratiquement n'importe quoi.

Justineau le contemple comme s'il parlait une langue étrangère.

— Rappelez-vous, il y a quelques minutes, j'ai employé le mot « enfant ». L'avez-vous seulement intégré ? Ce n'est pas la ration de protéines de Melanie qui m'importe, monsieur Parks. Ce qui m'inquiète, c'est la morale dégueulasse qui voudrait qu'on laisse une petite fille seule au milieu de nulle part. Et quand vous dites qu'elle ne court aucun risque, vous parlez des autres affams, j'imagine ?

— Ils s'ignorent entre eux ! piaille Gallagher – sa première sortie. Ils n'ont même pas l'air de se rendre compte de leur présence. À mon avis, leur odeur ne doit pas être pareille.

Justineau fait comme si elle n'avait rien entendu.

— Mais rien ne la protège des cureurs, continue-t-elle. Ni des autres enclaves de rebelles humains qu'il pourrait y avoir dans les parages. Ils la prendront au piège et la noieront dans la chaux vive sans même se rendre compte de ce qu'elle est.

— Oh, si, ils sauront foutrement bien ce qu'elle est, dit Parks.

— Pas question que je l'abandonne.

— Elle ne peut pas monter dans le Humvee avec nous.

— Pas question que je l'abandonne.

La posture de ses épaules parle pour elle, constate Parks : elle est sérieuse. C'est la balle de match.

— Et si elle faisait le trajet au-dessus de nous ? suggère Caldwell, tranchant dans cette impasse. Étant donné l'état de l'essieu arrière, j'imagine que nous avancerons assez lentement. Il y a des barres de toit, elle pourra s'y agripper. Vous pourriez même lui mettre la plate-forme, peut-être.

Ils la dévisagent tous, elle hausse les épaules.

— Je croyais ma position claire. Melanie constitue une part importante de mes recherches – sans doute la seule qui reste. La ramener avec nous vaut bien quelques désagréments.

— Hors de question aussi que vous la touchiez, jette Justineau, acrimonieuse.

— Ma foi, c'est un débat qui peut attendre notre arrivée à Beacon.

— Entendu, répond vite Parks. Pas pour la plate-forme : la trappe donne à l'intérieur du véhicule. Mais la gamine affam peut voyager sur le toit. Ça ne me pose aucun problème, du moment qu'elle reste à distance raisonnable de nous chaque fois qu'on doit ouvrir les portières.

Les femmes tombent d'accord là-dessus, alors même qu'il commençait à se dire qu'elles étaient parties pour s'écharper au point d'en avoir le cerveau qui sortirait par les oreilles.

Justineau va faire le topo au monstre.

Parks charge Gallagher de garder la petite choupinette à l'œil, en restant constamment à portée de son fusil ou de son arme de poing. Lui-même la surveillera, bien sûr, mais un peu de surextermination ne peut pas faire de mal.

26

— Que veux-tu faire ? lui demande Mlle Justineau.

L'espace d'un instant, Melanie ne comprend même pas la question. Elle attend que Mlle J. la précise, ce qu'elle finit par faire en bredouillant un peu.

— Nous nous dirigeons vers le sud, vers Beacon. Mais tu pourrais aller n'importe où. Les soldats t'ont attrapée à Luton, Bedford ou quelque chose comme ça. C'est là que tu habitais, tu pourrais y retourner si tu voulais, vivre là-bas. Avec tes…

Elle hésite.

— Oui ? demande Melanie. Mes quoi ?

Mlle Justineau secoue la tête.

— Avec tes dons, tu pourrais te débrouiller. Et tu serais libre d'agir comme tu l'entends. Pas comme à Beacon. Ils te mettraient dans une autre cellule.

— J'aimais bien ma cellule. J'aimais bien la salle de classe.

— Mais il n'y aurait sans doute plus du tout de cours, Melanie. Et ce serait à nouveau madame Caldwell qui s'occuperait de toi.

Melanie hoche la tête. Elle sait tout ça. Et ce n'est pas qu'elle n'a pas peur, c'est seulement que la peur ne fait aucune différence.

— Peu importe, explique-t-elle à Mlle J. Je veux être là où vous êtes. Et de toute façon, je ne sais pas repartir jusqu'à l'endroit où ils m'ont attrapée. Je ne me rappelle même pas comment c'était. Tout ce dont je me souviens, c'est le bloc et vous. Vous êtes…

Maintenant, c'est elle qui hésite. Elle ne connaît pas les mots qu'il faut.

— Vous êtes mon pain quand j'ai faim, finit-elle par lâcher. Je ne veux pas dire que je veux vous manger, mademoiselle Justineau ! Vraiment pas ! Je préférerais mourir que de faire ça. C'est juste que… vous me comblez comme le pain comble l'homme dans cette chanson. Vous me donnez l'impression que je n'ai besoin de rien d'autre.

Mlle J. ne paraît pas avoir de réponse à ça. Elle ne dit d'ailleurs rien pendant quelques secondes. Elle détourne la tête, re-regarde Melanie, se détourne à nouveau. Les larmes lui montent aux yeux et elle reste un moment sans réussir à parler. Quand elle finit par croiser le regard de Melanie, elle semble avoir admis qu'elles vont rester ensemble, toutes les deux – peut-être pas pour toujours, mais pour l'instant, au moins.

— Tu devras voyager sur le toit, indique-t-elle à Melanie. Ça ne te pose pas de problème ?

— Non, répond-elle aussitôt. Au contraire. C'est bien, mademoiselle Justineau.

Mieux que bien. C'est un soulagement. Depuis qu'elle a compris qu'il y avait ce risque, l'idée de repartir à l'intérieur du Humvee terrifie Melanie, alors c'est une pure merveille qu'ils aient pensé à une autre solution. Maintenant, elle n'est plus obligée d'être avec Mme Caldwell, qui lui fait tellement peur qu'on dirait que des ciseaux lui percent les côtes. Mais surtout, elle n'aura pas à nouveau faim juste à côté de Mlle Justineau.

À présent Mlle J. regarde le dessin que Melanie a tracé dans la poussière, sur le capot du Humvee. Des carrés et des pâtés, avec une unique ligne sinueuse qui les parcourt. Elle lève un regard curieux.

— Qu'est-ce que c'est ?

Melanie hausse les épaules. Elle ne veut pas l'avouer. C'est l'itinéraire qu'elle a mémorisé, celui qui mène du laboratoire de Mme Caldwell à l'escalier qui descend vers le bloc. Vers sa cellule. C'est le chemin pour se réfugier chez elle. Elle l'a dessiné tout en sachant très bien qu'elle ne le refera jamais et qu'elle ne sera jamais plus assise en classe avec les autres enfants. Elle est consciente que « chez elle » n'est plus qu'une idée à revoir en souvenir, pas un refuge qu'on retrouve. Tout ce qui lui reste, pour décrire ce qu'elle ressent maintenant, ce sont des légendes qu'on lui a racontées : Moïse empêché de retourner au pays où ruisselle le lait, Énée fuyant après la chute de Troie, et un poème qui parle d'un rossignol et d'une âme en peine dans un champ étranger.

Tout cela prend forme en elle, mais elle est incapable de l'expliquer.

— Juste un motif géométrique, répond-elle tout en se reprochant ce mensonge.

Elle ment à Mlle Justineau, qu'elle aime plus que n'importe qui au monde. Et bien sûr, l'autre versant de ce sentiment, encore plus difficile à exprimer, c'est qu'elles sont chacune le refuge de l'autre, maintenant. C'est obligé.

Si seulement Melanie n'avait pas le souvenir de cette faim horrible qui venait de l'intérieur d'elle-même. Le plaisir terrifiant du sang et de la chair dans sa bouche. Pourquoi Mlle Justineau ne l'a pas interrogée sur ça ? Pourquoi elle n'était pas étonnée que Melanie puisse le faire ?

— Ces hommes… commence-t-elle timidement.

— Ceux qui étaient à la base ?

— Oui. Ce que je leur ai fait…

— C'était des cureurs, Melanie, dit Mlle Justineau. Des tueurs. Si tu les avais laissés faire, ils t'auraient traitée de façon bien pire. NOUS auraient traitées de façon bien pire. Tu n'as pas à t'en vouloir de quoi que ce soit. Tu n'as pas pu t'en empêcher. Rien n'est ta faute.

Malgré ses craintes, Melanie se sent obligée de poser la question.

— Pourquoi ? Pourquoi ce n'est pas ma faute ?

Mlle J. hésite.

— C'est ta nature, dit-elle.

Et quand Melanie ouvre la bouche sur une autre interrogation, Mlle J. secoue la tête.

— Pas maintenant. Il n'y a pas le temps, et ce sont des questions très profondes. Je sais que tu as peur, que tu ne comprends pas. Je te promets de t'expliquer quand nous aurons le temps. Quand nous ne risquerons rien. Pour l'instant… essaie juste de ne pas t'inquiéter, de ne pas être triste. Je ne t'abandonnerai pas, c'est promis. Nous allons tous nous serrer les coudes, ça te va ?

Melanie réfléchit. Est-ce que ça lui va ? Comme c'est un sujet effrayant, ça la soulage de laisser tomber. Mais sa question reste suspendue comme un poids au-dessus de sa tête et elle ne sera pas satisfaite tant qu'elle n'a pas la réponse. En fin de compte, elle fait oui du menton, sans certitude. Parce qu'elle a trouvé une façon de voir les choses qui les rend pas si mal que ça – une idée sous la tristesse et l'inquiétude, comme l'espoir sous les malédictions de la boîte de Pandore.

À partir de maintenant, tous les jours seront des jours Justineau.

27

Ils rasent les limites de Shefford, puis franchissent des champs sans barrières pour gagner le ruisseau du sergent Parks – en fait un bras peu profond de la Flit. Ils remplissent d'eau une dizaine de bidons en plastique de cinq litres, qu'ils chargent sur le Humvee dans les compartiments prévus à cet effet.

Justineau en profite pour ôter son pull et le rincer dans le courant rapide. Elle l'essore contre un rocher, le rince encore une fois. Le sang se détache peu à peu des fibres, des nuages marron-rouille tourbillonnent, puis se dissipent dans les remous. Quand elle fixe le vêtement à l'antenne radio du Humvee pour qu'il sèche, il est tellement lourd qu'il fait pencher le métal presque à l'horizontale. De son côté, Melanie nettoie le gel bleu qu'elle avait sur le corps. Son odeur lui rappelle le labo, explique-t-elle à Justineau, et puis ça lui donnait l'air ridicule.

De la berge, ils se rendent à des coordonnées que Parks déchiffre à partir d'un fichier conservé dans son téléphone mobile. Ils cherchent l'une des caches mises en place à l'époque où ils ont pris possession de la base, pour fournir de quoi tenir lors d'une retraite vers Beacon dans les cas d'urgence tels que celui-ci. Il devrait y avoir de la nourriture, des armes à feu et des munitions, des fournitures médicales, des tubes de gel établoquant, des comprimés pour purifier l'eau, des cartes, du matériel de communication, des couvertures de survie – tout ce dont ils risquent d'avoir besoin. Mais c'est purement théorique, maintenant, parce que là où la cache devrait se trouver, il ne reste qu'une fosse dans la terre. Des cureurs ou autres l'ont dénichée. Dans le meilleur des cas, leur groupe n'a pas été le seul à s'échapper de la base, et d'autres fuyards les ont devancés. Mais Parks se déclare pas convaincu, parce qu'ils auraient manqué de temps pour creuser aussi profond jusqu'aux conteneurs et filer avant leur arrivée. Non, ça doit remonter à longtemps.

Ils sont donc limités à ce qu'ils ont dans le véhicule. Ils se mettent en devoir d'en faire l'inventaire, en ouvrant tous les compartiments intérieurs et extérieurs pour vérifier lesquels sont pleins. Le règlement voudrait qu'ils le soient tous, explique Parks. Il ne développe pas l'autre moitié de son raisonnement : au bout d'autant d'années passées sur le terrain, le règlement n'a guère d'importance.

Résultat, il y a de bonnes et de mauvaises nouvelles. Le Humvee présente un kit de premiers secours bien rempli et une caisse d'armes intacte. Celle des rations alimentaires, cela dit, est aux trois-quarts vide. À cinq, comme maintenant, ils ont de quoi tenir au mieux deux jours. Il y a aussi deux sacs à dos, cinq gourdes en métal et un pistolet d'alarme chargé de sept grosses bastos.

Le plus inquiétant, c'est sans doute qu'ils n'ont que trois tubes d'établoquant en tout, dont un entamé.

Justineau combat la pulsion humanitaire qui la saisit, sans avoir le dessus. Elle prend la trousse de premiers secours en indiquant de la tête les mains de Caldwell.

— On ferait bien de bander ça. À moins que vous n'ayez mieux à faire.

Ses blessures sont très graves. Les incisions courent carrément jusqu'à l'os. La chair des paumes pend en lambeaux dépenaillés, partiellement détachés, comme si Caldwell était un gigot que l'on a maladroitement tenté de découper. La chair autour de ces endroits-là est enflée et rouge. Le sang qui a séché dessus est noir.

Justineau nettoie les blessures du mieux qu'elle peut avec l'eau d'une gourde. Caldwell ne pousse pas de cris, mais elle tremble, livide, pendant que Justineau évacue avec soin le sang coagulé en le tamponnant avec des cotons-tiges. Ça réactive le saignement, mais tant mieux. Une infection est tout à fait possible, et le flux sanguin joue un rôle dans l'évacuation des microbes de la surface d'une plaie.

Ensuite, désinfection. Caldwell pousse son premier gémissement : le liquide astringent attaque ses chairs récemment rouvertes. De la sueur vient perler à son front, elle se mord la lèvre inférieure pour s'empêcher de hurler.

Justineau pose des pansements de combat sur chacune des mains, en laissant aux doigts autant de liberté de mouvement que possible, tout en s'assurant d'avoir bien couvert chaque zone blessée. Elle a suivi une formation de premiers secours il y a deux ans, elle sait ce qu'elle fait. C'est du bon travail, elle s'y prend comme une pro.

— Merci, dit Caldwell quand elle a terminé.

Justineau hausse les épaules. La dernière chose dont elle a envie, c'est bien d'échanger des politesses avec cette femme. Et Caldwell semble le comprendre : elle s'arrête là.

— Tout le monde à bord, ordonne Parks, tandis que Gallagher ferme le coffre. On doit se mettre en route.

— Accordez-moi une minute, dit Justineau.

Elle ôte le pull de l'antenne radio pour l'inspecter. Il reste quelques taches, mais il est pratiquement sec. Elle aide Melanie à se faufiler dedans.

— Ça ne démange pas trop ?

Melanie secoue la tête et lui adresse un sourire – faiblard mais sincère.

— Non, il est très doux. Et chaud. Merci, mademoiselle Justineau.

— De rien, Melanie. Est-ce qu'il ne sent pas… mauvais ?

— Il n'y a pas d'odeur de sang. Ni la vôtre. Il ne sent pas grand-chose.

— Alors, j'imagine que ça fera l'affaire pour l'instant, dit-elle. Jusqu'à ce qu'on trouve quelque chose de mieux.

Parks a attendu tout ce temps sans même essayer de feindre la patience. Justineau grimpe dans le Humvee en adressant un dernier salut de la main à Melanie. La portière à peine fermée, la fillette escalade la carrosserie puis se trouve un endroit confortable, calée derrière le couvercle de l'affût. Elle s'agrippe fermement quand le Humvee se met à rouler.

À présent, ils repartent sur leurs pas vers l'est et l'ancienne coupure nord-sud que formait la voie rapide A1. Ils avancent à allure modérée pour éviter d'infliger le moindre choc supplémentaire à l'essieu arrière. Et en prenant soin de longer la périphérie des villes. C'est toujours en zone urbaine qu'on trouve la plus grande concentration d'affams, selon Parks, et le bruit du Humvee les ferait accourir. Mais l'un dans l'autre, ils progressent vite.

Sur à peu près dix kilomètres.

Soudain le Humvee, pris d'un balancement, brinqueballe comme un canot pneumatique sur une mer démontée, envoyant tous ses passagers valdinguer sur le plancher. Caldwell lâche un ululement torturé en se rattrapant par réflexe avec ses mains blessées. Elle se recroqueville autour, les aplatit sur sa poitrine.

Un craquement unique, saccadé, retentit, après quoi le Hummer se lance dans une autre sorte de tressaillement, intense et déchirant. Un glapissement évoquant une sirène antiaérienne fend l'air. L'essieu s'est détaché, l'arrière se traîne le long du goudron.

Parks écrase à fond la pédale de frein. Ils chassent sur le côté, puis s'immobilisent sur la chaussée dans un soupir hydraulique rappelant plus un animal qui s'étend qu'un bruit mécanique.

Parks aussi pousse un soupir. Il se prépare à la suite.

Jusqu'ici, Justineau n'a jamais éprouvé de sentiment particulier à l'égard du sergent hormis de la rancœur et de la suspicion – culminant en une vraie haine lorsqu'il a livré Melanie à Caldwell –, mais en cet instant, elle l'admire. La perte du Humvee est un choc très rude, qu'il ne prend même pas le temps de marquer d'un juron.

Il les active. Les fait sortir de leur transport HS.

Le premier geste de Justineau est de vérifier comment va Melanie. Elle a tenu bon malgré toutes les saccades et les secousses. Justineau la prend brièvement par la main, qu'elle presse dans la sienne.

— Changement de programme, annonce-t-elle.

Melanie acquiesce. Elle comprend. Sans qu'on le lui demande, elle redescend pour ménager une certaine distance, exactement comme elle l'avait fait sur le lieu de la cache vide.

Le sergent ouvre le coffre à la volée, prend un sac à dos pour lui et donne l'autre à Gallagher. Il leur faudra emporter autant d'eau que possible, mais il est impensable de porter ces gros bidons. Chacun hérite d'une gourde, la remplit. Parks se munit de la cinquième (la possibilité de l'attribuer à Melanie n'est même pas évoquée).

Tout le monde excepté la petite fille prend une bonne rasade d'eau au bidon à moitié vide, au point d'en avoir l'estomac trop plein. Quand il est pratiquement vide, Parks le tend à Melanie pour qu'elle le finisse, mais elle n'a jamais bu d'eau de sa vie. Le peu d'humidité dont son corps a besoin provient de protéines vivantes. L'idée de verser de l'eau dans sa bouche lui fait faire la moue et un pas en arrière.

Chacun hérite d'un couteau ainsi que d'une arme de poing. Fourreau et étui se clipsent directement à la ceinture. Les deux soldats se munissent aussi de fusils, et Parks rafle une double poignée de grenades évoquant d'étranges fruits noirs. Elles sont lisses, pas quadrillées de losanges comme celles que Justineau a vues dans les vieux films de guerre. Après une seconde de réflexion, il s'adjuge le pistolet d'alarme, qu'il glisse dans le sac à dos, et une paire de talkies-walkies pris sous le tableau de bord. Il en confie un à Gallagher et accroche l'autre à sa ceinture.

C'est aussi dans le sac à dos qu'atterrissent les maigres ressources alimentaires, divisées à parts égales entre les adultes. Malgré l'encombrement, Justineau ajoute la trousse de premiers secours. Il y a fort à parier qu'ils en auront besoin

Le silence règne sur la route de campagne si l'on excepte les oiseaux, mais ils travaillent avec une hâte fiévreuse. Ils suivent les instructions de Parks. L'air sombre et pressant, parlant par monosyllabes, il les harcèle pour qu'ils se pressent.

— Bien, finit-il par dire, on est parés. Tout le monde est prêt à sortir ?

Ils acquiescent l'un après l'autre. Ils commencent à prendre conscience qu'un trajet faisable en une demi-journée sur des routes carrossables s'est transformé en expédition à pied de quatre ou cinq jours à travers une *terra incognita* totale. Ce doit être aussi difficile à avaler pour les autres que pour Justineau. On l'a amenée à la base en hélicoptère, directement depuis Beacon, où elle a vécu assez pour que ça devienne sa norme. Les idées d'avant cette époque, de la Cassure où le monde était plein de monstres qui ressemblaient à des personnes connues et aimées et où tous les vivants détalaient pour se mettre à couvert comme des souris au moment du réveil du chat, ont été réprimées si longtemps, si profondément, qu'il ne s'agit plus du tout de souvenirs, mais de souvenirs de souvenirs.

Or voilà le monde dans lequel ils vont maintenant crapahuter. Le refuge est à plus de cent kilomètres, soixante-dix *miles* et quelques de verte campagne anglaise entièrement tombés aux mains des affams, aussi sûre que de danser la mazurka dans un champ de mines. Une perspective déjà ahurissante. Mais s'il n'y avait que ça.

Car l'expression du visage de Parks est parlante avant même qu'il intervienne.

— Vous refusez toujours de libérer la gamine ? demande-t-il à Justineau.

— Oui.

— Dans ce cas-là, j'ai des conditions, ça ne souffre pas de discussion.

Il fait le tour du Humvee. Il y a un autre caisson extérieur, que personne n'a encore ouvert. Il se révèle contenir le kit ultraspécialisé dont se servaient autrefois Parks et son équipe à la lointaine époque où ils razziaient les villes des trois comtés du centre de l'Angleterre en quête des affams de haut niveau dont Caroline Caldwell tenait tant à faire la connaissance. Harnais de contention, menottes, matraques électriques, bâtons télescopiques terminés par des collets : toute une quincaillerie destinée à capturer vivantes des bêtes féroces tout en minimisant les risques pour qui les manipule.

— Non, jette Justineau, la gorge sèche.

Pourtant, en voyant cet arsenal répugnant, Melanie a dit « oui » tout aussi vite, tout aussi fermement. Elle fixe Parks droit dans les yeux, le jaugeant – l'approuvant peut-être.

— C'est une bonne idée. Pour être sûrs que je ne pourrai faire de mal à personne.

— Non, corrige Parks. La bonne idée, ce serait tout à fait autre chose. Ça, c'est limiter les dégâts.

Justineau n'a pas le moindre doute sur ce qu'il sous-entend. Il préférerait flanquer une balle dans le crâne de Melanie et abandonner son cadavre sur le bas-côté. Mais, étant donné qu'elle-même et Caldwell sont liguées contre lui, qu'elles veulent l'une comme l'autre, chacune à sa manière, conserver la fillette dans leur petite troupe, il accepte à contrecœur ce compromis.

Les deux hommes menottent Melanie les mains derrière le dos. À la chaîne des menottes, ils fixent une laisse ajustable qu'ils déroulent sur environ deux mètres. Ensuite, ils lui plaquent sur le bas du visage un masque évoquant une muselière ou un bride-bavarde écossais. Il est fait pour les adultes mais entièrement réglable. Ils le calent bien serré.

Quand ils se mettent à attacher des fers aux chevilles de Melanie, ce qui lui permettra de marcher, mais pas de courir, Justineau s'interpose.

— Pas question, jette-t-elle. Dois-je vous rappeler que nous fuyons les cureurs autant que les affams ? S'assurer que Melanie ne morde pas est une chose, mais l'empêcher de courir, ça revient purement et simplement à la condamner à mort sans dépenser une balle.

Ce qui ne déplairait manifestement pas au sergent. Mais il réfléchit un instant et finit par approuver d'un bref mouvement de tête.

— Vous n'arrêtez pas d'employer le mot « tuer » en parlant des sujets d'expérience, Helen, intervient Caldwell, toujours en mode didactique par défaut. Je vous l'ai déjà dit, dans la plupart des cas, les fonctions cérébrales s'arrêtent quelques heures après la contamination, ce qui signifie que la définition clinique de la mort, autant qu'il…

Justineau se retourne et lui décoche un coup de poing dans la figure. Un beau direct, qui lui fait plus mal à la main qu'elle ne s'y attendait. Le choc lui remonte carrément dans le bras jusqu'au coude.

Caldwell chancelle et manque tomber, bat l'air de ses bras pour retrouver l'équilibre. Ce faisant, elle recule d'un pas, puis deux. Elle dévisage Justineau, complètement désarçonnée. Justineau lui rend son regard tout en frottant la main avec laquelle elle a frappé. Mais il lui en reste une si besoin et, bien entendu, c'est une de plus que Caldwell en ce moment précis.

— Continuez à parler et je vous fais sauter les dents une par une.

Les deux soldats restent campés sur le côté, intéressés mais impartiaux. Ils n'ont manifestement pas de championne dans ce combat.

Bouche bée, les yeux écarquillés, Melanie observe, elle aussi. La colère quitte Justineau, remplacée par une vague de honte devant un tel manque d'emprise sur elle-même. Elle sent le sang affluer à ses joues. Celui de Caldwell est visible, lui aussi : elle en lèche un filet sur sa lèvre.

— Vous m'êtes témoins tous les deux, lance-t-elle à Parks et Gallagher, l'élocution pâteuse. C'était une attaque gratuite qui ne répondait à aucune provocation.

— Exact, confirme Parks d'un ton sec. J'ai hâte d'être quelque part où nos témoignages pourront servir à quelque chose. Bon, c'est fini ? Encore quelqu'un qui a un speech à faire ? Non ? Alors, en route.

Ils reprennent leur chemin vers l'est en abandonnant le Humvee rompu et muet derrière eux. Caldwell se tient seule un moment avant de rejoindre cet exode. Que l'agression qu'elle a subie ne suscite qu'aussi peu d'intérêt l'éberlue manifestement. Mais c'est une réaliste. Elle fait avec.

Justineau se demande s'ils n'auraient pas dû pousser le Humvee dans l'un des champs voisins pour dissimuler quelque peu leur piste, mais avec cet essieu cassé et l'arrière du châssis qui racle par terre, il serait sans doute beaucoup trop lourd à bouger. L'incendier serait bien pire, évidemment – cela reviendrait à envoyer une fusée de détresse pour indiquer leur position exacte à l'ennemi.

Déjà bien assez de dangers les attendent.

28

Melanie assemble au fil de son trajet le monde qui l'entoure.

Ici, c'est essentiellement la campagne, des champs de tous les côtés. Rectangulaires, surtout, ou aux bords grossièrement carrés, du moins. Mais ils sont envahis de mauvaises herbes qui montent jusqu'aux épaules des adultes. Les cultures d'autrefois se sont fait avaler depuis longtemps. Là où les prés bordent la route, il y a des haies déchiquetées ou des murets effrités, et la surface sur laquelle on marche est un tapis noir délavé creusé de trous, certains assez grands pour que Melanie tombe dedans.

Un paysage délabré – mais malgré tout d'une beauté sublime, à vous arrêter le cœur. Le ciel au-dessus est un bol bleu vif d'une dimension presque infinie, à laquelle donne de la profondeur un banc de nuages blancs énormes, qui monte et monte comme une tour à la limite du champ de vision de Melanie. Des oiseaux et des insectes partout. Elle en reconnaît désormais certains, croisés ce matin dans le pré où ils s'étaient arrêtés. Le soleil réchauffe sa peau, déversant de l'énergie sur le monde sorti du bol retourné – c'est lui qui fait pousser les fleurs sur les terres et les algues dans la mer, ainsi qu'elle l'a appris. Il démarre des chaînes alimentaires partout.

L'air compliqué est chargé d'un million d'odeurs.

Les rares maisons qu'on aperçoit sont loin, mais même à cette distance, Melanie y observe des signes de dégradation. Des vitres cassées, des fenêtres condamnées. Des portes à demi arrachées à leurs charnières. Le toit affaissé d'une grande ferme forme une parabole parfaite.

Elle se rappelle la leçon de M. Whitaker, qui lui semble remonter à très longtemps maintenant. La population de Birmingham est de zéro... Ce monde qu'elle voit a été bâti par des gens, pour satisfaire leurs besoins, mais il ne le fait plus. Tout ça a changé. Parce qu'ils l'ont quitté, ils ont battu en retraite en le laissant aux affams.

Melanie se rend compte à présent qu'on le lui a déjà dit. Elle l'a juste négligé, elle a ignoré la logique axiomatique de son univers – en ne croyant, parmi les nombreuses histoires conflictuelles qu'on lui a racontées, qu'à celles qu'elle aimait bien.

Parks se débat avec un problème logistique auquel il n'a toujours pas trouvé d'issue.

Son premier instinct consistait à éviter les zones urbaines placées sur leur itinéraire – tous les secteurs construits, en fait – pour limiter cette marche à travers champs. L'argument en faveur de ce choix est évident. Les affams restent pour l'essentiel tout près d'où ils ont basculé, ou se sont contaminés, peu importe comment on veut le formuler. Rien à voir avec les saumons, ce n'est pas de l'instinct de retour, juste un effet secondaire du fait que, quand ils ne chassent pas, ils se tiennent en général totalement immobiles, comme des mômes qui jouent à un deux trois, soleil. Du coup, les villes et les bourgades en sont pleines et la campagne est moins peuplée, pile comme avant la Cassure.

Mais Parks a de bons arguments contre.

Le premier, c'est le facteur thermique – un truc qu'il a remarqué à l'époque où il était sur le terrain et qu'il enseigne à tous les soldats qu'il a sous ses ordres, même si, d'après Caldwell, « les données en ce sens sont loin d'être suffisantes ». Les affams réagissent à trois déclencheurs connus : sueur apocrine humaine non dissimulée, mouvement rapide et bruits forts.

Mais il y en a un quatrième, qui entre essentiellement en ligne de compte la nuit, quand les températures extérieures diminuent. Cette engeance peut vous foncer dessus alléchée par votre chaleur corporelle. Vous repérer dans l'obscurité, comme si vous étiez un néon annonçant « ici, cuisine gastro ».

Et subséquemment, comme dirait Gallagher, problème numéro deux : ils devront s'abriter. S'ils dorment à la belle étoile, ils feront saliver des nuées d'affams sortis de partout. D'accord, on peut s'abriter hors des bourgs, mais ça présuppose en général d'avoir le temps et les ressources en hommes pour reconnaître le terrain.

Et là, on en vient au troisième souci. Le timing. Contourner les zones jadis habitées, donc zigzaguer entre elles, ajoutera environ vingt kilomètres à leur itinéraire, ce qui n'est pas grand-chose d'un strict point de vue mathématique. Sauf que les stricts points de vue mathématiques, c'est de la connerie. Il faut voir que ça obligerait à progresser sur le terrain le plus lent et le plus difficile et que ça doublerait la durée du trajet. Sans compter qu'essayez de fuir un affam dans un champ couvert de grosses ronces aux épines de deux centimètres, ou envahi par une renouée qui vous entrave les chevilles ! Les affams se foutent de se faire lacérer. Même s'ils s'entament jusqu'à l'os, ils continuent tout frétillants du moment qu'ils sentent votre odeur. Sur ce genre de terrain, les humains, beaucoup plus handicapés qu'eux, se font rattraper d'autant plus facilement.

Donc il va falloir se décider d'une façon ou d'une autre, conclut Parks alors qu'ils marchent sur un sentier rural entre deux champs étouffés par les mauvaises herbes. Parce qu'ils ne tarderont pas, soit à traverser un village, soit à se coltiner cinq bornes supplémentaires à une allure de limace pour le contourner.

Caroline Caldwell passe par les étapes du deuil, dans l'ordre prescrit par la médecine.

Le déni, ça va très vite : son esprit analytique renvoie cette idée dégradante et traîtresse aux pelotes aussitôt formée. Il est inutile de se voiler la face quand la vérité est aussi criante, même si cela implique de traverser des champs de mines et des buissons entiers de piquants. La vérité est une et indivisible et la seule récompense qui vaille. La nier revient tout bonnement à s'en montrer indigne.

Par conséquent, Caldwell admet l'idée que son travail – la substantifique moelle de son existence au cours de cette dernière décennie – est perdu.

Sur quoi elle s'autorise à ressentir la colère et l'indignation toxiques qui bouillonnent en elle comme des ulcères. Si Justineau n'était pas intervenue, si elle, Caldwell, avait pu effectuer cette ultime dissection, cela aurait-il fait une quelconque différence ? Bien sûr que non. Mais Justineau s'est arrangée pour gâcher les dernières minutes passées à la base. Il serait absurde d'épiloguer sur cette transgression qui se suffit à elle-même. Justineau a foutu en l'air des recherches dont il ne reste maintenant plus rien. Elle paiera, quand ils seront tous de retour à Beacon : sa carrière sera fichue et elle sera traduite devant une cour martiale qui se chargera sans doute de la faire fusiller.

Le marchandage est un deuxième stade auquel Caldwell ne s'attarde pas. Elle ne croit pas en Dieu, ni en l'existence de divinités, du destin, ou de toute autre puissance supérieure ou inférieure qui exercerait son empire sur elle. Il n'y a personne avec qui marchander. Enfin, elle a beau vivre dans un monde déterministe gouverné par des forces physiques impartiales, autant avouer que si on retrouve le labo intact et qu'une équipe de secours de Beacon lui rend ses notes et ses échantillons, elle allumera un cierge – destiné à strictement personne, simplement pour remercier l'univers de s'être montré (en passant, par quelque mouvement impossible à distinguer du hasard) clément avec elle. Quand elle expose cet espoir à la lumière et comprend combien il est pathétique, lourd de lâcheté et d'aveuglement, elle sombre dans une noire dépression.

De laquelle une pensée la sauve : de toute façon, il n'y avait rien au labo qui vaille la peine d'être conservé. Les échantillons, possible, mais elle en a un, vivant, à ses côtés. Ses notes se limitaient pour l'essentiel à des descriptions – des comptes rendus très détaillés et très circonstanciés du cycle biologique de l'agent pathogène affam (incomplet, puisqu'elle n'a pas encore réussi à faire atteindre le stade de la maturité reproductrice à ses cultures) ainsi que de l'évolution de l'infection (à la fois la classique et l'anormale, celle que représentent les enfants). Elle sait tout cela par cœur, donc cette perte des notes n'est pas cruciale.

Elle a une chance dans tout cela : elle est sur le terrain et des opportunités vont se présenter.

Tout cela pourrait finalement fort bien tourner.

Le deuxième classe Kieran Gallagher s'y connaît côté monstres, parce qu'il vient d'une famille où ils prédominent. À moins que la sienne ait juste eu plus tendance que les autres à leur laisser la bride sur le cou. En tout cas, ce qui les libérait, ceux-là, c'était toujours la même chose : la gnôle maison d'un alambic monté par son père et son frère aîné dans la remise d'un pavillon abandonné, à une centaine de mètres de là où ils vivaient. Le gouvernement provisoire de Beacon était officiellement opposé à la distillation d'alcool, mais officieusement, en fait, ils s'en fichaient, du moment que vous restiez entre quatre murs quand vous étiez paf et que vous ne tabassiez que vos proches. Gallagher a donc grandi dans un curieux microcosme de l'univers extérieur à Beacon. Son père, son frère Steve et son cousin Jackie avaient l'air d'êtres humains normaux et agissaient même parfois comme s'ils en étaient, mais la majeure partie du temps ils oscillaient entre deux extrêmes : violence insensée lorsqu'ils s'arsouillaient et somnolence comateuse quand l'effet de la boisson s'atténuait. Gallagher s'est éjecté de tout ça pour tenter de vivre une existence sûre et mesurée en terrain stable, en cherchant ce qui fait dérailler les autres pour assidûment l'éviter. Il était le seul soldat sur la base à refuser le réconfort d'une bière à 12,5° brassée dans des lessiveuses ou des baignoires. Le seul à ne pas rechercher de champignons hallucinogènes quand il était de patrouille éloignée. Le seul à ne pas trouver tordant d'assister aux frasques de ce prof appelé Whitaker lorsqu'il lui arrivait de se saouler à mort. Et il est toujours parti du principe qu'en restant au milieu du chenal, il réussirait à ne pas faire naufrage. Maintenant il sait qu'on peut se scratcher aussi en eaux balisées, et il se dit *par pitié, faites que je survive. Je n'ai même pas encore vécu, ce ne serait pas juste que je meure.*

Il a tellement la frousse qu'il craint carrément de se pisser dessus. Jusqu'ici, il n'avait pas compris que la peur puisse faire cet effet. Mais maintenant, projeté dans le monde des affams avec juste le sergent Parks en soutien, vu tout le crapahutage qui les attend avant de retrouver Beacon, il sent ses coucougnettes se rétracter à chaque pas et sa vessie se relâcher.

La question, c'est : qu'est-ce qui l'effraie le plus ? Crever ici, ou rentrer au bercail ? Chaque réponse comporte son lot de terreurs à peu près aussi énormes.

Il a toujours eu une poisse du diable, du jour où il est né. Tabassages chez lui et à l'école, pas de clopes à échanger contre des pelotages derrière la salle de sport contrairement à son frère (la seule fois où Kieran a essayé, son père l'a surpris en train de voler les cigarettes et lui a fait passer cette idée à coups de ceinturon), engagement dans l'armée faute de mieux pour échapper à sa maison de fous, un tatouage débile mal orthographié (*qui audet piscitur* – « celui qui ose pêche ») parce que le tatoueur était saoul et qu'il s'est trompé de trois lettres. Gallagher a attrapé une blenno avec la première fille qui lui a jamais permis de la basculer, a mis la deuxième enceinte et l'a lâchée (de la mesure en toutes choses, même en amour) avant de réaliser, trop tard, que ses sentiments pour elle allaient bien au-delà du sexe. Si jamais il revient à Beacon et qu'il la revoit, il essaiera de le lui expliquer. *Je suis un lâche et une merde intégrale, mais pour peu que tu m'accordes une deuxième chance, je ne te laisserai plus jamais tomber.*

Ça n'en prend pas le chemin, hein ?

Quelque part sur celui de Beacon, un affam va lui arracher un bout de chair, voilà ce qui va se passer. Parce que c'est le pli qu'a pris sa vie.

Dans la cuisse de son treillis, quelque chose le réconforte. C'est une grenade. Elle a roulé dans un coin quand Parks accrochait les autres à sa ceinture. Gallagher l'a ramassée avec l'intention de la lui tendre, mais il l'a fauchée et empochée sur une impulsion. Il la garde pour un Je Vous Salue Marie.

Il y a tant de trucs dans ce monde extérieur qui le font chier dans son froc. Le risque d'être dévoré par les affams, torturé ou assassiné par les cureurs. De manquer de nourriture et d'eau à un moment ou à un autre avant de parvenir à Beacon, donc de mourir à petit feu. Si on doit en arriver là, Gallagher se fera sauter. Et tant pis pour la mesure.

Helen Justineau songe enfants morts.

Elle ne peut, ou ne veut pas, être plus précise. Elle pense à tous les gamins de cette planète qui ont disparu sans avoir grandi. Ils ont dû se compter par milliards. Des hécatombes, des apocalypses, des génocides entiers. Au cours de chaque guerre, chaque famine, sacrifiés, annihilés. Trop petits pour se protéger, trop innocents pour s'écarter. Tués par des fous, des pervers, des juges, des soldats, des passants qui se trouvaient là par hasard, des amis, des voisins, leurs propres parents. Par un destin idiot ou, impitoyablement, sur décret.

Chaque adulte est issu d'un enfant à qui la fortune a souri. Mais en d'autres temps, d'autres lieux, leurs chances ont été épouvantablement minces.

Et tous ces petits morts ralentissent les vivants. Le fardeau d'une culpabilité que l'on traîne avec soi comme la lune la mer : trop immense pour qu'on la soulève et trop intrinsèque pour qu'on la lâche.

Si seulement elle n'avait pas parlé de la mort aux élèves ce fameux jour. Si elle ne leur avait pas lu « La charge de la Brigade légère » et s'ils n'avaient pas demandé quel effet ça faisait d'être mort, elle n'aurait pas caressé les cheveux de Melanie et rien de tout cela ne serait arrivé. Elle n'aurait pas fait une promesse aussi impossible à tenir qu'à fuir.

Elle aurait pu se montrer aussi égoïste que d'habitude, se pardonner comme se pardonne tout le monde, se réveiller chaque jour pure comme un nouveau-né.

29

Le sergent Parks a pris sa décision. Il passera par Stotfold.

C'est un bled minuscule sur le chemin de l'A1, il n'en attend pas grand-chose. Ils ne réussiront pas à refaire leurs réserves sur place ni à se trouver un nouveau moyen de transport. Tout ce qui valait la peine a forcément été emporté depuis longtemps. Mais Stotfold a tout de même l'avantage de recouper leur itinéraire, et avec cette après-midi qui tire à sa fin, ils ne peuvent pas se permettre de faire la fine bouche. Parks veut être à couvert avant la tombée de la nuit.

Sauf qu'il leur reste trois kilomètres à parcourir avant d'arriver au bourg – on ne voit même pas encore la cheminée du vieux moulin à vapeur au-dessus des arbres – lorsqu'ils dépassent la grosse église.

Une localisation idiote quand on veut prêcher la bonne parole, parce que c'est loin de tout, trouve Parks. Y compris avant la Cassure, impossible d'y attirer du monde par hasard. Et ça ne pourra pas servir de bivouac : trop de grandes fenêtres – fracassées, pour la plupart. L'immense portail en arc de cercle (allez savoir ce qui est arrivé aux portes) bée comme une bouche édentée.

Mais il y a un garage en parpaings juste à côté, et ça, c'est bien. Quand Parks va voir de plus près après avoir ordonné aux autres d'attendre, ça lui plaît encore plus. La porte, large, est en métal solide. Elle ne cédera pas si on la pousse ou la mord, or c'est en général ce que font les affams lorsqu'ils sont confrontés à ce genre d'obstacle. Et elle doit avoir rouillé dans son montant, ça la bloquera encore mieux. L'autre ouverture, sur le côté, est barrée par un battant en bois muni d'une serrure à barillet. Beaucoup moins sûr, mais l'avantage, c'est que Parks peut virer le cylindre histoire d'ouvrir du dehors sans endommager le bois. Il n'aura qu'à le remettre ensuite – si la chance est avec eux – ou sinon bricoler un barrage à cet endroit-là une fois qu'ils seront dedans.

D'un geste, il indique à Gallagher de le rejoindre. Ils fouillent l'église ensemble pendant que les femmes attendent sur la route. Le premier balayage visuel ne révèle aucun affam, ce qui est bon signe. Des ossements par terre, près du jubé, mais on dirait ceux d'un animal. Sans doute laissés là par un renard ou une belette, ou par un sataniste de passage.

Au-dessus de l'autel, peinte en vert à la bombe, l'inscription : IL N'ÉCOUTE PAS, IMBÉCILES. Parks tient ça pour acquis. Il n'a jamais prié de sa vie.

Cela dit, quelqu'un l'a fait ici. Sur un banc, oublié, Parks trouve un sac à main. Il contient de la petite monnaie, un bâton de rouge, un minuscule recueil de cantiques, un jeu de clés de voiture avec balise intégrée et un unique préservatif ultramince. Des objets du quotidien si innocents qu'ils l'étourdissent légèrement, en invoquant le spectre d'une époque où les MST et l'endroit où on avait garé sa voiture étaient le pire dont il faille s'inquiéter.

Gallagher scrute l'intérieur d'une pièce latérale, une sacristie ou quelque chose comme ça. Il y fait courir sa torche, puis claque la porte pour la refermer.

— RAS ici, sergent !

Peut-être est-ce le claquement, mais Parks parierait plutôt pour la parlotte. Quelque chose se précipite hors de l'obscurité, bouscule carrément le bidasse, qui s'étale de tout son long sur le plancher en bois.

Parks pivote sur lui-même, voit les deux corps qui se tortillent. Même pas besoin de réfléchir. Il brandit son arme, suit l'amas sombre de la tête de l'affam qui se penche vers l'angle formé par la gorge de Gallagher, et il balance une bastos. Ça tient moins de l'explosion que du claquement qu'on fait en abattant une hache sur un bloc de bois.

Pan, dans le mille. Le projectile s'enfonce à l'arrière du crâne de l'affam. Une balle ordinaire pénétrerait à travers et ressortirait direct. Frapperait aussi Gallagher, ou lui éclabousserait au minimum le visage et le haut du corps de cervelle affam – avec des conséquences prévisibles et déprimantes au bout d'une heure, un jour ou une semaine. Mais il s'agit d'une balle à tête creuse et chemise alu-acier, conçue pour une pénétration minimale. Quand ça ralentit, ça s'écrase – et là, ça a transformé le cerveau de l'affam en milkshake rose.

Gallagher émerge de dessous le corps flasque, le repousse sur le côté.

— Merde ! Je... Je l'ai pas vu arriver... avant qu'il se jette sur moi, ahane-t-il. Merci, sergent.

L'affam est complètement inerte, de la matière grise lui suinte par les yeux, le nez, les oreilles, à peu près partout. Dans la vraie vie, ce truc était mâle, brun, bien plus jeune que lui. Il porte les lambeaux moisis d'un surplis de prêtre, donc il a dû être contaminé ici. Peut-être même qu'il y est resté depuis, à attendre son repas dans le noir. Ou qu'il revient chaque fois qu'il a tué. Aussi bizarre que ça paraisse, ça arrive parfois. Au lieu de se contenter de se pétrifier sur place comme la plupart, certains affams ont un instinct de retour à tel ou tel endroit. Parks se demande si Caldwell le sait et, si oui, comment elle fait cadrer ça avec sa conception qui veut que l'esprit de l'hôte meure dès que le parasite se pointe.

Gallagher s'examine, à la recherche de coupures, morsures et autres fluides corporels échappés de l'affam. Parks aussi le scrute – minutieusement. C'est passé près, mais le gamin s'en sort indemne, juste traumatisé. Il n'en finit pas de remercier avec une voix chevrotante. Parks a frôlé la contamination tant de fois dans sa période rafleur qu'il trouve que ce n'est pas grand-chose. Il se contente de dire à Gallagher de ne pas parler dans les situations de danger. Les signes de la main sont tout aussi efficaces et sacrément moins risqués.

Ils repartent dehors, où les civiles – qui attendent à cinquante mètres de là, au bout de l'allée – ont l'air d'ignorer complètement que quelque chose vient de se passer. Elles ont dû mettre les bruits sur le compte d'une fouille énergique.

— Tout va bien ? demande Justineau.

— Nickel, répond Parks. On a presque fini. Surveillez quand même la route, et criez si vous voyez arriver quoi que ce soit.

Il concentre maintenant son attention sur le garage, qui est encore mieux que prévu, à la réflexion. Parks était prêt à exploser la serrure avec la crosse de son fusil, mais pas besoin. Quand il essaie d'actionner la poignée, la porte s'ouvre. La dernière personne à l'avoir utilisée ne l'a pas claquée.

Ils entrent lentement, prudemment, en se couvrant l'un l'autre. Parks se laisse tomber sur un genou, fusil en mode automatique, prêt à faucher des rotules. Gallagher sort sa torche et dirige le faisceau vers chaque coin de la pièce.

Qui est vide. Rien où quiconque puisse se cacher, et pas de marge du tout pour des mauvaises surprises.

— Nickel partout, marmonne Parks. Bon, ça fera très bien l'affaire. Va les chercher.

Gallagher cornaque les civiles et Parks ferme la porte. Le loquet s'enclenche avec un cliquetis bien net. Les femmes sont moins enthousiastes que Parks devant l'espace confiné et ses odeurs de renfermé, mais pas trop tentées de discuter. La vérité, c'est qu'elles n'ont pas l'habitude de marcher longtemps d'un pas rapide, ni, pas plus que quiconque du groupe (dont Parks, parce que ça remonte un moment), de se trouver à la nuit tombante en dehors d'un périmètre protégé. Elles psychotent, lessivées. La moindre ombre les fait sursauter. Parks aussi, sauf qu'il fait ça intérieurement, alors ça ne se remarque pas autant.

Le seul point d'achoppement est la gamine, ce qui n'a rien d'étonnant. Quand Parks suggère qu'elle dorme dans l'église, la contreproposition de Justineau est qu'il aille se faire foutre.

— Même remarque que tout à l'heure, lui jette-t-elle à nouveau, toutes griffes dehors.

En gros, ça doit être son attitude par défaut. Et pour être franc, ça le botte. Tant qu'à éprouver quelque chose, autant que ce soit de la colère. Comme réaction, ça vaut mieux que la plupart des autres.

— Même si les affams étaient l'unique menace ici, est-elle en train de raconter, tout ceci – absolument tout ce qui nous entoure – est aussi étrange aux yeux de Melanie que ça l'est pour nous. Et aussi effrayant. On ne peut pas la laisser passer la nuit toute seule dans un bâtiment à l'abandon. Et ligotée, qui plus est.

— Alors restez-y avec elle, suggère Parks.

Ce qui a l'effet désiré : ça lui coupe le caquet plusieurs secondes. Silence que Parks met à profit pour exposer son credo.

— On a encore pas mal de chemin à faire, donc autant établir des règles de base dès maintenant. Faites ce que je dis, quand je le dis, et peut-être que vous atteindrez Beacon les fesses encore accrochées au cul. Si vous continuez à vous comporter comme si vous aviez le droit d'avoir un avis, on sera tous morts avant demain soir.

Justineau le dévisage, muette. Il attend ses excuses et sa soumission.

Elle tend la main.

— Les clés.

Parks est perplexe.

— Lesquelles ? On n'en a aucune. La porte était…

— Celles des menottes de Melanie. Nous partons.

— Non, rétorque Parks. Pas question.

— Comment ça ? Vous nous prenez tous pour vos subordonnés, monsieur Parks ? Sans rire ? (Tout à coup, elle n'a même plus l'air en colère. Juste amèrement amusée.) Vous n'êtes pas notre supérieur. Vous ne commandez à personne ici, à part à votre troufion là-bas. Alors ces conneries sur l'air de « suivez-moi si vous voulez survivre », ça ne passe pas. Je préfère tenter ma chance à l'extérieur que de marcher au pas de l'oie et de confier ma vie à deux petits soldats et à une psychopathe avérée. Les clés, je vous prie. Vous venez de dire que nous vous faisons courir des risques inutiles, alors laissez-nous partir.

— C'est totalement exclu ! éructe Caldwell. Je vous le répète, monsieur Parks, cette fillette relève de mes recherches. Elle est à moi.

Justineau secoue la tête en regardant par terre.

— Dois-je vous cogner à nouveau, Caroline ? Je ne veux pas vous entendre sur cette question.

Parks est éberlué. Épouvanté. Et même quelque peu dégoûté. D'habitude, il a affaire à des gens dotés d'au moins un minimum d'instinct de survie, et il sait que Justineau n'est pas idiote. Sur la base, il la considérait comme le meilleur élément de la petite clique horripilante de Caldwell. Même si ça ne veut pas dire grand-chose, il l'appréciait et la respectait carrément. Et ça continue.

Seulement, cette discussion ne les mène nulle part.

— Désolé, je n'ai pas dû être assez clair, lui explique-t-il. Vous n'êtes pas libre de partir. Elle n'est pas libre de rester. Les ordres que j'ai reçus ne prévoient rien dans un cas pareil, mais j'ai arrêté une position. Je vais ramener tous les êtres humains ici présents à Beacon, et vivants qui plus est. Après ça, quelqu'un d'autre sera en mesure de trancher.

— Vous croyez pouvoir me garder avec vous contre ma volonté ? demande Justineau, les mains sur les hanches.

— Oui.

Il en est certain.

— Et tout en continuant d'avancer à bonne allure ?

C'est une autre question, à la réponse moins reluisante. Parks ne veut pas menacer Justineau. Il sent que s'il va trop loin, s'il la force au lieu d'obtenir sa coopération, la ligne ainsi franchie ne lui permettra plus de revenir en arrière.

Il essaie une approche différente.

— Je suis ouvert à d'autres suggestions, du moment qu'elles ne sont pas idiotes. Garder une affam à l'intérieur avec nous, même muselée et menottée, c'est totalement impensable. Ils ne réagissent pas pareil que nous aux dommages corporels, et il y a des trucs qu'on peut faire en portant des bracelets et un masque pour peu qu'on se foute de finir défiguré. Elle doit rester dehors.

Justineau hausse un sourcil.

— Et si j'essaie de l'accompagner, vous allez m'en empêcher.

Il acquiesce. Ça a beau vouloir dire la même chose, ça lui semble plus doux comme solution qu'un « oui ».

— Très bien, dans ce cas, empêchez-moi, allez-y.

Elle se dirige vers la porte. Gallagher se plante en travers de son chemin. En un éclair, elle brandit son flingue – celui que Parks lui avait confié – pile sous son nez. Bien joué, en finesse. Elle a tiré parti de l'obscurité qui règne dans le garage, en attendant pour dégainer de se trouver juste à hauteur de Parks, de façon à ce que l'angle formé par son corps couvre son mouvement de bras. Gallagher se fige, bascule la tête en arrière pour s'éloigner de l'arme.

— Dégagez, soldat, sinon, vous aurez encore moins de cervelle que maintenant, dit tranquillement Justineau.

Parks pousse un soupir. Il dégaine son propre pistolet, le pose légèrement sur l'épaule de Justineau. Il ne la connaît pas depuis longtemps, pourtant il sait qu'elle ne tirera pas sur Gallagher. Du moins pas après un unique avertissement. Mais la sincérité de ce qu'elle exprime est indéniable.

— C'est bon, on a compris, dit-il sombrement. On va s'y prendre autrement.

Parce qu'il ne veut pas la tuer à moins qu'elle essaie vraiment de lui forcer la main. Il s'y résoudra si nécessaire, mais ils sont déjà en sous-effectif et il y a des chances pour qu'elle soit la plus utile des trois autres adultes.

Alors, voilà ce qu'ils font. Ils attachent la petite fille au mur avec une corde lâche. Parks y accroche une flopée de pierres dans des seaux en étain récupérés dehors. Pas moyen qu'elle bouge sans faire un raffut qui les réveillera.

Justineau prend la peine d'expliquer tout ça à la petite affam, qui reste calme et immobile pendant toute l'opération. Elle comprend, contrairement à Justineau – elle sait pourquoi, établoquant ou pas, on doit la traiter comme une munition non explosée.

La nourriture qu'ils ont récupérée dans le Humvee, c'est le mélange protéines-glucides n° 3, insipide, dur sous la dent et étiqueté – par ironie, ça ne peut pas se faire autrement – Rosbif Patates. Ils font descendre ça avec de l'eau qui a un arrière-goût de boue. Autant dire que personne ne trouve de qualités gastronomiques au dîner.

Justineau en prélève une cuiller pour nourrir la gamine, à qui on est donc forcé de retirer sa muselière quelques minutes. Parks la surveille de près tout le temps où elle est libre, pistolet dans son étui, mais cran de sécurité défait et une balle dans le canon. Enfin, si ça prenait à la petite de mordre Justineau, il ne pourrait jamais arriver à temps. Il serait forcé de les abattre toutes les deux.

Mais l'affam est sage comme une image, de ce point de vue-là. Elle avale les bouts de viande du mélange sans même les mâcher, recrache les patates en montrant très éloquemment son dégoût. Elle a terminé en une minute.

Ensuite, Justineau lui essuie les lèvres avec le coin d'un linge arraché à Dieu sait quoi, Dieu sait où, et Parks referme la muselière.

— Elle est moins serrée qu'avant, dit la petite affam. Vous devriez la régler.

Parks teste ça en glissant le pouce sous la courroie, contre la nuque de la gamine. Eh bien oui, elle a raison. Il ajuste la boucle sans un mot.

Le sol est froid et dur et les couvertures, fines. Leurs sacs à dos font de très mauvais oreillers. Et comme il y a le petit monstre parmi eux, Parks se crispe sans arrêt en guettant les raclements et les bruits de ferraille des seaux, signal du retour à la case affam et attaque.

Regard perdu dans l'obscurité informe, il repense à la vision éclair qu'il a surprise : l'entrejambe de Justineau quand elle pissait dehors dans les gravillons.

Mais l'avenir incertain qui les attend ne soulève aucun enthousiasme en lui – du moins pas assez pour une branlette.

30

Melanie ne rêve pas. En tout cas, elle ne l'avait jamais fait jusqu'à maintenant. Elle avait des rêves, comme celui de sauver Mlle Justineau de certains monstres, mais le sommeil, pour elle, a toujours été un non-temps passé dans un non-espace. Elle ferme les yeux, les ouvre et la journée se recycle.

Aujourd'hui, dans le garage, ce n'est pas pareil. Peut-être parce qu'elle se trouve à l'extérieur de la clôture, pas dans sa cellule. Ou parce que ce qui lui est arrivé aujourd'hui est trop vif et trop étrange pour que son esprit lâche prise dessus.

Peu importe, elle cauchemarde, terrifiée. Des affams, des soldats et des hommes armés de couteaux se jettent sur elle. Elle mord, on la mord. Elle tue, on la tue. Jusqu'à ce que Mlle Justineau la prenne dans ses bras pour la serrer contre elle.

Au moment où ses dents se rejoignent dans la gorge de Mlle J., elle s'éveille aussitôt : son esprit s'arrache à cette perspective impensable. Mais elle n'arrive pas à se la chasser de la tête. Le cauchemar étale ses replis en travers de ses pensées, et elle sait qu'il y avait quelque chose de caché dans ces images du rêve, une charge explosive qu'elle devra affronter tôt ou tard.

Elle a un goût de métal aigre dans la bouche. Comme celui du sang et de la chair qu'un spectre vengeur aurait laissés derrière lui. La nourriture molle, sans texture, que Mlle Justineau lui a fait manger remue dans son estomac quand elle bouge et lui donne la nausée.

Le garage est plongé dans l'obscurité, à l'exception d'un brin de lune (ce doit être la lune) filtrant autour des bords de la porte. Et à part la respiration égale des quatre adultes, le silence règne.

Le soldat roux de l'équipe de Sergent marmonne dans son sommeil – des mots informes qui sonnent comme une protestation ou une supplique.

Au bout d'un moment passé à contempler le noir, la vision de Melanie s'accommode. Elle distingue les contours du corps de Mlle Justineau, pas proche, mais plus d'elle que les autres. Melanie voudrait la rejoindre en rampant pour se lover contre elle, écraser ses épaules contre la courbe de ses reins, qu'on dirait faite pour ça.

Mais avec l'atmosphère de ce rêve collée sur elle, elle ne peut pas. Elle n'ose pas. Et de toute façon, si elle bougeait, ça ferait s'entrechoquer les seaux, ce qui réveillerait tout le monde.

Elle réfléchit à Beacon et à ce qu'elle a dit à Mlle Justineau cette fameuse fois en classe, après la leçon sur « La charge de la Brigade Légère ». Ça se détache très clairement dans son esprit et elle n'a aucun mal à se souvenir des mots exacts, parce que c'est la conversation après laquelle Mlle Justineau lui a caressé les cheveux. *Rentrerons-nous à Beacon ?* a demandé Melanie. *Quand on sera grands ?* Et Mlle Justineau a paru si triste, si affligée, que Melanie a tout de suite commencé à bredouiller des excuses et tenté de minimiser les effets de la chose atroce qu'elle avait dite sans faire exprès.

Elle comprend, maintenant. Vu sous cet angle, c'est évident. Ce qu'elle a dit, en parlant de rentrer à Beacon, c'était une impossibilité, comme de la neige chaude ou du soleil noir. Beacon n'avait jamais été chez elle, ne pourrait jamais l'être.

Voilà ce qui a rendu Mlle J. si triste. Que Melanie ne puisse jamais se réfugier dans un « chez elle » avec d'autres petits enfants et des adultes, pour faire les choses dont on entend toujours parler dans les histoires. Encore moins avec Mlle Justineau. Melanie était censée terminer dans des bocaux, dans le labo de Mme Caldwell.

Cette période qu'elle vit maintenant n'a jamais été prévue ni voulue. Par personne. Voilà pourquoi ils n'arrêtent pas de se disputer sur ce qu'ils comptent faire.

Personne ne sait. Pas plus qu'elle, personne ne sait où il va vraiment.

31

Parks avait prévu de les laisser dormir jusqu'à ce que le jour soit tout à fait levé, parce qu'il sait à quel point la journée va être rude, mais en fin de compte ils se réveillent tôt. Ce qui les tire du sommeil, c'est un bruit de moteurs. Éloigné, au départ, et augmentant et diminuant par moments, mais, qui et quoi que ce soit, il est clair que ça se rapproche.

Suivant les instructions de Parks, ils raflent leurs affaires et se propulsent hors du garage sans demander leur reste. Parks détache la môme affam de sa corde pour la remettre en laisse, en s'efforçant de ne pas faire s'entrechoquer les seaux. Pas moyen de savoir jusqu'où le son portera dans ce silence qui précède l'aube.

Ils se précipitent dans la semi-pénombre, longent l'église et foncent dans le champ situé derrière. Au bout d'une centaine de mètres au moins, Parks leur fait signe de s'agenouiller parmi les herbes folles. Ils pourraient pousser plus loin – peut-être le devraient-ils –, mais il tient à voir ce qui arrive. Ils ont une bonne perspective sur la route tout en en étant invisibles, et leurs traces de piétinement vont disparaître d'ici peu : les herbes coriaces se redressent déjà.

Ils restent là un long moment, pendant lequel le soleil se détache avec lenteur de l'horizon et la clarté vient imprégner le champ comme de l'eau un linge. Ils ne parlent pas. Ne bougent pas. À un moment donné, au bout de dix minutes, mettons, Justineau ouvre la bouche, mais Parks lui fait signe de se taire et elle obéit. Elle a dû lire le stress sur son visage.

Quand le vent tourne, leur parviennent des voix hurlantes de gens et des vrombissements de machines.

Et lorsqu'ils arrivent enfin, c'est un étrange cortège. Menant la marche, l'un des bulldozers vus la veille. Au moment où il bifurque dans leur direction sur la chaussée, Parks distingue clairement sa large lame décorée d'une tête de mort tapageuse bombée à la peinture métal. Quelqu'un tout près – sans doute Gallagher – émet un miaulement de frayeur brute. Il exprime ce que tout le monde ressent, mais c'est assez étouffé pour ne pas porter, donc ça ne risque rien.

Derrière le bull, il y a un Humvee identique à celui qu'ils avaient réquisitionné, puis derrière ça une Jeep. Les trois véhicules sont remplis de cureurs d'humeur festive qui échangent des cris en agitant un large éventail d'armes offensives. Ils entonnent un air au rythme marqué, répétitif, dont Parks ne distingue pas les paroles.

Le convoi s'arrête à l'église. Deux des cureurs sautent, y entrent. Un cri et ils ressortent, un peu plus agités. Ils ont dû trouver l'affam mort, se dit Parks. Sauf qu'ils n'ont aucun moyen de savoir depuis quand il s'y trouve. Le sang affam ne coule presque pas, sans compter qu'étant de couleur boue, il ne change pas d'apparence en séchant. Il faudrait y regarder de vraiment très près pour deviner de quoi il est mort. La balle de Parks a fait une blessure d'entrée petite et discrète et n'est pas ressortie.

Les cureurs inspectent aussi le garage, et là, Parks se crispe, parce que tout pourrait partir en vrille. S'ils ont laissé le moindre signe de leur présence… Mais il n'y a pas de cris d'alarme ni de fouille. Au bout de quelques minutes, ils remontent à bord du bull puis repartent. Le convoi tourne à un autre carrefour et disparaît.

On l'entend encore un bon moment. Quand le silence est revenu, Justineau prend la parole.

— Ils nous cherchent.

— Rien ne nous le dit, objecte Caldwell. Ils pourraient être en quête de nourriture.

— La base avait des tas de stocks, intervient Parks, énonçant l'évidence. Et leur raid ne remonte qu'à hier. Je me serais plutôt attendu à ce qu'ils réparent la clôture pour se faire un petit nid douillet. Vu comment ils sont repartis sur les routes, il me semble logique de conclure qu'ils cherchent des survivants.

Ce qui signifie que c'est une question de vengeance à leurs yeux. Parks ne l'énonce pas, mais il pense maintenant que les types dont Gallagher a causé la mort par accident devaient être des personnages importants, ou aimés des autres. L'attaque contre la base a pu relever d'un simple opportunisme, mais leur armée furieuse s'est formée pour régler des comptes.

Sauf qu'il ne dit rien de tout ça, parce qu'il ne veut pas que Gallagher ait tous ces morts sur la conscience. Ce garçon est tellement sensible que ça risquerait de l'achever. Parks lui-même en aurait gros sur la patate, à sa place.

Ils ont tous l'air effrayés, secoués – Gallagher surtout, mais pas le temps de lui tenir la main. La bonne nouvelle, c'est que les cureurs sont partis vers le nord, ce qui signifie qu'ils ont une fenêtre pour fuir vers le sud. Ils ont intérêt à la mettre à profit.

— Dix minutes, annonce Parks. On mange et on file d'ici.

Un par un, ils s'enfoncent encore plus loin dans les hautes herbes, pour se soulager, se nettoyer et ainsi de suite, après quoi ils avalent rapidement un petit-déjeuner de mélange protéines/glucides n° 3. La gamine affam se comporte en observatrice silencieuse et passive. Elle ne pisse pas et cette fois-ci ne mange pas non plus. Parks attache sa laisse à un arbre quand il s'éclipse faire ses ablutions.

À son retour, il découvre que Justineau a détaché la laisse de l'arbre pour la tenir elle-même. Lui, ça lui va. Il préfère avoir les mains libres. Ils se mettent en route en ne discutant, et même en n'interagissant, que le minimum. Les traits sont tendus, apeurés. Ils ont échappé à un cauchemar qui est carrément revenu leur coller aux basques ! Ce que Parks sait, et qu'il ne dit pas, c'est que le pire reste à venir.

Ils commencent par prendre vers l'est et Stotfold, mais puisqu'il n'y a plus besoin de s'y arrêter, ils font un détour par le sud, en empruntant ce qui était autrefois une voie de contournement, puis ils continuent. C'est une campagne retournée à l'état sauvage, pour des tas de raisons. Au cours des premiers jours et des premières années de la Cassure, le gouvernement anglais, comme une flopée d'autres, a cru pouvoir contenir la contamination en enfermant les populations civiles. Ô surprise, ça n'a pas empêché tout le monde de s'enfuir comme des lapins en voyant ce qui se passait. Des milliers, voire des millions de Londoniens ont tenté de quitter la capitale par les deux artères nord-sud qu'étaient l'A1 et l'autoroute M1. Les autorités n'ont pas fait de quartier, elles ont d'abord établi des barrages routiers, puis lancé des bombardements ciblés.

Il reste des sections dégagées, certaines très étendues. Mais ici, sur des kilomètres, les deux longues files sont semées de cratères évoquant les champs de bataille de la Première Guerre mondiale, et jonchées de carcasses rouillées faisant penser à la version mécanique d'un cimetière des éléphants. On pourrait toujours y marcher, entre les épaves de voitures, si on voulait – mais seul un fou le ferait. Vu la visibilité quasiment nulle, un affam pourrait sortir de n'importe où et vous sauter sur le râble en moins de temps qu'il n'en faut pour un battement de cœur.

Le plan de Parks consiste à rallier l'A1 à hauteur de l'échangeur 10, juste au nord de Baldock. Il sait, grâce à son passé de rafleur, qu'il y a là-bas un chouette couloir ouvert descendant vers le sud sur quinze ou vingt bons kilomètres. Si la météo se maintient, ils réussiront facilement à boucler ça en une journée, ce qui leur permettra de laisser les cureurs loin derrière eux. Ils parviendront avant la nuit à une ville moyenne, Stevenage. Avec un peu de chance, ils y trouveront un bon coin où dormir sans avoir à se risquer trop loin dans la périphérie.

Les premières années post-Cassure, malgré l'évacuation de Londres, Beacon a conservé une présence armée sur les principaux axes nord-sud. L'idée était de garantir un passage sûr aux rafleurs, à la fois pour leur itinéraire aller et, plus important encore, quand ils revenaient chargés de bonnes choses du Pays d'Avant. Mais on s'est rendu compte qu'il y avait un revers à ces longues perspectives dégagées. Les affams pouvaient vous repérer de plus loin et se guider à vos mouvements. Au bout de quelques catas coûteuses, on a démantelé les postes permanents et laissé les rafleurs se dépatouiller du danger. Ces dernières années, ils sont sortis en hélico, quand ils sont sortis tout court. On a fait une croix définitive sur les routes.

Résultat, au moment où ils approchent en file indienne de la large étendue de goudron, Parks est fortement sur ses gardes. Là où ils rejoignent la chaussée principale par le virage ample de l'ancienne bretelle d'accès, un panneau annonce « Baldock Services », avec des promesses en l'air : épicerie, aire de pique-nique, et même un lit pour la nuit. Depuis la bretelle surélevée, on distingue la ruine sans toit qui était jadis la station-service, incendiée il y a des lustres. Parks se rappelle s'y être arrêté une fois, quand il était enfant, en rentrant de vacances en famille au parc national du Peak District. Quelques trucs marquants lui reviennent quand même : le chocolat chaud tiède avec un magma épais au fond, pas touillé comme il faut, et, dans les toilettes pour hommes, un type bizarre aux yeux globuleux façon Marty Feldman, qui chantait *The River* de Springsteen avec une voix monocorde à vous faire dresser les cheveux sur la tête.

De son point de vue, Baldock Services n'est pas une grande perte.

L'A1, par contre, reste telle qu'en elle-même. Un peu étouffée par les mauvaises herbes et creusée d'ornières, d'accord, mais droite comme un i à cet endroit, et orientée vers le sud, donc vers chez eux. Toute une métropole sans vie s'étend entre les deux, bien sûr, mais s'il fait le compte, Parks trouve une deuxième raison de se réjouir.

Pour l'instant, ils sont nettement en surplomb. Ils y voient sur des kilomètres. Et le soleil émerge comme une bise sur la joue de Dieu.

— Bon, écoutez-moi, dit-il, en les regardant chacun leur tour.

Gallagher aussi doit entendre ça, même si ce sont des instructions standard pour qui se retrouve à l'extérieur de la clôture.

— Protocoles pour la route, mettons ça au clair avant qu'on s'y aventure. Primo, on ne parle pas. Pas tout haut. La voix porte, les affams foncent dessus. Ce n'est pas un déclencheur aussi fort que l'odeur, mais leur ouïe est étonnamment bonne.

» Secundo, vous repérer un mouvement, n'importe lequel, vous le signalez. Levez la main, comme ça, les doigts étalés. Ensuite, montrez dans quelle direction. Il faut vous assurer qu'on le voie tous les quatre. Ne dégainez pas votre flingue pour vous mettre à tirer, parce que personne ne saura ce que vous voulez dégommer et donc impossible de faire des tirs de soutien. Si le truc est assez près pour vous rendre compte que c'est un affam et s'il se déplace vers nous, là, vous pouvez enfreindre la règle numéro un. Hurlez « affam ! », en me donnant une distance et une direction. À trois heures et à cent mètres, par exemple.

» Tertio, et c'est la dernière chose, s'il y a vraiment un affam qui s'en prend à vous, ne vous enfuyez pas. Vous ne réussirez pas à le battre à la course et vous vous en tirerez mieux en l'affrontant de face. Balancez-lui n'importe quoi. Des balles, des briques, des coups de poing, des mots orduriers. Si vous avez du pot, vous l'abattrez. Les tirs dans les jambes et le bas du corps améliorent vos chances, à moins qu'il soit tout près. Auquel cas vous visez la tête, histoire qu'il ait autre chose que vous à se mettre sous la dent.

Il croise le regard de la môme affam. Elle l'observe aussi intensément que les autres. Son visage au teint blême, mortuaire, est froncé par la concentration. Dans d'autres circonstances, Parks en aurait peut-être rigolé. C'est un peu comme si une vache écoutait une recette de pot-au-feu.

— Je suppose qu'il y a aussi des règles concernant les cureurs, dit Helen Justineau.

Parks fait « oui » de la tête.

— Si on retombe sur ces enfoirés, on les entendra bien avant de les voir. Auquel cas on se tire de la route en attendant qu'ils soient repartis, pareil que tout à l'heure. Du moment qu'ils restent groupés en convoi, ça devrait bien se passer.

Personne n'a plus de commentaires à faire. Ils reprennent leur progression sur la chaussée, direction le sud, et pendant deux bonnes heures marchent dans un silence absolu.

C'est une journée d'été superbe, qui devient vite caniculaire quand le soleil grimpe dans le ciel. Un vent bienvenu souffle par à-coups, mais il ne rafraîchit guère. Inquiet de voir la troupe transpirer à qui mieux mieux et des admirateurs que ça risque de leur attirer, Parks les fait s'arrêter pour appliquer une deuxième couche d'établoquant à tous les endroits nécessaires. La plupart sont situés sous leurs vêtements. Par accord tacite, ils se détournent les uns des autres, en formant les sommets d'un carré au centre duquel la petite affam silencieuse contemple, non pas les adultes, les humains, mais le projecteur brûlant du soleil.

La routine de l'établoquant est sommaire, mais essentielle. L'étaler en couche épaisse sur l'entrejambe et les aisselles, aux coudes et derrière les genoux. Un peu sur tout le reste du corps, et sur la langue un comprimé gluant orodispersible à dissolution rapide. Ce n'est pas la sueur qui compte, ce sont surtout les phéromones. Les affams n'ont peut-être plus assez de cervelle pour voir les gens comme tels, mais ils sont au taquet quand il s'agit de suivre un gradient chimique.

Ils repartent. Justineau et la fillette affam avancent côte à côte. La laisse pend mollement entre elles. Caldwell est dans leur sillage la plupart du temps, les mains soit le long du corps, soit croisées sur la poitrine. Gallagher boucle la marche, tandis que Parks la mène.

Vers midi et quelques, ils aperçoivent quelque chose sur la route devant eux. Au départ, juste une masse sombre – immobile –, que Parks ne classe pas tout de suite dans la catégorie danger. Malgré tout, il leur fait signe de s'écarter les uns des autres le temps d'approcher. Il se méfie, on peut les repérer facilement sur la chaussée nue, où ils sont les seuls éléments mobiles dans un paysage évoquant une photo figée.

C'est une voiture. Elle repose au milieu de la route, mais légèrement de biais, le nez mord dans l'ex-file des véhicules lents. Le capot est ouvert, le coffre aussi, ainsi que les quatre portières. Elle n'est ni rouillée, ni incendiée. Elle ne doit pas se trouver là depuis très longtemps.

Parks indique aux autres de rester en arrière, fait le tour tout seul. Le véhicule semble vide au premier abord, mais en arrivant côté conducteur il aperçoit sur la banquette arrière quelque chose de vaguement humain. Lorsqu'il se rapproche le pistolet à la main, il est à cran, prêt à vider son chargeur sur le moindre truc qui bouge.

Aucun mouvement. Cette forme sombre, ramassée, appartenait autrefois au genre *Homo sapiens*, mais elle en est désormais très loin. On se rend compte que c'était un homme, à son blouson et à son visage, qui est pratiquement intact. Le reste de la chair du torse s'est fait dévorer, une morsure façon trognon de pomme a arraché la gorge en détachant presque le crâne du tronc. Dans les profondeurs de cette blessure sèche, ancienne, on distingue des protubérances d'os ou de cartilage.

Personne d'autre dans la voiture. Rien dans le coffre, hormis une paire de chaussures éculées et une corde enroulée. Des tas d'objets éparpillés sur la chaussée tout autour : des fourre-tout et des boîtes, un sac de couchage et quelque chose qui ressemble à une console de jeux ou à un élément de sono.

La voiture raconte sa propre histoire, en plusieurs strates, comme un diorama de musée. Des gens sur la même longueur d'ondes roulent ensemble vers... quelque part. En tout cas, vers le nord. Le moteur se met à tousser ou à pétarader, à moins qu'il ne cale tout bonnement. Un des membres du groupe va jeter un coup d'œil, soulève le capot, prononce le décès du patient. Alors ils vont tous sortir leurs affaires du coffre. Ces neuneus sont infoutus de faire la différence entre des conneries et un trésor, mais on ne peut pas leur reprocher leur réaction.

On les a interrompus. La plupart ont laissé tomber leur bousin et pris leurs jambes à leur cou. Un a bondi dans la voiture, et peut-être qu'il a sauvé les autres en le faisant, parce qu'on dirait bien que plusieurs affams se le sont partagé.

— Vous essayez de démarrer ? demande Justineau.

Parks a vraiment les boules de la voir s'avancer droit vers la voiture alors qu'il n'a pas annoncé de RAS. Mais cette nana n'est pas idiote. À la réflexion, il a dû changer d'attitude corporelle quand il a fait le tour du véhicule – passer d'une préparation maximum au danger à une immobilité plus relâchée, une attitude de prudence normale pour le dehors. Justineau a juste réagi à ce changement un peu plus vite que les autres.

— Essayez donc, vous, suggère-t-il.

Justineau s'assied dans la voiture et se pétrifie soudain en voyant l'autre occupant. Mais si cette vision la fait tiquer, ça ne dure qu'une fraction de seconde. Elle tend le bras en avant, un *clic* étouffé résonne : la clé de contact vient de tourner. Le moteur ne réagit pas. Parks ne s'attendait pas vraiment à ce qu'il démarre.

À présent, il scrute les deux côtés de la route. Il y a des broussailles et des buissons sur leur droite, une bonne longueur de panneaux en bois sur la gauche. À tous les coups, les occupants de la voiture ont fui vers le plus évident : les buissons.

Impossible de dire jusqu'où ils sont parvenus, mais ils ne sont pas revenus chercher leurs affaires, ni enterrer leur mort. Parks corrige mentalement son idée de tout à l'heure. Le sacrifice du passager de la banquette arrière n'a pas dû sauver ses copains. Il est improbable que quiconque en ait réchappé.

Les autres viennent les rejoindre, Gallagher en dernier parce qu'il attend le signal de Parks. Qui leur dit de vérifier les sacs et les cartons, mais ces précieuses reliques avaient surtout de la valeur aux yeux de leurs précédents détenteurs. Même pas de vêtements, non, des livres et des DVD, des lettres et de la déco. Les rares denrées étaient périssables, elles ont péri : des pommes desséchées, une miche de pain pourrie, une bouteille de whisky fracassée quand le pochon dans lequel elle se trouvait a heurté le macadam.

Justineau ouvre le sac à dos.

— Seigneur Dieu ! murmure-t-elle.

Elle plonge la main dedans pour en retirer une partie du contenu.

De l'argent. Des liasses de billets de cinquante livres, tout neufs sous leur bandeau en papier de la banque. Totalement inutiles. Vingt et quelques années après que le monde est parti en quenouilles, quelqu'un a encore cru pouvoir le retrouver – qu'un jour viendrait où l'argent signifierait à nouveau quelque chose.

— La victoire éclatante de l'espoir sur l'expérience, fait remarquer Parks.

— Non, de la nostalgie, corrige Caldwell d'un ton catégorique. Le réconfort psychologique l'emporte sur les objections logiques. Tout le monde a besoin d'un doudou pour se consoler.

Seulement les imbéciles, songe Parks. Lui, ce sont des trucs beaucoup moins abstraits qui ont tendance à le rassurer.

Gallagher dévisage les trois autres tour à tour, sans trop comprendre ce qui se passe. Il est trop jeune pour se rappeler l'argent. Justineau, qui s'apprêtait à se lancer dans une explication, secoue la tête et renonce.

— Pourquoi irais-je gâcher votre innocence ?

— Une livre, ça valait cent *pence*, récite la môme affam. Mais seulement après le 15 février 1971. Avant ça, c'était deux cent quarante. Sauf qu'on ne disait pas « pence », on disait « pennies ».

Justineau s'esclaffe.

— Excellent, Melanie. (Elle déchire le bandeau d'une des liasses, étale les billets et les jette en l'air.) *Pennies from Heaven !* s'exclame-t-elle tandis que le vent brûlant les emporte. De l'argent tombé du ciel !

La petite affam sourit, comme si cette cascade de papier gaspillé était un feu d'artifice. Elle plisse les yeux pour suivre leur envol dans le contre-jour.

32

Notre progression doit être bonne, songe Caroline Caldwell.

C'est dur à dire, malgré tout, parce que deux facteurs externes viennent légèrement biaiser son sens du temps. Le premier, c'est la fièvre qui monte en elle depuis la veille au soir. Le second, qui exacerbe les effets du premier, c'est qu'elle n'a pas pris garde à se réhydrater tout en marchant.

Elle observe son mal à distance. Non que sa vocation scientifique conditionne le moindre de ses gestes, mais parce que cette distance semble bénéfique. Cela lui permet d'évaluer la lassitude anormale de ses membres, d'identifier la douleur qu'occasionnent dans sa tête les rebonds minuscules, mais répétés, de ses pieds sur le pavé, et de continuer malgré tout à cheminer sans s'arrêter, puisqu'il s'agit d'éléments purement physiologiques, sans impact final sur ce que fait son esprit.

Esprit qui retourne d'anciennes questions en tous sens à la lumière de preuves inédites.

Caldwell a lu quantité de comptes rendus détaillés sur les pratiques alimentaires des affams, sans pour autant les avoir observées de visu (le nourrissage des sujets d'expérience, dans des conditions artificielles et contrôlées, était tout à fait autre chose). Elle trouve frappant que ceux qui ont dévoré le passager de la voiture aient continué jusqu'à ce que le corps ne soit plus viable – qu'il ne reste presque plus de chair sur le torse et qu'il soit pratiquement décapité.

C'est contre-intuitif. Elle se serait attendue à une meilleure adaptation de l'agent pathogène. Elle aurait plutôt vu *Ophiocordyceps* manipuler l'hypothalamus de son hôte avec plus de finesse, et supprimer l'impulsion de faim après les premières bouchées de façon à augmenter les chances de survie des nouveaux contaminés. Ce serait nettement plus efficace, puisqu'un hôte nouveau et viable devient à son tour vecteur d'infection. Cela fournirait au pathogène plus d'occasions de se multiplier rapidement dans une aire écologique donnée.

Peut-être est-ce un effet secondaire de sa maturation très lente, du fait que cette variété d'*Ophiocordyceps* n'atteint jamais son stade final de reproduction sexuée et se multiplie au contraire par néoténie, en se greffant dans l'environnement favorable du sang ou de la salive. Il serait logique que cela bloque la propagation de mutations.

Un élément à considérer lors de la prochaine série de dissections. Examiner de plus près les cellules de l'hypothalamus. Chercher des différentiels de pénétration par le mycélium.

À un kilomètre de Stevenage – assez près pour leur permettre de distinguer le toit des maisons et les ardoises bleutées d'une flèche d'église –, le sergent Parks donne l'ordre de stopper. Il se tourne vers le groupe pour annoncer la suite, en désignant du doigt le ciel comme s'il lui était témoin.

— Le soleil va se coucher d'ici deux heures. Il se pourrait que ces cureurs nous cherchent toujours, mais de toute façon on doit trouver un endroit où se terrer pour la nuit, point. Je pars assainir le coin avec Gallagher si besoin. Ensuite, je reviendrai vous chercher. O. K. ?

Non, évidemment pas. Et Caldwell voit bien, à son expression, que Justineau ne trouve pas ça « O. K. » non plus – mais elle choisit de soulever le problème elle-même parce qu'elle sera plus rapide, plus succincte.

— Ça ne va pas marcher, objecte-t-elle.

— Si, si vous faites ce qu'on vous dit.

Caldwell lève une main pincée, comme si elle tenait les paroles du sergent devant elle pour les examiner. Le bout de ses doigts la démange désagréablement.

— C'est exactement pour ça que ça ne marchera pas, explique-t-elle. Parce que vous nous voyez comme de pures civiles dont vous et le soldat Gallagher seriez l'escorte militaire. En faisant peser tous les dangers sur vous, vous les augmentez en réalité pour nous tous.

Parks lui adresse un regard froid.

— Évaluer les risques fait partie de mon travail.

Elle est sur le point de lui expliquer pourquoi ce raisonnement ne tient pas, mais Helen Justineau intervient, devançant sa réplique.

— Elle a raison, monsieur Parks. Nous nous apprêtons à entrer dans une zone bâtie où nous devons nous attendre à trouver beaucoup plus d'affams, à tous les stades d'infection. Nous pénétrons en terrain dangereux – et nous ne saurons pas à quel point il l'est tant que nous n'y serons pas. Alors, à quoi ça rime que vous le traversiez trois fois ? Vous devrez sortir en reconnaissance, revenir ici nous chercher, puis y retourner. Et que nous arrivera-t-il si ces cureurs réapparaissent pendant votre absence ? Nous ne tiendrons pas une seconde, à découvert ainsi. Il est préférable de nous emmener.

Parks rumine ces paroles plusieurs secondes au moins. Mais Caldwell le connaît assez pour savoir anticiper sa réponse. Refuser une proposition simplement parce que quelqu'un d'autre y a pensé n'est pas son genre. Justineau et elle ont raison, il n'y a pas à discuter.

— D'accord, admet-il enfin. Mais comme vous n'avez jamais fait ça ni l'une ni l'autre, vous avez intérêt à marcher sacrément droit… Tiens, maintenant que j'y pense, ajoute-t-il en regardant Gallagher, avez-vous déjà patrouillé à Hitchin, soldat ?

Le jeune secoue la tête.

Parks exhale une bouffée d'air bloquée, comme quelqu'un qui va se plier en deux pour soulever une charge lourde.

— D'accord. Les règles en vigueur tiennent toujours – surtout celle qui dit qu'il faut la fermer –, mais l'environnement ne sera pas pareil. On est pratiquement sûr de voir des affams et de se trouver dans leur ligne de mire. L'important, c'est de ne pas déclencher leurs réflexes. Déplacez-vous lentement, sans à-coups. Ne les regardez pas dans les yeux. Ne faites aucun bruit fort ou brusque. Fondez-vous dans le paysage autant que possible. Si vous avez des doutes, regardez de mon côté et prenez exemple sur moi.

Une fois son laïus terminé, il repart. Il ne gaspille ni sa salive ni son temps. Caldwell approuve.

Vingt minutes plus tard, ils arrivent à hauteur des premières rues. Personne n'a encore repéré d'affams, mais la visite vient juste de commencer. Parks donne des ordres à voix basse et tous s'arrêtent. Les quatre humains non infectés s'enduisent à nouveau d'établoquant. Ils continuent leur progression dans la ville, en restant groupés serré pour éviter de présenter des formes humaines bien détachées. Ce sont des rues résidentielles, autrefois bourgeoises, à présent à moitié en ruine, au bout de quinze jours de pillages et de guerre suivis de deux décennies d'abandon. Les jardins constituent des petites poches de jungle qui ont outrepassé leurs frontières afin de coloniser des pans de rue. Des herbes d'un mètre ont jailli et rampé entre les pavés disjoints, des ronces projettent des tiges grosses comme le poing qui évoquent des tentacules de monstres souterrains. Mais la terre, peu profonde sous le revêtement, les a empêchées d'unir leurs forces pour abattre définitivement les maisons. Il y a là un équilibre des pouvoirs précaire.

Parks leur a déjà expliqué ce qu'il cherche. Pas une habitation dans une rue comme celle-ci, où elles sont accolées à leurs voisines. Ce serait trop difficile à sécuriser. Il veut une construction isolée, disposant de son propre terrain, d'angles de tir raisonnables depuis les fenêtres d'un étage. Idéalement, elle doit avoir les portes intactes. Il est réaliste, cependant, donc il acceptera n'importe quoi qui corresponde en gros, du moment qu'il n'y a pas besoin de s'enfoncer trop profondément dans le tissu urbain.

Malgré cela, il ne trouve rien à son goût. Ils continuent.

Cinq minutes plus tard, dans une progression toujours aussi vigilante et muette, ils parviennent à une voie plus large dans laquelle donnent plusieurs rues.

Il y a une galerie marchande. La surface de la chaussée craque sous les débris de verre – les devantures fracassées des boutiques mises à sac par les pillards d'une époque révolue. Au moindre souffle de vent, des boîtes de conserve vides rouillées, fines et délicates comme des coquillages, ferraillent en roulant par terre.

Et il y a des affams.

Une dizaine, peut-être, éparpillés un peu partout.

Le groupe de vivants fait halte en les voyant. Parks est le seul qui n'oublie pas de ralentir le pas peu à peu plutôt que de passer directement de la marche à l'immobilité.

Caldwell est fascinée. Elle tourne la tête avec lenteur pour examiner tour à tour chacun des affams.

C'est un mélange de contaminés anciens et récents. Les plus anciens s'identifient aisément à leurs vêtements désagrégés et à leur émaciation extrême. Quand ils se nourrissent, ils alimentent aussi l'agent pathogène en eux, mais si aucune proie ne se présente, *Ophiocordyceps* tirera ses nutriments de la chair de son hôte.

De plus près, sur les plus anciens, on distingue aussi des marbrures. Les filaments gris ont percé la surface maroquinée de leur peau, formant un réseau de fines lignes qui s'entrecroisent comme des veines. Le globe oculaire est gris aussi, et quand la bouche est ouverte, on aperçoit un duvet gris sur la langue.

Les plus récents sont plus chics – du moins, leur tenue a eu moins de temps pour pourrir – et ont toujours plus largement figure humaine. De façon paradoxale, cela les rend beaucoup plus déplaisants à regarder, parce que les plaies et les arrachements de chair par lesquels ils ont contracté le champignon se voient clairement. Sur un affam de plus longue date, l'aspect délavé et tanné des habits et de l'épiderme, ajouté à la couche de mycélium gris, adoucit et masque les blessures. Il les transforme en quelque chose de plus architecturé.

Les affams sont en mode stationnaire, ce qui explique que Caldwell puisse s'adonner à cette inspection sans se presser. Debout, assis ou agenouillés à intervalles irréguliers le long de la chaussée, ils restent complètement immobiles, les yeux dans le vide et les bras ballants, ou, s'ils sont assis, les mains sur les cuisses.

On les dirait occupés à poser pour des peintres, ou plongés dans une introspection si profonde qu'ils en ont oublié ce qu'ils étaient censés faire. Ils n'évoquent pas l'attente. Impossible de se douter qu'au moindre bruit ou geste intempestif de votre part ils s'éveilleront et s'animeront aussitôt.

Parks lève la main. Un lent balayage du bras : il fait signe au groupe d'avancer. Ce mouvement sert à la fois d'ordre et de rappel. Ils doivent conserver leur pas modéré. Le sergent mène la marche, prêt à tirer, mais le fusil braqué vers le sol. Son regard aussi est dirigé par terre la majeure partie du temps. Il passe en revue leur champ visuel au moyen de coups d'œil rapides, seuls points discordants dans son allure traînante. Caldwell se rappelle avec retard l'hypothèse selon laquelle les affams conservent une capacité que possèdent tous les bébés humains, celle de reconnaître des formes rudimentaires – les nouveau-nés savent identifier un visage et réagir à sa vue en basculant dans un mode soudain accru de perception et d'éveil. Elle n'a réussi ni à le confirmer ni à l'infirmer par ses recherches, mais elle veut bien admettre que ce soit vrai de tous les affams les moins décatis.

Le groupe progresse donc sur la grand-rue d'un pas mou, en évitant de fixer les affams dans les yeux. On se regarde, on scrute les devantures béantes, la chaussée devant soi ou le ciel, et on laisse les silhouettes macabres évoquant des natures mortes à la périphérie de son champ de vision.

Sauf le sujet d'expérience. Melanie semble incapable de se détacher du spectacle de ses semblables adultes, ne serait-ce qu'une seconde : elle les contemple comme s'ils exerçaient sur elle une sorte de fascination hypnotique, au point qu'elle manque trébucher à un moment, parce qu'elle ne regarde pas où elle met les pieds.

Cette gaffe pousse le sergent Parks à tourner la tête – avec lenteur et mesure – pour lui décocher un regard de reproche. La petite comprend cette réprimande et cet avertissement. Son propre hochement de tête en réponse est si progressif qu'il donne l'impression de s'étirer sur dix secondes. Elle veut lui faire savoir qu'elle ne commettra jamais plus cette erreur.

Ils dépassent le premier groupe d'affams et continuent leur route. D'autres habitations, des maisons mitoyennes, cette fois, puis une deuxième série de magasins. Une des rues latérales qu'ils croisent est beaucoup plus peuplée. Les affams silencieux y sont agglutinés en une grappe serrée, comme des gens attendant le début d'un défilé. Ils ont dû converger sur une proie, pour ensuite, une fois nourris, rester tout bonnement sur place en l'absence de déclencheur qui les pousse à bouger.

Caldwell se demande, en continuant son chemin, si la stratégie du sergent est saine. Ils s'enfoncent très profondément. Il y a désormais des ennemis derrière eux comme devant, et potentiellement de tous côtés. Parks arbore une expression préoccupée. Sans doute se dit-il la même chose.

Caldwell s'apprête à suggérer de rebrousser chemin, pour ensuite – la possibilité la moins fâcheuse entre toutes – passer la nuit dans l'une des maisons mitoyennes qui composent les faubourgs. Ils auront peut-être des affams pour voisins, mais leur itinéraire de fuite restera dégagé, c'est ça qui importe.

Seulement, devant eux, il y a un ancien espace vert, les restes d'un pré communal. S'il a viré à la jungle, au moins la population affam y semble-t-elle très rare. On en compte quelques-uns sur les chaussées alentour, mais bien moins que dans la rue où le groupe d'humains se trouve à présent.

Il y a autre chose, aussi. Le soldat, Gallagher, le repère en premier – il le montre de la main, lentement mais avec insistance. De l'autre côté de l'îlot de verdure, on aperçoit exactement ce que le sergent leur a demandé de chercher : une construction qui ne fait pas corps avec d'autres. Elle s'élève sur trois niveaux au milieu d'un terrain clôturé. C'est un minichâteau de conception moderne qui joue les manoirs campagnards d'une époque plus ancienne – mais son excès d'anachronismes le trahit. Une bâtisse façon monstre de Frankenstein, avec une façade à colombages, des fenêtres en ogive au rez-de-chaussée, une porte d'entrée flanquée de pilastres et un toit aux pignons évoquant des berniques collées. Le panneau sur les grilles annonce « Wainwright House ».

— Ça ira très bien, décrète Parks. En route.

Justineau fait mine de traverser directement, de franchir le pré, mais Parks la bloque en lui posant la main sur l'épaule.

— On ne sait pas ce qu'il y a là-dedans, souffle-t-il. On risque d'effrayer un chat ou un oiseau, et toutes les têtes creuses du coin à des kilomètres à la ronde se tourneront vers nous. Restons en terrain nu.

Au lieu de couper par le pré, ils rasent donc le bord des herbes folles et du chiendent, et c'est à ce moment-là que Caldwell la voit.

La scientifique ralentit, pour ne s'arrêter qu'ensuite. Mais elle la scrute, c'est plus fort qu'elle. Cette vision est si démente, si impossible.

L'un des affams marche au milieu de la chaussée. Une femelle – âge biologique au moment où elle est entrée en contact avec *Ophiocordyceps* : autour de la trentaine, sûrement. Elle est bien préservée, sans dommages apparents hormis des traces de morsure du côté gauche du visage, mais les traits gris qui encerclent ses yeux et sa bouche indiquent à quel moment elle a cessé de faire partie de la race humaine. Elle porte un pantalon beige, un chemisier blanc à manches trois quarts : une tenue d'été select, effet toutefois en partie gâché par le fait qu'il lui manque une chaussure. Dans ses longs cheveux blonds raides, une unique tresse à l'africaine.

Elle pousse un landau.

Des deux éléments qui rendent cela impossible, c'est le moins remarquable qui arrête d'abord Caldwell. Pourquoi marche-t-elle ? Soit les affams courent, quand ils poursuivent des proies, soit, le reste du temps, ils se tiennent immobiles. Il n'existe aucun stade intermédiaire, aucune attitude déambulatoire ni de promenade.

Et ensuite : pourquoi s'accroche-t-elle à un objet ? Parmi les myriades de choses qu'un être humain perd quand *Ophiocordyceps* s'infiltre dans son cerveau en transformant tout, il y a la capacité à se servir d'outils. Aux yeux de cette affam, le landau devrait importer autant que les équations de la théorie de la relativité.

Impossible de résister. Caldwell s'avance, en crabe, pour couper sa trajectoire, en prenant soin de la surveiller du coin de l'œil étant donné la proximité. Elle se rend compte que Parks, sur son autre flanc, lève la main pour signifier « halte ». Caldwell l'ignore. C'est trop important. En conscience, elle ne peut pas laisser cela lui filer entre les doigts.

Elle se campe pile sur le chemin du landau qui approche, de l'ex-être humain qui semble flâner. Le landau la heurte avec une force minime, et la femelle s'arrête net. Ses épaules se voûtent, sa tête se penche. À présent, elle est bien dans son rôle :

ses lumières disparaissent, son organisme se met en veille jusqu'à ce que quelque événement la fasse redémarrer au quart de tour.

Parks et les autres se sont pétrifiés. Ils regardent tous en direction de Caldwell, passifs devant cette scène, parce qu'ils ne peuvent exercer aucune influence sur elle. Dans le même ordre d'idées, il est trop tard pour s'inquiéter du bon fonctionnement des établoquants à très courte distance, donc Caldwell chasse cette crainte.

Avec une lenteur de glace, elle contourne le flanc du landau. De cet angle-ci, l'affam présente plus de blessures qu'à première vue. Son épaule a été déchiquetée, la chair y pendouille en lambeaux desséchés. Le chemisier blanc n'est pas du tout immaculé dans le dos, au contraire : du col à la taille, un ancien sang coagulé le noircit.

À l'intérieur du landau, une rangée de canards en plastique flotte au long d'un élastique. Ils se balancent en une danse décousue, et une grande couverture jaune, poussiéreuse et plissée, cache l'éventuel contenu.

L'affam ne semble pas du tout consciente de la présence de Caldwell. Excellent. Cette dernière met encore plus de mesure dans ses gestes, encore plus de lenteur. Elle tend la main vers le coin supérieur de la couverture.

Du pouce et de l'index, elle pince un repli du tissu épais et rêche. À présent aussi lente qu'un glacier, elle le ramène en arrière.

Le bébé est mort depuis longtemps. Deux gros rats nichés dans ce qu'il reste de sa cage thoracique sursautent aussitôt et jaillissent avec des cris de protestation aigus au-dessus de chacune des épaules de Caldwell. Qui titube en arrière avec un criaillement informe.

La tête de l'affam se redresse comme un ressort, pivote. Regarde Caldwell, les yeux écarquillés. Sa bouche se met à béer, révélant une pourriture grise et des chicots noirs.

Le sergent Parks l'abat d'une balle dans l'occiput.

La bouche s'ouvre encore plus, la tête s'incline sur le côté. L'affam tombe sur le landau, qui bascule et la projette sur le revêtement gravillonné de la route.

De tous côtés, ses semblables s'animent, pivotant la tête comme celle d'un radar.

— Ouste, gronde Parks. Je m'en charge. (Puis il beugle :) Courez !

33

Au cours des premières secondes, ils manquent y passer. Parce que Parks a eu beau hurler, le groupe se fige sur place.

C'est juste qu'ils ne voient aucune issue. Les affams affluent vers eux de toutes parts, de plus en plus rapprochés les uns des autres à mesure qu'ils convergent.

Mais il n'y a qu'une direction qui compte. Et Parks se met en devoir de la rouvrir.

D'une balle chacun, il en fauche trois en plein élan.

Les deux tirs suivants ratent leur cible. Mais Parks pousse violemment Justineau, et ça lance le mouvement. Gallagher fait de même avec Caroline Caldwell. La petite gamine affam, Melanie, est déjà au galop.

Ils sautent par-dessus les affams tombés à terre, qui s'escriment à se remettre sur pied comme des cafards retournés. Si Parks avait eu le temps, si les secondes qui s'égrènent ne s'annonçaient pas comme les dernières de leur vie, il tenterait des tirs à la tête. En l'occurrence, il cible le milieu de la masse corporelle, c'est la meilleure probabilité de réussite.

Et ça fonctionne, jusqu'au moment où Justineau se viande et s'étale. L'un des affams touchés lui a agrippé la jambe et rampe dessus une main après l'autre.

Parks s'arrête le temps de flanquer une seconde balle dans le creux du cou du prédateur jadis humain, juste sous l'oreille. L'affam lâche prise. Justineau se remet debout illico sans regarder derrière elle. Bien. La femme de Loth aurait dû rester concentrée comme ça.

Parks fait feu à droite et à gauche. En ne dégommant que les plus proches, ceux qui s'apprêtent à leur sauter dessus ou à les happer. Gallagher l'imite et, bien que son taux de réussite soit merdique, il tire sans cesser d'avancer. Ça vaut mieux que de rester planté assez longtemps pour se faire tacler.

Ils sont à hauteur des grilles maintenant, pourtant, bien qu'on ne voie pas de serrure, ça ne s'ouvre pas. Le système était électrique, bien sûr, mais ça, c'était avant. Dans ce meilleur des mondes post-mortem, ça implique juste qu'elles ne fonctionnent pas.

— Par-dessus ! vocifère Parks. Grimpez !

Plus facile à dire qu'à faire. Un rempart de fer forgé haut comme un homme, surmonté de piques qui n'ont rien de décoratif, leur tient tête.

Ils essaient tout de même. Parks les laisse s'activer. Il leur tourne le dos et continue à canarder.

Le bon côté des choses, c'est qu'il peut maintenant tirer dans le tas. Renoncer au mode semi-automatique pour sulfater bas. Arroser les jambes des affams, ce qui transforme les sprinteurs de tête en obstacles faisant trébucher et ralentir les suivants.

L'inconvénient, c'est qu'il en arrive de plus en plus.

Le bruit joue le rôle de la clochette du dîner. Les affams déboulent sur l'espace vert à partir des rues qui le flanquent de tous côtés, en fonçant comme des dératés. Leur nombre n'a pas de limites, alors que les munitions de Parks, si.

Limite qu'il atteint, brusquement. Le fusil cesse de vibrer entre ses mains, le bruit des rafales s'éteint parmi plusieurs couches d'écho.

Il éjecte le chargeur vide, farfouille dans sa poche à la recherche d'un plein. Il a fait ces gestes tant de fois qu'il pourrait les accomplir les yeux fermés. Enclencher le nouveau, lui imprimer une secousse rapide, aiguë, en le faisant pivoter sur la languette pour qu'il se verrouille. Ramener la culasse en arrière à fond.

Elle reste bloquée à mi-chemin, tant qu'il n'a pas pu faire gicler ce qui bloque – la première cartouche, sans doute, coincée dans la chambre. Et deux affams sont sur lui à présent, ils triangulent sur lui depuis sa droite et sa gauche. L'un autrefois homme, l'autre femme. Ils sont à environ une seconde du plan à trois le plus obscène au monde.

C'est juste l'instinct. Un automatisme malencontreux. Au lieu de balancer le fusil comme une batte, il recule d'un pas en tendant la main vers son arme de poing. Il perd une seconde qu'il n'a pas, et il est cuit.

Sauf que non.

En mode combat, Parks focalise son attention. Ce n'est même pas conscient chez lui, ça n'a rien d'une recette qu'il aurait apprise. Ça se passe comme ça, point. Il fait le boulot qui se présente en gommant pratiquement tout le reste, en le mettant en stase.

Alors il a oublié la petite affam, jusqu'à ce qu'elle soit brusquement là, pile devant lui. Elle s'est incrustée dans l'espace étroit qui le sépare de ses attaquants. Elle agite ses bras maigriots vers eux, atome de défi émettant un cri de guerre suraigu, éraillé.

Et les affams s'arrêtent, tout de go. Leurs yeux font le point sur autre chose. Leurs têtes se mettent à tourner à gauche et à droite par petites secousses, comme pour exprimer la tristesse ou la désapprobation. Ils ne regardent plus Parks. Ils le cherchent.

Parks sait que les affams ne se pourchassent pas, ne s'entretuent pas. À part les mômes qu'il amenait en classe, il n'en a jamais vu se comporter comme s'ils étaient seulement conscients de la présence de leurs semblables. Ils sont seuls dans une foule, chacun réagit en fonction de sa propre avidité. Ce ne sont pas des animaux grégaires, ils ne forment pas de meute. Ce sont des solitaires qui se regroupent par accident parce qu'ils répondent aux mêmes stimuli.

Alors il a toujours supposé qu'ils ne trouvent pas du tout d'odeur à leurs semblables. Celle d'un homme ou d'une femme normaux les rend fous, alors que les autres affams ne leur font aucun effet. Ils ne figurent tout bonnement pas sur leur carte radar.

Parks comprend, dans cette seconde cotonneuse, qu'il avait tort. Chaque affam doit posséder une odeur qui dit aux autres « rien à voir par ici, continue ton chemin » – le contraire exact de l'effet que leur font les vivants. Celle-là éteint leur voracité là où l'autre, l'humaine, l'excite.

La gamine l'a caché. Son odeur à elle a bloqué celle de Parks, juste l'espace d'une seconde ou deux, et les affams ont perdu la piste de phéromones au bout de laquelle planter leurs dents dans sa gorge.

Il en accourt des tas d'autres, cela dit, qui ne ralentissent pas d'un poil. Et les deux à qui la gamine vient de brouiller l'odorat sont en train de recapter le signal ; leur regard se verrouille sur cible.

Mais voilà que la main de Gallagher agrippe le bras de Parks pour lui faire franchir les grilles, qu'ils ont réussi à entrouvrir à force de pousser dessus.

Ils sprintent à nouveau, la bâtisse droit devant eux. Justineau tire la porte à elle, l'ouvre à la volée. Ils l'ont dépassée, la môme affam s'insinue entre les jambes de Parks pour entrer avant lui. Gallagher claque le battant derrière eux – une perte de temps, étant donné les panneaux vitrés montant jusqu'au plafond qui la flanquent de chaque côté.

— L'escalier ! hurle Parks en le désignant. Grimpez !

Ils s'exécutent. Dans un tocsin fou. Les vitres se fracassent.

Parks assure les arrières en balançant des grenades par-dessus son épaule comme des cotillons dans un défilé de carnaval. Elles éclatent derrière eux l'une après l'autre, leurs secousses grondantes se superposant en un contrepoint hideux.

Des éclats viennent frapper le gilet pare-balles de Parks et ses jambes non protégées. La dernière demi-douzaine de marches s'affaisse et bâille sous lui comme s'il montait à bord d'un bateau qui tangue. Sans trop savoir comment, il parvient en haut de l'escalier.

Où il tombe, à genoux d'abord, puis de tout son long, à bout de souffle. Ils le font tous. Sauf la petite, qui s'est retournée pour scruter le gouffre qui s'est ouvert, avec la tranquillité de quelqu'un qui vient de partir en promenade. Les marches ont disparu, explosé. Ils sont en sûreté.

Enfin, non, c'est faux, raisonne Parks. Pas le temps de rester le cul par terre à discutailler de ce à quoi on a échappé. Parks doit faire se lever tout le monde *presto*.

D'accord, ils ont trouvé les grilles fermées et les serrures de porte intactes, mais il pourrait facilement y avoir une entrée de service dégondée. Un carreau cassé. Un bout de grillage tombé la semaine ou l'année précédente. Un nid d'affams figés dans une des chambres de cet étage, qui vont reprendre du poil de la bête en entendant approcher des pas.

Conclusion, ils doivent se créer une base d'opérations sûre. Et ensuite procéder à une fouille. S'assurer qu'il n'y a pas d'ennemis à l'intérieur de ce périmètre.

Tout a l'air nickel, il faut le reconnaître. Mais même en ne comptant que les portes qu'on voit d'ici, il doit y avoir une palanquée de pièces. Parks n'est pas prêt à baisser la garde avant de s'être assuré qu'aucune ne présente de danger.

Ils progressent dans le couloir, en essayant chaque poignée. La plupart restent bloquées, mais pas de souci. Peu importe ce qu'il y a de l'autre côté d'un battant fermé à clé du moment que ça y reste.

Les rares à s'ouvrir donnent sur de minuscules chambres. Les lits sont des trucs d'hôpital à cadre métallique ajustable, avec des sonnettes côté tête. Des tables roulantes au plateau en mélaminé. Des fauteuils en tubes d'acier et coussins bordeaux fanés. Des salles d'eau si petites que la douche fait plus de surface que le reste. Wainwright House était une sorte de clinique privée, pas un endroit où vivaient réellement des gens.

Ces cases individuelles sont beaucoup trop oppressantes pour les partager ne serait-ce qu'à deux, et Parks ne trouve pas génial comme idée de se séparer. Ils continuent donc à chercher.

Et il se demande pendant tout ce temps si la gamine se doutait de ce qu'elle faisait. Si elle était consciente de pouvoir dévier l'attaque des affams juste en s'interposant.

Question embêtante, parce qu'il ne sait pas trop ce que signifierait la réponse. Il était foutu, et elle l'a tiré de là. Il a beau retourner ça dans tous les sens, ça ne lui plaît pas. Cette idée le met en rogne rien que d'y songer.

Ils bifurquent à droite, quittent le couloir principal, puis, à gauche, finissent par dénicher une salle de repos assez vaste pour leurs besoins. Des fauteuils à dos rigide flanquent les murs décorés de cadres bon marché montrant des scènes pastorales anonymes. En majorité des charrettes de foin. Parks ne trouve aucun charme particulier aux charrettes de foin, et cette pièce présente un peu trop de portes à son goût, mais à ce stade il est raisonnablement sûr qu'ils n'auront pas mieux.

— On va dormir ici, indique-t-il aux civiles. Mais avant ça, inspectons le reste de cet étage. Assurons-nous qu'on n'aura pas de surprises. (Il parle de Gallagher et de lui, grosso modo, mais comme il est préférable d'aller vite, il décide d'embarquer aussi Justineau.) Vous avez dit que vous vouliez vous rendre utile, lui rappelle-t-il. Venez avec nous.

Elle hésite, en fixant directement Caldwell. Alors, pas dur de savoir ce qui lui passe par la tête. Ça l'inquiète de la laisser seule avec la gamine. Mais cette femme a morflé plus que n'importe qui dans cet affrontement et cette fuite. Elle est pâle, elle transpire, sa respiration reste hachée quand tous les autres ont retrouvé leur souffle.

— On revient dans cinq minutes, annonce Parks. Vous craignez qu'il arrive quoi, en si peu de temps ?

Ses propres intonations l'étonnent – la colère et la tension qu'elles trahissent. Justineau le contemple. Peut-être que Gallagher aussi lui lance un regard éclair. Du coup, Parks s'explique.

— C'est plus facile de nous couvrir les uns les autres à trois. La gamine ne nous servirait à rien, elle ne saurait pas quoi chercher. On sort, on revient, et elles, elles restent ici, où on est sûrs de pouvoir les trouver. D'accord ?

— D'accord, répond Justineau, le regard toujours aussi dur malgré tout – genre *quel sale coup va-t-on encore me faire ?* (Elle s'agenouille, pose la main sur l'épaule de Melanie.) Nous partons juste pour une petite reconnaissance. Ce ne sera pas long.

— Soyez prudents, dit la môme.

Justineau hoche la tête.

Il vaut mieux, oui.

34

Une fois seule avec Mme Caldwell, Melanie commence par s'éloigner vers le fond de la pièce et s'adosser au mur pour guetter tous ses mouvements. Effrayée, vigilante, elle est prête à filer par la porte ouverte et à se réfugier auprès de Mlle Justineau.

Mais, soit trop épuisée, soit trop absorbée dans ses pensées pour lui accorder la moindre attention, Mme Caldwell se laisse couler dans un des fauteuils sans même la regarder.

À n'importe quel autre moment, Melanie serait partie en exploration. Alors qu'elle a vu des choses nouvelles et formidables toute la journée, Sergent donnait l'allure d'un pas vif et régulier. Elle n'a jamais eu le temps de s'arrêter pour découvrir les merveilles qui s'étendaient de chaque côté de la route : arbres et lacs, clôtures en treillis, panneaux indicateurs montrant la direction d'endroits qu'elle a entendu citer dans ses leçons, ou affiches publicitaires pour la plupart effacées, devenues des mosaïques abstraites de couleurs. Des êtres vivants, aussi : oiseaux dans le ciel, rats, souris, hérissons dans les hautes herbes le long de la route. Un monde trop vaste pour qu'elle l'absorbe d'un seul coup, et trop inédit pour qu'elle en connaisse tous les noms.

Et maintenant, cette construction très différente de la base. Il doit y avoir tellement de choses à découvrir. Déjà, la pièce où elle se trouve est pleine de mystères, grands et petits. Pourquoi les fauteuils y sont-ils uniquement placés sur les bords, alors que c'est si grand ici ? Pourquoi y a-t-il un panier en fil de fer sur le mur à côté de la porte, avec dedans une petite bouteille en plastique, et au-dessus une pancarte qui dit « Les maladies nosocomiales peuvent être mortelles » ? Et pourquoi cette photo fanée sur une des tables (des chevaux qui galopent dans un pré), est-elle découpée en centaines de morceaux aux bords tout tarabiscotés qu'on a recollés ?

Enfin, pour l'instant, tout ce que Melanie demande, c'est un endroit tranquille où être toute seule pour réfléchir à la chose horrible qui vient de se passer. Au secret atroce qu'elle a découvert.

En dehors de la porte par laquelle elles sont entrées, il y en a trois autres qui mènent ailleurs. Melanie s'approche de la première, en continuant de surveiller du coin de l'œil Mme Caldwell (qui n'a toujours pas bougé). Ça donne sur une autre pièce, très petite et presque entièrement blanche. Il y a des placards blancs, des étagères blanches, et du carrelage blanc et noir sur les murs. L'un des placards a une vitre et des tas de cadrans et de boutons au-dessus. Il sent la vieille graisse. Melanie en sait juste assez pour deviner qu'il s'agit d'une cuisinière. Elle en a vu des photos dans des livres. Cette pièce doit être une sorte de cuisine – un endroit où on prépare de chouettes choses à manger. Mais c'est trop petit pour s'y cacher. Si Mme Caldwell venait s'en prendre à elle, elle serait piégée.

Elle ressort. Comme Mme Caldwell n'a pas bougé, Melanie la contourne, en restant très au large, puis s'avance jusqu'à l'autre porte. La pièce suivante est très différente de la cuisine. Les murs sont de couleur vive, et il y a aussi des affiches. L'une représente les animaux qui vivent dans les haies du bocage, et une deuxième montre des mots qui démarrent avec chaque lettre de l'alphabet. Avion. Ballon. Cadeau. Dauphin. Éléphant. Les images sont joyeuses et simples. L'avion a un visage souriant autour du nez, Melanie est presque sûre que ce n'est pas réaliste. Il y a des fauteuils, là aussi, mais plus petits, et répartis partout en petits groupes, pas rangés contre les murs. Par terre, il y a des jouets, éparpillés aussi naturellement que si on venait de les poser. Des poupées en robe, des soldats en uniforme. Des voitures, des camions. Des jeux de construction en plastique aux briques collées ensemble pour former d'autres voitures, ou des maisons, des gens. Des animaux cousus en peluche aux couleurs affadies, presque gris.

Et des livres. Des tas de livres, au hasard des fauteuils, des tables, du plancher. Plusieurs centaines d'autres sur de grandes étagères d'un côté de la porte. Melanie n'est pas d'humeur pour l'instant à en prendre un pour le lire : son secret lui pèse lourdement. De toute façon, même si elle en avait envie, ses mains sont coincées dans son dos par les menottes, et ses pieds ne sont pas du tout assez souples pour tourner les pages. Du coup, elle passe en revue les titres.

La Chenille qui fait des trous
Yaourtu, la tortue
Qui voilà ?
Gendarmes et Voleurs
Il y a un cauchemar dans mon placard
Max et les Maximonstres
Le Grand Charivari
Une journée vachement chouette

Ce sont presque des histoires en eux-mêmes. Certains des livres sont disloqués ou déchirés, leurs pages jonchent le sol. Ça l'attristerait, si elle n'avait pas déjà le cœur gros d'émotions étourdissantes.

Elle n'est pas une petite fille. Elle est une affam.

C'est trop fou, trop atroce pour être vrai. Mais maintenant trop évident pour en chasser l'idée. Celui qui s'est détourné d'elle à la base, alors qu'il aurait pu la mordre… ça, ç'aurait pu être dû à n'importe quoi d'autre. Ou à rien du tout. L'odeur du sang de Mme Selkirk qui l'a distrait, ou il pouvait chercher quelqu'un de plus gros à manger, ou si ça se trouve, le gel désinfectant bleu a masqué l'odeur de Melanie comme les produits chimiques de la douche ont toujours masqué celle des adultes.

Mais dehors, à l'instant, quand elle s'est placée devant Sergent Parks – sans réfléchir, sur un coup de tête, en voulant combattre les monstres comme lui le faisait, au lieu de se cacher comme une grosse froussarde –, ils n'ont même pas eu l'air de la voir. Ce qui est sûr, c'est qu'ils n'avaient pas faim d'elle, contrairement à ce qui se passe avec les quatre adultes. À croire qu'elle était invisible. Qu'il y avait une bulle de rien absolu là où elle se trouvait.

Mais la plus grande preuve n'est pas là. C'est le déclic qui pousse Melanie vers l'autre, si énorme que Melanie se demande comment elle a fait pour ne pas la voir tout de suite. C'est le mot lui-même. La façon dont on les appelle. Les affams.

Ces monstres tiennent leur nom de la sensation qui l'a envahie quand elle a senti l'odeur de Mlle Justineau dans la cellule, ou les cureurs à l'extérieur du bloc. Les affams vous sentent, et ensuite ils vous pourchassent jusqu'à ce qu'ils vous mangent. Ils ne peuvent pas s'en empêcher.

De l'intérieur, Melanie sait exactement quel effet ça fait. Ça signifie donc qu'elle est un monstre.

Maintenant, elle trouve logique que Mme Caldwell ait jugé normal de vouloir la découper sur une table pour mettre ses morceaux en bocaux.

La porte derrière elle s'ouvre, presque sans un bruit.

Elle se retourne pour voir Mme Caldwell qui la contemple, campée sur le seuil. L'expression de son visage est compliquée, ambiguë. Melanie recule.

— J'ignore quel est le facteur déterminant, mais tu es son apogée, dit tout bas Mme Caldwell, d'une voix rapide. Le sais-tu ? L'esprit d'un génie, et tout ce magma gris qui pousse dans ton cerveau ne l'affecte pas une seconde. *Ophiocordyceps* aurait dû dévorer ton cortex au point de ne laisser que les nerfs moteurs, plus quelques effets indésirables impossibles à prédire. Mais te voilà.

Elle avance d'un pas, Melanie recule par réflexe.

— Je ne vais pas te faire de mal, dit Mme Caldwell. Il n'y a rien à ma disposition ici, de toute façon. Pas de labo. Pas d'appareils d'imagerie. Tout ce que je veux, là, c'est examiner les structures rudimentaires. Le frein de ta langue. Tes glandes lacrymales. Ton œsophage. Pour voir jusqu'où l'infection a progressé. C'est important. Un élément qui permet d'avancer. Le reste attendra, mais tu es un spécimen d'une importance cruciale, et je ne peux tout bonnement pas…

Quand Mme Caldwell tend le bras vers elle, Melanie plonge dessous et fonce vers la porte. Mme Caldwell pirouette et s'élance, presque avec la rapidité voulue. Le bout de ses doigts glisse en travers de l'épaule de Melanie, mais son bandage la rend maladroite et elle ne réussit pas à trouver de prise.

Melanie s'enfuit comme si un tigre la poursuivait.

Elle entend le hoquet furieux de Mme Caldwell : « Bon sang, Melanie ! »

Vite, dans la grande salle avec des fauteuils autour des bords. Melanie ignore même si elle est suivie, parce qu'elle n'ose pas regarder en arrière. De la bile lui remonte dans la gorge quand elle songe au labo, à la table, au scalpel à très long manche.

Dans la panique, elle fonce juste vers la première ouverture qu'elle voit, sans même savoir si c'est la bonne. Non, raté. C'est la cuisine, elle est coincée. Elle émet un bruit à travers la muselière, un couinement animal. Elle repart en courant dans la salle aux fauteuils. Mme Caldwell est à l'autre bout. La porte donnant dans le couloir, à mi-chemin entre elles deux.

— Ne sois pas bête, dit Mme Caldwell. Je ne te ferai pas de mal. Je veux juste t'examiner.

Melanie se met à marcher vers elle, tête baissée, docile.

— C'est bien, l'encourage Mme Caldwell. Viens.

Quand elle arrive à hauteur de la porte qui donne dans le couloir, elle se précipite dehors.

Ne sachant pas où elle va, elle tourne au hasard, mais elle le mémorise tout de même. Gauche. Gauche. Droite. C'est plus fort qu'elle. C'est le même instinct qui l'a poussée à noter le chemin pour rentrer au bloc des cellules, quand Sergent Parks l'a amenée au laboratoire de Mme Caldwell. Rentrer n'arrête pas de prendre plein de significations différentes, mais en tout cas elle doit pouvoir revenir sur ses pas. C'est un besoin enfoui trop profond en elle pour qu'il se déracine.

Les couloirs se ressemblent tous et n'offrent aucune cachette – du moins, pas quand on n'a pas l'usage de ses mains. Elle dépasse toute une série de portes, toutes fermées.

Elle finit par se terrer dans une alcôve, un léger élargissement du couloir qui crée un angle, un rempart à peine assez large pour elle. Ça ne tromperait personne, à moins de ne pas la chercher : il suffit de tourner la tête en passant pour la voir. Si Mme Caldwell la trouve, elle s'enfuira à nouveau, et si Mme Caldwell l'attrape, elle criera pour appeler Mlle Justineau. Tel est son plan – le meilleur qu'elle ait réussi à imaginer.

Elle tend l'oreille, guette un bruit de pas au loin.

Quand elle entend chanter, de beaucoup plus près, elle sursaute comme un lapin.

— *Maintenant, mandez-moi… mes enfants.*

La voix est si éraillée qu'on dirait presque autre chose. Un souffle qui force le passage à travers la fissure d'un mur, projeté par un soufflet percé.

Ça ressemble à une chanson laissée derrière lui par quelqu'un qui est mort, et retournée à l'état sauvage.

Il n'y a que ces cinq mots. Du silence avant, du silence après. Pendant une minute environ. Melanie compte à voix basse, en tremblant.

— *Et mandez-les… bon train…*

Elle ne sursaute pas, cette fois-ci, mais elle se mord la lèvre. Elle n'arrive pas à imaginer quelle bouche saurait produire un tel son. Elle a entendu parler des spectres – un jour Mlle Justineau a raconté des histoires de fantômes en classe, mais elle s'est arrêtée, ça se rapprochait trop de ce gros sujet tabou qu'est la mort –, donc Melanie se demande si c'est celui de quelqu'un qui est mort ici et qui chante la chanson de l'époque où il était en vie.

— *Pressez-les de faire vite… Sinon… je serai morte.*

Elle veut absolument savoir. Même si c'est un fantôme, ce ne sera pas aussi effrayant que de rester dans l'ignorance. En se guidant sur le son, elle sort de l'alcôve et passe un angle du couloir.

Une lumière rouge sang émane d'une porte ouverte, ce qui lui fait peur un instant. Mais dès qu'elle entre, elle se rend compte que c'est juste la lueur du crépuscule qui afflue par une fenêtre.

Juste! Elle n'a vu de coucher de soleil qu'une fois en tout et pour tout, et celui-là est meilleur. Le ciel flambe de part en part, et les flammes passent par toutes les couleurs possibles, de la plus chaude à la plus froide, du rouge orangé au violet et au bleu, au zénith.

Ce qui la rend aveugle, au moins dix ou vingt secondes, au fait qu'elle n'est pas seule.

35

Caroline Caldwell se guide également sur cette voix étrange.

Elle a conscience, évidemment, qu'il ne s'agit pas de celle du sujet d'expérience n° 1. Mais elle est tout aussi sûre que le chanteur ne représente pas une menace. Jusqu'à ce qu'elle le voie.

L'homme assis sur le lit fait penser à la chute d'une mauvaise blague. Il est vêtu d'une tunique d'hôpital ouverte qui révèle la nudité du dessous. Des plaies anciennes s'entrecroisent sur son corps. Des sillons profonds dans la chair de ses épaules, de ses bras, de son visage, révèlent où il s'est fait mordre. Sauf que « mordu » ne convient pas, dans son cas : on s'est nourri de lui par bouchées entières, on l'a consommé. Cicatrices et déchirures forment des plissements sur son torse et son estomac, là où les affams qui l'ont en partie dévoré n'ont pas lâché prise. Son majeur et son annulaire droit ont été arrachés à hauteur de la seconde phalange – une blessure défensive, sûrement, se dit Caldwell, dont il aura écopé en tentant de repousser un affam qui lui mordait la main.

La touche sinistrement comique, c'est son bandage au coude. Cet homme est venu à la clinique pour une peccadille du style bursite. Comme quantité de gens, il a subi des complications pendant qu'on le soignait – dans ce cas précis, des affams qui, en se repaissant de sa chair, l'ont adoubé.

Il chantonne toujours, apparemment sans sentir la présence de Melanie qui se tient droit devant lui, de celle de Caldwell plantée à l'entrée de la chambre.

— *Le corbeau... croassa... quand elle s'assit... manger...*

Ça entre tellement en résonance avec ses pensées que Caldwell s'en trouve un instant désarçonnée. Mais il ne lui répond pas, il ne fait que chanter le dernier vers du quatrain, qu'elle reconnaît. C'est « Comment la vieille monta en croupe », une ballade ancienne aussi déprimante et interminable que la plupart – exactement le genre de paroles qu'on s'attendrait à voir chanter à un affam.

Sauf qu'ils ne chantent pas. Jamais.

Une autre chose qu'ils ne font pas, c'est regarder des photos, alors que celui-ci, si. Il tient un portefeuille, de ceux qui comportent un cahier intérieur de pochettes transparentes pour les cartes de paiement. Celui-là n'en contient pas, ce sont des photos qu'il y a dedans. L'affam tente de les feuilleter avec un des doigts restants à sa main droite.

Ses mouvements sont intermittents. Les blancs au cours desquels il reste assis à ne rien faire durent très longtemps. Chaque échec à passer à la prochaine image suscite un nouveau vers de la chanson.

— *Et la vieille femme... savait... ce qu'il disait...*

Sans l'avoir cherché, Caldwell croise le regard de Melanie. Celui qu'elles échangent n'exprime aucune affinité, à moins que rester rationnelles et ne pas perdre pied devant l'impossible ou l'étrange soit une marque de consanguinité.

Caldwell pénètre dans la pièce avec prudence, fait lentement le tour du contaminé. Les traces de violence qu'il arbore sont très anciennes, elle s'en rend compte à présent. Le sang de ses blessures s'est coagulé, puis, pour l'essentiel, écaillé. Chaque plaie est ourlée d'une broderie de fins fils gris, signe visible du fait qu'il sert d'hôte à *Ophiocordyceps*. Il a aussi du duvet gris sur les lèvres et au coin des yeux.

Il se peut qu'il soit demeuré dans cette pièce, sur ce lit, depuis le premier jour de l'infection, raisonne-t-elle froidement. Auquel cas il risque de s'être infligé lui-même certaines de ces morsures aux bras. Le champignon a essentiellement besoin de protéines, et s'il peut s'accommoder de très peu, il ne peut pas vivre de l'air du temps. L'autocannibalisme est une stratégie éminemment pratique pour un parasite qui utilise le corps de son hôte comme un simple vecteur temporaire.

Caldwell est complètement fascinée. Mais aussi, après ce qui s'est passé au-dehors, consciente de la nécessité de se méfier. Elle bat en retraite vers la porte, puis fait signe à la petite, au sujet d'expérience, de l'y rejoindre. Melanie ne bouge pas d'un pouce. Elle a identifié en Caldwell la plus grande menace, ce qui est loin d'être un *a priori* déraisonnable, au fond.

Mais Caldwell n'a pas de temps pour ces foutaises.

Elle dégaine le pistolet donné par le sergent, qu'elle gardait jusqu'à présent dans la poche de sa blouse. Elle repousse le cran de sûreté et brandit l'arme à deux mains en le braquant vers Melanie. Vers sa tête.

Melanie se raidit. Elle a vu ce que les pistolets peuvent faire à très courte portée. Elle contemple le canon, maladivement hypnotisée par sa proximité, par sa potentialité mortelle.

Caldwell lui fait à nouveau signe d'approcher, cette fois en inclinant la tête.

— *Et elle… pâlit… au récit… du noir corbeau.*

Melanie s'octroie un long moment pour se décider, mais elle se dirige enfin vers Caldwell. Qui ôte une main de l'arme pour la lui poser sur l'épaule et la faire sortir.

Elle se retourne vers l'affam mâle.

— *Je me suis adonnée à tous les péchés*, chantonne-t-elle, *et l'heure du jugement a sonné.*

L'affam tressaille, une convulsion brève le parcourt. Caldwell recule en toute hâte, en faisant pivoter l'arme vers le milieu du torse. À cette distance, elle ne peut pas rater sa cible.

Mais l'affam ne charge pas. Il se contente de tourner la tête à droite, à gauche, comme s'il essayait de localiser la source du bruit.

— *J'ai mis*... rocaille-t-il de sa voix d'outre-tombe. *J'ai mis*...

— Laissez-le tranquille ! souffle férocement Melanie. Il ne vous fait aucun mal.

— *Mais j'ai mis en sûreté l'âme de mes enfants*, roucoule Caldwell. *Alors, priez pour moi, mes petits.*

— *J'ai mis*, croasse l'affam. *J'ai mis*...

— Dégagez de là, ordonne le sergent Parks.

Il a la main sur l'épaule de Caldwell, qu'il repousse brusquement sur le côté.

— Jemima, dit l'affam.

Parks tire un coup de feu. Un cercle noir bien net, comme une marque de caste indienne, apparaît au milieu du front de l'affam. Il glisse sur le flanc, tombe du lit. Des taches anciennes, noires, rouges et grises, marquent l'endroit où il est resté si longtemps immobile.

— Pourquoi ? gémit Caldwell sans pouvoir s'en empêcher. (Elle se tourne vers le sergent en ouvrant grand les bras.) Merde, mais pourquoi faut-il toujours que vous visiez la tête ?

Parks soutient son regard, impassible. Au bout d'un instant, il prend la main droite de Caldwell et l'abaisse jusqu'à ce qu'elle pointe vers le sol.

— Quand on veut seulement appuyer son point de vue avec un pistolet, il faut s'assurer que le cran de sûreté est mis.

36

Étant donné la façon catastrophique dont elle a démarré, leur deuxième nuit passée sur la route se révèle bien meilleure que la première, du moins du point de vue d'Helen Justineau.

Pour commencer, ils ont de quoi manger. Et, encore plus miraculeusement, de quoi le faire cuire, parce que la cuisinière de la kitchenette est alimentée par des bonbonnes de gaz. Celle qui est branchée est vide, mais il y en a deux de rechange dans un coin de la pièce, chacune en état de marche.

À la lueur de torches électriques et de la lune presque pleine qui les éclaire du dehors, Justineau, Parks et Gallagher passent en revue leur trouvaille providentielle – les conserves que recèlent les placards de la cuisine – avec des exclamations émerveillées ou dégoûtées suivant ce qu'il y a au menu. Justineau commet l'erreur de vérifier les dates de péremption, toutes situées, évidemment, à plus d'une décennie en arrière, mais ça ira, Parks est formel. Enfin, vu la loi des nombres, certaines iront. Parce qu'une conserve dont le contenu s'est oxydé sentira très mauvais au moment où on l'ouvre. Il suffit donc de continuer jusqu'à ce qu'ils tombent sur des bonnes.

Justineau compare ce risque à l'absolue certitude du Mélange protéines/glucides n° 3. Elle ramasse l'ouvre-boîte trouvé dans un tiroir et se met au travail.

Il y a des découvertes horribles, mais la théorie de Parks tient la route. Une trentaine ou une quarantaine de conserves plus tard, ils se retrouvent avec un menu de bœuf en sauce, mini-pommes de terre primeur, haricots à la tomate et purée de pois cassés. Parks éclaire la cuisinière avec l'amadou d'une boîte à briquet – une vraie, authentique, qui doit avoir des siècles – sortie de sa poche en faisant des fioritures de la main. Gallagher met tout ça à chauffer pendant que Justineau essuie assiettes et couverts gris de poussière puis les lave avec le filet d'eau d'une des gourdes.

Melanie et Caroline Caldwell ne participent en rien. Caldwell, assise sur l'un des fauteuils de la salle de repos, ôte laborieusement les bandages de ses mains, les rajuste puis les réenroule. Elle montre une concentration sans réserve, et elle ne répond pas quand on lui parle. On pourrait presque la croire en train de bouder, mais Justineau n'est pas dupe : ce qu'ils voient, c'est de la pensée pure. Mode médecin ON.

Melanie se trouve dans la pièce d'après, manifestement un espace de jeu dévolu aux enfants, où ils pouvaient s'ébattre pendant que leurs parents étaient sur place, soit en tant que visiteurs, soit en tant que pensionnaires. Elle est demeurée calme et docile depuis leur arrivée. Il est difficile de lui tirer un mot. Parks a absolument refusé de lui détacher les mains, mais au moins y a-t-il des affiches à regarder au mur, et ce qu'il reste d'un fauteuil poire sur lequel s'asseoir. Elle a la cheville attachée à un radiateur par une courte chaîne de rétention qui lui accorde toute liberté de se déplacer dans un cercle d'environ deux mètres de diamètre.

Justineau lui apporte une assiette quand le repas est prêt. Elle est assise jambes croisées sur le fauteuil poire. Ses yeux bleu vif scrutent avec une fixité intense un poster qui représente des campagnols, des choucas, des blaireaux et autres représentants de la faune sauvage locale. Elle a un fin duvet jaune sur le crâne, note Justineau. Le premier indice d'une repousse de cheveux qui lui donne l'allure d'un poussin à peine sorti de l'œuf.

Justineau reste assise avec Melanie tant qu'elle mange. Comme les affams ne peuvent métaboliser que les protéines, selon Caldwell, elle a rincé plusieurs tranches de bœuf du plat préparé pour en ôter la sauce avant de les disposer dans une assiette creuse.

Melanie panique un peu devant le côté chaud. Justineau doit souffler sur chaque morceau avant de le lui faire absorber du bout de sa fourchette, à travers la grille en métal de la muselière. La petite ne semble pas emballée, mais elle remercie très poliment.

— La journée a été longue, fait remarquer Justineau.

Melanie acquiesce sans rien dire.

Quand elle a fini de manger, Justineau lui montre ses autres découvertes. Dans l'une des chambres, une armoire ou une commode contenait des vêtements. Une petite fille sans doute un peu plus jeune que Melanie mais faisant grosso modo la même taille a dû y être hospitalisée autrefois.

Melanie contemple sans commentaire les habits qu'exhibe Justineau. Malgré son humeur morose et renfermée, il est évident qu'ils la fascinent. Un jean rose avec une licorne brodée sur la poche arrière. Un tee-shirt bleu pastel arborant le slogan BORN TO DANCE. Un blouson style aviateur, mais rose lui aussi, doté de rabats boutonnables à hauteur des épaules et d'énormément de poches. Un slip blanc, des chaussettes rayées aux couleurs de l'arc-en-ciel. Des baskets aux lacets incrustés de faux diamants.

— Ça te plaît ? demande Justineau.

Melanie n'a toujours pas parlé, mais son regard va d'avant en arrière entre ces cadeaux étranges. Elle les étudie, ou, peut-être, les compare.

— Oui, répond-elle. Je crois. Mais…

Elle hésite.

— Oui, quoi ?

— Je ne sais pas comment les enfiler.

Bien sûr. Elle n'a jamais rien porté qui ait des boutons ni des fermetures éclair. Et puis, il y a le problème de la chaîne et des menottes.

— Je t'aiderai, assure Justineau. On ne peut rien faire avant le matin, mais d'ici notre départ je te promets de demander au sergent Parks de te détacher quelques minutes. On te retirera ce vieux pull pourri et tu pourras mettre cette tenue de fête.

— Merci, mademoiselle Justineau. (Le visage de la petite fille est solennel.) Il faudra que le deuxième soldat aussi soit avec nous.

Cela déconcerte légèrement Justineau.

— Ils n'ont tout de même pas besoin de te surveiller pendant que tu te changes, si ? On les fera plutôt attendre dans l'autre pièce.

Melanie secoue la tête.

— Non.

— Tu es sûre ?

— Un pour me détacher, l'autre pour braquer l'arme sur moi. Il en faut deux.

37

Elles discutent encore un peu de ce qui s'est passé, en emballant la violence dans des mots précautionneux, délicats. Du coup, ça paraît moins horrible. Melanie trouve ça intéressant, malgré elle – qu'on puisse dire des choses pour en cacher d'autres, pour ne pas les toucher ou pour se persuader qu'elles sont autrement que dans la réalité. Elle aimerait pouvoir faire pareil avec son grand secret.

Apparemment, Mlle Justineau la croit triste pour tous ces affams qui se sont fait tuer et elle essaie de lui remonter le moral à cause de ça. Melanie a de la peine pour eux, un peu. Mais elle en sait assez, maintenant, pour être sûre qu'avant même de se faire tuer, ces affams n'étaient plus vraiment des gens. Plutôt des sortes de maisons vides où des gens avaient autrefois habité.

Elle essaie de rassurer Mlle Justineau – de lui montrer qu'elle n'est pas triste à ce point-là pour les affams. Ni pour celui qui chantait sa chanson, même si elle trouve que Sergent Parks l'a tué sans aucune raison. Ce monsieur était juste assis là sur le lit, il n'était visiblement pas en état de se lever. Tout ce qu'il pouvait faire, c'était chanter en regardant ses photos.

Mais la dame du dehors n'avait pas l'air dangereuse non plus jusqu'à ce que Mme Caldwell pousse son cri. Il semble que les affams puissent changer très rapidement et qu'il faille faire attention tout le temps quand on est près d'eux.

— Je te protégerai, lui dit Mlle Justineau. Tu le sais, j'espère ? Je ne laisserai personne ici te faire du mal.

Elle hoche la tête. Elle a conscience que Mlle Justineau l'aime et fera de son mieux.

Mais comment qui que ce soit pourrait-il la sauver d'elle-même ?

38

— J'ai trouvé ça, signale Kieran Gallagher au retour d'Helen Justineau.

Parks et Caldwell ont presque fini de manger et l'assiette de la prof de Melanie a refroidi, mais Kieran a préféré attendre que tout le monde soit à table pour faire son annonce. Pour une femme mûre, il trouve Helen Justineau sexy quand elle sourit. Il espère qu'un jour elle essaiera ses charmes sur lui.

Il pose sur la table la bouteille trouvée dans un cagibi pendant la fouille. Elle était par terre, couverte d'une pile de lavettes moisies. Il ne l'aurait pas repérée du tout s'il n'avait pas shooté dedans par accident : elle a roulé en glougloutant.

En baissant les yeux, il a aperçu un brin de l'étiquette, un indice aguicheur : du marron et du doré là où le tas bleu ciel qui la masquait avait glissé. De la Metaxa trois étoiles. Une bouteille pleine, jamais entamée. Par réflexe, il a reculé devant le soulagement empoisonné qu'elle représentait. Il a réentassé les lavettes dessus pour la cacher.

Sauf que ça n'a pas arrêté de le travailler, lui qui avait passé la journée à flipper sur cette expédition. Sur son retour à Beacon et à l'univers étroit, muré, qu'il a été autrefois si content de laisser derrière lui. L'impression d'être coincé entre le marteau et l'enclume. À situation désespérée, remède désespéré, si ça se trouve ?

Les autres contemplent la bouteille. Leurs conversations restent en suspens, complètement shuntées.

— Merde alors ! murmure le serpatte avec quelque chose comme de la vénération dans la voix.

— C'est de la bonne, de la légale, pas vrai ?

Gallagher se sent rougir.

— Légale oui. Bonne… (Le sergent Parks secoue lentement la tête.) C'est pas génial, quand on aime les alcools de marque, mais c'est du vrai. Rien à voir avec du tord-boyaux sorti du fond d'un seau. (Il retourne la bouteille dans ses mains, examine le cachet, le renifle.) Ça se présente bien, commente-t-il. En temps normal, je ne bois que du vrai brandy, pas ce faux cognac grec, mais à la guerre comme à la guerre. Allez chercher des verres, soldat.

Gallagher obtempère.

Il ne décroche pas ce fameux sourire. Justineau reste presque aussi éteinte que le professeur Caldwell, comme si toutes ces crises accumulées au cours de la journée l'avaient trop mise sur les nerfs pour qu'elle profite de la vie.

Mais encore plus cool qu'un sourire de cette femme, le serpatte sert Gallagher en premier.

— C'est toi le patron de notre petit gala, soldat, dit-il après avoir rempli tous leurs verres. À toi de porter le toast.

Le visage déjà empourpré de Gallagher vire un brin plus cuisant. Il lève sa Metaxa.

— Une bouteille pour quatre, c'est limite mais on va pas se battre ! récite-t-il.

Une des formules de son père, captée au milieu du boucan qui perçait le mince plancher, atteignant le lit où, sous une simple couverture, un Kieran Gallagher préadolescent écoutait les adultes faire la fête.

Puis se traiter de cons.

Puis en venir aux mains.

Le toast est accepté, on trinque. Chacun boit. L'eau-de-vie à la fois râpeuse et doucereuse arrache. Gallagher fait de son mieux pour garder sa gorgée en bouche, mais une toux explosive le saisit. Pas aussi forte que celle du professeur Caldwell, cela dit. Elle se plaque la main sur les lèvres – elle combat la quinte de toutes ses forces, mais ça monte quand même –, puis elle recrache alcool et salive à travers ses doigts.

Ils rigolent tous, y compris elle, d'ailleurs. C'est même elle qui se marre le plus longtemps. Son rire la reprend chaque fois que la toux s'arrête. À croire que l'alcool est magique et que même s'ils n'en ont pris qu'une rasade, ils sont tous brusquement les meilleurs copains du monde. Gallagher se rappelle assez les séances de beuverie familiales pour rester sceptique quant à ce miracle.

— À votre tour, dit le serpatte à Justineau en remettant une tournée.

— De porter un toast ? Merde. (Justineau secoue la tête tout en levant le verre plein à ras bord.) Santé ! Ça vous va ?

Elle bascule son godet en arrière et le boit cul sec. Le serpatte l'imite. Gallagher et le professeur Caldwell y vont à petites gorgées.

— C'est « santé et prospérité », corrige Gallagher.

Il connaît ces trucs-là comme les Tables de la Loi.

Justineau repose le verre.

— Oui, bon. De toute façon, ça ne sert à rien de demander la lune, hein ?

Le serpatte les ressert, reremplit les verres de Caldwell et de Gallagher.

— Toubib ? lance-t-il.

Caldwell hausse les épaules. Prononcer des souhaits réconfortants ne l'intéresse pas.

Parks trinque à trois reprises, son verre tinte sur chacun des autres.

— Au vent qui fait gonfler les voiles, à la mer sous les étoiles et aux filles qui nous attendent.

— Ça fait longtemps que vous n'avez pas navigué ? demande sardoniquement Justineau quand ils ont tous les deux descendu leur godet – alors que Gallagher avalait une gorgée polie.

La bouteille a déjà pris une sacrée claque.

— Tous les hommes sont des marins, répond Parks. Toutes les femmes, des océans.

— Quel baratineur ! s'exclame Justineau.

Le serpatte hausse les épaules.

— Peut-être, mais vous seriez étonnée du nombre de fois où ça marche.

Nouvelle crise de rire, assez dingue. Gallagher se lève. Ce truc n'est pas bon pour lui, il a été bête d'essayer. Des trucs qu'il évite la plupart du temps pour de bonnes raisons commencent à lui revenir. Des fantômes qu'il n'a pas envie de regarder dans les yeux. Il les connaît trop bien.

— Sergent, je vais faire une nouvelle ronde histoire de vérifier que tout est O. K.

— Bonne idée, fils, répond Parks.

Ils ne tournent même pas la tête vers lui quand il s'en va.

Kieran se balade dans les couloirs du premier étage sans rien trouver de plus que la première fois. Il se couvre la bouche et le nez en passant devant la chambre qui contient l'affam mort : la puanteur est vraiment atroce.

Mais c'est pire en haut de l'escalier que le serpatte a fait sauter. Ça y schlingue comme en enfer. Il n'y a aucun bruit ni aucun mouvement. Du bord du trou, Gallagher scrute l'obscurité impénétrable. Il finit par trouver le courage de prendre sa torche à sa ceinture, de la braquer vers le bas et de l'allumer.

Dans le cercle parfait du faisceau, il voit six ou sept affams calés épaule contre épaule. La lumière les incite à gigoter et se tendre, mais ils sont trop serrés pour aller bien loin.

Gallagher fait faire un aller-retour à sa torche. Ils sont entassés comme des sardines sur toute la longueur du hall. Les affams qu'ils fuyaient il y a quelques heures de ça. Et ils ont amené tous leurs potes. Ils bougent par saccades à mesure que la lumière les survole. Leurs mâchoires s'ouvrent et se referment. Le bruit des balles les a fait sortir du bois – enfin, de là où ils pouvaient bien être. Qui dit bruit dit truc vivant.

Pour l'instant, ils sont là et ils y resteront tant qu'ils ne repéreront pas à bouffer – ou qu'un mouvement ne mettra pas en branle leurs putain de rouages envahis par le champignon.

Dégoûté et angoissé, Gallagher bat en retraite. Il a perdu toute envie de jouer les veilleurs de nuit.

Il repart vers la salle de repos. Parks et Justineau continuent à descendre la bouteille, le professeur Gallagher dort étalée sur trois fauteuils.

Kieran se dit qu'il devrait peut-être aller voir la petite affam. Au moins pour s'assurer que la chaîne qui l'attache au radiateur tient bon.

Il la rejoint dans la pièce aux jouets. Elle est assise sur le fauteuil poire, toute calme. Elle regarde par terre. L'espace d'une seconde, elle ressemble exactement aux monstres qui remplissent le hall du rez-de-chaussée. Kieran coince la porte en position ouverte avec une chaise. Pas question de rester seul avec cette chose dans une quasi-obscurité. Il s'avance, en faisant pas mal de bruit pour qu'elle sache qu'il arrive. Quand elle lève la tête, c'est un soulagement pour lui. Rien à voir avec ce mouvement de radar qu'ont les affams quand ils vous dépassent du regard avant de revenir sur vous. On dirait plus l'attitude d'un être humain.

— Qu'est-ce que tu as trouvé ? lui demande-t-il.

Le sol est parsemé de bouquins, ça doit être ça qu'elle regardait. Elle ne peut pas faire grand-chose d'autre, menottée derrière le dos. Kieran ramasse le plus proche. *Les Bébés d'eau*, de Charles Kingsley. Ça a l'air très ancien, avec une jaquette fanée, déchirée dans un coin. Le dessin montre plusieurs jolies petites fées qui s'élèvent dans le ciel par-dessus les toits d'une ville. Londres, peut-être, mais comme Gallagher n'a jamais vu Londres, il n'a aucun moyen d'en être sûr.

La petite affam l'observe sans décrocher un mot. Son regard n'a rien d'hostile, elle a l'air concentrée. Comme si, ignorant ce qui amène un visiteur, elle s'attendait à ce que la surprise soit mauvaise.

Tout ce qu'elle sait de lui, c'est qu'il fait partie des gens qui l'attachaient tout le temps sur son fauteuil roulant, puis qui la poussaient vers la classe et retour. Gallagher ne se souvient plus s'il lui a déjà adressé la parole. Du coup, il s'exprime de façon un peu oblique, un peu embarrassée. Il n'est même pas sûr de savoir pourquoi il dit ça.

— Tu veux que je te le lise ?

Un instant de silence. Encore ce grand regard qui le fixe.

— Non, répond la gamine.

— Ah.

Toute la stratégie de conversation stoppe net, fusillée en plein vol. Il n'a pas de plan B. Il repart vers la porte et la pièce éclairée au-delà. Ayant ôté la chaise, il s'apprête à refermer derrière lui quand la gamine sort enfin quelque chose.

— Vous pouvez regarder sur les étagères ?

Il se retourne, repart à l'intérieur après avoir replacé la chaise.

— Quoi ?

Encore un long silence. Comme si elle regrettait d'avoir parlé, comme si elle n'était pas sûre de vouloir répéter. Il attend qu'elle se fatigue.

— Vous pouvez regarder sur les étagères ? Mademoiselle Justineau m'a fait cadeau d'un livre, mais j'ai été forcée de le laisser. Il y a peut-être le même ici…

— Et ?

— Celui-là, vous pourriez me le lire.

Gallagher n'avait pas fait attention à la bibliothèque. Il vient de la repérer contre le mur qui flanque la porte, en suivant le regard de la môme.

— D'accord. Il s'appelait comment, ton livre ?

— *Légendes de la Grèce ancienne.* (Son débit s'accélère sous l'effet de l'excitation.) L'auteur, c'est Roger Lancelyn Green. Il parle des mythes.

Gallagher s'approche des rayonnages, allume sa torche d'une pichenette, puis en balaie les étagères. Comme la plupart de ces bouquins sont des livres d'images pour tout-petits au dos agrafé, pas collé, il est forcé de les sortir pour voir le titre. Il y a quand même quelques vrais livres, qu'il passe péniblement en revue.

Pas de légendes grecques.

— Désolé, il n'y est pas. Tu ne veux pas en essayer un nouveau ?

— Non.

— Il y a *L'Inspecteur Gadget*, là. *Chez les pirates.*

Il lève un bouquin pour le lui montrer. La gamine affam regarde froidement, puis se détourne.

Gallagher la rejoint, approche une chaise à ce qui lui semble une distance raisonnable.

— Je m'appelle Kieran, dit-il sans déclencher aucune réaction. Il y a une histoire que tu préfères ? Tu veux me la raconter ?

Mais elle refuse de lui parler, ce qu'il peut comprendre. Pourquoi diable le ferait-elle ?

— Je vais te lire celui-ci.

Il désigne un livre intitulé *Ah, si je pouvais te montrer !* Il y a le même genre d'images que sur *Le Chat chapeauté*, c'est pour ça qu'il l'a choisi. Quand il était petit, il adorait cette histoire du chat, du poisson, des enfants et des deux Choses appelées Chose Une et Chose Deux. Il se plaisait à imaginer sa propre maison mise sens dessus dessous comme dans le livre, puis soudain rangée comme il faut juste une seconde avant le retour de son père. Pour Gallagher, à environ sept ans, c'était un plaisir énorme, illicite.

— Je vais m'asseoir pour te le lire, indique-t-il à nouveau.

Elle hausse les épaules, genre *ça te regarde, moi, je m'en fiche.*

Gallagher ouvre le livre. Les pages humides collent un peu les unes aux autres, mais il réussit à les séparer sans les déchirer.

— *Un jour, alors que j'étais dehors dans la rue à marcher, j'ai croisé un jeune homme qui avait des bottes aux pieds. Et aussi une boucle à la ceinture, et une plume à son chapeau. Son pantalon était en cuir, sa chemise, en soie, et il ne tenait pas en place plus de deux secondes à la fois…*

La gamine fait semblant de ne pas écouter, mais ça ne trompe pas Gallagher. Elle incline la tête pour voir les images, c'est très clair.

39

Parks ressert de la Metaxa. Le niveau descend vite. Justineau continue à boire alors même qu'elle sait être au stade où il vaut mieux s'abstenir. Elle se réveillera avec la gueule de bois.

Elle s'évente le visage, ses joues la brûlent. L'alcool lui fait toujours cet effet-là, y compris à dose médicinale.

— Bon sang, s'exclame-t-elle, il me faut de l'air frais.

Sauf qu'il n'y en a guère. Le double-vitrage bloqué ne s'entrebâille que sur dix centimètres.

— On pourrait monter sur le toit, suggère Parks. Il y a une porte d'incendie qui y mène, au bout du couloir.

— Qu'est-ce qui vous fait croire qu'on ne risque rien là-bas ? demande-t-elle.

Il sourit. Évidemment, elle aurait dû se douter qu'il a vérifié. Aussi haïssable soit-il par moments, c'est le genre d'homme qui a bâti son identité autour d'un Saint Sacrement : accomplir sa mission militaire. C'était patent quand ça chauffait au-dehors et qu'il leur a sauvé la vie en réagissant presque aussi vite que les affams.

— D'accord, lance-t-elle, allons voir ce toit.

Eh bien, le toit, ça va. Il fait pratiquement dix degrés de moins qu'à l'intérieur. Un vent frais y souffle. Enfin, frais, c'est beaucoup dire, parce qu'il charrie des remugles de pourriture – à croire qu'il y a juste à côté un gros tas de viande avariée, invisible dans le noir, dont la décomposition vous agresse les narines. Justineau plaque son verre sous son nez comme un masque à oxygène afin d'inhaler à la place l'odeur de l'alcool.

— Vous savez d'où ça vient ? demande-t-elle à Parks, la voix étouffée et déformée par cette protection.

— Aucune idée, mais comme c'est plus fort par ici, je suggère qu'on aille là-bas.

Il la précède vers le coin sud-est du bâtiment. Ils sont côté Londres et, plus loin, Beacon – le refuge qui les a rejetés et les attire maintenant vers lui. Justineau laisse l'absence produire ses effets miracles, alors qu'elle sait pertinemment que Beacon est un cloaque. Un grand camp de réfugiés gouvernés par la terreur et par un optimisme artificiellement gonflé – enfant bâtard d'un village-vacances et de Colditz. C'était déjà bien parti pour virer au totalitarisme quand elle a tiré la carte qui lui a permis de s'en échapper et elle n'a aucune hâte de découvrir ce qu'il en est advenu au cours des trois dernières années.

Mais où aller d'autre ?

— La toubib, c'est un sacré personnage, hein ? lâche Parks en se penchant par-dessus le parapet pour contempler les ténèbres.

La lune peint la ville en noir et blanc comme une gravure sur bois. Le noir qui prédomine transforme les rues en insondables rivières de vent.

— C'est une manière de présenter les choses, dit Justineau.

Parks s'esclaffe, lève son verre par plaisanterie – comme s'ils trinquaient à leur avis commun sur Caroline Caldwell.

— Pour être honnête, dans un certain sens, je suis content que ce soit terminé, tout ce merdier. La base, je veux dire, et la mission. Pas qu'on ait dû s'enfuir, évidemment, et je prie pour que d'autres que nous aient réussi à le faire aussi, mais ça me réjouit de ne plus avoir à faire ça.

— Quoi donc ?

Il agite le bras. Dans la quasi-obscurité, Justineau ne voit pas ce qu'exprime son geste.

— Maintenir le couvercle sur cette maison de fous. Faire tourner la boutique mois après mois à coups de bonnes intentions et de bouts de ficelle. Bon Dieu, c'est incroyable qu'on ait tenu aussi longtemps. Pas assez d'hommes, pas assez de matériel, plus de communications, pas de commandement digne de ce nom…

Il s'arrête tout soudain, obligeant Justineau à se repasser ses paroles pour se figurer lesquelles il regrette.

— Quand les communications ont-elles cessé ? s'enquiert-elle.

Comme il ne répond pas, elle repose la question.

— Le dernier message de Beacon remonte à environ cinq mois, reconnaît Parks. Les fréquences habituelles sont muettes depuis.

— Non ! (La nouvelle secoue profondément Justineau.) Alors on ne sait même pas si… Oh, bordel !

— Le plus probable comme explication, c'est qu'ils ont dû déplacer la tour émettrice. De cinquante mètres ou de cinq kilomètres, ça revient au même. Nos radios de merde réparées avec des rustines ne fonctionnent pas à moins d'être orientées directement vers la source. C'est comme d'essayer de lancer un ballon de basket dans un panier situé à cent bornes.

Ils tombent dans le silence, méditant là-dessus. La nuit paraît plus vaste désormais, et plus froide.

— Bon sang, finit par lâcher Justineau, si ça se trouve, nous sommes les derniers. Nous quatre.

— Mais non, voyons.

— Comment pouvez-vous en être sûr ?

— Déjà, les cureurs se débrouillent au poil.

— Les cureurs…

Le ton de Justineau est acide. Elle connaissait les anecdotes, à présent elle les a vécues en direct. Des survivalistes qui ont oublié qu'il existe autre chose que la survie. Des parasites et des charognards presque aussi inhumains, à leur propre manière, qu'*Ophiocordyceps*. Ils ne construisent ni ne préservent rien. Ils se contentent de sauver leur peau. Et leurs structures patriarcales impitoyables réduisent les femmes à l'état de bêtes de somme ou de cheptel reproducteur.

Si c'est là que réside le dernier espoir de l'humanité, mieux vaut sans doute le désespoir.

— Il y a déjà eu des périodes d'obscurantisme au cours de l'Histoire, dit Parks, qui lit beaucoup trop bien en Justineau à son goût. Les choses s'écroulent, les hommes les reconstruisent. La vie n'a jamais été… un simple état stable, enfin, il me semble. Il y a toujours des crises.

» Et puis, il ne faut pas oublier le reste de la planète, vous savez ? Beacon était en contact avec des communautés de rescapés en France, en Espagne, en Amérique, toutes sortes d'endroits. Ce sont les villes qui ont le plus morflé – partout où les gens s'entassaient –, et beaucoup d'infrastructures sont tombées avec. Mais dans les zones moins urbanisées, la contagion ne s'est pas répandue très vite. Il se pourrait qu'il reste des endroits qu'elle n'a même jamais atteints. (Il lui remplit son verre.) Je voulais vous demander quelque chose, dit-il.

— Allez-y.

— Hier, quand vous prétendiez être prête à emmener la gosse, à vous tailler avec…

— Oui, et alors ?

— Vous étiez sérieuse, au fait ? Ce n'est pas ma question, mais vous vous seriez vraiment séparée du groupe pour essayer de rentrer à Beacon par vos propres moyens ?

— Au moment où je l'ai affirmé, je le pensais.

— O. K. (Il boit une gorgée.) Bien ce que je me disais. Enfin bref, juste avant de flanquer votre arme sous le nez de Gallagher, vous avez employé un adjectif en parlant de moi. Sur le moment, je n'ai pas trop compris. Vous nous avez traités de petits soldats *intrinsèques*. Ça veut dire quoi, dans votre vocabulaire ?

Justineau est gênée.

— Ça tenait un peu de l'insulte.

— Ouais, le contraire m'aurait étonné. Mais je suis curieux. Ça signifie quoi ? Qu'on est sanguinaires, ou un truc comme ça ?

— Non, c'est un terme de psychologie. *Intrinsèque* désigne un comportement inné, transmis de naissance et impossible à modifier. Ou tellement bien programmé en vous que vous n'y pensez même pas. Un automatisme.

Parks rigole.

— Comme les affams, suggère-t-il.

Justineau a légèrement honte, mais elle encaisse.

— Oui, reconnaît-elle. Comme les affams.

— Vous êtes douée pour balancer, la complimente-t-il. Non, je ne vous charrie pas. C'est du grand art.

Il la ressert à ras bord.

Puis il lui passe le bras autour de l'épaule.

Elle se hâte de s'écarter.

— Eh, vous jouez à quoi ?

— Je pensais que vous aviez froid, répond Parks d'une voix qui semble étonnée. Vous aviez des frissons. Pardon. Je ne joue à rien du tout.

Longtemps, elle se contente de rester campée là à le contempler dans un silence de mort.

Et puis, elle ouvre la bouche. Et il n'y a qu'une chose qui lui vient aux lèvres.

Elle le lui crache à la figure. Comme si elle voulait vomir à la fois, pensera-t-elle après coup, cet alcool et les trois dernières années de sa vie.

— Ça vous est déjà arrivé de tuer un enfant ?

40

À Parks, cette question fait l'effet d'un uppercut entre les deux yeux. Jusque-là, il se sentait d'humeur assez tendre. La Metaxa s'était imprégnée en lui, atténuant la douleur des minuscules éclats de bois qui lui avaient criblé les jambes et le bas du dos au moment de l'explosion de l'escalier. Et il trouvait qu'ils s'entendaient bien tous les deux, avec Justineau. Mais non, Mme la maîtresse a une entrée très précise pour lui dans son encyclopédie perso. *Pour Parks, sergent, voir salopard intégral.* Parks tient en réserve toute une panoplie de réponses à ce genre de facétie, tournant pour la plupart autour de ce qui a permis à cette donzelle très attirante de ne pas finir au menu des affams ces trois dernières années, et sur l'origine de son ordi et de la plupart des autres gadgets qui lui servent dans son boulot. Ou sur ce qui a permis à Beacon de ne pas tomber – si c'est encore vrai – pour qu'ils puissent bientôt s'y réfugier. Mais peu importe, ça ne va pas dans le sens qu'il espérait et il n'y a rien à gagner à lui expliquer qu'elle est à la fois hypocrite et beaucoup plus idiote qu'il ne le croyait. Ça ne ferait que rendre le voyage un peu plus difficile.

Du coup, il jette l'éponge et se dirige vers la porte anti-incendie.

— Je vous laisse admirer la vue, lâche-t-il sans se retourner.

— Je voulais dire avant la Cassure, précise Justineau dans son dos. C'est une vraie question, Parks.

Ce qui le fait stopper et pivoter sur lui-même.

— Putain, mais vous me prenez pour quoi ?

— J'ignore quel genre d'homme vous êtes. Répondez à ma question. Ça vous est déjà arrivé ?

Il n'a pas besoin de réfléchir pour répondre. Il sait jusqu'où il est capable d'aller. Ses principes ne sont pas à géométrie variable, contrairement à certaines personnes.

— Non. J'ai descendu des affams qui n'avaient pas plus de cinq ou six ans. On n'a pas tellement le choix quand ils essaient de vous dévorer. Mais je n'ai jamais tué d'enfant qui faisait encore partie des vivants.

— Eh bien, moi, si.

Maintenant, c'est à son tour à elle de se détourner. Elle lui raconte l'histoire sans jamais croiser son regard, même si ce serait difficile de toute manière, puisque le rempart d'une cheminée toute proche plonge leurs traits dans le noir. On ne voit jamais la tête du prêtre à confesse, de toute manière. Cela dit, Parks est prêt à parier qu'aucun prêtre n'a jamais eu un minois pareil.

— Je rentrais chez moi. Après une fête. J'avais bu, mais pas tant que ça. Et j'étais fatiguée. Je travaillais sur un article de recherche, ça faisait deux semaines que je me levais tôt pour bosser jusque tard dans la soirée. Rien de tout cela n'a aucune importance. C'est juste que… vous savez, on essaie de comprendre, après coup. On cherche l'enchaînement des événements.

Les mots sortent monocordes de la bouche d'Helen Justineau. Parks songe au rapport écrit de Gallagher, avec ses *je me suis mis en devoir* et ses *subséquemment*. Mais le front baissé de Justineau et sa poigne crispée sur le parapet parlent d'eux-mêmes.

— Je roulais sur une route du Hertfordshire entre South Mimms et le Potter's Bar. Quelques maisons de temps à autre, mais surtout des kilomètres de haies, puis un pub, et ensuite à nouveau des haies. Je ne m'attendais pas… Je veux dire, il était tard. Bien après minuit. Je ne croyais pas croiser qui que ce soit dehors, encore moins…

» Quelqu'un s'est précipité sur la chaussée devant moi. Sans doute sorti d'un trou dans une des haies. Il ne pouvait pas arriver d'ailleurs. Tout d'un coup, il a surgi, et j'ai pilé net, mais il était déjà sur moi. Ça n'a fait aucune différence, je devais être à quatre-vingts quand je l'ai heurté, il a juste… rebondi comme un ballon sur la voiture.

» Je me suis arrêtée plus loin sur la route. À une centaine de mètres, mettons, et j'ai foncé au pas de course. J'avais encore un espoir, évidemment… sauf qu'il était mort, il n'y avait pas de doute. Un petit garçon. D'environ huit ou neuf ans, je dirais. J'ai tué un enfant. Je l'ai cassé en mille morceaux, sous sa peau. Ses bras et ses jambes ne pliaient pas dans le bon sens.

» Je crois être restée longtemps. Je tremblais, je pleurais, et je n'arrivais pas à… impossible de me relever. J'ai eu l'impression que ça durait une éternité. Moi qui avais envie de m'enfuir, je ne parvenais même pas à bouger.

Elle regarde Parks, mais l'obscurité la cache presque entièrement. On ne voit que le trait tordu de sa bouche. À ce moment précis, Parks se fait la réflexion que ces lèvres rappellent la forme de sa cicatrice à lui.

— Sauf qu'ensuite, si, continue-t-elle. J'ai bougé. Je me suis levée, je suis repartie au volant de ma voiture. Je l'ai mise sous clé au garage et je suis allée me coucher. J'ai même réussi à dormir, Parks, vous le croyez, ça ?

» Je ne suis jamais parvenue à me décider quant à ce que je devais faire. Si j'avouais, j'avais de grosses chances de finir en prison et je pouvais dire adieu à ma carrière. Sans compter que ça n'aurait pas ramené ce gosse, alors quelle utilité ? Bien sûr, je connaissais pertinemment la réponse, et d'ailleurs, j'ai bien décroché le téléphone six ou sept fois au cours des deux jours suivants, mais sans jamais composer le numéro. Et ensuite, ç'a été la fin du monde, alors je n'avais plus besoin de le faire. Je m'en suis tirée impunément. Sans tache.

Parks attend longtemps, jusqu'à être tout à fait certain que le monologue de Justineau est fini. En vérité, presque tout du long, il s'est demandé ce qu'elle essayait de lui raconter exactement. Peut-être qu'il ne se trompait pas au départ sur la façon dont ça tournerait entre eux, et qu'elle a déballé son linge sale d'autrefois histoire de se rincer le palais avant la partie de jambes en l'air. Sans doute pas, mais on ne sait jamais. En tout cas, la parade face à un aveu, c'est une absolution, à moins de trouver le péché en question impardonnable. Parks le trouve pardonnable.

— C'était un accident, lui dit-il, soulignant l'évidence. Vous auriez sûrement fini par faire votre devoir moral. Vous n'avez pas l'air du genre à laisser la merde s'installer.

Ça, il le pense. L'une des choses qui lui plaisent chez Justineau, c'est son sérieux. Il a carrément la haine contre les gens frivoles, inconséquents, qui dansent à la surface du monde sans regarder en dessous.

— Non, mais vous ne comprenez pas, dit Justineau. Pourquoi croyez-vous que je vous raconte tout ça ?

— Je ne sais pas, reconnaît-il. Alors ?

Justineau s'écarte du parapet pour lui faire face – collée à lui, zéro mètre de distance. Ça pourrait être érotique, mais bizarrement, pas du tout.

— J'ai tué ce petit garçon, Parks. Si on met ma vie en équations, le résultat qui en ressort, c'est moins un. Voilà mon score existentiel, vous comprenez ? Et vous… vous et Caldwell, et votre petit Poil de Carotte… Bon sang, ça n'a peut-être plus aucun sens, mais je préfère crever sur place plutôt que de me laisser entraîner avec vous tous encore un cran en dessous.

Elle lui assène cette conclusion pile sous son nez. En lui crachant de petits postillons au visage. D'aussi près, il distingue ses yeux, malgré la nuit. Ils reflètent une lueur de démence. Et ils expriment une crainte ancrée profond, mais de lui, aucune, c'est sûr.

Justineau lui laisse la bouteille. Pas ce qu'il espérait, mais comme lot de consolation, ça le fait.

41

Caroline Caldwell attend que le sergent et Justineau quittent la pièce. Puis elle se lève en hâte pour rejoindre la cuisine.

Elle a repéré tout à l'heure les Tupperwares, empilés dans le placard du fond par tailles – des plus grands aux plus minuscules, ils forment une pyramide aux angles droits. Personne d'autre ne leur a accordé d'attention puisqu'ils étaient vides. Pour sa part, Caldwell a éprouvé un rush de plaisir en les voyant. De temps à autre, même maintenant, l'univers vous fournit exactement ce qu'il vous faut.

Elle prend six des plus petits, ainsi que six petites cuillères, qu'elle laisse tomber tour à tour dans les poches de sa blouse. Elle a aussi emporté une torche, qu'elle n'allume pas avant d'être parvenue à destination et d'avoir fermé la porte.

Elle respire par la bouche. L'odeur des restes humains et les années de décomposition en milieu fermé pèsent si lourdement dans l'air qu'on dirait presque une présence physique.

Avec les petites cuillères, Caldwell prélève une série d'échantillons sur l'affam tué par le sergent Parks. Seuls les tissus cérébraux l'intéressent, mais plus les prélèvements seront nombreux, plus elle aura de chances qu'un au moins ne soit pas trop contaminé par la faune et la flore de sa peau, de ses vêtements ou de l'air ambiant.

Après avoir fermé hermétiquement chaque Tupperware avec soin, elle le range dans sa poche. *J'aurais dû faire ça depuis des années*, songe-t-elle tout en jetant les cuillères souillées dont elle n'a plus l'utilité.

Les hommes comme le sergent ont la leur. Seule, Caroline n'aurait jamais pu mettre la main sur les sujets d'expérience. Mais si elle avait accompagné les rafleurs jusqu'ici, fait partie de l'équipe, elle n'aurait pas été forcée de se reposer sur leurs observations impropres, leurs souvenirs douteux.

Elle n'aurait pas perdu autant de temps dans des impasses.

Elle aurait su, par exemple, que bien que la plupart des affams ne connaissent que deux états – le repos et la chasse –, certains en présentent un troisième qui correspond à une version diminuée de la conscience normale. Ils peuvent interagir partiellement avec le monde qui les entoure, selon des comportements venant en écho de ceux d'avant l'infection.

La femme au landau. Le chanteur au portefeuille rempli de photos. Ce sont des exemples sans intérêt, mais ils représentent quelque chose d'énorme. Caldwell est très proche d'une percée sans précédent, elle en a la certitude. Elle ne peut rien faire de ces échantillons tant qu'elle n'est pas de retour à Beacon avec accès à un microscope, mais elle commence à se douter de ce qu'elle devra chercher. De la forme que prendra son travail dans un nouveau labo, une fois qu'elle aura le nécessaire.

Nécessaire dont fait évidemment partie le sujet d'expérience numéro un.

Cette Melanie.

42

Justineau est tirée du sommeil par une main qui lui secoue l'épaule. Elle panique un instant, croyant à une attaque, mais c'est contre Parks qu'elle se débat, c'est sa poigne qu'elle essaie de repousser. Et elle n'est pas la seule. Il les réveille tous en leur disant de traîner leurs fesses jusqu'à la fenêtre. Le soleil s'est levé sur une situation très moche et très déprimante. Ils doivent constater de visu.

Les affams qui les ont pourchassés la veille ne se sont pas dispersés. Ils sont plantés sur deux ou trois rangs autour de la clôture qui ceint Wainwright House, s'étant pour la plupart arrêtés net en atteignant cette barrière.

Le hall du rez-de-chaussée est plein de ceux qui n'ont pas stoppé – ceux qui ont poursuivi leurs proies humaines jusqu'à l'intérieur du bâtiment. Si on se campe sur ce qu'il reste du palier, on les distingue en penchant la tête : une foule de monstres émaciés debout, la mâchoire béante, au coude à coude comme le public d'une matinée à guichet fermé.

Il ne manque que le petit-déjeuner.

Tendus, inquiets, Justineau et les autres recensent les solutions. Impossible de se frayer un chemin à la force des armes, évidemment. Ils gaspilleraient toutes leurs cartouches que ça n'entamerait même pas ce mur de monstres. Sans compter que le bruit est précisément ce qui les a flanqués dans ce sac de nœuds. En produire plus signifie attirer d'autres affams venus d'encore plus loin. Justineau se demande s'ils ne pourraient pas mettre ça à profit.

— Supposons que vous lanciez des grenades ? suggère-t-elle à Parks. Depuis le toit, disons ? Les affams se caleraient sur ce son. Ça les attirerait ailleurs, et ça nous permettrait de nous enfuir à l'opposé une fois la clôture dégagée.

Parks fait un geste d'impuissance.

— Pas de grenades. Je n'avais que celles qui étaient accrochées à ma ceinture et je m'en suis servi pour remonter le pont-levis hier au soir.

Gallagher fait mine de dire quelque chose, se ravise, recommence.

— On pourrait fabriquer des cocktails Molotov, sergent. (Il indique la cuisine de la tête.) Il y a des bouteilles d'huile là-bas.

— Ça m'étonnerait que du verre fasse assez de bruit en se brisant, répond Caldwell d'un ton acerbe.

— Peut-être que si. (Malgré sa réponse, Parks n'a pas l'air très convaincu.) Mais, même dans le cas contraire, on pourrait au moins cramer ces enfoirés et nous dégager un peu d'espace pour passer.

— Pas ceux qui sont en bas dans le hall, objecte Caldwell. Je ne tiens pas particulièrement à me retrouver prise au piège dans un incendie.

— Et ça ferait de la fumée, intervient Justineau. Beaucoup. Si les cureurs nous cherchent toujours, ça reviendrait à crier sur tous les toits où nous sommes.

— Alors, juste des bouteilles vides ? plaide Gallagher. Pas d'huile. On essaie en comptant sur le bruit.

Parks regarde par la vitre. Il n'a même pas besoin de le dire. Environ trente mètres séparent le toit et les fenêtres de la bâtisse du bitume situé à l'extérieur de la clôture. Il est possible de projeter une bouteille à une telle distance, mais en la lançant comme un malade, et encore faut-il avoir la chance et le vent de son côté. Si la bouteille tombe plus près, elle ne fera qu'attirer à l'intérieur les affams qui se sont arrêtés aux grilles.

Il en aurait été de même pour les grenades, bien sûr. Elles auraient sans doute fait plus de mal que de bien.

Ils poursuivent leur échange sans que personne ne suggère de méthode de sortie facile ou évidente. Ils se sont laissé coincer par des prédateurs qui ne se désintéressent pas de leur proie et ne continuent pas leur chemin. Attendre leur départ n'est pas une option et aucune autre solution ne paraît convenir.

Justineau part prendre des nouvelles de Melanie. La fillette est déjà debout. Elle regarde par la fenêtre, mais elle se retourne en entendant les pas. Elle a dû capter leur conversation, les deux pièces sont voisines. Justineau s'efforce de la rassurer.

— Nous aurons bien une idée, dit-elle. Il y a moyen de s'en sortir.

Melanie hoche calmement la tête.

— Je sais.

L'idée ne plaît pas à Parks, ce qui n'étonne pas du tout Justineau. Et à Caldwell, encore moins.

Seul Gallagher semble l'approuver, et il ne fait qu'acquiescer du menton – apparemment réticent à dire quoi que ce soit qui contredirait son supérieur.

Ils sont assis dans la salle de repos, sur quatre fauteuils rassemblés en cercle. Ça fournit l'illusion d'être effectivement en train de dialoguer, bien que Caldwell soit perdue dans son monde intérieur, que Gallagher ne décroche pas un mot tant qu'on ne lui adresse pas la parole et que Parks n'écoute personne à part lui-même.

— Ça ne me va pas de la détacher de sa laisse, répète-t-il pour la deuxième fois au moins.

— Merde, et pourquoi ça ? relance Justineau. Il y a deux jours, vous sautiez de joie à l'idée de la larguer dans la nature. La laisse et les menottes sont juste censées servir si elle nous accompagne. C'est vous qui avez suggéré ce compromis. Alors, de votre propre point de vue, il n'y a rien à perdre, ici. Rien du tout. Si elle remplit sa promesse, nous aurons réchappé de ce merdier. Si elle s'enfuit, notre problème ne sera pas pire qu'avant.

Caldwell, ignorant cette tirade, s'insurge directement auprès du sergent.

— Melanie m'appartient, lui rappelle-t-elle. Elle relève de mon programme. Si nous la perdons, ce sera votre faute.

Mauvaise pioche, à ce qu'il semble. Parks n'a pas l'air d'apprécier les menaces.

— J'ai passé quatre ans au service de vos recherches, toubib, lui rappelle-t-il. Aujourd'hui, c'est mon jour de congé.

Caldwell fait mine d'ajouter quelque chose, mais Parks couvre sa voix pour s'adresser à Justineau.

— Si on la laisse partir, elle reviendra ?

— J'aimerais pouvoir répondre à cette question, dit Justineau. Honnêtement, je n'en ai pas la moindre idée. Mais elle affirme que oui, et je la crois. Peut-être parce que tout son univers se résume à nous.

Peut-être parce qu'elle a le béguin pour moi, et que l'amour est aveugle.

— Je veux lui parler, décrète Parks. Amenez-la.

Quand, menottée derrière le dos, toujours en laisse et muselée, elle fait face à Parks comme le chef d'une tribu sauvage, avec pour seule arme sa dignité, Justineau prend soudain conscience des changements qu'elle a subis. Elle est lâchée dans la réalité, maintenant, son éducation partie de zéro accélère jusqu'à atteindre une vélocité dangereuse, imprévisible. Justineau repense à une toile d'un peintre anglais du XIXe siècle, *Et quand as-tu vu pour la dernière fois ton père ?* La posture de Melanie est exactement la même que celle de l'enfant peint par Yeames. Dans le cas de Melanie, cependant, la question posée par le titre du tableau n'aurait strictement aucun sens.

— Tu crois pouvoir le faire ? lui demande Parks. Ce que tu as proposé à mademoiselle Justineau ? Tu te crois de taille ?

— Oui, répond Melanie.

— Ça veut dire que je dois te faire confiance. Te libérer, ici, dans cette pièce avec nous.

Depuis le début, il tient quelque chose dans la main droite, qu'il agite comme s'il s'apprêtait à jeter un dé. Il lui montre de quoi il s'agit, à présent : la clé des menottes.

— Je ne crois pas, non, Sergent Parks, dit Melanie.

— Comment ça ?

— Il faut me libérer, mais vous n'êtes pas obligé de me faire confiance. Vous devriez tous mettre ce produit chimique sur votre peau avant, pour être vraiment sûrs que je ne sente pas votre odeur. Et pendant que Kieran ouvre les menottes, vous devriez braquer votre pistolet sur moi. Et puis, pas besoin d'enlever cette sorte de cage autour de ma bouche. Je dois juste pouvoir me servir de mes mains.

Parks la dévisage un moment, comme si elle était un message écrit dans une langue étrangère.

— Tu as pensé à tout, admet-il.

— Oui.

Il se penche en avant, la regarde droit dans les yeux.

— Et tu n'as pas peur ?

Melanie marque une hésitation.

— De quoi ? lui demande-t-elle.

Justineau s'émerveille de cette attitude. « Oui » ou « non » auraient été tout aussi faciles à énoncer, vrais ou pas. La réponse de Melanie signifie qu'elle fait montre de scrupules, qu'elle pèse ses mots. Qu'elle s'efforce d'être sincère avec eux. Comme s'ils avaient jamais rien fait pour le mériter.

— Des affams, reprend Parks sur le ton de l'évidence.

Melanie secoue la tête.

— Comment ça se fait, la môme ?

— Ils ne me toucheront pas.

— Ah bon ? Et pourquoi ça ?

— Assez ! jette Justineau.

Mais la petite répond. Lentement. Posément. Comme si les mots étaient des pierres qui lui servaient à bâtir un mur.

— Ils ne se mordent pas les uns les autres.

— Et alors ?

— Je suis pareille qu'eux. Presque. Assez pour qu'ils n'aient pas faim quand ils me sentent, moi.

Parks acquiesce avec lenteur. Voilà donc où menait ce questionnaire dirigé. Il veut savoir ce qu'a déjà deviné Melanie. Où elle se situe. Et où s'en tenir côté logistique.

— Pareille, ou presque pareille ? C'est l'un ou l'autre.

L'expression de la fillette est indéchiffrable, mais une émotion puissante et mouvante parcourt ses traits.

— Je ne suis pas pareille, parce que moi, je ne veux manger personne.

— Non ? Alors c'était quoi, ce truc rouge que tu avais partout sur toi quand tu as sauté à bord du Humvee avant-hier ? J'ai bien eu l'impression de voir du sang.

— Des fois, j'ai besoin de manger des gens. Mais je n'en ai jamais envie.

— C'est ce que tu as de mieux à dire pour ta défense, la môme ? Tu n'y peux rien ?

Un autre silence. Plus long, cette fois.

— Il ne vous est rien arrivé à vous.

— Très juste, reconnaît Parks. Mais j'ai encore l'impression qu'on coupe les cheveux en quatre. Tu nous proposes de nous aider à échapper à ces choses qu'il y a en bas, alors que tu devrais être avec eux à nous regarder en attendant que sonne la cloche du dîner. Donc, en gros, c'est ça que je te demande : pourquoi tu reviendrais et pourquoi je devrais te croire quand tu promets de le faire ?

Pour la première fois, Melanie laisse paraître son impatience.

— Parce que je le veux. Parce que je suis de votre côté, pas avec eux. D'ailleurs, il n'y a aucun moyen d'être avec eux, même si j'en avais envie. Ils sont… (Quel que soit le concept qu'elle recherche, il lui échappe un instant.) Ils ne sont pas *ensemble*. Jamais.

Si personne ne lui répond, Parks a l'air de s'en satisfaire. On dirait qu'elle vient d'énoncer un sésame secret. Elle fait partie du club. Le Club des encerclés à la merci de plein de monstres.

— Je suis avec vous, répète Melanie. (Et puis, comme si ça n'allait pas de soi :) Pas vous tous, précisément. Je suis avec mademoiselle Justineau.

De façon déroutante, Parks semble content de cette affirmation, lui aussi. Il se lève, l'air décidé.

— Ça, je le comprends. D'accord, la môme. On va te faire confiance sur ce job-là. En route.

Melanie ne bouge pas.

— Qu'est-ce qu'il y a ? demande Parks. Il te manque encore quelque chose ?

— Oui, lui dit Melanie. Je voudrais porter ma nouvelle tenue, s'il vous plaît.

43

Ils l'amènent jusqu'à l'escalier. À l'endroit où il se trouvait avant que Sergent Parks le fasse exploser. Melanie scrute le vide.

Il y a des tas et des tas d'affams en bas. Une centaine ou plus, peut-être, tous debout ensemble dans le hall. Ils lèvent les yeux quand les deux hommes et les deux femmes se montrent, leurs têtes bougent toutes ensemble comme des fleurs qui suivent le soleil. Sergent Parks ne sort pas son arme, mais il oblige Melanie à se détourner quand il ouvre les menottes en lui ordonnant de ne pas bouger. Elle sent les menottes tomber, et elle a envie de remuer les doigts pour être sûre qu'ils fonctionnent encore, mais elle s'abstient. Sergent Parks défait aussi la laisse qui lui serrait le cou, et Melanie se retourne vers Mlle J., qui tient le petit tas de vêtements prêt.

Melanie n'aime pas sentir qu'on soulève le pull – celui de Mlle Justineau, qu'elle porte depuis un moment –, qu'on le retire par le col autour de sa tête. Elle n'aime pas se retrouver à nouveau toute nue, même une seconde. Ce n'est pas la curiosité des adultes qui lui déplaît, c'est la sensation directe de l'air sur sa peau. D'y être exposée.

Mais cette impression disparaît quand Mlle J. lui enfile ses nouveaux atours. Melanie aime beaucoup le jean et le tee-shirt – et le blouson, qui ressemble un peu à celui de Sergent Parks. Ce sont seulement les baskets qui lui font un drôle d'effet. Elle n'a jamais porté de chaussures, et perdre le flot de renseignements que ses pieds reçoivent du sol est perturbant. Il est possible que ce ne soit pas une grande histoire d'amour avec les baskets. Mais elles sont si belles !

— Terminé ? dit Parks.

— Ça te va très bien, Melanie, lui dit Mlle Justineau.

Melanie remercie en faisant oui de la tête. Elle le sait.

Mais elles n'ont pas fini. Pas encore. Mlle Justineau sort quelque chose de sa poche, le tend à Melanie pour qu'elle le prenne. C'est un petit objet en plastique gris, rectangulaire, avec un bouton rond dessus. Autour du bord du bouton, en lettres rouges, ça dit PROTECTION. Et ensuite, en dessous, DANGER 150 DÉCIBELS.

— Quand tu arrives au moment où tu dois faire beaucoup de bruit, ça peut te servir, indique Mlle J.

— C'est quoi ? demande Melanie.

Elle essaie de prendre un ton normal et tranquille, comme si recevoir un cadeau de Mlle Justineau n'était pas important.

— Une alarme individuelle. D'il y a longtemps. Les gens en portaient au cas où ils se feraient attaquer.

— Par des affams ?

— Non, par d'autres gens. Ça fait un bruit comme la sirène de fin de journée à la base, mais en beaucoup, beaucoup plus fort. Assez pour créer la panique chez les gens autour, pour leur donner envie de fuir. Sauf que les affams ne s'enfuiront pas, ils courront vers le bruit. Elle risque de ne pas marcher du tout après tout ce temps, mais on ne sait jamais.

Melanie hésite.

— Vous devriez la garder, au cas où vous vous feriez attaquer.

Mlle Justineau referme les doigts de Melanie autour de l'objet, encore chaud d'avoir été dans sa poche. C'est comme un petit bout d'elle qu'on peut emporter à l'extérieur avec soi. La découverte que Melanie a faite sur elle-même reste pesante, mais son cœur se gonfle de joie au moment de ranger l'alarme dans la poche du jean à la licorne tout neuf.

— Fini, confirme-t-elle.

Le visage de Sergent Parks dit « pas trop tôt ». Il lui fixe à nouveau la laisse autour de la taille, mais avec un nœud différent.

— Une fois que tu es arrivée par terre, tu tires sur ce bout-ci, la corde se détachera.

— D'accord.

— Je ne t'enlève pas ta muselière, prévient-il. Mais en ayant les mains libres, tu pourrais facilement défaire la lanière et l'enlever. Tu es intelligente, je parie que tu y as déjà pensé.

Melanie hausse les épaules. Bien sûr que oui, et ça ne paraît pas utile du tout d'essayer de réexpliquer depuis le début pourquoi elle ne le fera pas.

— Juste pour que tu saches, continue-t-il, si tu tiens à rester avec nous, tu devras garder cette muselière. Ou la remettre quand tu auras terminé. Je n'en ai plus, c'est la dernière, et pour moi, tes dents sont comme un pistolet chargé. Alors protège bien ce truc, parce que c'est ce qui te permettra de remonter à bord. D'accord ?

— D'accord.

— Bien. C'est parti. Gallagher, donnez-moi un coup de main, là.

Les deux hommes se mettent en position en haut de l'escalier et se préparent à laisser glisser la corde, mais au dernier moment, Mlle Justineau s'agenouille à nouveau à côté de Melanie en lui tendant les bras.

Melanie s'avance vers cette étreinte. Frisson délicieux quand les bras de Mlle J. se referment autour d'elle.

Mais elle s'écarte au bout d'un tout petit instant. Il y a une trace infime de l'odeur humaine, celle de Mlle J., sous l'amertume du produit chimique. Assez pour transformer le pur plaisir de leur proximité en une chose qui menace d'augmenter et d'échapper à son contrôle.

— Danger, souffle-t-elle, inquiète. Danger.

— Vos établoquants, traduit inutilement Sergent. Il faut vous en remettre.

— Pardon, murmure Mlle Justineau – pas à Sergent Parks, à Melanie.

Melanie hoche la tête. Elle a eu peur un instant, mais ça va. L'odeur était très faible et, maintenant qu'il n'y en a plus, elle maîtrise à nouveau sa sensation de faim.

Sergent lui dit de s'asseoir sur la marche du haut, et ensuite de pousser pour s'écarter dans le vide. Kieran et lui la font descendre vers la foule des affams qui attendent.

Et qui ne réagissent pas du tout. Certains d'entre eux suivent son mouvement, mais Sergent Parks se débrouille pour que la descente soit vraiment lente et progressive, pour que ça n'excite pas trop les affams. Leurs yeux passent sur Melanie sans s'y attarder. Ou sinon ils regardent à travers elle sans marquer du tout sa présence.

Dès qu'elle a les pieds par terre, elle détend la corde. Sergent Parks la remonte, aussi lentement et graduellement qu'à l'aller.

Melanie jette un coup d'œil en l'air. Sergent Parks et Mlle Justineau la scrutent. Mlle J. lui fait signe de la main – en l'ouvrant et la refermant sans se presser.

Melanie lui rend son salut. Elle se fraie un chemin avec prudence parmi les affams, qui ne la remarquent pas, et qui ne lui font rien.

Mais elle mentait en racontant qu'elle n'avait pas peur. Être ici au milieu d'eux – leurs têtes penchées et leurs bouches à demi ouvertes, leurs yeux blanchâtres –, c'est très effrayant, en vrai. Hier, elle trouvait que les affams étaient comme des maisons où auraient habité autrefois des gens. Maintenant, elle pense que chacune de ces maisons est hantée. Elle n'est pas juste cernée par les affams. Elle est cernée par les fantômes des hommes et des femmes qu'ils étaient avant. Elle doit combattre un élan soudain, une envie de se mettre à courir pour sortir à l'air libre.

Elle parvient à la porte en se faufilant entre les corps serrés. Sauf que l'entrée est totalement impossible à franchir. Trop d'affams se sont comprimés dans l'espace étroit entre les deux montants, et elle n'a pas assez de force pour briser ce barrage. Mais les fenêtres qui montent jusqu'au plafond de chaque côté de la porte ont été défoncées, tous leurs éclats de verre ont été dégagés par la charge des affams. Certains des plus proches ont des marques de lacération sur les bras et sur le haut du corps. De ces blessures récentes a suinté un liquide marron très paresseux qui ne ressemble pas beaucoup à du sang.

Melanie se hisse dehors par la fenêtre de gauche. D'autres affams sont debout dans l'allée d'accès, mais pas aussi collés les uns aux autres, alors elle n'a pas de mal à avancer.

Direction les grilles, puis l'extérieur, la rue.

Elle en croise encore d'autres. Ils ne se retournent pas sur son passage. Ils n'ont pas l'air de la remarquer du tout. Elle va jusqu'au pré à l'état sauvage, marche parmi les arbres et les herbes hautes.

Elle aime bien cet endroit. Si elle était libre, si elle avait beaucoup de temps et rien à faire, elle voudrait y rester longtemps et s'imaginer dans la jungle amazonienne, qu'elle connaît grâce à une des leçons de Mlle Mailer il y a longtemps, et grâce à la photo collée sur le mur de sa cellule.

Mais elle n'est pas libre, et le temps presse. Si elle tarde trop, Mlle Justineau risque de croire qu'elle s'est enfuie en l'abandonnant, et plutôt mourir plutôt que de lui laisser croire ça ne serait-ce qu'une seconde.

Melanie compte sur un rat comme ceux qui ont effrayé Mme Caldwell, mais il n'y en a pas. D'oiseaux non plus, d'ailleurs, mais de toute manière un truc qui vole n'irait sans doute pas.

Alors elle cherche plus loin, en parcourant les rues sur toute leur longueur. Elle entre dans les maisons aux portes ouvertes, elle longe les restes désordonnés d'existences disparues, en tâchant de ne pas se laisser distraire par le décor, les photos, ni par les centaines, les milliers, d'objets indéchiffrables.

Dans une pièce colmatée sur trente centimètres par de vieilles feuilles marron, elle dérange un renard. Il saute par un carreau cassé, mais Melanie est dessus si vite qu'elle l'attrape en plein bond. Sa propre vitesse l'enchante.

Et sa force. Le renard a beau être aussi gros qu'elle, quand il se tortille et se débat dans ses bras, elle n'a qu'à serrer sa prise pour réduire la marge de mouvement et il finit par s'immobiliser avec un frémissement. Il la laisse l'emmener où elle veut en geignant.

Elle remonte la rue jusqu'au pré communal. Qu'elle traverse pour atteindre la clôture où les affams sont groupés, immobiles, visage tourné vers ailleurs.

Melanie pousse un hurlement. C'est le son le plus fort qu'elle arrive à produire. Pas aussi bruyant que le serait l'alarme de Mlle Justineau, mais elle a les deux mains pleines de renard et elle ne veut pas le lâcher tant que tous les affams ne la regardent pas.

Quand les têtes se tournent, elle ouvre les mains. Le renard file comme la flèche qui s'échappe de l'arc d'Ulysse. Amorcés par ce son, réveillés et guettant une proie, les affams obéissent à leur programmation. Ils sursautent et basculent dans une activité brusque, se précipitent comme s'ils étaient reliés au renard par des ficelles tendues. Melanie se rabat rapidement hors de leur chemin, sur un seuil de maison. Leur première vague la dépasse.

Ils sont tellement nombreux, et en grappes tellement serrées, que certains se retrouvent par terre sous les pieds des autres. Melanie les voit essayer de se relever encore et encore, en se faisant marcher dessus à chaque fois. Une vision presque drôle, sauf que la mousse qui sort de leur bouche, gris-brun comme du vin, a aussi quelque chose d'horrible et de triste. Quand le reste de la horde a dévalé la rue et n'est presque plus visible, certains de ceux qui étaient tombés réussissent à se remettre sur pied et partent à leur suite en boitillant. D'autres rampent ou restent à s'agiter en tressaillant là où ils sont tombés, trop abîmés pour se relever.

Melanie les contourne avec prudence. Elle a pitié d'eux. Elle aimerait pouvoir faire quelque chose pour les aider, mais c'est impossible. Elle repasse les grilles, remonte l'allée jusqu'à Wainwright House. Elle entre dans le hall, complètement désert à présent, et elle appelle Sergent Parks, qui est exactement à l'endroit où il était quand elle est descendue.

— Ça a marché. Ils sont partis.

— Reste ici, ordonne-t-il. On va te rejoindre. (Et puis, après l'avoir bien regardée quelques secondes de plus :) Du bon boulot, la môme.

44

Faire descendre tout le monde au niveau de la rue se révèle très facile, avec les cordes. C'est Parks qui décide de l'ordre : Gallagher en premier, pour qu'il y ait quelqu'un au sol qui sache se servir d'une arme, ensuite Helen Justineau, puis le professeur Caldwell, et lui en arrière-garde. Caldwell est la seule à présenter un quelconque problème, étant donné que ses mains bandées ne lui permettent pas d'agripper la corde. Parks fait un nœud coulant qu'il lui serre autour de la taille et il l'abaisse ainsi.

Ils pourraient repartir sur leurs pas, mais mieux vaut poursuivre à travers la petite ville, tranche-t-il. Il y a plusieurs endroits possibles pour accéder de nouveau à l'A1, et, s'ils vont vers l'est plutôt que le sud, ils sortiront plus vite de la zone urbanisée, à condition de traverser une série d'anciennes zones industrielles quasi désertes. Il n'y a jamais habité grand monde, et après la Cassure, les trouvailles y ont été minces pour les survivants non infectés qui avaient plus besoin de nourriture que d'usines, donc on n'y voit pas beaucoup d'affams. Évidemment, ils prennent en gros la même direction que le renard de tout à l'heure, du moins au début. Cette cible mouvante irrésistible leur a dégagé la voie très efficacement.

Ça fait donc deux fois que la gamine affam leur sauve la couenne. S'il y en a une troisième, Parks commencera à s'amadouer pour de bon. Enfin, ce n'est pas encore d'actualité.

Ils discutent logistique tout en marchant, d'un ton mesuré, à voix basse, pour que ça ne porte pas trop. Parks trouve qu'ils devraient s'en tenir au plan A malgré le pétrin dont ils viennent de se tirer.

Toujours pour les mêmes raisons. L'itinéraire direct à travers Londres leur épargnera au moins deux jours de marche, et il leur faut de toute façon des abris pour dormir.

— Même en sachant qu'ils peuvent se transformer en piègse ? demande Caldwell d'un ton acide

— Le fait est, c'est un souci, admet Parks. Mais d'un autre côté, si on avait été dehors à l'air libre quand ces affams nous ont pourchassés hier au soir, on n'aurait pas tenu trois secondes. Je dis ça, je dis rien.

Comme Caldwell n'essaie pas de remettre la question sur le tapis, il n'a pas à lui rappeler que c'était son idée à elle qui les a mis dans la mouise – copiner avec une affam en pleine rue. Et personne d'autre n'a l'air d'humeur à s'engueuler. Ils continuent leur chemin. La conversation s'éteint, ils basculent dans un silence prudent.

Au fil de la matinée, leur file indienne s'étire de façon inacceptable. Gallagher est en tête, comme Parks le lui a ordonné. Helen Justineau reste avec la gamine, qui réussit à maintenir une allure raisonnable malgré ses plus petites pattes, mais qui est sans arrêt distraite et ralentie par les trucs qu'ils longent. La plus limace de toutes, c'est Caldwell. L'espace qui la sépare des autres augmente peu à peu, mais de façon régulière. Elle accélère le pas chaque fois que Parks le lui demande, pour reralentir ensuite au bout d'une minute ou deux. Cette fatigue extrême, si tôt dans la journée, le soucie.

Ils traversent à présent une ombre de brûlure, autre sous-produit de la Cassure. Avant de partir en quenouille, le gouvernement a pris une série de mesures d'urgence mal pensées, parmi lesquelles la décision d'arroser de produits incendiaires, à partir d'hélicoptères de combat, plusieurs zones qui seraient ainsi cautérisées et garanties cent pour cent sans affam. Les civils non infectés, bien que prévenus par des sirènes et des messages en boucle, sont souvent morts quand même, n'étant pas libres de leurs mouvements au moment où les hélicos ont surgi.

Par contre, les affams ont détalé devant les lance-flammes comme des cancrelats quand on allume dans une pièce. Ça a juste servi à les repousser de quelques kilomètres dans une direction ou une autre, et dans certains cas à détruire des infrastructures qui auraient pu sauver beaucoup de vies. L'aéroport de Luton, par exemple, à quarante-cinq kilomètres au nord de Londres, s'est fait cramer avec environ quarante gros-porteurs encore au sol, si bien qu'au moment de la directive suivante – qui ordonnait d'évacuer les personnes saines dans les îles Anglo-normandes à bord d'appareils commerciaux –, l'armée en a été réduite à hausser ses épaules collectives en répondant : « Dommage, on aurait bien aimé. »

Les bâtiments qui jalonnent cette partie du trajet sont réduits à l'échelle en 2D, pas tant incendiés que fondus comme du suif. La chaleur monstrueuse ne s'est pas attaquée qu'au métal, elle a ratatiné aussi la brique et la pierre. Le sol sur lequel ils avancent est surmonté d'une fine croûte de gras et de charbon, résidu des matières organiques cramées et sublimées qui sont retombées partout où les vents brûlants de la combustion les emmenaient. L'atmosphère laisse une acidité piquante sur la langue. Au bout d'une dizaine de minutes, le souffle vous racle la gorge et la poitrine vous démange, un truc impossible à gratter puisque c'est intérieur.

Au bout de plus de vingt ans, il ne pousse toujours rien ici, même pas les herbes les plus tenaces et les plus coriaces. La façon qu'a la Nature de dire qu'on ne l'y reprendra pas.

Parks entend la gamine demander à Justineau ce qui s'est passé là. Justineau a le plus grand mal à répondre à sa question, alors que c'est simple, pourtant. Comme on ne pouvait pas tuer les affams, on s'est tués nous.

Un tour de prestidigitation que chacun nous envie dans les soirées.

L'ombre de brûlure continue sur des bornes et des bornes, les oppressant et épuisant leur énergie. Il serait plus que temps de s'arrêter, de s'accorder un peu de repos et quelque chose à manger, mais personne ne tient à s'asseoir sur ce sol souillé. Un consensus tacite les fait poursuivre.

Quand ils arrivent au bout, c'est vraiment brusque, mais l'ombre tient encore un miracle en réserve pour leurs mirettes. En une centaine de pas, ils passent du noir au vert, de la désolation à une vie chaotique, d'un vide recuit à un champ d'énormes chardons et de roses trémières en fourrés.

Mais sur cette limite entre les deux zones se dressait une maison qui s'est consumée sans tomber. Et contre le mur de derrière, il reste des ombres de chaleur, là où quelque chose de vivant s'est écroulé contre la brique brûlante en cramant de différentes couleurs en fonction des produits de dégradation. Deux ombres, en fait, une grande et une petite, tartinant d'un noir intense le gris anthracite qui les entoure.

Un adulte et un enfant, les bras levés, comme en plein milieu d'une séance d'aérobic.

Fascinée, la petite affam s'adosse à la plus petite forme pour se comparer à elle. Côté taille, ça colle assez.

45

Ce qu'elle se dit, c'est : *ça aurait pu être moi*. Pourquoi pas ? Une vraie petite fille, dans une vraie maison, avec une mère, un père, un frère, une sœur, une tante, un oncle, un neveu, une nièce, une cousine et tous ces autres noms sur la carte des gens qui s'aiment et qui restent ensemble. Cette carte qui s'appelle la famille.

Des gens qui grandissent, qui vieillissent. Qui jouent. Qui découvrent. Comme Winnie et Porcinet. Et puis comme le Club des Cinq. Et comme Heidi, et comme Anne, Anne à la maison aux pignons verts. Et enfin comme Pandore. Qui ouvrent la grande belle boîte du monde sans avoir peur, sans même s'occuper de savoir si ce qu'il y a dedans est bien ou mal. Parce que c'est les deux à la fois. Tout est toujours les deux.

Seulement, il faut ouvrir la boîte pour le comprendre.

46

Ils s'arrêtent manger, déterminés à ce que le vide qu'ils viennent de traverser ne leur sape pas le moral.

Sergent Parks a emporté certaines des conserves de la cuisine de Wainwright House dans son sac à dos. Mlle Justineau, Mme Caldwell et les deux soldats mangent de la saucisse froide aux haricots et du bouillon écossais froid. Melanie mange un truc qui s'appelle du Spam, qui ressemble un peu à la viande qu'elle a avalée la veille au soir, mais en pas aussi bon.

Ils sont orientés vers le sud, à l'opposé de la chose que Mlle Justineau a appelée une ombre de brûlure – mais Melanie n'arrête pas de tourner la tête en arrière pour regarder d'où ils viennent. Comme ils sont dans un endroit surélevé, on voit loin vers le nord, jusqu'à la ville où ils ont dormi hier soir et où Melanie a lâché le renard. Des kilomètres et des kilomètres de collines successives, cuites et noircies comme du charbon. Melanie interroge à nouveau Mlle Justineau pour être sûre de comprendre. Elles parlent toutes les deux à voix basse pour que ça ne porte pas.

— C'était vert, avant ? demande Melanie en montrant le paysage.

— Oui. Exactement comme la campagne que nous avons traversée juste après avoir quitté la base.

— Pourquoi est-ce qu'ils ont tout brûlé ?

— Au cours des premières semaines qui ont suivi l'apparition de l'infection, ils ont voulu garder les affams dans un certain secteur.

— Mais ça n'a pas marché ?

— Non. Les gens avaient peur, ils ont paniqué. Beaucoup de ceux qui auraient dû prendre les décisions importantes étaient eux-mêmes contaminés, et les autres se sont enfuis pour se cacher. Ceux qui restaient ont agi un peu n'importe comment. Mais je ne suis pas sûre qu'ils auraient pu faire quoi que ce soit de mieux. Toutes les horreurs dont ils avaient peur étaient déjà plus ou moins arrivées.

— Les horreurs ? demande Melanie.

— Les affams.

Melanie médite sur cette équation. C'est peut-être vrai, mais ça ne lui plaît pas. Pas du tout.

— Je ne suis pas une horreur, mademoiselle Justineau.

Mlle J. se repent. Elle touche le bras de Melanie, le comprime brièvement, de façon rassurante. Ce n'est pas aussi chouette que de la prendre dans ses bras, mais c'est aussi moins dangereux.

— Je sais bien, ma puce. Ce n'est pas ce que je voulais dire.

— Mais je suis une affam.

Un silence.

— Tu es contaminée. Mais tu n'es pas une affam, parce que tu restes capable de réfléchir, alors qu'eux, non.

Cette distinction n'a pas frappé Melanie jusqu'ici, ou du moins n'a pas pesé lourd contre la masse de dimensions planétaires qu'a été sa prise de conscience. Pourtant, ça fait une vraie différence. Est-ce que ça en rend d'autres possibles ? Est-ce qu'en fin de compte ça fait d'elle autre chose qu'un monstre ?

Ces questions ontologiques priment, elles éclipsent le reste. Un problème plus pragmatique perce dessous.

— C'est pour ça que je suis un spécimen d'une importance cruciale ?

Mlle J. prend une expression blessée, puis furieuse.

— C'est pour ça que tu comptes beaucoup dans le programme de recherche de Mme Caldwell. Elle est persuadée que quelque chose en toi lui permettra de fabriquer un médicament qui marche sur tout le monde. Un antidote. Pour que plus personne ne puisse se transformer en affam, ou pour que les gens infectés puissent redevenir comme avant.

Melanie hoche la tête. Elle sait que c'est vraiment important. Et aussi que les horreurs qui ont frappé cet endroit n'avaient pas toutes la même cause ni la même origine. L'infection était une horreur. Les choses que les gens importants preneurs de décisions ont faites pour la contrôler, aussi. Et c'est aussi une horreur de capturer des petits enfants et de les découper en morceaux, même pour essayer de fabriquer un médicament qui empêche les humains d'être des affams.

Il n'y a pas que Pandore qui avait ce défaut mortel. Apparemment, tous les gens sont bâtis d'une façon qui les pousse à faire des choses idiotes et mauvaises. Enfin, des fois. Et presque tout le monde, bien sûr. Pas Mlle Justineau.

Sergent Parks leur fait signe de se lever pour reprendre la marche. Melanie passe devant Mlle Justineau. Elle retourne tant dans sa tête ces choses étourdissantes que la laisse se tend.

Pour la première fois, elle ne regrette plus sa cellule. Elle commence à se rendre compte que c'était un minuscule morceau d'un tout beaucoup plus grand dont toutes les personnes présentes ici avec elle font partie.

Elle commence, à partir de sa propre existence, à relier entre elles des choses qui vont dans des directions étonnantes, et qui font peur.

47

Londres les avale très lentement, un morceau après l'autre.

Ce n'est pas comme Stevenage, où, en gros, tu entres direct depuis des champs à perte de vue avant d'être soudain au cœur de la ville. Pour Kieran Gallagher, qui a trouvé ça déjà très grand et très impressionnant, Londres est une expérience à la fois si intense et immense qu'il a du mal à la décoder.

Ils marchent, marchent et marchent encore, sans jamais finir d'arriver dans cette ville – dont le centre, explique le sergent Parks, est encore à quinze bons kilomètres au sud pour l'instant.

— Tous les endroits que nous avons traversés aujourd'hui étaient autrefois des agglomérations distinctes les unes des autres, explique Helen Justineau, apitoyée par la stupeur et le malaise de Gallagher. Mais les promoteurs n'ont pas cessé de construire vers l'extérieur de Londres parce que de plus en plus de gens venaient y vivre, si bien que finalement toutes ces autres communes se sont fait absorber dans la masse.

— Combien de gens ?

Gallagher sait qu'il a l'air d'un gamin de dix ans en posant cette question, mais c'est plus fort que lui.

— Des millions. Beaucoup plus qu'il n'y en a dans toute l'Angleterre aujourd'hui. À moins…

Elle ne termine pas sa phrase, mais Gallagher sait ce qu'elle veut dire. À moins de compter les affams. Sauf qu'on ne peut pas. Ce ne sont plus des gens. Enfin, sauf cette petite fille bizarre, qui est comme…

Il n'est même pas sûr de savoir quoi. Comme quelqu'un de vivant, déguisé en affam. Enfin, non, même pas. Une adulte, déguisée en fillette déguisée en affam. Curieusement – il tâte son impression comme on plante la langue dans le trou après la chute d'une dent –, il se rend compte qu'il l'aime bien, cette gamine. Entre autres parce qu'elle est très différente de lui. Elle a beau être petite comme tout, elle ne se laisse marcher sur les pieds par personne. Elle répond même au sergent, on croirait carrément voir une souris qui aboie au nez d'un pit-bull. Pétard, ça dépote !

Or, lui et la petite, ils ont ça en commun d'entrer dans Londres la mâchoire pendante, à peine capables d'intégrer ce qu'ils découvrent. Comment pouvait-il y avoir assez de gens pour vivre dans tous ces immeubles ? Comment ont-ils pu bâtir aussi haut ? Et comment quoi que ce soit au monde a-t-il pu en venir à bout ?

À mesure que de chaque côté de la chaussée les champs font place à des rues, encore des rues et une tonne d'autres, ils repèrent de plus en plus d'affams. Le serpatte a déjà expliqué à Kieran la loi de la densité : plus il y avait de vivants à un endroit donné, plus il risque d'y avoir de monstres maintenant, sauf si c'est un coin où passent des patrouilles de nettoyage ou qu'on a bombardé. Ce qui se vérifie à la lettre sur leur trajet.

Étant donné que les affams d'ici s'agglutinent exactement comme à Stevenage, le sergent ne prend plus aucun risque, avec le quasi-désastre de la veille frais à l'esprit. Ils progressent lentement, en partant en reco le long des rues parallèles histoire de choisir celles qui sont dégagées. Quand on est prêt à tourner un peu en rond et à faire de la route en plus, on peut rester à distance de ces sales moisis sur de longues périodes. Au début, Parks part en avant-garde avec Gallagher, mais au fil de leur avancée ils se servent de plus en plus de la gamine, parce que, petit *a*, elle ne court aucun danger et, petit *b*, depuis Stevenage, ils sont sûrs qu'elle rentrera. C'est l'éclaireuse parfaite.

Les toutes premières fois, le sergent Parks défait la laisse mais la remet systématiquement quand la gamine les rejoint. Ensuite vient un moment où il oublie de le faire, ou décide de s'en passer ; après ça, la laisse reste enroulée à sa ceinture. La gamine a toujours la muselière et les mains menottées dans le dos, mais elle avance avec eux, libre de les précéder ou de traîner derrière.

La densité d'affams continue d'être élevée pendant la majeure partie cet après-midi-là. Et ensuite, bizarrement, elle commence à baisser. C'est après avoir dépassé un lieu nommé Barnet. Ils descendent une longue rue toute droite parsemée de véhicules abandonnés, le genre de terrain que le serpatte a en horreur, donc il est aux aguets. Pendant la progression dans cette mer des Sargasses automobile, il maintient le groupe rassemblé.

Mais c'est à peine s'ils voient un seul affam. Alors que ce secteur construit de partout devrait en grouiller. Et quand ils en repèrent, pour la plupart ils sont très loin, en train de sprinter vers l'autre bout d'une rue derrière un chat errant, ou de traîner aux carrefours comme les prostituées d'un cauchemar apocalyptique.

La gamine – Melanie – marche à côté de Kieran, une partie du temps. Elle vient d'accrocher son regard pour lui montrer des yeux un truc en haut à droite. Quand il vérifie, il découvre une nouvelle merveille. C'est comme un croisement entre une voiture et une maison. Rouge vif, avec deux niveaux de vitres, et – on le distingue très clairement – un escalier à l'intérieur. Mais c'est sur roues. Tout ce truc est sur roues. Dément !

Ils grimpent l'examiner tous les deux. La petite se retrouve un peu plus loin de sa maîtresse qu'à tout autre moment depuis leur départ de Stevenage, mais Mlle Justineau observe autre chose en discutant avec le serpatte et Caldwell. Kieran et Melanie sont libres, un petit moment, de satisfaire leur curiosité commune.

Le véhicule à deux étages s'est scratché dans une vitrine de boutique. Il penche sur le côté très légèrement et toutes ses vitres sont fracassées. Les pneus fichus se sont détachés en rubans incurvés, comme les pelures gris-noir d'un fruit bizarre. Il n'y a pas de sang, pas de cadavres, rien qui indique ce qui est arrivé à ce curieux chariot surélevé. Il a juste atteint la fin de son trajet ici, sans doute il y a très longtemps, et il est là depuis.

— Ça s'appelle un autobus, explique Melanie.

— Oui, je le savais, prétend Gallagher. (Il a déjà entendu le mot, mais il n'avait jamais vu à quoi ça ressemblait.) Bien sûr que c'est un autobus.

— N'importe qui pouvait le prendre, il suffisait d'avoir un ticket. Ou une carte. Il y en avait une qu'on pouvait mettre dans une machine, qui la lisait et qui te laissait grimper à bord. Les autobus s'arrêtaient et redémarraient tout le temps pour permettre aux passagers de descendre ou de monter. Et il y avait des endroits spéciaux pour eux dans les rues, où ils étaient les seuls à pouvoir rouler. C'était bien meilleur pour l'environnement que tous ces gens qui se déplaçaient dans leur véhicule personnel.

Gallagher hoche lentement la tête, comme si rien de tout ça n'était nouveau pour lui. Mais la vérité, c'est que ce monde disparu est un truc dont il ignore presque tout, et auquel il pense à peine. En tant qu'enfant de la Cassure, il s'intéressait beaucoup moins aux récits du passé merveilleux qu'à la façon de s'y prendre pour soutirer un bout de pain de la ration du voisin. Il se sert sans arrêt des objets d'autrefois, évidemment. Son arme et son couteau ont été fabriqués à l'époque. Ainsi que les bâtiments de la base, la clôture et la plupart des meubles. Le Humvee. La radio. Le frigo dans la salle de détente. Gallagher est un squatter de ruines, mais il ne les interroge pas plus qu'on n'interroge la viande qu'on mange pour savoir de quel animal elle vient. La plupart du temps, il vaut mieux ne pas savoir.

En réalité, l'ancienne relique qui a le plus excité sa curiosité, c'est une revue porno que le spécialiste des transmissions Brooks avait sous le matelas de sa couchette. En la feuilletant avec révérence pour le prix standard d'une clope et demie, Gallagher s'est demandé longuement si les femmes du monde pré-Cassure avaient vraiment ces teintes et ces textures de corps. Aucune de celles qu'il a vues de sa vie ne ressemble à ça. Il rougit en s'en souvenant maintenant, vu la présence de la petite à son côté, et il vérifie que la petite n'a pas lu ses pensées sur son visage.

Melanie regarde toujours l'autobus, fascinée par sa structure.

Ça suffit comme ça, décide Gallagher. Il faut rejoindre les autres. Presque inconsciemment, il tend une main, histoire de prendre celle de Melanie. Il se fige en plein geste. Elle n'a pas remarqué, et de toute façon elle n'aurait pas pu, puisqu'elle est menottée dans le dos – mais quelle réaction idiote, merde ! Si le serpatte s'en est aperçu…

Heureusement, Parks est toujours plongé dans sa conversation animée avec Justineau et Caldwell. Il n'a rien remarqué. Gallagher les rejoint, soulagé, secoué et contrit. Puis tout ça glisse de son esprit quand il se rend compte de ce que regardent les autres. C'est un affam, qui gît de tout son long par terre dans une alcôve formée par une entrée de magasin.

Certaines fois, ils tombent sans arriver à se relever, quand la pourriture qu'ils ont dans le corps finit de foutre en l'air leur système nerveux. Il en a vu d'étalés sur le flanc, pris de tressaillements irréguliers comme si on leur flanquait des décharges électriques, leurs yeux en tons de gris fixés sur le soleil. C'est peut-être ce qui est arrivé à celui-ci.

Sauf qu'il y a autre chose. Son torse est fendu largement, ouvert de l'intérieur par… Gallagher n'a pas la moindre idée de ce qu'est ce truc. Une colonne blanche d'au moins un mètre quatre-vingts de haut, évasée dans sa partie supérieure, où elle forme comme un oreiller rond aplati, aux bords fins, rainurés –

et sur lesquels poussent des bulbes faisant penser à des ampoules. La colonne a une texture inégale, mais pas les bulbes. Si on penche la tête en les regardant, ils donnent l'impression d'être lustrés, comme de l'essence sur de l'eau.

— Seigneur Dieu ! lâche Helen Justineau dans une sorte de murmure.

— Fascinant, murmure le professeur Caldwell. Absolument fascinant.

— Puisque vous le dites, toubib, commente le serpatte. Mais je me dis qu'on ferait mieux de ne pas traîner à proximité, non ?

Intrépide, ou téméraire, Caldwell tend le bras pour toucher l'un des bulbes. La surface se creuse légèrement sous la pression de son doigt, mais reprend sa forme initiale dès qu'elle l'ôte.

— Ce n'est pas dangereux pour l'instant, à mon avis. Par contre, quand ces fruits seront mûrs, il en ira tout autrement.

— Ces fruits ? répète Justineau derrière elle.

Elle l'a dit exactement sur le ton qu'aurait employé Kieran. Des fruits sortis du corps d'un mort pourri et éclaté en deux ? Mince, il y a pas plus dégueu !

Melanie s'insinue, tord le cou le long de sa jambe pour scruter la victime affam. Elle lui fait pitié. Dommage qu'elle doive voir ça. Ce n'est pas bien d'obliger une petite fille à penser à la mort.

Même si elle est, hum…, morte, elle-même. Enfin, façon de parler.

— Des fruits, répète Caldwell avec fermeté et satisfaction. Vous avez devant vous l'organe de fructification de l'agent pathogène affam. Et ces capsules sont ses sporanges. Chacun est une usine à spores remplie de graines.

— Bref, ses sacs à olives, traduit le serpatte.

Le professeur Caldwell éclate de rire, ravie. Elle avait l'air très amochée et très crevée la dernière fois que Gallagher l'a vue de près, mais tout ça l'a ravigotée.

— Oui. Exactement. Son scrotum. Ouvrez une de ces capsules et vous connaîtrez intimement *Ophiocordyceps*.

— Donc, on évite.

Parks la retient alors qu'elle faisait mine de toucher à nouveau ce truc. Elle le dévisage, étonnée et apparemment prête à batailler verbalement, mais il se tourne déjà vers Justineau et Gallagher.

— Vous avez entendu la toubib, dit-il comme si c'était son idée à elle. Ce truc et tous les autres qu'on verra, pas touche, c'est sérieux. Et on ne s'en approche pas non plus. On ne fait aucune exception.

— J'aimerais prélever des échantillons… commence à dire Caldwell.

— Aucune exception, insiste Parks. Allez, mauvaise troupe, assez perdu de temps. On bouge d'ici.

Ce qu'ils font. Mais cet interlude les a laissés d'une humeur étrange. Melanie retourne auprès de Justineau pour marcher juste à côté d'elle comme si on l'avait remise en laisse. Le professeur Caldwell déblatère tant et plus sur les cycles biologiques et la reproduction sexuée. On dirait presque qu'elle drague le serpatte, qui allonge le pas pour s'éloigner d'elle. Et de temps à autre Kieran tourne involontairement la tête en arrière vers ce corps dévasté à la fécondité si bizarre.

Ils croisent une dizaine d'affams fructificateurs qui gisent par terre ensemble, certains dans un état beaucoup plus avancé que le premier. La plus haute des colonnes blanches, ancrée à sa base par une mousse de filaments gris qui se déverse par-dessus les corps presque au point de les cacher, dépasse largement une hauteur d'homme. Plus elles s'élèvent, plus les tiges s'épaississent, et plus elles élargissent leur trou dans les côtes, la gorge, l'abdomen – enfin bref, là où elles ont percé. Il y a un côté obscène dans tout ça, et Kieran se prend à regretter qu'ils n'aient pas suivi un autre trajet, comme ça ils n'auraient pas été forcés de savoir.

La deuxième chose qui le fait un peu flipper, c'est ce qui a l'air d'arriver aux trucs ronds qui poussent sur les tiges. Ça démarre comme de simples bosses, ou de simples bourrelets, sur le fût vertical. Ensuite, ça grossit, et ça se remplit jusqu'à devenir des sphères d'un blanc laiteux suspendues comme des boules de Noël. À la fin, ça tombe. Il y en a quelques-unes d'éparpillées, qu'ils évitent du pied avec un soin minutieux, à côté des tiges les plus hautes et les plus épaisses. Gallagher est content de voir le soleil plonger sous l'horizon : il n'a plus à regarder ces saloperies.

48

La troisième nuit, pour Helen Justineau, est la plus étrange de toutes. Ils la passent dans les cellules d'un poste de police de la Whetstone High Road. Le sergent Parks a ordonné un bref détour pour explorer les lieux dans l'espoir d'y trouver une armurerie. Leur stock de munitions ayant été fortement entamé par l'escarmouche de Stevenage, tout est bon à prendre.

Il n'y a aucune armurerie, intacte ou pas. En revanche, à un tableau pendent des clés ouvrant pour certaines les geôles du sous-sol. Les cellules, au nombre de quatre, s'alignent le long d'un bref couloir terminé par un poste de garde. La porte en bois de cinq centimètres d'épaisseur qui donne sur l'escalier est blindée par une plaque d'acier vissée côté intérieur.

— Bienvenue à l'auberge, dit Parks.

Justineau croit d'abord qu'il plaisante, mais elle constate avec atterrement que non.

— Pourquoi irait-on s'enfermer là-dedans ? s'insurge-t-elle. C'est un piège. Il n'y a qu'une sortie, et, une fois cette porte fermée, nous serions aveugles. Sans aucun moyen de savoir ce qui se passe au-dessus de nous.

— Tout à fait exact, reconnaît Parks. Mais les cureurs nous ont suivis depuis la base. Et à présent nous arrivons dans le secteur qui avait la population la plus dense de tout le pays. Où qu'on s'arrête, il faudra établir une sorte de périmètre. Une porte en acier fermant à clé est le moyen le plus discret qui me vienne à l'esprit. La lumière de nos torches ne se verra pas, et il y a des chances qu'aucun bruit ne perce en surface. On reste en sécurité sans attirer l'attention sur nous. Difficile d'imaginer mieux dans ce domaine-là.

Ce n'est pas mis aux voix, mais chacun pose son sac. Caldwell s'affale contre le mur, puis se laisse glisser à croupetons. Si ça se trouve, ce n'est même pas qu'elle approuve les arguments du militaire. Elle est trop fatiguée pour aller plus loin, de toute façon. Gallagher déballe les dernières conserves prises à Wainwright House, puis les ouvre. C'est un fait acquis, ça ne sert à rien d'épiloguer.

Ils ferment la porte de façon à pouvoir allumer leurs torches, mais sans la boucler, au début : la claustrophobie s'installe déjà chez presque tout le monde et tourner cette clé semble un peu trop irrévocable. Pendant le repas, la conversation à bâtons rompus vire au silence. Parks doit avoir raison, les voix ne portent pas, mais ils ont l'impression de faire trop de bruit dans cette cave pleine d'échos.

Leur dîner terminé, ils s'éclipsent un par un au poste de garde faire ce qu'ils ont à faire. Pas de torches là-bas, ça leur accorde donc un peu d'intimité. Justineau prend conscience que Melanie n'a jamais besoin de se soulager. Elle se rappelle vaguement certaines notes de Caldwell sur le système digestif des affams, lues lors des séances de briefing auxquelles elle a eu droit à son arrivée à la base. Le champignon absorbe et utilise tout ce qu'ils avalent. L'excrétion n'est pas nécessaire parce qu'il n'y a rien à excréter.

Parks finit par boucler la porte. La clé coince dans la serrure, et il doit mettre beaucoup d'énergie pour la tourner. Justineau pense – sans doute comme eux tous – à ce qui leur arriverait si la tige se cassait dans le barillet. Ce battant est sacrément solide.

Ils se séparent pour dormir. Caldwell et Gallagher ont une cellule chacun, Melanie va avec Justineau et Parks s'installe au pied de l'escalier, son fusil à portée de main.

Quand la dernière torche s'éteint, l'obscurité s'abat sur eux comme un poids. Justineau la contemple tout éveillée.

À croire que Dieu n'en a jamais rien eu à faire.

49

Melanie se dit : quand les rêves se réalisent, la réalité a bougé. On n'est déjà plus la personne qui les faisait, alors ça donne plutôt l'impression d'un écho bizarre : celui de quelque chose de lointain, d'arrivé avant.

Elle est allongée dans une cellule qui ressemble un peu à la sienne, celle de la base. Sauf qu'elle la partage avec Mlle Justineau. L'épaule de Mlle J. touche son dos, elle la sent bouger au rythme de sa respiration. À un certain niveau, ça l'emplit d'un bonheur tellement complet que ça la stupéfie.

Mais cet endroit, elles ne peuvent absolument pas y rester pour y vivre. C'est juste une étape dans un voyage plein d'incertitudes. Et certaines de ces incertitudes proviennent de Melanie, pas du monde. Elle est une affam, poussée par un besoin viscéral qui reviendra éternellement quoi qu'elle fasse. Il faut la garder enchaînée, muselée, pour qu'elle ne mange personne.

Et elles vécurent ensemble pour toujours, dans la paix et la prospérité. C'est ce qu'elle avait écrit à la fin de sa rédaction, sauf que ce conte-ci, celui de la vraie vie, ne finira pas comme ça. Beacon refusera de la prendre. Ou alors ils l'accepteront, mais pour la casser en mille morceaux. Ça se terminera bien pour Mlle Justineau, mais pas pour elle.

Elle va devoir quitter bientôt Mlle J., partir voir le monde, chercher sa bonne fortune. Elle sera comme Énée fuyant Troie après sa chute et voguant sur les mers jusqu'au Latium, où il fonde la nouvelle Troie, qui finit par s'appeler Rome. Mais Melanie doute sérieusement que les princes qu'elle s'imaginait autrefois combattre pour ses beaux yeux existent où que ce soit sur cette Terre-ci, qui est parfois si jolie, mais aussi pleine de choses anciennes et cassées. Et Mlle J. lui manque déjà alors même qu'elles sont encore toutes les deux.

Elle n'aimera jamais qui que ce soit d'autre autant que ça, elle en est sûre.

50

Pour Caroline Caldwell, le quatrième jour est celui du miracle tombé du ciel.

Un ciel pas dégagé. Plus maintenant. La météo a changé. Une pluie fine détrempe leurs vêtements, il n'y a plus rien à manger et tout le monde est d'humeur massacrante. Parks s'inquiète pour l'établoquant et le fait payer à tout le monde. Leurs réserves s'épuisent, ils ont dû s'en enduire avec parcimonie avant d'ouvrir la porte. Or ils ont encore au moins trois jours de voyage. S'ils ne parviennent pas à refaire leurs stocks, ils seront en très mauvaise posture.

Ils marchent toujours vers le sud. Il leur reste tout le nord, le centre et le sud de Londres à traverser. Même pour le jeune soldat, une part de l'étonnement et de la fascination s'est ternie, Caldwell s'en rend bien compte. La seule qui continue à regarder avec un émerveillement indéfectible la moindre nouveauté qu'ils croisent, c'est le sujet d'expérience numéro un.

Quant à Caldwell, elle songe à beaucoup de choses. Au mycélium fongique croissant dans un substrat de cellules de mammifère. Au récepteur GABA de type A, dont l'activité vaste et vitale de neurotransmission conduit de manière sélective les ions chlorures à travers les membranes plasmiques de certains neurones. Et au problème plus immédiat du pourquoi de la rareté des affams à cet endroit-ci, alors que la veille au matin on les voyait par grappes de plusieurs centaines à la fois.

Elle a plusieurs réponses hypothétiques à cette dernière question : nettoyage délibéré par des humains non infectés, compétition avec une forme de vie animale, maladie épidémique touchant la population affam, effet secondaire inconnu d'*Ophiocordyceps*, et ainsi de suite. L'existence des affams fructificateurs tombés à terre entre manifestement en ligne de compte – on en voit beaucoup plus depuis ce matin. Tellement, en fait, qu'en découvrir ne soulève plus aucun commentaire. Cela dit, il est peu probable que ça constitue la seule explication. Il faudrait pour cela qu'ils se comptent par centaines de milliers, pas par dizaines. Avec un agacement extrême, Caldwell cherche sans les trouver les indices visuels qui l'aideraient à choisir entre les divers scénarios qu'elle a théorisés.

Et puis, ce qui ajoute encore à son découragement, elle a du mal à se concentrer. La souffrance persistante en provenance de ses mains abîmées est devenue une pulsation atrocement douloureuse, qui lui fait comme deux cœurs supplémentaires battant chacun au creux de chaque paume en une synchronie imparfaite. Son mal au crâne tente d'adopter leurs rythmes conjugués. Elle a les jambes en coton, à se demander comment elles la portent encore. Son corps lui fait l'effet d'un ballon d'hélium qui rebondit au-dessus.

Helen Justineau s'adresse à elle avec des inflexions suggérant une question. Caldwell n'entend pas, mais elle hoche la tête afin d'éviter toute répétition ultérieure.

Peut-être *Ophiocordyceps* induit-il des réactions différentes au stade mature et dans sa forme néoténique asexuée. Des comportements migratoires, ou sessiles ; une photosensibilité mortifère, ou même un réflexe parallèle à celui du déplacement en hauteur des fourmis infectées. Si Caldwell savait où les affams sont passés, elle pourrait commencer à modéliser ce mécanisme, ce qui lui permettrait peut-être de comprendre sur quoi est fondé l'interfaçage champignon-neurone.

La journée se déroule dans une ambiance flottante, onirique. Les événements semblent provenir de très loin, ne se manifester qu'occasionnellement. Le groupe trouve un amas d'affams allongés qui ont fructifié de la même façon que les autres – mais, dans ce cas précis, en se rassemblant de si près que les tiges, ou les troncs, poussant à partir de leur poitrine sont à présent joints par des amoncellements de filaments mycéliens.

Pendant que les quatre autres contemplent le bosquet fongique avec une fascination malsaine, Caldwell s'agenouille pour ramasser l'un des sporanges tombés au sol. Il a beau paraître assez ferme à l'œil et au toucher, il ne pèse presque rien. Son tégument présente un aspect poli de bon aloi. Personne ne voit Caldwell le glisser avec force précautions dans la poche de sa blouse. Quand Parks lui jette un regard, elle triture à nouveau ses bandages, en donnant l'impression de n'avoir pas cessé depuis la dernière fois qu'il l'a observée.

Ils continuent à marcher sans répit. Le temps s'étire, se fracture, se rembobine et repasse par séquences saccadées qui paraissent toutes tristement familières et inévitables, bien que dépourvues de toute logique interne cohérente.

Le récepteur GABA A. L'hyperpolarisation du neurone, survenant après le summum de l'excitation et déterminant le délai nécessaire avant qu'il soit à nouveau prêt à atteindre son potentiel d'action. Un mécanisme à l'équilibre ultra-précaire, dont dépendent pourtant tant de processus !

— Approchez-vous-en avec prudence, est en train d'articuler le sergent Parks. Ne partez pas du principe qu'il est vide.

Dans son labo de la base, Caldwell dispose d'une microélectrode de type SEVC-d, capable de mesurer sur les membranes situées à la surface des cellules nerveuses d'infimes modifications dans les flux d'ions. Caldwell ne s'est jamais formée de façon poussée à son utilisation, mais elle sait que les organismes infectés par *Cordyceps* montrent à la fois des niveaux d'excitabilité et des rythmes de changement de l'activité électrique différents de ceux des sujets sains. Il existe cependant d'imprévisibles et importantes variations d'un individu affecté à un autre au sein d'une même communauté. Caldwell se demande à présent si cela ne se corrèle pas avec une autre variable qu'elle n'aurait pas réussi à déceler.

Une main touche son épaule.

— Pas encore, Caroline, dit Helen Justineau. Ils n'ont pas fini de l'inspecter.

Caldwell regarde plus loin dans la rue. Voit ce qui s'y tient, à cent mètres d'elles.

Au départ, elle craint l'hallucination. Elle est consciente de souffrir d'épuisement et d'être quelque peu désorientée, soit à cause de l'infection contractée quand elle s'est blessé les mains à la base, soit (moins probable) à cause de l'eau non traitée qu'ils ont bue.

Ignorant Justineau, elle s'avance. De toute façon, le sergent fait le tour à l'instant avec un geste signifiant « rien à signaler ». Il n'y a aucune raison de rester en retrait.

Elle lève la main, caresse le métal frais. En reliefs chromés, de sous son manteau de poussière et de saleté, il lui parle. Il se présente à elle par son prénom.

Rosalind. Le Rosalind Franklin.

51

De par sa formation, Caroline Caldwell croit en la deuxième loi de la thermodynamique. Dans un système fermé, l'entropie augmente forcément, point à la ligne. Pas moyen d'y couper, puisque la flèche du temps pointe toujours dans la même direction. On va vers la sortie sans avoir droit à un deuxième trajet.

Cela fait maintenant vingt ans que Charlie et Rosie ont disparu des radars. Vingt ans depuis leur lancement – sans Caldwell à bord. Vingt ans qu'ils se sont volatilisés dans un monde en voie de désintégration. Et à présent, voici que Rosie fixe Caroline Caldwell droit dans les yeux. Tout le contraire d'une vierge effarouchée.

Sa simple présence ici constitue la réfutation même des lois de l'entropie. Du moment qu'elle est restée pucelle – ni mise à sac, ni incendiée.

— La porte est fermée, signale le sergent Parks. Et personne ne répond.

— Regardez la poussière, suggère Justineau. Ce truc n'a pas bougé depuis très, très longtemps.

— Bon, je crois qu'on devrait jeter un œil dedans.

— Non ! glapit Caldwell. Ne forcez pas la serrure !

Surpris par sa véhémence, ils se retournent tous pour la regarder.

Même le sujet d'expérience n° 1 la contemple de ses yeux gris-bleu. Un regard solennel, qui ne cille pas.

— C'est un laboratoire ! Un centre de recherche mobile ! Si nous forçons l'entrée, nous risquons de gâcher ce qui se trouve peut-être à l'intérieur. Des échantillons. Des expériences en cours. Tout est possible.

Ça n'a pas l'air d'impressionner le sergent Parks.

— Vous croyez vraiment que c'est un problème si longtemps après ? demande-t-il.

— Je l'ignore ! répond anxieusement Caldwell. Mais je ne veux pas courir ce risque. Sergent, quand ce véhicule a été envoyé ici pour effectuer des recherches sur l'agent pathogène, il avait à son bord certains des scientifiques les plus éminents de la planète. Si vous entrez par la force, comment voulez-vous que je sache ce qu'ils ont découvert, ou appris ? Vous pourriez faire des dégâts considérables !

Elle s'interpose physiquement entre Parks et le véhicule. Mais c'est inutile. Il ne fait aucun mouvement vers la porte.

— Ouais, dit-il, maussade. Ben, je ne crois pas que ça va être un problème. Ce truc a un blindage plus sérieux tu meurs. On n'entrera pas facilement. Peut-être si on trouve un pied-de-biche, et encore…

Caldwell réfléchit profondément un instant. Elle passe ses souvenirs au crible.

— Pas besoin de pied-de-biche.

Elle lui montre où est cachée la manivelle extérieure d'accès d'urgence, dans un renfoncement du flanc gauche du Rosie, juste en dessous de la porte du milieu. Ensuite, tout en tenant gauchement l'objet dans sa main bandée, elle se met à genoux pour tâtonner sous le bas de caisse, près du passage de roue avant. Elle se rappelle – ou croit se rappeler – l'emplacement dans lequel le manche de la manivelle va s'insérer, mais ne le trouve pas. Au bout de quelques secondes à chercher à l'aveuglette, observée par les autres dans un silence perplexe, elle finit par localiser l'encoche et par y ficher la barre. Du dedans, on pourrait débrayer le mécanisme manuel, mais cette autre sécurité n'est prévue qu'en cas de siège. Les concepteurs du Rosie et du Charlie ont imaginé toute une gamme de situations où il serait nécessaire d'y accéder de l'extérieur sans endommager l'intérieur, donc sans explosifs ni entrée en force.

— Comment connaissez-vous tout ça ? lui demande Justineau.

— J'étais affectée au projet, lui rappelle Caldwell d'un ton peu amène.

C'est mentir par omission, mais elle ne rougit pas. La douleur de ces souvenirs est bien plus cuisante que sa gêne, et rien ne saurait la forcer à développer ses explications.

À révéler qu'elle est arrivée vingt-septième sur la liste du personnel scientifique pressenti pour le Charlie et le Rosie. Formée cinq mois à l'utilisation des systèmes embarqués, pour s'entendre dire qu'on n'aurait au final pas besoin d'elle. Vingt-six autres biologistes et épidémiologistes s'étaient classés plus haut, avaient semblé posséder des capacités et une expérience plus désirables que celles de Caldwell aux yeux des superviseurs et autres directeurs de projet. Le contingent de chacun des labos roulants étant de douze personnes y compris les remplaçants, cela ne la mettait même pas parmi les repêchés possibles. Charlie et Rosie avaient quitté le port sans elle.

Jusque-là, elle les imaginait perdus corps et biens – égarés dans quelque forteresse intra-urbaine, incapables d'avancer ou de reculer, submergés pas les affams ou piégés par ces charognards de cureurs. Ce qui la consolait un peu – elle ne se disait pas que ceux qui l'avaient surpassée avaient payé cette lèse-majesté de leur mort, simplement que sa place si bas sur la liste lui avait sauvé la peau.

Bien sûr, ce n'est qu'à un saut de puce conceptuel de déduire qu'elle doit sa survie à la médiocrité. Une conclusion grotesque, et qui sera considérée comme telle quand elle trouvera le remède. La façon dont elle a échoué à décrocher une couchette à bord du Rosie ou du Charlie sera une note de bas de page ironique à l'Histoire, comme les prétendus mauvais résultats d'Einstein au lycée lors des examens de maths. Sauf que, désormais, l'anecdote acquiert un piquant supplémentaire. Sans le savoir, on a fabriqué ce labo pour elle dès le départ. On l'a envoyé ici pour bloquer son voyage.

Parks et Gallagher actionnent la manivelle, trop raide et trop dure pour Caldwell quand elle l'a essayée. La porte glisse en arrière centimètre par centimètre. Un air vicié s'échappe du Rosie, faisant accélérer le cœur de Caroline dans sa poitrine. Le joint était hermétique. Quoi qu'il se soit passé ici, quoi qu'il soit advenu à l'équipage, son environnement intérieur paraît sain.

Dès que l'ouverture est assez large, Caldwell s'avance.

Pour heurter le sergent Parks, qui refuse de s'écarter de son chemin.

— J'entre le premier. Désolé, toubib. Je sais que vous tenez à jeter un œil à ce bahut. Vous pourrez dès que j'aurai vérifié qu'il n'y a personne.

Elle le parierait et s'apprête à lui expliquer pourquoi, mais le sergent n'écoute pas. Il est déjà à l'intérieur. Le jeune soldat joue les sentinelles à côté de la porte. Il observe Caroline avec circonspection, craignant manifestement qu'elle tente de forcer le passage.

Elle n'en fait rien. Si elle a vu juste, il n'y a aucun risque, mais nul besoin non plus de se presser. Et si elle s'est trompée, si l'intégrité du véhicule a été corrompue d'une façon ou d'une autre, le sergent sera plus efficace qu'elle pour régler le problème à l'intérieur. Le bon sens exige d'attendre qu'il ait terminé de l'inspecter.

Malgré tout, elle s'en crispe d'impatience. Ce cadeau lui est destiné, à elle et à nul autre. Personne ne sait se servir de ce qu'il contient. *Ce qu'il peut contenir,* corrige-t-elle aussitôt. Au bout de tant d'années, bien malin qui peut dire ce qui sera arrivé aux précieux instruments de laboratoire du Rosie. Car enfin, quel désastre aurait pu emporter l'équipage sans endommager quoi que ce soit autour ? L'explication la plus probable de cette porte hermétiquement close et de cet extérieur intact, c'est qu'un ou plus des scientifiques ou du reste du personnel a été infecté à bord. Elle les imagine pris de folie, d'une frénésie de mordre, renversant les portiques d'imagerie et les centrifugeuses, piétinant des boîtes de Petri remplies d'échantillons soigneusement incubés.

Le sergent Parks émerge en secouant la tête. Caldwell est si absorbée par ces scénarios catastrophe qu'elle prend sa mimique pour un verdict. Elle pousse un cri et se précipite vers la porte. Parks la tranquillise en lui posant la main sur l'épaule.

— C'est bon, toubib. Nickel partout. Le seul cadavre est sur le siège conducteur, et ça a tout l'air d'un suicide. Mais avant qu'on entre tous, dites-moi quelque chose. Parce que ces trucs-là, ça dépasse largement mon expérience. Y a-t-il quoi que ce soit là-dedans que je doive savoir ? Qui puisse être dangereux ?

— Rien, répond Caldwell – pour corriger aussitôt, en scientifique pointilleuse qu'elle est : À ma connaissance, du moins. Je vais vérifier de visu, je pourrai vous faire une réponse définitive ensuite.

Parks s'écarte. Elle entre en se sentant trembler, et en s'efforçant de le cacher.

Le labo a tout. Tout.

Au bout, face à elle, il y a quelque chose qu'elle n'a jamais vu qu'en photo, mais elle sait de quoi il s'agit, à quoi ça sert et comment ça opère.

C'est un ultramicrotome automatique, un ATLUM.

Le Saint-Graal.

52

Le Rosalind Franklin semble mettre Caldwell et Parks en transes, pour des raisons différentes, évidemment, alors que les premières impressions d'Helen Justineau sont négatives. Il y fait un froid de canard, ça résonne comme dans un sépulcre, ça empeste le formol. Et, à voir son expression, Melanie fait preuve d'encore moins d'enthousiasme.

Bien sûr, elles gardent toutes les deux des souvenirs récents et déplaisants de laboratoires, surtout de ceux où règne Caroline Caldwell. Or c'est ce qu'est ce « Rosie », comme Caldwell l'appelle : un labo roulant. Sauf qu'il dispose de couchettes et d'une cuisine, ce qui en fait donc aussi un gigantesque camping-car. Et de lance-flammes et de canons, si bien qu'il tient aussi du tank. Il y en a pour tous les goûts.

Il est long comme un jour sans pain, ou presque. Le labo situé sur le côté occupe presque la moitié de l'espace disponible. Devant et derrière se trouvent les postes d'armes où deux tireurs peuvent se tenir dos à dos et guetter les flancs du véhicule à travers des fentes vitrées évoquant les meurtrières d'un château médiéval. Chacun des deux postes d'armes peut être isolé du labo par une porte qui fait sas. Plus au fond, il y a une salle des moteurs, ou assimilé. À l'avant, des quartiers de vie, avec douze couchettes fixées au mur et deux W.-C. chimiques, la kitchenette, puis enfin la cabine de pilotage, dotée d'un fusil sur affût du même calibre que celui du Humvee et d'à peu près autant de cadrans qu'un avion de ligne.

Justineau et Melanie, debout dans le poste d'armes de devant, observent l'activité qui les entoure, dont elles sont momentanément déconnectées.

Caldwell vérifie des équipements dans l'espace labo. Elle a un manifeste dans la main – il était sur le mur de la pièce, tout près de la porte. Il lui sert à trouver des instruments spécifiques, qu'elle inspecte ensuite à la recherche d'éventuels dégâts. Son expression est concentrée, furieusement sérieuse. Elle semble avoir tout à fait oublié la présence des autres.

Parks et Gallagher se sont portés à l'avant, par-delà les quartiers de vie, dans le poste de pilotage. Ils se démènent autour de quelque chose – sans doute le cadavre dont a parlé Parks. Au bout d'un moment, ils passent avec. Enveloppé dans une couverture, il traîne derrière lui un sillage complexe d'odeurs déplaisantes, mais, par bonheur, anciennes et légères.

— Les portes avant sont fermées à clé, grommelle Parks. Apparemment, on ne peut pas les ouvrir sans allumer le bahut. Et on n'a pas de jus pour.

Ils évacuent la dépouille par la porte du milieu, celle par où ils sont entrés. Justineau note la présence d'un ordonnancement compliqué d'armatures de métal et de feuilles de plastique sur la face intérieure de la porte. Ce doit être un sas repliable. Dans un placard juste à côté, elle trouve six combinaisons isolantes dotées d'énormes casques cylindriques à visière minuscule, comme les têtes de robots dans les films des années 1950. Les gens qui ont conçu ce « Rosie » pensaient vraiment à tout.

Mais apparemment ça n'a pas été d'un grand secours pour ceux qui étaient à bord. Justineau pose la main sur le bras de Melanie, qui bondit de presque trente centimètres en l'air. Cette réaction extrême fait sursauter Justineau à son tour.

— Pardon, dit-elle.

— Ça va, murmure Melanie en levant la tête vers elle.

La fillette a les yeux écarquillés, le regard insondable. En temps normal, ses émotions affleurent, mais Justineau ne sait pas interpréter les abysses qu'elle y aperçoit, en dessous de la tension et du mal-être.

— On ne restera sans doute pas longtemps, la rassure-t-elle.

Mais elle-même perçoit la futilité de cette déclaration. Elle n'en a pas la moindre idée.

Quand Parks et Gallagher reviennent, ils s'entretiennent avec Caldwell d'une voix étouffée, sur un débit rapide. Puis Gallagher se rend dans les quartiers, tandis que Parks fait tout le tour jusqu'à l'arrière du véhicule.

Sa curiosité piquée, Justineau les suit jusqu'à la salle des machines.

Où Parks ôte la plaque de visite de ce qui ressemble à un générateur électrique de bonne taille. Il en triture l'intérieur un petit moment, l'air pensif. Puis il se met à ouvrir les placards sur les murs, un par un, et à en inspecter le contenu.

Le premier doit contenir environ un millier d'outils, bien rangés sur des racks. Le suivant est plein de bobines de câble, de pièces métalliques enveloppées dans de la mousseline graissée, de boîtes de différentes tailles comportant des numéros d'index à rallonge. Le troisième regorge de manuels, que Parks feuillette avec un froncement de sourcils concentré.

— Vous croyez pouvoir remettre ça en marche ? lui demande Justineau.

— Peut-être. Je n'ai rien d'un expert, mais ça doit être bricolable. Ils ont rédigé ces manuels de réparation pour les imbéciles comme moi.

— Ça risque de prendre un moment.

— Il y a des chances. Mais, bon Dieu, cet engin a plus de puissance de feu que la plupart des armées. Des canons de campagne. Des lance-flammes. Ça vaut forcément le coup d'essayer, non ?

Justineau se retourne pour aller dire à Melanie qu'ils risquent de rester plus longtemps qu'elle l'imaginait – mais la petite est déjà là, campée juste derrière elle.

— Il faut que je parle à Sergent Parks, lance-t-elle.

Il lève la tête de ses manuels, impassible.

— Il y a quelque chose dont on doit discuter, toi et moi ? demande-t-il.

— Oui. (Melanie regarde à nouveau Justineau.) En privé.

Justineau met un moment à comprendre qu'elle est de trop.

— D'accord, dit-elle en s'efforçant à l'indifférence. Je vais aller aider Gallagher.

Elle les laisse en tête à tête. Elle n'a pas la moindre idée de ce que Melanie peut bien vouloir raconter sans témoin, ce qui se traduit aussitôt par de l'inquiétude chez elle. S'il s'est décontracté quant à cette laisse, Parks considère toujours en gros la fillette comme un animal malin, mais dangereux – d'autant plus qu'il est intelligent. Melanie doit faire attention à ce qu'elle dit devant lui autant qu'à ce qu'elle fait. Elle a constamment besoin que Justineau protège ses arrières.

Gallagher s'occupe à plus ou moins la même chose que Caldwell : inventorier les stocks, mais dans les quartiers de vie, et quand Justineau arrive, il est en train de boucler sa liste. Il lui montre le dernier placard ouvert par ses soins. Il recèle un lecteur CD et deux racks de musique. En parcourant les titres d'albums qui constituent – c'est le moins qu'on puisse dire – un mélange éclectique, Justineau sent des souvenirs la picoter en stéréo. Simon et Garfunkel. Les Beatles. Pink Floyd. Frank Zappa. Fairport Convention. Les Spinners. Fleetwood Mac. 10CC. Eurythmics. Madness. Queen. Les Strokes. Snoop Dogg. Les Spice Girls.

— Vous avez déjà entendu ces trucs-là ? demande Justineau.

— Un petit bout par-ci un petit bout par-là, lui répond-il avec de la nostalgie dans la voix.

Le seul appareil permettant d'écouter de la musique sur la base était celui qui diffusait dans les cellules. Il passait du classique, point. Un ou deux membres du personnel possédaient des baladeurs numériques et des chargeurs manuels à manivelle, mais ils surveillaient obsessionnellement ces précieux objets de famille.

— Vous croyez qu'on va pouvoir les écouter ? demande maintenant Gallagher.

Justineau n'en sait strictement rien.

— Si Parks réussit à remettre le générateur en route, cet appareil s'allumera sans doute en même temps que tout le reste. Il était protégé des intempéries, il n'a subi que des changements de température. Il n'y a strictement aucune humidité, ce qui aurait été le pire. Si le fusible n'a pas sauté et si les circuits imprimés sont en bon état, il n'y a aucune raison que ça ne fonctionne pas. Sans trop m'avancer, je dirais qu'il se peut que vous ayez droit à un dîner concert ce soir.

Gallagher semble soudain abattu.

— Je ne crois pas, non, dit-il sombrement.

— Ah, et pourquoi donc ?

Il écarte grand les bras, paumes étalées, tout en indiquant de la tête tous ces placards qu'il a déjà ouverts et fouillés.

C'est le dîner qui manque.

53

Parks convoque une réunion dans les quartiers de vie, mais ils ne se retrouvent qu'à quatre.

— Où est Melanie ? demande Justineau, aussitôt inquiète, aussitôt soupçonneuse.

— Partie, indique Parks. (Puis, devant le scepticisme féroce de Justineau :) Elle reviendra. Il fallait juste qu'elle sorte un moment.

— Qu'elle sorte ? Elle n'a pas de besoins pressants, Parks, alors si vous essayez de…

— Elle n'est pas allée se soulager. J'expliquerai ça tout à l'heure si vous insistez, mais elle tenait vraiment à ce que je ne vous en parle pas, donc à vous de voir. Entre-temps, il y a d'autres problèmes plus urgents à régler ensemble.

Ils sont assis au bord des couchettes du bas, en équilibre précaire. Les châlits en comptent trois chacun, ce qui les oblige à se pencher en avant pour ne pas se cogner la tête sur celle du milieu, dont le cadre en métal se trouve exactement à la hauteur la mieux adaptée pour vous faire éclater le crâne. Il y aurait eu plus de place au labo, mais tout le monde en dehors de Caldwell semble préférer éviter au maximum un espace parfum formol.

Parks indique Caldwell d'un mouvement de tête.

— D'après le toubib, ce bahut était un genre de centre de recherche conçu pour se déplacer librement en secteur urbain, tout en restant protégé des attaques des affams ou de quoi que ce soit d'autre.

» C'était une idée de génie, je ne vous dis pas le contraire. Sauf qu'à un moment, il s'est passé deux trucs – je ne saurais pas dire dans quel ordre. Le générateur a explosé. Ou quelque chose aura sauté dans l'alimentation électrique, étant donné que ce que je vois m'a l'air O. K., mais je n'y connais que pouic, *a priori*.

— Ils sont peut-être tombés en panne sèche, hasarde Gallagher.

— Oh, ça non. Le carburant est un mélange kérosène-naphta à haut indice d'octane, comme dans les avions, et il en reste plus de mille cinq cents litres. Les réservoirs destinés aux lance-flammes sont pleins itou. En cas d'urgence, ils auraient pu les siphonner. Donc c'était plus probablement un souci mécanique. Ils auraient dû réussir à réparer, puisque pour chaque pièce ils en ont plusieurs de rechange… sauf que pour une raison qui nous échappe, ils ne l'ont pas fait. Peut-être qu'ils avaient déjà encaissé des pertes et que ces morts étaient les meilleurs mécaniciens. En tout cas, quand on aura mis ce générateur à nu, on verra de quoi il retourne.

— Et nous allons le faire, c'est décidé ? demande Justineau.

— À moins que vous ayez une bonne raison contre. Ce bahut est construit comme un tank. Il a tout ce qu'avait le Humvee, en beaucoup mieux. Si on peut atteindre Beacon dedans, ça nous épargnera des tonnes de misères.

Justineau ne peut pas s'empêcher de remarquer que Caldwell affiche un sourire en coin finaud et suffisant. Ce qui la pousse à vouloir contrer ce plan, alors même qu'il est d'une logique évidente.

— Nous ne passerons pas vraiment inaperçus.

— Non, admet Parks. On nous entendra arriver à un kilomètre. Mais ce sera à eux de décaniller de notre chemin, parce qu'une fois lancés, on ne s'arrêtera plus. Les affams, les cureurs, les barrages… on ratatine tout ça, et roule ma poule. On n'aura même pas besoin de se cantonner aux rues. On pourrait carrément foncer dans les maisons pour ressortir à l'autre bout. Le seul truc qui arrête notre bonne grosse Rosie, ce sont les cours d'eau, or il y a des cartes dans le placard à outillage qui montrent quels ponts peuvent supporter son poids. Ce serait vraiment irresponsable de ne pas au moins tenter le coup. Le pire qui puisse arriver, c'est qu'un de ces ponts soit écroulé et qu'on doive faire un léger détour. Ou qu'une courroie saute, qu'on coule une bielle ou autre. Si c'est le cas, notre situation n'aura rien de pire qu'au départ. Entre-temps, ça nous fournit un répit dans cette marche forcée qui nous épuisait tous, et surtout la toubib.

— Merci pour votre sollicitude, dit Caldwell.

— Aucune idée de ce que c'est, mais je vous en prie.

— Deux choses, intervient Justineau.

— Pardon ?

— Vous avez dit que deux choses avaient cloché. Le générateur, c'était la première. Et l'autre ? De quoi s'agit-il ?

— Oui, dit Parks. J'y venais. Ils ont épuisé leurs stocks de nourriture. Les placards sont archivides. Plus une miette dedans. Donc voilà mon scénario catastrophe : ils n'ont plus de générateur et ils n'arrivent pas à réparer. Ils restent ici quelques jours ou quelques semaines en attendant les secours. Mais la Cassure fait toujours rage et personne ne vient. Finalement, l'un d'eux dit « Je laisse tomber », et ils rassemblent leurs affaires pour se mettre en route à pied. L'un d'eux reste en arrière, censément pour monter la garde. Les autres lui font leurs adieux et s'éloignent. Peut-être qu'ils arrivent quelque part, peut-être pas. Sans doute pas, parce que le type resté en arrière-garde se suicide et que personne ne vient le récupérer. Et c'est une chance pour nous. (Il les dévisage tour à tour.) Sauf qu'on court le risque de finir pareil, conclut-il.

» Je ne sais pas combien de temps ça prendra de réparer ce générateur, si jamais on y arrive. Mais tant que ça n'est pas fait, on reste ici. Alors, il nous faut à manger, exactement comme le premier équipage. On a consommé la dernière conserve de Stevenage et on n'a vu aucun endroit sur la route qui n'ait pas été razzié, incendié ou laminé. Il nous reste pas mal d'eau, mais on doit l'économiser parce qu'il n'y a nulle part où refaire des stocks entre ici et la Tamise. Donc il faut chercher à manger, et le trouver vite. L'idéal, ce serait une supérette qu'aucune équipe de raflage ni aucun cureur n'a jamais dénichée, ou une maison dont les propriétaires avaient fait des provisions monstres pour l'Apocalypse, tout en ayant été éliminés très tôt du circuit.

Justineau fait la grimace devant ces froids calculs.

— Ce serait chercher aux mêmes endroits que l'équipage de départ, fait-elle remarquer.

Parks se retourne pour la fixer du regard, et elle hausse les épaules.

— Parce que, bon, sans crainte de se tromper, on peut partir du principe qu'ils ont bien regardé dans les environs avant d'abandonner cette superforteresse et de se retrouver à découvert en pleine rue. S'il y avait eu de quoi manger à la portée du premier passant venu, ils l'auraient trouvé.

— Indiscutable, approuve Parks. Donc le problème risque d'être grave. Qu'on bouge ou pas, évidemment, mais sûrement plus si on reste dans ce coin-ci… un jour ou deux, mettons, le temps que je bricole ce générateur. Donc c'est une décision majeure, dont dépend peut-être notre vie, et qui nous impactera tous pareil. Ça ne me pose aucun problème de trancher à la place de tout le monde, mais comme vous avez eu l'amabilité de me le rappeler il y a quarante-huit heures, mademoiselle Justineau, vous n'êtes pas sous mes ordres, la toubib non plus. Alors je me fais un plaisir, juste pour cette fois, de mettre ça aux voix.

» Doit-on rester ou partir ? Levez la main, ceux qui sont pour qu'on essaie de réparer le générateur et de rentrer dans ce carrosse.

Caldwell redresse aussitôt la sienne, Gallagher est un peu plus lent. Justineau se retrouve à une contre trois.

— Vous acceptez ? demande Parks.

— Je n'ai guère le choix, si ?

Mais la vérité, c'est qu'elle balançait déjà. Sa lassitude à propos du Rosie a beaucoup plus à voir avec la tension dont fait preuve Melanie et avec les événements survenus au cours de la dernière journée à la base qu'avec une quelconque objection rationnelle. L'idée de faire le reste du voyage dans la sécurité et le confort d'un tank colossal a un attrait certain. Plus d'embuscades. Plus besoin de s'exposer. De sursauter au moindre bruit ou au moindre mouvement, ni de regarder derrière soi toutes les deux secondes pour vérifier ce qui arrive dans son dos.

D'un autre côté, Caldwell arbore toujours son expression de chat qui se lèche les babines. À l'idée de se retrouver coincée dans un espace fermé en compagnie de cette femme plus que le strict nécessaire, tout en Justineau se rebelle.

— J'aimerais participer aux recherches de nourriture, dit-elle à Parks. Enfin, à supposer que vous n'ayez pas besoin de mon aide. J'irai avec Gallagher jouer les récupérateurs.

— Je vous avais inscrits tous les deux. Je ne peux pas réparer cette panne tant que je patauge sur les causes, donc pour l'instant je lis essentiellement les manuels, histoire d'identifier toutes les pièces et tous les trucs qu'il me faut. On a trois heures de jour devant nous. Si vous êtes d'attaque, profitez-en, tous les deux. Restez en contact par talkie-walkie. Si vous avez des ennuis quelconques, je viens à la rescousse aussi vite que possible. Professeur Caldwell, je vous dispense de cette corvée. Vous avez toujours les mains dans un sale état et vous ne seriez sans doute pas capable de porter grand-chose. Sans compter qu'on n'a que deux sacs à dos.

Justineau trouve étonnant que le sergent ait pris la peine de se justifier. Il contemple Caldwell d'un air pensif, comme s'il avait peut-être autre chose en tête.

— Ma foi, il y a quantité de choses que je peux faire ici, propose cette dernière. À commencer par le système de purification d'eau. En théorie, le Rosie était capable d'en condenser à partir de l'air ambiant. Une fois le générateur fonctionnel, nous serons peut-être en mesure de remettre ça en marche.

— Très bien, dit Parks avant de se tourner à nouveau vers Justineau. Bon, autant que vous partiez maintenant si vous voulez être rentrés avant la nuit.

Mais elle n'est pas prête à y aller tout de suite. Elle s'inquiète pour Melanie, et elle tient à savoir la vérité.

— Puis-je vous parler en privé ? demande-t-elle à Parks, consciente que ses paroles viennent en écho de celles de la petite fille.

Il hausse les épaules.

— Pas de problème, du moment qu'on fait vite.

Ils repartent dans la salle des moteurs. Elle ouvre la bouche, mais Parks lui coupe l'herbe sous le pied en lui tendant son propre talkie-walkie.

— Au cas où vous seriez séparée de Gallagher, explique-t-il. Le poste de pilotage de Rosie a toute une console de com beaucoup plus puissante que ça, donc vous pouvez en emporter un chacun.

Justineau empoche l'appareil sans même le regarder. Elle ne veut pas se laisser détourner par une discussion logistique.

— J'aimerais savoir ce que Melanie vous a dit, indique-t-elle à Parks. Et où elle est partie.

Parks se gratte le cou.

— Vous êtes sûre ? Alors même qu'elle m'a demandé de ne pas en parler ?

Elle soutient son regard.

— Vous l'avez laissée se risquer à l'extérieur toute seule. Je sais déjà sacrément bien que vous ne trouvez pas utile de prendre en compte les risques qu'elle court, mais moi j'y tiens.

Et je veux aussi comprendre pourquoi ça vous a paru acceptable de l'envoyer dehors ainsi.

— Vous vous trompez, répond Parks.

— Ah oui ? À quel propos ?

— Sur moi. (Il cale son cul contre le capot du générateur, croise les bras.) D'accord, pas tant que ça. Il y a deux jours, j'ai dit qu'on ferait mieux de libérer la gamine. Depuis, elle nous a tiré les marrons du feu deux fois, et elle s'est transformée en super-éclaireuse, par-dessus le marché. Ça me désolerait de la perdre.

Justineau ouvre la bouche pour intervenir, mais il n'a pas terminé.

— D'un autre côté, étant donné qu'elle peut mener des gens jusqu'à nous, la décision de la laisser se balader toute seule dans le coin n'est pas sans conséquences possibles. Mais après ce qu'elle m'a dit, ça avait l'air de la moins mauvaise alternative.

La gorge de Justineau s'est asséchée un peu plus.

— Alternative à quoi ? Que vous a-t-elle raconté ?

— Que notre établoquant ne vaut plus que dalle, Helen. On en a mis une couche beaucoup trop fine ce matin, parce qu'il ne nous en reste plus qu'un demi-tube à nous partager à quatre. Je croyais qu'on en trouverait dans ce bahut, mais non. Il y a juste de cette mixture bleue dont Caldwell se sert pour ses expériences, c'est juste du désinfectant. Ça ne va pas supprimer les odeurs comme l'autre.

» Donc la gamine nous a sentis toute la journée, ce qui l'a rendue à moitié dingue de faim. Elle avait une trouille bleue de se détacher et de nous mordre. Surtout vous. Et voilà pourquoi elle ne voulait pas que je vous raconte tout ça. Elle refuse que vous ayez cette idée d'elle, que vous la preniez pour un animal dangereux. Elle tient à être une élève de votre classe, à vos yeux.

Soudain Justineau sent sa tête tourner. Elle s'adosse au métal froid du mur le temps que l'étourdissement passe.

— C'est… C'est bien comme ça que je la vois.

— Je le lui ai dit. Mais ça n'a pas coupé sa faim. Alors, je m'en suis débarrassé.

— Vous… ?

— Je l'ai emmenée dehors. Je lui ai enlevé les menottes, et elle a filé. Je les ai mises ici, pour quand elle reviendra. (Il ouvre l'un des placards et elles y sont, bien rangées à côté de la laisse enroulée.) Je lui ai montré comment ôter la muselière elle-même, comme si elle n'avait pas déjà compris. Il n'y a que deux lanières de cuir. Elle va rester dehors jusqu'à ce qu'elle trouve quelque chose à manger. Quelque chose de gros. L'idée, c'est de se gaver à se faire éclater la panse. De ne pas revenir avant. Ça chassera peut-être le réflexe affam pendant un moment.

Justineau repense au comportement de Melanie avant son départ – ses tressaillements violents, son mal-être général. Elle saisit, maintenant. Elle comprend ce qu'elle a dû endurer. Ce qui est moins compréhensible, c'est le changement d'attitude de Parks à l'égard de la muselière et des menottes. Elle ne sait sur quel pied danser et elle lui en veut quelque peu. Que d'autres membres du groupe – surtout lui ! – étendent à Melanie la confiance qu'elle lui voue menace d'une certaine façon le lien noué avec la fillette.

— Vous n'avez pas eu peur qu'elle vous morde ? demande-t-elle. (L'insinuation sournoise qui s'est glissée dans sa propre voix la frappe soudain et l'écœure.) Je veux dire… Vous croyez que nous pourrons la garder parmi nous, bien que ce soit une affam ?

— Ça, pas du tout, répond Parks sans sourciller. D'où le fait que je l'aie laissée partir. À moins que vous me demandiez si j'ai eu peur en lui enlevant les menottes ? La réponse est non. Parce que j'ai gardé mon arme braquée sur elle. Cette gamine est spéciale – je ferais peut-être mieux de dire unique –, mais elle reste une affam. Ce qui la rend unique, c'est qu'elle le sait. Elle ne s'accorde aucune indulgence. Quantité de gens pourraient prendre exemple sur son attitude.

Il lui tend son sac à dos, qu'il a vidé.

— Moi, c'est ça ? demande Justineau. Vous trouvez que je n'assure pas ?

Ce serait jouissif d'avoir une bonne grosse engueulade avec Parks à ce moment précis, mais il ne semble pas disposé à jouer.

— Non, je ne parlais pas de vous. Je voulais dire en général.

— Ah oui, en général ? Vous étiez d'humeur philosophe ?

— C'est mon uniforme de gros chieur. Celui que je porte au boulot tous les jours ou presque. Vous avez dû vous en rendre compte, non ?

Elle hésite, prise à contre-pied. Elle ne le pensait pas capable d'autodérision. D'un autre côté, elle ne le croyait pas non plus fichu de changer d'avis sur Melanie.

— D'autres lois de la guerre ? lui demande-t-elle, toujours obscurément blessée, toujours pas apaisée. Comment survivre en faisant ses courses ? Des tuyaux pour la vie urbaine moderne ?

Parks accorde plus d'intérêt à sa question qu'elle ne s'y attendait.

— Mettez ce qui reste d'établoquant, suggère-t-il. Et ne mourez pas.

54

Gallagher regrette de ne pas être tout seul.

Ce n'est pas qu'il n'aime pas Helen Justineau. Plutôt l'inverse, en fait. Il l'aime beaucoup. Il la trouve vraiment belle. Elle a été la vedette ou la co-vedette de bon nombre de ses rêveries érotiques, où elle jouait essentiellement le rôle de la femme plus âgée, très expérimentée et follement délurée draguant un jeune qui pourrait avoir l'âge de son fils pour ensuite lui montrer les ficelles. Et même parfois les cordes.

Sauf que ça fait d'autant plus bizarre d'être de patrouille avec elle. Il a peur de dire quelque chose de très bête. De se retrouver à devoir prendre des décisions au quart de tour, et de ne pas pouvoir parce qu'elle l'obnubile trop. Il craint de ne pas réussir à cacher l'ampleur de sa peur.

Un truc qui n'aide pas, c'est qu'ils ne peuvent même pas se parler. D'accord, ils échangent un murmure tendu de temps à autre, en arrivant au bout d'une rue, pour décider où aller ensuite. Mais le reste du temps ils avancent dans un silence total, en traînant le pas, au ralenti, comme le sergent Parks le leur a appris.

Ça sent un peu la surextermination dans ce coin-là. Au cours de la première heure, après avoir quitté le camion blindé au nom idiot, ils ne voient que quatre affams pas morts, et aucun de près.

Ensuite, ils trouvent le premier allongé. Le pauvre gars a fait des fruits comme tous les autres du même style, sauf qu'il est tombé sur le ventre et que la grosse tige blanche lui a explosé le dos pour sortir. Helen Justineau contemple ça d'un air écœuré, sinistre. Elle doit penser à la gamine affam. Comme une mère d'avant la Cassure qui se dit que le monde est vaste, qu'il y a des tas de malades qui se baladent dans la nature, et qui se demande où est sa petite chérie.

Ouais. Des tas de malades, ça c'est sûr. Gallagher en a pas mal dans sa famille. Et il en a croisé pas mal d'autres quand la base est tombée. Une partie de sa gêne actuelle – sans doute la majorité – vient de son impression de ne pas aller dans un sens logique. Bien sûr, il rentre chez lui. Mais ça revient à remettre le pied dans un piège après s'être débrouillé pour en sortir. Bien sûr qu'ils ne peuvent pas retourner à la base, il n'y a plus de base, et les salopards qui l'ont démolie les poursuivent peut-être encore. Mais Gallagher ne peut pas considérer Beacon comme un refuge, juste comme une bouche qui s'ouvre devant lui pour l'avaler.

Il essaie de chasser ces idées noires. D'avoir l'air d'un soldat, de se sentir prêt au combat. Il veut qu'Helen Justineau soit rassurée par sa présence.

Ils ont parcouru une longue route bordée des deux côtés par des magasins mis à sac depuis longtemps. Leur duo est beaucoup trop visible – ils font des cibles faciles pour tous ceux qui passeraient dans le coin. La plupart des commerces se sont sans doute fait piller pendant les premiers jours de la Cassure.

Du coup, maintenant, ils s'intéressent aux maisons des petites rues voisines, plus difficiles à pénétrer et à fouiller. Il faut commencer par une reco, chercher les affams. En étant aussi silencieux que possible quand on force l'entrée, parce que, bien sûr, le bruit en attirera s'il y en a dans le coin. Ensuite, une fois dedans, nouvelle reco. Il pourrait y en avoir tout un nid n'importe où – d'anciens habitants ou des invités surprise.

C'est lent, et ça vous bouffe les nerfs.

En plus, quelle déprime ! la pluie tombe dru, maintenant. Ils se font pisser dessus par un ciel gris sinistre.

Et puis, surtout, c'est chiant, si tant est qu'un truc puisse être à la fois super-flippant et chiant. Ces maisons se ressemblent toutes. Des intérieurs sombres avec des odeurs de pourri, des moquettes spongieuses sous vos pieds, des rideaux moisis et des taches de champignons sur les murs. Encombrés de milliers de trucs qui ne servent à rien sauf à se mettre dans vos pattes et presque vous faire trébucher. À croire qu'avant la Cassure les gens passaient toute leur vie à se fabriquer des cocons avec des meubles, des bibelots, des livres, des jouets, des images et toutes les conneries qu'ils pouvaient trouver. Comme s'ils espéraient renaître dedans pour devenir autre chose. Ce qui est arrivé à certains, bien sûr, mais pas comme ils l'escomptaient.

Dans la plupart des maisons, Justineau et Gallagher restent juste assez longtemps pour fouiller la cuisine. Il y a parfois une réserve ou un garage, qu'ils vérifient aussi. Ils se tiennent résolument à l'écart des frigos et des congélateurs, qui seront pleins de merde puante et purulente. Ce sont les conserves et les aliments sous emballage, le jackpot, dans ce cas précis.

Seulement, ils n'en trouvent pas. Les cuisines se sont fait dépouiller.

Ils passent à la rue suivante, avec des résultats similaires. Tout au bout, il y a un garage bouclé à la porte vert vif, qu'ils dépassent presque. Mais comme c'est juste à côté d'une épicerie de quartier pillée, Justineau s'arrête.

— Vous pensez ce que je pense ? demande-t-elle.

Gallagher ne pensait à rien jusqu'à ce qu'elle le demande, mais il réfléchit vite, maintenant, pour répondre autre chose que « hein ? »

— Ce garage appartient peut-être à l'épicerie, devine-t-il.

— Je veux, mon neveu. Et on dirait que personne n'y a mis les pieds. Allons voir ça, soldat.

Ils essaient la porte, qui se révèle fermée à clé. Et en métal léger, fin : positif par un côté (ils n'auront pas de mal à l'enfoncer) et négatif de l'autre (ils feront forcément un boucan d'enfer).

Gallagher coince sa baïonnette dans un des coins de la porte et fait levier. Le métal se plie avec un grincement suraigu assourdissant. Quand il est assez détaché du montant, ils glissent les doigts autour pour tirer, lentement mais sûrement. Ça grince toujours, ils n'y peuvent rien.

Ils rabattent en arrière un triangle d'environ un mètre, sur son bord le plus large. Ensuite, ils guettent dans toutes les directions en tendant l'oreille, stressés comme pas possible. Aucun signe de quoi que ce soit qui surgisse, que ce soit à un bout de la rue ou à l'autre.

Ils se mettent à croupetons, rampent à l'intérieur.

Gallagher allume sa torche, balaye les lieux.

Le garage est rempli de cartons.

La plupart vides. Parmi ceux qui contiennent des trucs, il s'avère que ce n'est pas en général à manger, mais des journaux et des magazines, des jouets pour enfants, de la papeterie. Le reste… bon, il y a des comestibles, sous forme d'amuse-gueules, essentiellement. Des sachets de chips, de cacahuètes, de grattons. Des barres chocolatées et des biscuits. Des bonbons acidulés dans des tubes longs comme à peu près une cartouche de fusil. Des caramels ronds sous emballage individuel. Et des bouteilles. Toutes sortes de bouteilles. Limonade au citron, à l'orange, au citron vert, au gingembre, colas, jus de cassis. Pas d'eau, mais pratiquement tout le reste qu'on puisse imaginer, si votre imagination se restreint au sucre et au dioxyde de carbone.

— Vous croyez que certains sont encore bons ? murmure Gallagher.

— Il n'y a qu'un moyen de le savoir, souffle Justineau.

Ils se lancent dans un blind-test. Ils ouvrent du plastique à pleines poignées pour en mordiller avec précaution le contenu. Les chips sont rances, molles et s'émiettent, avec en prime une amertume acide. Ils se dépêchent de les recracher. Les biscuits, ça va, par contre.

— Les huiles hydrogénées, dit Justineau en postillonnant des miettes. Le genre de truc qui durera jusqu'à la dernière étincelle de chaleur de cette connerie d'Univers.

Les cacahuètes sont ce qu'il y a de meilleur. Gallagher n'en revient pas de ce goût, aussi salé et aussi fort que celui de la viande. Il en avale trois sachets avant de pouvoir dire stop.

Quand il relève la tête, il se rend compte que Justineau a un sourire jusqu'aux oreilles mais aimable, pas méchant. Il rigole tout haut, content d'avoir partagé avec elle ce festin ridicule et heureux qu'elle ne l'ait pas vu rougir dans la demi-obscurité du garage.

Il prévient le sergent par talkie-walkie, en lui annonçant qu'ils rapportent des trucs fumants. Ou du moins parfum fumé, pour certains. Parks ordonne de faire des stocks et de rentrer, tout en adressant ses félicitations les plus sincères.

Ils remplissent les sacs à dos ainsi que leurs poches, en emportent chacun à la main deux cartons en plus. Quand, dix minutes plus tard, ils ressortent prudemment dans la rue, ils l'ont encore rien qu'à eux.

Le retour est euphorique. Ils ont un palmarès extra comme chasseurs-cueilleurs. Ils rapportent le mammouth à la caverne. On allumera un feu de camp contre les ténèbres, on se gobergera en racontant des histoires.

Enfin, peut-être pas tout à fait. Mais il y aura une porte bien hermétique et de quoi manger – sur fond de Fleetwood Mac, s'ils ont de la chance.

55

Caldwell déballe les six Tupperwares contenant les tissus cérébraux de l'affam mâle prélevés à Wainwright House, puis les étale côte à côte devant elle sur la surface qu'elle vient de désinfecter. Les plans de travail du labo sont en fausse pierre synthétique, mélange de poudre de marbre, de bauxite et de polyester. Ce n'est pas aussi froid que de la vraie pierre. Elle pose un instant dessus ses mains brûlantes qui pulsent de douleur, mais cela ne la soulage que très peu.

Elle prépare des lames à partir de chaque échantillon. Elle n'allume pas l'ATLUM pour cet examen, parce que le Rosie n'a toujours pas d'alimentation en état de fonctionner – et aussi parce que tout ça a été ramassé à la cuillère dans le crâne de l'affam. Les biopsies ne s'étageant pas suivant les strates naturelles du cortex, trancher très fin dedans n'avancerait pas à grand-chose.

Elle aura besoin de l'automicrotome plus tard, mais pas pour ceux-là. Pour l'instant, elle étale de minuscules quantités de tissu cortical aussi finement que possible sur les lames, leur ajoute à chacun une unique goutte d'agent colorant différent, puis laisse tomber les lamelles dessus avec un soin précautionneux. Comme les bandages la gênent dans ses gestes, ça prend plus longtemps que ça ne devrait.

Six échantillons de tissus. Cinq agents colorants à disposition – sulfate de cérium, ninhydrine, D282, bromocrésol et p-anisaldéhyde. Caldwell compte beaucoup sur le D282, une carbocyanine lipophilique fluorescente à l'efficacité démontrée lorsqu'il s'agit de montrer sous un relief élevé des structures neuronales fines. Mais elle ne fera pas l'impasse sur les autres teintes, puisqu'elle les a sous la main. Chacune peut fournir des données utiles.

La réaction normale consisterait à allumer le microscope électronique en transmission situé au fond du labo, sorte d'hybride entre un marteau-piqueur et un Stormtrooper impérial de la trilogie Star Wars : tout en céramique blanche et en arrondis lisses, sculptés.

Mais on en revient à l'absence d'électricité. Le MET ne se pliera pas à la volonté de Caldwell tant que le sergent Parks ne l'alimentera pas.

En attendant, elle consacre son attention au sporange. Le labo dispose de caissons de manipulation dotés de deux trous circulaires d'un côté. Ces trous sont pourvus de sphincters. On peut y insérer des gants en caoutchouc montant jusqu'au coude, après quoi on les rend hermétiques au moyen d'un gel et par calages mécaniques.

Une fois le sporange isolé à l'intérieur d'un des caissons, Caldwell en entame l'examen. Elle essaie de l'ouvrir avec ses doigts gantés – sans y parvenir. L'enveloppe extérieure est dure, élastique et très épaisse. Ce n'est pas une sinécure, même en s'armant d'un scalpel.

À l'intérieur, dans un infini de replis, une mousse fine, fractale, de spores évoquant des bulles de savon grises, qui vient s'étaler hors de l'ouverture pratiquée par Caldwell. Curieuse, cette dernière plonge le doigt dedans. Il n'y a aucune résistance. Malgré la densité de leur concentration, les spores donnent l'impression de n'avoir strictement aucune masse.

Elle a pris conscience, tout en accomplissant ces gestes, de n'être plus seule dans le labo. Le sergent Parks est entré, il l'observe en silence. Il brandit son arme – pas le fusil, son pistolet d'ordonnance –, de façon aussi naturelle qu'on puisse tenir un tel objet dans l'espace civilisé d'un laboratoire, où il n'a pas sa place.

Caldwell ignore un instant cette arrivée. Elle continue de trancher avec soin dans la calebasse grise pour examiner sa structure intérieure.

— La bonne nouvelle, remarque-t-elle à haute voix, le regard et l'attention toujours portés sur le contenu du caisson, c'est que le tégument des sporanges paraît très résistant. Aucun de ceux que nous avons vus par terre n'était ouvert, et il est impossible de le faire à mains nues. Ils semblent exiger un élément extérieur pour germer. Jusqu'ici, ce déclencheur-là ne s'est pas matérialisé.

Parks ne réagit pas. Il n'a pas bougé.

— Avez-vous jamais songé à faire un métier scientifique, monsieur Parks ? lui demande Caldwell, qui lui tourne toujours le dos.

— Pas vraiment, répond-il.

— Parfait. Vous êtes vraiment beaucoup trop bête.

Le sergent, sur le côté, la domine de sa masse.

— Vous croyez qu'il me manque quelque chose ?

Caldwell est fort consciente de la présence de l'arme. Quand elle baisse brièvement les yeux, elle est là, pile dans son champ de vision. Le sergent la braque à deux mains, prête à tirer.

— Oui.

— Quoi donc ?

Elle pose le scalpel et ôte ses mains, très lentement, des gants et du caisson. Puis elle se tourne pour regarder l'intrus dans les yeux.

— Vous me voyez pâle et en sueur. Vous constatez que j'ai les yeux rouges. Que je ralentis quand je marche.

— Exact.

— Et votre diagnostic est tout prêt.

— Je sais ce que je sais, toubib.

— Ah, mais non, sergent, vous ne savez pas vraiment.

Elle a commencé à défaire les bandages de sa main gauche. Qu'elle hausse pour qu'il la voie. À mesure que le tissu blanc tombe, sa peau est visible. La main proprement dite est d'un blanc cadavérique, et légèrement plissée. Des lignes rouges démarrant à hauteur du poignet grimpent le long du bras – vers le bas, puisque Caldwell l'a levé, mais la gravité n'est pas le moteur ici. Le poison qui se fraie un chemin vers son cœur ne fait aucun cas des caprices de la topographie locale.

— Empoisonnement du sang. Septicémie. La première chose que j'ai faite en arrivant a été de m'inoculer une dose massive d'amoxicilline, mais il est beaucoup trop tard, j'en ai la quasi-certitude. Je ne suis pas en train de me transformer en affam, sergent. J'agonise seulement. Alors veuillez me laisser tranquille, que je puisse continuer mon travail, s'il vous plaît.

Mais Parks demeure sur place quelques secondes. Caldwell comprend. C'est un homme qui préfère nettement les problèmes auxquels il existe une solution simple, monolithique. Il la prenait pour un de ceux-là et il se rend compte de sa méprise. Il a du mal à avaler ce changement de perspective.

Elle comprend, mais elle n'y peut rien. D'ailleurs, ça ne l'intéresse guère. Ce qui compte à présent, ce sont ses recherches, qui commencent – après une aussi longue période de stagnation – à sembler prometteuses.

— Vous dites que ces sortes de fruits ne sont pas dangereux ? lui demande-t-il.

Elle s'esclaffe. C'est irrépressible.

— Pas du tout, sergent. À moins que la perspective d'une extinction à l'échelle planétaire ne vous embête.

Le visage de Parks, sur lequel on lit comme dans un livre, affiche le soulagement, puis la confusion et enfin le soupçon.

— Pardon ?

Caldwell regrette presque d'avoir percé la précieuse bulle de son ignorance.

— Je vous ai déjà expliqué que les sporanges contenaient les spores du pathogène affam. Mais vous n'avez pas l'air d'avoir intégré ce que ça signifie. Dans sa forme immature, asexuée, *Ophiocordyceps* a renversé notre civilisation en l'espace de trois ans. La seule chose qui l'a empêché d'atteindre aussitôt au statut de pandémie mondiale, qui a permis à des humains non contaminés de survivre, c'était que l'organisme immature ne pouvait se reproduire – par néoténie – dans des fluides organiques.

— Merde, toubib, dit-il, l'air chagrin, si vous avez l'intention de parler comme une encyclopédie…

— Le sang et la salive, sergent. C'est là qu'il vit. Il n'aime pas s'aventurer à l'air libre, et il n'y prospère pas. Mais sa forme adulte… (Elle agite la main vers le globe blanchâtre innocent niché au fond du caisson.) Eh bien, elle, elle ne fera pas de quartier. Chaque sporange contient, et c'est une estimation à la louche, d'un à dix millions de spores. Elles se baladeront dans l'air et seront assez légères pour voyager sur des dizaines, des centaines de kilomètres à partir de leur point d'origine. Si elles viennent à flotter dans la haute atmosphère, ainsi qu'il adviendra fatalement, elles pourront aisément passer d'un continent à l'autre. Elles seront assez robustes pour survivre des semaines, des mois, voire des années. Et toute personne qui les inhale sera infectée. Un affam, ça se voit arriver, mais nous aurons beaucoup plus de mal avec un organisme large de moins d'un millimètre. Plus de mal à le repérer, et aussi à ne pas l'absorber. J'estime que ce qu'il reste de l'humanité 1.0 fermera boutique un mois après l'éclosion de ces boules blanches.

— Mais… vous avez dit qu'elles ne s'ouvrent pas, dit Parks, accablé.

— Qu'elles ne s'ouvriraient pas toutes seules. Cette espèce est une mutation, une variation, elle tâtonne encore dans son développement. Mais, tôt ou tard, l'événement déclencheur, quel qu'il soit, surviendra. C'est juste une question de temps.

La probabilité augmente peu à peu, elle finira par atteindre les cent pour cent.

Parks semble ne rien avoir à répondre à cela. Il se retire enfin, la laissant à son ouvrage. Et, bien qu'elle n'ait pas laissé sa présence trop la ralentir, cette solitude la satisfait.

56

Helen Justineau a apprécié l'expédition de récupe plus qu'elle ne l'aurait cru. Ce moment passé en compagnie de Kieran Gallagher s'est révélé étonnamment supportable.

Mais quand ils regagnent le Rosie, dix minutes avant la tombée du jour, pour découvrir que Melanie n'est toujours pas rentrée, l'inquiétude s'abat sur elle comme une enclume dans un vieux sketch des Monty Python. Bon sang, où peut-elle être depuis tout ce temps ? A-t-elle eu tant de mal à trouver quelque chose à manger ?

Justineau se rappelle le renard, à Stevenage. Elle n'a pas vu Melanie le capturer, mais elle l'a aperçue marchant avec l'animal qui gigotait dans ses bras. Elle le faisait basculer pour qu'il ne la déséquilibre pas. Quand on est capable d'attraper un renard, les rats, les chiens errants ou les oiseaux ne devraient présenter aucune difficulté.

Il n'y a pas moyen de savoir sur quoi la fillette a pu tomber au-dehors. Justineau aurait dû essayer de la trouver au lieu de rester avec le brave soldat Chveik pour chercher à manger.

Elle est aussitôt contrite de cette poussée de mépris instinctive envers Gallagher. Dont les seuls défauts, en vérité, sont d'être jeune, un béjaune carrément en pâmoison devant son sergent.

Un sergent qui se montre assez taciturne et renfermé, à la réflexion. Il n'a jeté qu'un très bref coup d'œil à leur butin, les a félicités d'un simple hochement de tête avec à peine un grognement, puis il est reparti dans la salle des moteurs.

Elle l'y suit.

— Que faisons-nous si elle ne revient pas ?

Parks a la tête dans les entrailles du générateur, qu'il a commencé à démonter. Sa voix en ressort étouffée.

— D'après vous ?

— Je vais aller la chercher.

Ça fait se redresser Parks très vite, c'était d'ailleurs l'idée. Justineau ne songe pas sérieusement à sortir dans la nuit. Ça ne servirait à rien. Elle ne pourrait pas allumer de torche sans signaler sa présence et son emplacement à tout ce, et tous ceux, que peuvent compter les rues. Sans lumière elle serait aveugle, et avec, à peine moins. Les affams fonceraient vers cette clarté mouvante, ou vers l'odeur de Justineau et sa chaleur corporelle, en un rien de temps tout serait terminé pour elle.

Alors quand Parks énonce ce raisonnement en des termes nettement plus crus et plus emphatiques, elle ne prend même pas la peine d'écouter. Elle attend qu'il ait fini sa tirade avant d'insister.

— Alors, que fait-on ?

— Rien, répond Parks. Nous sommes pieds et poings liés. Elle risque beaucoup moins dehors que vous ou moi, et c'est une petite futée. Avec la nuit qui arrive, elle en sait assez pour se planquer et attendre le jour.

— Et si elle ne réussit pas à retrouver son chemin ? Nous n'avons pas la moindre idée de la distance à laquelle elle se trouve, et puis ces rues doivent toutes se ressembler à ses yeux. Elle risque de ne pas pouvoir revenir, même de jour.

Parks la regarde durement.

— Je n'envoie pas de fusée de détresse, prévient-il. Si c'est à ça que vous pensiez, n'y comptez pas.

— On y perd quoi ? demande Justineau. Merde, on est dans un tank, Parks ! Rien ne peut nous atteindre.

Il jette le manuel qu'il serrait contre lui depuis le début, se saisit d'une clé à molette. L'espace d'un instant, Justineau se dit qu'il va la frapper avec. Elle comprend, avec un étonnement abrupt, qu'il est aussi tendu qu'elle.

— Ils n'auraient pas besoin de nous toucher directement, fait-il remarquer, la mine sombre. Il leur suffirait de camper à l'entrée un jour ou deux. Nous ne sommes pas en position de tenir un siège, Helen. Pas avec des cacahuètes salées et des Pim's.

Il a raison, bien sûr, de ce point de vue. C'est sans importance, puisqu'elle a déjà piqué le pistolet d'alarme dans le tas d'affaires que Parks a fait tomber par terre lorsqu'il lui a confié son sac à dos. Il est coincé à l'arrière de sa ceinture de jean, d'où il ne dépasse qu'à peine. Du moment qu'elle reste hors de la lumière, elle ne risque rien.

Mais quelque chose tarabuste Parks, et ce n'est pas ça. Justineau s'inquiète de ne pas savoir.

— Qu'est-ce qu'il y a ? demande-t-elle. Il s'est passé quelque chose pendant que nous étions sortis ?

— Rien du tout, répond Parks – trop vite. Mais il ne nous reste plus d'établoquant, et il n'y a rien d'équivalent ici. À partir de maintenant, dès qu'on met le pied dehors, on laisse une piste olfactive qui mène droit sur nous. Et si la gamine revient, il nous faudra beaucoup plus qu'une muselière et une laisse pour la maîtriser. Elle sentira notre odeur sans arrêt. Ça va lui faire quel effet, à votre avis ?

Cette question s'insinue, puis se vrille méchamment dans l'esprit de Justineau. Une seconde, elle n'arrive plus à parler. Elle se remémore dans quel état la frénésie de nourriture a mis Melanie, sur la base. Elle imagine la fillette perdant à nouveau le contrôle ainsi, mais à l'intérieur du Rosie.

Comment même la faire entrer, lui remettre la muselière et les menottes ?

Connaissant Parks comme elle le connaît – il sait calculer son coup et prendre toutes les précautions –, elle se demande s'il avait déjà prévu tout cela avant d'agir.

— Vous l'avez laissée partir si facilement à cause de ça ? Vous pensiez la relâcher dans la nature ?

— Je vous ai dit ce que je pensais. Je n'ai pas l'habitude de vous mentir.

— Ce n'est pas son habitat naturel, merde ! continue Justineau. (Elle a l'impression d'avoir avalé un truc amer et de devoir tourner autour du pot.) Elle ne comprend rien à cet endroit. Encore moins que nous, et Dieu sait que nous pataugeons, comme vous dites. Elle se débrouillera peut-être pour trouver à manger, mais ce n'est pas la même chose que de survivre, Parks ! Elle vivra avec des bêtes. Comme elles. Et c'est ce qu'elle deviendra. La petite fille mourra en elle. Il ne restera que quelque chose de très proche de tous les affams.

— Je l'ai libérée pour qu'elle puisse se nourrir, répond Parks. Je n'ai pas cherché plus loin.

— Ouais, sauf que vous n'êtes pas con.

Elle s'est rapprochée d'un coup. Il vient de reculer un peu, autant qu'il est possible de le faire dans cet espace étroit. Tout ce qu'elle distingue de ses traits à la lueur inclinée de la torche, c'est la crispation de sa bouche.

— Caroline peut s'octroyer le luxe de ne pas réfléchir. Pas vous.

— Je croyais que la toubib était censée être un génie, marmonne Parks avec une nonchalance étudiée.

— Ça revient au même. Elle ne voit que ce qu'il y a au fond de ses tubes à essai. Quand elle appelle Melanie son sujet d'expérience n° 1, elle le pense. Mais vous, votre perspective est plus vaste. Si vous enleviez un chaton à sa mère pour le remettre après auprès d'elle, et qu'elle lui arrachait la gorge parce qu'il sent l'homme, vous comprendriez que c'est de votre faute. Si vous attrapiez un oisillon pour lui apprendre à parler et qu'il s'échappe ensuite et meure de faim parce qu'il ne sait pas se nourrir, vous n'hésiteriez pas une seconde à vous en déclarer responsable.

» Bon, Melanie n'est pas un chat, hein ? Ni un oiseau. Elle serait peut-être devenue quelque chose dans ce goût-là si vous l'aviez laissée où vous l'avez trouvée. Un être sauvage qui ne se connaît pas et qui n'agit qu'en fonction de ses besoins. Mais vous l'avez prise au filet, ramenée chez nous. Et maintenant elle relève de vous. Vous vous en êtes mêlé. Vous avez une dette envers elle.

Parks reste bouche cousue. Lentement, Justineau tend le bras derrière elle pour extraire le pistolet d'alarme. Elle le sort pour qu'il le voie dans sa main.

Elle s'avance vers l'entrée de la salle des machines.

— Helen ! dit Parks.

Elle franchit le poste d'armes arrière pour gagner la porte. Elle est fermée à clé, mais pas gardée. Caldwell se trouve au labo, Gallagher dans les quartiers, occupé à passer en revue les vieux CD comme si c'était du porno.

— Helen.

Elle ouvre le verrou. Ça a beau être la première fois qu'elle le fait, elle n'a aucun mal à se figurer comment le mécanisme fonctionne. Elle jette un regard en arrière vers Parks, qui a dégainé son arme de poing. Il la braque droit vers elle, mais seulement une seconde. Sa main retombe à son côté et ses joues se gonflent d'un soupir, comme s'il venait de poser un poids très lourd.

Justineau ouvre la porte, fait un pas au-dehors. Elle lève le bras bien au-dessus de sa tête, appuie sur la détente.

Le bruit évoque celui d'un feu d'artifice qui file, en plus étiré.

La fusée siffle et souffle toute seule en grimpant dans la noirceur totale en surplomb.

Il n'y a pas de lueur, rien à voir. La munition datait de pas mal d'années, après tout. Pré-Cassure, comme la majorité du matériel de Parks. Elle a dû faire long feu.

Et soudain, c'est comme si Dieu venait d'allumer une lumière dans le ciel. Une lumière rouge. À ce qu'elle sait de Lui, c'est la couleur qu'Il préférerait.

Tout est nettement visible, comme à la lueur du jour, mais cette clarté n'a rien à voir avec celle du soleil. C'est l'éclairage d'un abattoir, ou d'un film d'horreur. Et ça a dû atteindre les espaces intérieurs du Rosie, bien que les déflecteurs de lumière des minuscules vitres blindées soient abaissés, parce que Gallagher est venu regarder par la porte, juste à côté de Parks, et que Caroline Caldwell, qui a daigné mettre un pied hors du labo, contemple médusée derrière eux ce soleil de minuit.

— Vous feriez mieux de rentrer, lance Parks d'une voix aplanie par la résignation. Elle ne sera pas seule à le voir.

57

Melanie n'est pas perdue, mais découvrir la fusée éclairante la réjouit.

Elle est assise sur le toit d'une maison située à moins d'un kilomètre du Rosie. Elle se tient là depuis plusieurs heures, sous une pluie régulière qui l'a déjà trempée de part en part. Elle essaie de comprendre quelque chose qu'elle a vu en fin d'après-midi, juste après s'être enfin rempli l'estomac. Elle n'arrête pas de se le repasser mentalement depuis, en une répétition silencieuse, infinie.

Ce qu'elle a mangé, après avoir cherché dans des ruelles dégoulinantes et des jardins spongieux pendant une heure et demie, c'était un chat redevenu sauvage. Et elle a détesté. Pas le chat lui-même, mais le processus de chasse, de capture et de mâche. La faim la guidait, avec force, lui disant quoi faire exactement. Alors qu'elle ouvrait le ventre à coups de dents et qu'elle se gorgeait de ce qui en dévalait, une part d'elle-même était entièrement satisfaite, entièrement apaisée. Mais il y en avait une qui restait à distance de cette cruauté atroce et de ce gâchis horrible. Cette partie-là voyait le chat encore vivant, tressaillant lorsqu'elle croquait ses côtes fragiles pour arriver à son cœur. Elle percevait ses miaulements pitoyables pendant qu'il la griffait, impuissant, ouvrant des coupures superficielles dans ses bras qui ne saignaient même pas. Elle a senti sa puanteur amère d'excréments au moment où elle a sans le vouloir percé ses entrailles, envoyant les boyaux se disperser dans le vent comme des serpentins, afin d'atteindre la chair tendre en dessous.

Elle n'a laissé que la carcasse.

Et en le dévorant, elle a évité toutes sortes de pensées sans rapport avec lui. Le minet de la photo accrochée au mur de sa cellule, lapant paisiblement son lait, concentré. Le proverbe qui dit que tous les chats sont gris la nuit, qu'elle n'a pas compris et que M. Whitaker n'a pas pu expliquer. Un poème dans un livre.

J'adore ce petit chat au pelage tout chaud
Si je suis doux avec lui, il ne me fera pas bobo

Elle n'a pas tant aimé que ça celui d'aujourd'hui. Il n'avait pas du tout aussi bon goût que les deux hommes qu'elle a mangés à la base. Mais elle avait conscience qu'il était la condition de sa survie. Elle espérait que la faim s'apaiserait un peu, qu'elle n'essaierait plus autant de lui donner des ordres.

Après coup, elle a erré dans les rues, à la fois très démoralisée et très énervée, incapable de rester tranquille. Elle n'arrêtait pas de revenir à portée de vue du Rosalind Franklin pour être sûre qu'il n'avait pas bougé, puis de s'éloigner encore dans telle ou telle rue perpendiculaire, où elle se perdait environ une heure. Elle ne voulait pas y retourner tout de suite. Elle commençait à sentir qu'il faudrait manger encore avant.

À chaque circuit, elle allait un peu plus loin, en traînant un peu plus des pieds. Elle sondait les extrémités de sa faim, explorant son effet et sa force, comme Sergent Parks avait exploré les pièces à Wainwright House en tenant son fusil à deux mains, en faisant aller et venir ses yeux. C'était un territoire ennemi qu'elle devait apprendre à connaître.

Pendant un de ses allers et retours vers l'extérieur, elle s'est retrouvée devant un grand bâtiment blanc plein de fenêtres. Celles du bas étaient énormes et toutes cassées. Il y en avait d'autres, plus haut, qui tenaient toujours dans leurs montants.

Le panneau devant disait « arts DÉPÔT » – un petit « arts » et un gros « DÉPÔT », juste au-dessus de l'entrée. Et comme cette porte était autrefois en verre, ce n'était plus vraiment une porte du tout. Juste un cadre vide tenant quelques fragments de verre brisé à ses extrémités.

Des bruits provenaient du dedans – de brefs éclats de son, pareils au glapissement d'un animal blessé.

Un animal blessé aurait été fort bienvenu à ce moment-là, songe Melanie.

Elle est entrée, dans une pièce à très haut plafond, avec deux escaliers au fond. Ils étaient en métal, avec des bouts en caoutchouc pour poser les mains dessus. Il y avait un autre panneau en bas. La nuit commençait à tomber, c'était à peine si on arrivait à lire. Il disait : LES ENFANTS DOIVENT ÊTRE PORTÉS DANS LES BRAS SUR L'ESCALATOR.

Elle a grimpé les marches. D'abord dans un grondement métallique quand elle a pesé dessus. Elles bougeaient légèrement à chacun de ses pas comme si elles allaient tomber. Elle a failli repartir, mais les cris et les glapissements venus de l'intérieur étaient plus forts maintenant, elle était curieuse de savoir quel genre d'être les poussait.

En haut de l'escalier, il y avait une grande pièce avec des choses encadrées sur les murs et des tas de tables et de chaises. Les encadrés étaient impossibles à comprendre, ils contenaient des images et des mots qui n'avaient pas l'air d'avoir de rapport entre eux. Un qui disait *Tournée d'automne Twisted Folk* montrait un homme jouant de la guitare. Mais ensuite on voyait l'homme dans la même position en train de jouer de tas d'autres choses : un chien, une chaise, un arbre, un autre homme et ainsi de suite. Certaines des tables avaient des assiettes, des tasses et des verres dessus, mais les tasses et les verres étaient tous vides, et il n'y avait rien sur les tables à part des traces de nourriture ayant pourri depuis très, très longtemps, ce qui faisait que même la pourriture était partie.

Rien ne semblait déplacé là-haut – ni vivant, d'ailleurs. On entendait des bruits de mouvements rapides en plus des glapissements, mais la salle était si grande et tellement pleine d'échos que Melanie n'aurait pas su dire de quelle direction le son venait.

Elle a regardé autour d'elle. Il y avait partout soit des escaliers, soit des portes. Elle a grimpé un des escaliers au hasard, ouvert une porte, puis elle a parcouru un couloir et passé deux autres portes qui se sont ouvertes en se balançant dès qu'elle les a touchées.

Elle s'est arrêtée net, comme on stoppe quand on vient de voir soudain qu'on s'est trop rapproché du bord de la falaise.

L'espace dans lequel elle se trouvait était beaucoup, beaucoup plus grand que la salle du bas, aussi vaste que ça ait paru. Tout était plongé dans le noir complet, mais on pouvait deviner la taille aux changements d'échos et aux mouvements de l'air devant son visage. Elle n'avait même pas besoin de réfléchir pour le savoir. Elle était juste sûre que c'était immense.

Et les bruits provenaient d'en dessous d'elle, donc cette immensité s'étirait sur trois dimensions, pas deux.

Melanie a tendu les mains devant elle à hauteur de sa poitrine et elle a fait un pas en avant – de petits pas de bébé qui l'ont menée très rapidement au bord d'une plateforme. Sous ses doigts, il y avait le métal froid d'une barre ou d'une rambarde.

Elle est restée là en silence à écouter les cris, les chocs, les piétinements et les autres claquements rythmiques qui allaient et venaient.

Puis quelqu'un a ri. Un trille aigu, ravi.

Elle est restée là, incapable de bouger, stupéfiée. Elle se sentait trembler. Ce rire aurait pu être celui d'Anne, de Zoe, ou de n'importe lequel de ses amis de classe. C'était celui d'une petite fille ou peut-être d'un petit garçon.

Elle a presque poussé un cri elle aussi, mais non. Comme le rire était plaisant, elle s'est dit que la personne devait l'être aussi. Mais il ne pouvait pas y en avoir qu'une, pour faire tout ce bruit. À l'oreille, il devait y avoir des tas de gens qui couraient partout. Peut-être qu'ils jouaient à un jeu dans l'obscurité.

Elle a attendu si longtemps que quelque chose d'étrange s'est passé.

Elle a commencé à voir ce qu'il y avait autour d'elle.

Il n'y avait pas plus de lumière qu'avant. C'est juste que ses yeux décidaient de lui donner plus d'informations. On lui avait appris, lors d'un cours, que le regard s'accoutume. Les bâtonnets et les cônes de l'œil, surtout les bâtonnets, modifient leur zone de sensibilité pour pouvoir voir des détails et des choses distinctes dans ce qui avait l'air avant d'une noirceur absolue. Mais il y a des limites fonctionnelles à ce processus, et l'image qui en résulte est en général en noir et blanc, parce que les bâtonnets ne sont pas doués pour rendre les gradations de couleur.

Là, c'était autre chose. Comme si un soleil invisible s'était levé dans la pièce, et qu'elle avait vu à sa lumière aussi bien qu'en plein jour. Ou comme si l'espace en dessous d'elle était passé d'un océan sombre à une terre aride en l'espace de quelques minutes. Elle s'est demandé si c'était quelque chose que les affams étaient seuls à pouvoir faire.

Elle était dans un théâtre. Elle n'en avait jamais vu, mais c'était forcément ça. Il y avait des rangées de fauteuils qui se succédaient, toutes orientées dans le même sens – vers un large espace plat couvert d'un plancher en bois. Une scène. Il y avait d'autres fauteuils sur un balcon au-dessus de la première rangée, et c'était là qu'elle se trouvait – au bout d'un balcon, debout tout au bord, là où il donnait sur le grand auditorium situé en dessous.

Et elle ne s'était pas trompée : il y avait plus d'une personne en bas. Ils étaient au moins une dizaine.

Ils ne jouaient pas à un jeu, cela dit. Ce qu'ils faisaient n'avait rien à voir.

Melanie les a observés longtemps sans bruit – peut-être aussi longtemps qu'elle les avait écoutés avant, ou même un peu plus. Les yeux écarquillés, elle s'agrippait très fort à la balustrade du balcon, comme si elle avait peur de tomber.

Elle a regardé jusqu'à ce que les bruits et les mouvements s'arrêtent. Puis elle s'est glissée au-dehors, aussi silencieusement que possible, en repassant les portes battantes et en redescendant les deux escaliers.

Dans la rue, où il pleuvait plus fort que jamais, elle a fait quelques pas chancelants avant de s'arrêter dans l'ombre d'un mur dont les anciens graffitis avaient viré à des schémas fantômes de noir et de gris.

Il arrivait quelque chose à son visage. Ses yeux la brûlaient, sa gorge se contractait. C'était presque comme la première respiration qu'on prend dans la douche après l'allumage, quand l'air se remplit de vapeur amère.

Sauf qu'il n'y avait pas de vapeur. Elle pleurait juste.

La part de son esprit qui était restée détachée et qui l'avait regardée manger le chat regardait aussi ce spectacle-là, et regrettait un peu que la pluie l'empêche de savoir si ses sanglots produisaient de vraies larmes.

58

La soirée s'étire, arthritique, sans but, après un dîner à qui personne ne semble trouver de saveur malgré son taux dangereusement élevé en sucres et en sel.

Justineau est assise dans les quartiers, tortillonnée dans le fauteuil pour pouvoir regarder la rue par l'une des meurtrières. Derrière elle, dans le coin couchettes, résonnent les ronflements intermittents de Gallagher. Il a choisi une de celles du haut, et s'est emparé des couvertures de la plupart des autres pour se faire un nid. Il y est complètement invisible, barricadé contre le monde extérieur derrière des remparts de rêves et de polycoton.

Il est le seul à dormir. Parks, occupé à démonter le générateur, ne semble pas décidé à s'interrompre. Des cliquetis, dans la salle des machines, indiquent qu'il progresse. Des jurons, ses revers temporaires.

Entre eux, il y a le labo, où Caldwell travaille en silence, glissant lame après lame sous un microscope confocal Zeiss LSM 510 à batterie intégrée (le microscope électronique à balayage attend toujours d'être ravivé par le courant électrique du générateur du Rosie), en prenant des notes dans un carnet à reliure cuir, avant d'insérer chaque échantillon dans une boîte en plastique dont elle numérote avec soin les compartiments.

Quand le soleil se lève, Justineau est éberluée. Il paraissait totalement plausible que cette impasse ontologique dure à l'infini.

Au milieu de l'aube rouge, une minuscule silhouette émerge d'une petite rue et s'approche de la porte du Rosie.

Justineau pousse un cri involontaire et se précipite pour ouvrir. Parks, qui l'a précédée, ne s'écarte pas de son chemin. Il y a un maigre son étouffé : des phalanges qui cognent poliment contre la plaque de blindage.

— Il va falloir que vous me laissiez m'en charger, affirme Parks.

Il a des ombres sous les yeux, des traînées de graisse sur le front et les joues. On dirait qu'il vient d'assassiner quelqu'un qui a saigné de l'encre de Chine. Ses épaules trahissent lassitude et défaite.

— Vous en charger ? Ça signifie quoi ? demande Justineau.

— Que je lui parle en premier.

— Le pistolet à la main ?

— Non, grogne-t-il d'un ton agacé. Avec ça.

Il lui montre sa main gauche, dans laquelle il tient la laisse et les menottes.

Justineau hésite une seconde.

— Je connais le fonctionnement des menottes. Pourquoi ne serait-ce pas moi qui sors l'accueillir ?

Parks essuie son front sale sur sa manche sale.

— Doux Jésus, marmonne-t-il dans sa barbe. Parce que c'est ce qu'elle a demandé avant de partir, Helen. C'est à vous qu'elle craint de faire du mal, pas à moi. Je suis presque sûr qu'elle va bien, parce qu'elle vient de frapper à la porte au lieu de la griffer et de se cogner la tête dessus. Mais quel que soit son état d'esprit, la chose qu'elle ne voudra pas voir derrière quand ça s'ouvrira, c'est vous. Surtout si elle a du sang sur la bouche ou sur ses vêtements. Vous comprenez ça, pas vrai ? Une fois qu'elle se sera nettoyée et que je l'aurai menottée, vous pourrez lui parler, d'accord ?

Justineau avale sa salive. Elle a la gorge desséchée. La vérité, c'est qu'elle a peur. Surtout de ce que ces douze dernières heures ont fait à Melanie. Peur, en regardant la petite fille dans les yeux, d'y trouver quelque chose de neuf et d'inhumain. Raison pour laquelle, justement, elle ne veut pas retarder ce moment. Ni que Parks soit le premier à voir de quoi il retourne.

Mais, que ça lui répugne ou pas, elle comprend, effectivement, et elle ne peut pas aller contre les desiderata spécifiquement exprimés par Melanie. Elle doit se mettre en retrait, reculer derrière la cloison de séparation, tandis qu'il ouvre la porte.

On entend le verrou se débloquer, un soupir lisse de charnières hydrauliques.

Et là, Justineau fuit, à travers le poste d'armes arrière, atteignant l'espace dévolu au labo. Caroline Caldwell redresse la tête, d'abord indifférente. Jusqu'à ce qu'elle comprenne ce que signifie cette agitation.

— Melanie est rentrée, énonce-t-elle en se levant. Bien. Je craignais qu'elle n'ait…

— Fermez votre gueule, Caroline, prévient férocement Justineau. Je suis sérieuse. Fermez-la et ne la rouvrez pas.

Caldwell continue de la fixer. Elle fait mine de partir vers le fond, mais la présence de Justineau sur son chemin l'en empêche.

Toute cette tension qui monte, ça doit sortir.

— Asseyez-vous, ordonne Justineau. Vous ne la verrez pas. Ne lui parlerez pas.

— Si, dit la voix de Parks derrière elle.

Elle se retourne. Il est campé sur le seuil de la porte, Melanie derrière lui. Il ne lui a même pas encore mis les menottes, mais elle a déjà la muselière. Elle est trempée. Ses cheveux collent à son crâne sur un côté, son tee-shirt à son buste. La pluie s'est tarie, ça date donc de la veille au soir.

— Elle veut nous parler à tous, continue Parks. Et à mon avis on devrait écouter. Explique-leur ce que tu viens de me raconter, gamine.

Melanie adresse un regard dur à Justineau, puis un second, plus dur encore, à Caldwell.

— Nous ne sommes pas seuls par ici, dit-elle. Il y a d'autres gens.

59

Dans les quartiers de vie, ils se choisissent chacun une place où s'asseoir. Alors même que le Rosie était censé héberger douze personnes, on s'y sent très serré. Chacun est conscient de la proximité des autres et a l'air de trouver ça aussi pénible que Justineau.

Elle est assise au bord d'une couchette inférieure. Caldwell a pris l'équivalente sur le châlit face à elle. Gallagher s'est assis en tailleur par terre, et Parks accoudé à la porte.

Debout dans cet espace étroit côté avant, Melanie leur tient son discours. Justineau lui a essoré les cheveux avec une serviette, a mis à sécher son blouson, son jean et son tee-shirt et l'a enroulée dans une seconde serviette, qui lui sert de peignoir temporaire. Elle a les bras sous le tissu – et dans le dos, parce que Parks l'a de nouveau menottée. À sa demande à elle. Elle s'est retournée en rapprochant les poignets et elle a patiemment attendu qu'il le fasse.

Son visage, sa posture, trahissent une tension énorme. Elle lutte pour se maîtriser – rien à voir avec de la frénésie affam, plutôt avec le stress de qui vient de se faire agresser en pleine rue ou d'assister à un meurtre.

Justineau a déjà vu la peur chez la fillette, mais là, c'est du nouveau, et un instant elle s'évertue à identifier ce que révèle cette posture. Puis elle met le doigt dessus. C'est de l'incertitude.

Elle spécule pour la première fois sur ce que Melanie aurait pu être, pu devenir, si elle avait vécu avant la Cassure. Si elle ne s'était jamais fait mordre ni infecter. Parce que c'est une enfant qu'elle a sous les yeux, quoi qu'elle possède d'autre en elle, et qui n'a jamais perdu jusqu'ici ce qui la centre, sauf la fois où elle a senti l'odeur du sang et où elle s'est transformée, brièvement, en animal. Et encore, il faut voir avec quel pragmatisme, quelle implacabilité, elle s'en est débrouillée.

Mais Justineau n'entretient ces pensées qu'un instant. Quand Melanie se met à parler, elle mobilise toute leur attention.

— J'aurais dû rentrer plus tôt, dit-elle à la cantonade. Mais j'avais peur, alors j'ai commencé par m'enfuir et par me cacher.

— Pas besoin d'introduction, la môme, laisse tomber Parks pendant le silence qui succède. Sois directe, dis-leur.

Malgré cela, Melanie démarre au début, puis développe son récit, comme si c'était le seul mode de narration qu'elle connaisse. Elle relate sa visite au théâtre la veille au soir avec des phrases simples, efficaces. L'unique signe de son agitation réside dans sa façon de se balancer d'un pied sur l'autre tout en parlant.

Enfin, elle en arrive au moment où elle a regardé du haut du balcon avec ses yeux accoutumés à l'obscurité, et où elle a distingué ce qu'il y avait dans le parterre en dessous.

— C'était des hommes comme ceux que j'ai vus à la base, explique-t-elle. Couverts partout d'un truc noir luisant et les cheveux redressés en pointe sur le crâne. D'ailleurs, je crois que c'était exactement les mêmes que sur la base.

Justineau est saisie. Les cureurs sont peut-être la pire menace à craindre à ce stade.

— Ils étaient très très nombreux. Ils se battaient à coups de bâtons et de couteaux, sauf que non, en fait, pas vraiment. Ils faisaient juste semblant. Et ils avaient aussi des armes à feu – comme vous, dans de grands casiers au mur. Mais ils ne s'en servaient pas, ils utilisaient juste leurs bâtons et leurs couteaux. D'abord les couteaux, ensuite les bâtons. Ensuite, encore les couteaux. L'homme qui était le chef des combats leur disait quand changer d'arme. Et quelqu'un a demandé « quand est-ce qu'on pourra arrêter ? » et il a répondu « pas tant que je n'ai rien dit ».

Melanie jette un coup d'œil à Caroline Caldwell. L'expression de la gamine est indéchiffrable.

— Tu as idée de combien ils étaient ? s'enquiert Parks.

— J'ai essayé de compter, Sergent Parks, et je suis arrivée à cinquante-cinq. Mais il aurait pu y en avoir plus en dessous de l'endroit où je me tenais. Je ne voyais pas toute la salle et je ne voulais pas bouger, des fois qu'ils m'entendent. À mon avis, ils devaient être plus nombreux.

— Oh merde ! s'exclame Gallagher, d'une voix que le désespoir rend caverneuse. Je le savais ! Je me doutais qu'ils ne s'arrêteraient pas.

— Qu'est-ce qui te fait penser que c'est le groupe qui nous a attaqués ?

— J'en ai reconnu certains, répond aussitôt Melanie. Pas vraiment à leur visage, plutôt à leur tenue. Il y en avait des rapiécées, d'autres avec des bouts de métal cousus dessus. Et ça formait des motifs. Je me suis souvenue des motifs. Et l'un d'eux avait un truc écrit sur le bras. *Never stop.*

— Un tatouage, traduit Parks.

— Je crois, dit Melanie, en fixant à nouveau Caldwell. Et ensuite, pendant que je regardais, trois autres hommes sont entrés. Ils ont parlé d'une piste qu'ils suivaient, en expliquant qu'ils l'avaient perdue. Le chef s'est beaucoup fâché contre eux et après, il les a tout de suite envoyés reprendre leurs recherches. En disant que s'ils ne ramenaient pas de prisonniers, il laisserait les autres hommes se servir d'eux pour s'entraîner au couteau et au bâton.

Le récit semble s'arrêter là, mais Melanie attend, crispée, dans l'expectative, au cas où il y aurait des questions.

— Dieu tout-puissant ! gémit Gallagher.

Il enfouit sa tête dans ses bras croisés, ne la relève pas.

Justineau se tourne vers Parks.

— Que fait-on ?

Parce que, qu'on le veuille ou non, c'est lui qui va formuler leur stratégie. Il n'y a que lui qui ait vraiment une chance de les tirer de là, maintenant qu'ils ont épuisé leur établoquant et qu'une armée d'assassins tarés campe à leur porte. Elle sait par ouï-dire ce que les cureurs font aux gens qu'ils prennent vivants. Sûrement du baratin, mais ça suffit à vous donner envie de mourir avant.

— *Que fait-on ?* répète Gallagher en écho. (Il n'est plus prostré. Il la contemple comme si elle était folle.) On sort de ce sous-marin et on court comme des dératés !

— Non, pas encore, dit Parks d'un ton posé.

Puis, quand ils se tournent vers lui :

— Il vaut mieux ne pas quitter le camion. Il doit me rester environ une heure de boulot pour finir de réparer le générateur – et à mon avis, c'est avec ce bahut que nous avons de meilleures chances. Alors on n'essaie pas de fuir. On ferme les écoutilles jusqu'à ce qu'on soit prêts.

— C'est un comportement inhabituel, fait observer Caldwell.

Parks lui jette un regard aigu.

— De la part des cureurs ? Oui.

— Ils étaient en convoi quand on les a vus. À bord de véhicules de la base pour couvrir du terrain plus vite. Ce n'est pas logique qu'ils s'installent sur un point fixe, même si c'est un genre de poste de commande. Un groupe de cette taille aura du mal à assurer sa subsistance sur place. Rien que pour quatre, ç'a été difficile, alors…

Justineau trouve à peine assez de place pour mimer son étonnement.

— Mazette, fait-elle en secouant la tête. Pourquoi ne pas y aller vous-même pour le leur dire, Caroline ? Quelle erreur vraiment idiote ils ont failli commettre sans vous. Quelqu'un d'aussi sage et d'aussi avisé devrait leur ficher une bonne claque pour leur faire reprendre leurs esprits.

Caldwell ignore cette saillie.

— Nous devons passer à côté de quelque chose qui expliquerait leur logique, énonce-t-elle avec une componction de criminologue. En l'état, ça n'a pas de sens.

Parks se détache de l'encadrement de la porte en se frottant l'épaule.

— On ferme tout, dit-il à nouveau. Personne ne sort jusqu'à nouvel ordre. Soldat, avez-vous trouvé du gros Scotch dans ces casiers ?

Gallagher acquiesce.

— Oui, monsieur. Trois rouleaux entiers, un entamé.

— Occultez les vitres. Pas moyen de savoir à quel point ces déflecteurs cachent la lumière.

En l'entendant aborder ce sujet, Justineau éprouve une poussée de culpabilité et de terreur rétrospectives. Quand elle a tiré cette fusée éclairante la veille, elle aurait pu attirer les cureurs directement sur eux. Parks aurait dû l'abattre lorsqu'il en avait l'occasion.

— Et vérifiez ce que ça donne côté eau, dit-il. Toubib, vous deviez voir s'il en restait dans la cuve filtrante.

— Elle est pleine, répond Caldwell. Mais je recommande de ne pas en boire tant que le générateur ne fonctionne pas. Il y a des algues, et sans doute beaucoup d'autres contaminants. Nous pourrons nous reposer sur les filtres, ils feront leur office, mais seulement une fois alimentés en électricité.

— Alors je ferais mieux de me remettre au travail, dit Parks (sans pour autant joindre le geste à la parole : il regarde Melanie). Et toi ? demande-t-il. Tu tiens le coup ? Ça fait près d'une journée qu'aucun de nous n'a mis d'établoquant.

— Là, ça va, répond-elle sur le même ton pragmatique – comme s'ils débattaient là d'un problème extérieur à eux-mêmes. Mais je sens votre odeur à tous. Mademoiselle Justineau et Kieran un peu, celle de vous et madame Caldwell, beaucoup. Si je ne peux pas ressortir pour chasser, vous avez intérêt à m'enfermer.

Quand Melanie a affirmé sentir son odeur, Gallagher a aussitôt relevé la tête, mais il ne dit rien. Il n'a pas l'air dans son assiette.

— Les menottes et la muselière ne suffisent pas ? demande Parks.

— Je crois que je pourrais me libérer des menottes, si j'étais forcée. Ça ferait mal, parce qu'il faudrait que je m'écorche toute la peau, mais j'y arriverais. Et ensuite, ce serait très facile d'enlever la muselière.

— Il y a une cage à spécimens dans le labo, annonce Caldwell. Elle est suffisamment grande et assez résistante, à mon avis.

— Non.

Ce mot, Justineau l'a craché. Sa colère endormie pendant que Melanie parlait bâille et s'étire, ranimée en un instant.

— Ça a l'air bien, comme idée, dit Parks. Préparez ça. La môme, tu restes tout près de cette cage. Genre, à un saut de distance. Et si tu sens que ça te prend…

— C'est absurde, s'insurge Caldwell. On ne peut pas lui demander de s'autosurveiller.

— Pas plus qu'à vous, jette Justineau. Depuis qu'on a quitté la base, ça vous démange de lui mettre la main dessus.

— Ça remonte à avant, dit Caldwell. Mais je me suis résignée à attendre que nous ayons atteint Beacon. Dès que nous y serons, le Conseil de survie pourra nous entendre et se décider.

Justineau est à deux syllabes d'une riposte obscène quand Parks, d'une claque sur son épaule, l'oblige à lui faire face. La soudaineté de ce geste la prend par surprise. Il ne l'a pratiquement jamais touchée, et pas une fois depuis ses avances infructueuses sur le toit de la clinique.

— Assez, dit-il. J'ai besoin de vous dans la salle des machines, Helen. Les autres, vous savez comment vous occuper. La môme va dans la cage. Mais vous ne lui faites rien, Toubib. Pour l'instant, elle est zone interdite. Si vous la découpez en rondelles, c'est à moi que vous aurez affaire. Et toutes ces lamelles que vous avez passé la soirée à préparer hier ne survivront pas à cette rencontre, croyez-moi. C'est compris ?

— J'ai promis d'attendre.

— Et je vous crois. C'est juste histoire de mettre les points sur les I. Helen ?

Justineau s'attarde un instant de plus.

— Si elle s'approche de toi, tu n'auras qu'à pousser un cri pour que j'arrive tout de suite.

Elle suit Parks, qui remonte toute la longueur du camion vers la salle des machines située à l'arrière, où il referme la porte avant de s'y adosser.

— Je sais que nous sommes dans une situation pénible, dit Justineau. Je n'essaie pas d'en rajouter. Simplement… Je ne lui fais pas confiance. Je ne peux pas.

— Non, admet Parks. Je ne vous le reproche pas. Mais il n'arrivera rien à la petite. Vous avez ma parole.

Cette assurance est un soulagement. Savoir qu'il considère Melanie comme une alliée, au moins pour l'instant, et qu'il ne permettra pas qu'on lui fasse du mal.

— Mais en échange, je voudrais vous demander un service, continue Parks.

Justineau hausse les épaules.

— D'accord. Si je peux. Lequel ?

— Obtenez qu'elle vous dise ce qu'elle a vraiment vu.

— Pardon ?

Justineau reste abasourdie une seconde. Ce n'est pas de la colère ni de l'exaspération, elle n'a strictement aucune idée de ce que Parks raconte.

— Pourquoi mentirait-elle ? Pourquoi même voudrait-elle… Ah, merde. À cause de ce qu'a dit Caroline ? Parce qu'elle se prend pour une sociologue ? Elle n'y connaît que dalle. On ne peut pas s'attendre à ce que des psychopathes comme les cureurs parviennent à des décisions rationnelles.

— Sans doute, admet Parks.

— Alors, où voulez-vous en venir ?

— Helen, ce que cette gamine raconte est à dormir debout. Je suis à peu près sûr qu'elle a vu quelque chose hier soir. Et d'effrayant pour elle, sûrement, parce qu'elle est vraiment sincère quand elle dit souhaiter qu'on parte. Mais ce n'étaient pas des cureurs.

Justineau s'énerve à nouveau.

— Pourquoi ? Comment pouvez-vous en être si sûr ? Et combien de fois faudra-t-elle qu'elle fasse ses preuves à vos yeux ?

— Zéro. Plus besoin. Je pense bien la cerner, maintenant. Mais son histoire ne tient pas la route du tout.

Il prend un des manuels dont il se sert, qu'il a laissé ouvert sur le capot du générateur, et le repousse pour pouvoir s'asseoir. Il n'a pas l'air content.

— Je comprends pourquoi vous refusez d'affronter cette idée, dit Justineau. S'ils nous ont suivis depuis la base, ça signifie qu'on est foutus. Et qu'on a laissé une piste.

Parks émet ce qui pourrait être un rire comme un ricanement.

— Celle qu'on a laissée, ils pourraient la remonter à reculons les yeux bandés, dit-il. Le problème n'est pas là. C'est juste que… (Il dénombre sur les doigts d'une main.) Elle raconte n'avoir vu que des hommes, aucune femme, donc c'est un campement temporaire. Alors comment se fait-il qu'ils n'aient pas organisé un périmètre de sécurité ? Qu'elle ait pu entrer là-dedans comme dans un moulin et en ressortir sans qu'on la voie ?

— Ils sont peut-être nuls en matière militaire, Parks. Tout le monde n'a pas vos compétences.

— Admettons. Ensuite, il y a ces deux mecs qui déboulent commodément juste au bon moment pour expliquer qu'ils suivaient quelqu'un. Et puis le tatouage. Le soldat Barlow avait le même à la base. Pas mal comme coïncidence.

— Les coïncidences, ça arrive.

— Parfois, reconnaît Parks. Mais après, il y a le Rosie.

— Le Rosie ? Quel rapport ?

— Il était intact. On l'a trouvé en pleine rue, pas abîmé pour un sou. Personne n'a essayé de forcer la porte ni de faire sauter une des fenêtres. Il était couvert de saleté et de poussière, mais sans une empreinte ni une trace dessus. J'ai beaucoup de mal à croire que cinquante cureurs auraient pu se balader dans le coin sans repérer un engin pareil. Et en le voyant, ils auraient forcément voulu regarder à l'intérieur. D'ailleurs, maintenant que j'y repense, je trouve bizarre que vous et Gallagher ayez pu faire cette expédition bouffe hier sans tomber sur eux. Et qu'ils n'aient pas vu votre fusée éclairante. S'ils sont vraiment à nos trousses, ils sont vraiment passés à côté de beaucoup de choses.

Justineau est occupée à chercher des contre-arguments, et elle en trouve, lorsqu'elle s'avise soudain de l'indice qui a complètement échappé à Parks. Ces regards en coin vers Caldwell… on aurait dit que, tout du long, Melanie destinait son récit à une seule personne. Qu'elle s'adressait à sa pire ennemie sans se préoccuper de qui que ce soit d'autre dans la pièce.

Finalement, Justineau ne conteste plus. Ça ne servirait à rien, elle est plus qu'à demi convaincue. Mais elle n'en reste pas là pour autant. Elle n'a aucune intention d'aller interroger Melanie sans savoir à quoi joue Parks.

— Pourquoi avoir fait ça, alors ? demande-t-elle. Là-bas ?

— Fait quoi ?

— Ordonné qu'on se barricade. Si Melanie ment, il n'y a aucun danger.

— Je n'ai pas dit ça.

— Mais vous n'avez pas essayé de découvrir la vérité. Vous vous êtes comporté comme si vous ajoutiez foi à tous ses dires. Pourquoi ?

Parks prend un instant pour y réfléchir.

— Je ne vais pas parier nos vies sur une intuition, dit-il. Je pense qu'elle ment, mais je pourrais me tromper. Ce ne serait pas la première fois.

— N'importe quoi, Parks. Ce n'est pas votre genre de vous remettre en cause comme ça. Pas à ce que j'en ai vu en tout cas. Pourquoi ne pas l'avoir au moins relevé ?

Il se frotte les paupières du dos de la main. Tout à coup, il a vraiment l'air vanné. Il a même pris un petit coup de vieux.

— Ce qu'elle a vu l'a marquée, dit-il. Je ne sais pas en quoi, mais, sauf si je me fiche le doigt dans l'œil jusqu'au coude, c'est quelque chose qui lui fait beaucoup trop peur pour en parler. Je ne l'ai pas poussée dans ses retranchements parce que je n'avais pas la moindre idée de quoi il retournait. Alors je vous demande de le découvrir. Je pense que vous pouvez lui tirer la vérité sur l'origine de cette peur sans l'angoisser encore plus. Et je m'en crois incapable. Les relations que nous avons ne le permettent pas.

C'est la première fois depuis qu'elle le connaît qu'il la surprend vraiment.

Sans réfléchir, elle se penche en avant pour l'embrasser sur la joue. Il se fige juste un peu, peut-être parce que l'endroit où elle a déposé ce baiser n'est qu'un amas de tissu cicatriciel, ou peut-être simplement parce qu'il n'avait pas vu son geste arriver.

— Désolée, dit-elle.

— Pas de souci, répond-il du tac au tac, mais… Pourquoi ? Si ça ne vous embête pas…

— Oh, tout bonnement parce que vous avez parlé d'elle comme d'un être humain. Doté d'émotions que l'on doit parfois respecter. Ça valait la peine d'être relevé.

— D'accord, répond-il, soupesant cette info. Vous voulez qu'on aille s'asseoir pour en parler un peu plus, de ce qu'elle ressent ? On pourrait…

— Peut-être plus tard. (Justineau repart vers la porte.) Je ne veux pas vous distraire de votre travail.

Ni vous donner matière à espérer, ajoute-t-elle *in petto*. Parce que Parks reste pour elle quelqu'un d'associé avant tout au sang, à la mort, à la cruauté. Presque autant qu'elle-même. Ce serait vraiment une mauvaise idée qu'ils se mettent ensemble.

Ils risqueraient de faire des petits.

Elle gagne le labo, où elle constate que Caldwell a déjà installé la cage à spécimens. Elle est pliante, comme le sas, mais rigide. Un cube de grillage d'environ un mètre vingt de côté, soutenu par des montants d'acier fixes encastrés dans les parois du labo. Elle se trouve dans le coin le plus proche de l'avant, où elle n'empêche pas d'accéder au matériel ni aux plans de travail.

Melanie est assise à l'intérieur, genoux relevés. Elle les serre entre ses bras. Caldwell s'affaire d'une façon tout à fait comparable à Parks sur le générateur : elle répare un instrument compliqué, l'un des plus gros du labo. Elle est si profondément, si complètement absorbée qu'elle n'entend pas Justineau entrer.

— Bonjour, mademoiselle Justineau, dit Melanie.

— Bonjour, répond Justineau en écho tout en regardant Caldwell. Caroline, quoi que vous fassiez, ça va devoir attendre. Allez prendre une pause cigarette ou autre.

Caldwell se retourne. Pratiquement pour la première fois, elle laisse son antipathie envers Justineau se lire sur ses traits. Justineau accueille cela à bras ouverts : c'est vraiment quelque chose d'avoir pu percer une telle barricade émotionnelle.

— Ce que je fais est important, dit Caldwell.

— Ah bon ? Dommage. Sortez. Je vous indiquerai quand vous pourrez revenir.

Elles restent face à face un long moment, se préparant presque au combat. Caldwell donne l'impression de vouloir se lancer, mains blessées ou pas, mais elle renonce. Il vaut sans doute mieux. Elle a l'air tellement diminuée qu'une bouffée de vent suffirait à la renverser – alors un bon direct à la tête...

— Vous devriez vous pencher sur le plaisir que vous prenez à m'intimider, dit-elle.

— Non, ça risquerait de le gâcher.

Caldwell insiste.

— Demandez-vous pourquoi vous tenez tant à me considérer comme l'ennemi. Si je fabrique un vaccin, il sera peut-être en mesure de guérir les gens comme Melanie, qui disposent déjà d'une immunité partielle contre *Ophiocordyceps*. Il empêcherait en tout cas plusieurs milliers d'autres enfants de finir dans le même état qu'elle. Qu'est-ce qui compte le plus, Helen ? Qu'est-ce qui sera le plus bénéfique au bout du compte ? Votre compassion, ou ma conscience professionnelle ? À moins que vous ne m'engueuliez et ne me manquiez de respect afin d'éviter de vous poser des questions comme celle-là ?

— C'est possible, reconnaît Justineau. Maintenant, faites ce qu'on vous dit. Sortez.

Elle n'attend pas la réponse de Caldwell. Elle se contente de la pousser vers le fond, puis vers les quartiers de vie et de refermer derrière elle. L'autre est si faible que ça ne présente aucune difficulté. La pièce ne ferme pas à clé, cela dit. Justineau attend un instant près du battant au cas où Caldwell reviendrait, mais la porte reste fermée.

Au bout du compte, satisfaite d'avoir le plus d'intimité possible avec Melanie, elle retourne près de la cage pour s'agenouiller à côté. Elle contemple le petit visage livide de la fillette à travers le grillage.

— Salut, dit-elle.

— Salut, mademoiselle Justineau.

— Est-ce que ça te va si on… (Mais elle a une meilleure idée.) J'entre avec toi.

— Non ! glapit Melanie. Non ! Restez là-bas !

En voyant Justineau poser la main sur la porte et tirer le loquet, elle se recroqueville vers le fond de la cage. Elle s'écrase dans le coin.

Justineau s'interrompt, la porte à demi ouverte.

— Tu as dit que tu ne sentais pas beaucoup mon odeur. Ça suffit à te mettre mal à l'aise ?

— Pas encore.

Melanie a la voix tendue.

— Alors tout ira bien. Si ça change, tu me préviens, je sortirai. Mais je n'aime pas te voir dans une cage comme un animal et être là dehors à te regarder. Je me sentirais mieux dedans avec toi. Si ça te convient.

Il est clair que non, vu l'expression qu'affiche la gamine. Justineau renonce. Elle referme la porte, remet le verrou. Puis elle se rassied en tailleur en posant l'épaule contre le grillage.

— Très bien, dit-elle. Tu as le dernier mot. Mais au moins, rapproche-toi et assieds-toi près de moi. Puisque tu es dedans et moi dehors, ça devrait t'aller.

Melanie s'avance avec prudence, mais s'arrête à mi-distance, craignant manifestement une situation qui pourrait lui échapper.

— Si je vous dis de reculer encore, il faudra le faire tout de suite, mademoiselle Justineau.

— Melanie, il y a un grillage entre nous et tu as ta muselière. Tu ne peux pas me faire de mal.

— Ce n'est pas ça que je veux dire.

Elle parlait de changer, devant sa maîtresse et amie. De ne plus être elle-même. Cette perspective lui fait très peur.

Justineau a honte, non seulement de son manque de clairvoyance, mais aussi de ce qu'elle est venue faire ici. Si Melanie a proféré un mensonge, il y a une raison. C'est mal de lui mettre le nez dedans. Mais l'existence d'un nouveau facteur imprévisible dont Melanie veut qu'ils s'éloignent tous est nuisible aussi. Parks a raison. Ils doivent savoir.

— Quand tu es entrée dans le théâtre hier soir... commence-t-elle d'un ton hésitant.

— Oui ?

— Et que tu as vu les cureurs...

— Il n'y avait pas de cureurs, mademoiselle Justineau.

Pas plus compliqué que ça. Justineau, qui avait déjà préparé ses prochaines répliques, la regarde bêtement, la bouche ouverte.

— Ah bon ?

— Non.

Sur quoi la petite lui raconte ce qu'elle a vraiment vu.

Qui courait entre les fauteuils moisis et traversait la scène à grand bruit, nus comme au jour de leur naissance. Et crasseux, bien que la peau, sous la saleté, ait été du même blanc osseux que la sienne. Leurs cheveux pendants, raides et lourds, ou dans quelques cas redressés en piques. Certains portaient des bâtons, d'autres des sacs – de vieux sacs en plastique usés avec des inscriptions comme Foodfresh ou Grocer's Market.

— Mais je ne mentais pas, au sujet des couteaux. Ils en avaient aussi. Pas des poignards comme Sergent Parks et Kieran. Des couteaux qui avaient l'air faits pour couper du pain ou de la viande dans une cuisine.

Ils étaient quinze. Elle avait compté. Et quand elle avait inventé l'histoire des cureurs, elle s'était contentée d'en ajouter quarante.

Mais ce n'était pas des cureurs. C'était des enfants de tous âges entre, disons, quatre ou cinq ans et quinze. Et ils étaient occupés à pourchasser des rats. Certains tapaient sur le plancher et les fauteuils avec leurs bâtons pour les faire détaler. D'autres les attrapaient dans leur fuite, leur arrachaient la tête d'un coup de dents et laissaient tomber les corps inertes dans les sacs. Ils étaient beaucoup plus rapides que les rats, ils n'avaient pas de mal. Ils avaient transformé ça en jeu – ils se moquaient les uns des autres en courant, avec de petits cris et des grimaces.

Des enfants comme elle. Eux aussi affams, vivants, actifs, et qui savouraient le frisson de la chasse. Ils avaient enfin fini par s'asseoir et par faire ripaille des petits corps détrempés de sang : les plus grands choisissaient en premier, les petits se démenaient pour se faire de la place entre eux et voler de quoi manger. Même ça, c'était un jeu, et ils riaient encore. Aucune menace ne pesait entre eux.

— Il y avait un garçon qui avait l'air d'être le chef. Il avait un grand bâton comme le sceptre d'un roi, tout brillant, et le visage peint de plein de couleurs différentes. Ça lui donnait l'air assez effrayant, mais pas pour les petits : il les protégeait. Quand l'une des autres grands a montré les dents à l'un des petits en donnant l'impression qu'elle allait le mordre, le garçon au visage peint a posé le bâton sur l'épaule de la fille, et elle s'est arrêtée. Mais pour l'essentiel, ils n'essayaient pas de se faire du mal. On aurait presque dit une famille. Ils se connaissaient tous, et ils aimaient être ensemble.

C'était un pique-nique de minuit. En observant cela, Melanie a eu l'impression de regarder sa propre vie à travers le mauvais bout d'un télescope. C'était ce qu'elle serait devenue si on ne l'avait pas emmenée à la base. Ce qu'elle était censée être. Et son ressenti vis-à-vis de ce spectacle ne cessait de changer à mesure qu'elle y réfléchissait. Elle était triste de ne pouvoir se joindre au pique-nique. Mais si elle n'était pas partie sur la base, elle n'aurait jamais appris autant de choses ni rencontré Mlle Justineau.

— Je me suis mise à pleurer, explique Melanie. Pas par tristesse, mais parce que je ne savais pas si je l'étais ou pas. C'était comme si tous ces enfants en bas me manquaient, alors que je ne les avais jamais vus avant. Que je ne connaissais pas leurs prénoms ! Ils n'en avaient sans doute pas. Ils n'avaient pas l'air capables de parler, parce qu'ils se contentaient de faire ces couinements et ces grognements quand ils se regardaient.

Les émotions qui parcourent les traits de la fillette sont d'une intensité douloureuse. Justineau plaque sa main contre le flanc de la cage, glisse les doigts à travers le grillage.

Melanie se penche en avant, laissant son front entrer en contact avec le bout des doigts de Justineau.

— Alors… pourquoi nous avoir raconté cette histoire inventée ?

C'est la première question qui lui vient aux lèvres. Elle contourne la crise existentielle de Melanie avec une prudence instinctive, craignant de l'affronter de face. Elle sait que Melanie ne lui permettra pas d'entrer dans la cage pour la serrer dans ses bras, pas avec cette peur de se perdre. Elle n'a donc que les mots, et ils semblent inadaptés.

— Je veux bien vous le dire, répond Melanie avec simplicité. Mais il faut que ça reste notre secret à toutes les deux. Je ne veux pas que madame Caldwell soit au courant. Ni monsieur Parks. Ni même Kieran.

— Pourquoi ça, Melanie ?

Justineau est enjôleuse. Et la réponse sort dès qu'elle a posé la question. Elle lève la main pour empêcher la fillette de la prononcer, mais celle-ci le fait quand même.

— Parce qu'ils les attraperaient et qu'ils les mettraient en cellules sous terre. Et que madame Caldwell les découperait en morceaux. Alors j'ai inventé quelque chose pour que monsieur Parks ait envie de partir très vite, avant qu'on découvre qu'ils sont là-bas. Je vous en prie, mademoiselle Justineau, promettez-moi que vous n'en parlerez pas. S'il vous plaît.

— C'est promis, souffle Justineau.

Et elle est sincère. Quelles que soient les conséquences, elle refuse de prévenir Caroline Caldwell qu'elle se trouve pile à côté d'une nouvelle fournée de sujets d'expérience. On n'apprivoisera pas ces enfants sauvages.

Ce qui signifie qu'elle va devoir entretenir le mensonge en retournant auprès de Parks. Ou le mettre au courant, lui. Ou trouver une meilleure fable.

Elles demeurent silencieuses un instant, songeant sans doute toutes les deux à ce que la vérité change entre elles. À l'époque où elles ont quitté la base, elle avait proposé à Melanie de choisir entre rester avec eux et partir dans l'une des villes proches. « Pour être avec tes semblables », avait-elle failli dire, et elle s'était tue en comprenant, au moment même de l'énoncer, que Melanie n'en avait pas.

Mais maintenant, si.

En méditant sur les implications de ce que Melanie vient de lui révéler, Justineau se met à trembler. L'espace d'une seconde irréelle et terrifiée, elle se dit que ce n'est qu'elle – qu'il s'agit d'une sorte d'attaque cérébrale. Mais la vibration se stabilise sur une pulsation qu'elle reconnaît, et, à ses oreilles, un ronronnement sourd culmine puis s'éteint. La pulsation disparaît avec lui, aussi vite qu'elle était venue.

— Bon sang ! s'étrangle Justineau.

Elle se relève tant bien que mal et se précipite vers l'arrière. Parks est campé au-dessus du générateur, les mains graisseuses. Elles planent en l'air comme s'il venait de prononcer une bénédiction. Ou un exorcisme.

— Je l'ai eu, dit-il, en adressant un sourire mordant à Justineau qui pénètre dans la pièce.

— Mais il s'est éteint, dit-elle.

Caldwell entre à sa suite. La résurrection magique du générateur l'a poussée à courir, elle aussi.

— Non, JE l'ai éteint. Je ne veux pas que le bruit porte tant que nous ne sommes pas prêts à y aller. On ne sait jamais qui écoute.

— Donc on peut partir ! s'exclame Justineau. Continuer vers le sud. En route, Parks. On se fout du reste.

Il lui adresse un regard ironique.

— Ouais, dit-il. Je veux pas être forcé de me cogner ces cureurs. On risque de devoir…

Il se tait en regardant derrière les deux femmes, l'expression soudain sérieuse.

— Où est Gallagher ?

60

Gallagher est dans la nature. Il a filé. La pression qui montait en lui a explosé d'un seul coup, l'emportant au loin sans même lui laisser le temps de comprendre ce qu'il faisait.

Rien à voir avec de la lâcheté. C'est plutôt une question de loi du mouvement. Parce que cette fameuse pression – ce vers quoi il retournait – s'exerçait sur lui autant devant que derrière. Il s'est juste fait prendre en sandwich.

Ouais, et il y a aussi l'idée de devoir fermer la porte à clé et d'éteindre la lumière en attendant que les cureurs les trouvent. Comme si qui que ce soit pouvait les rater, plantés comme ça en pleine rue.

Quand la base est tombée, Gallagher a vu Brooks – l'homme qui louait sa précieuse revue porno de collection à toute la caserne et qui avait le béguin en secret pour la fille de la page 23 – se faire éclater le visage par une crosse de fusil. Et Lauren Green, une des rares soldates auxquelles Gallagher arrivait à adresser la parole sans que ça lui coupe ses effets, a fini le ventre transpercé par une baïonnette. Lui-même aurait eu droit à sa dose si le sergent Parks ne l'avait pas chopé par l'épaule en décrétant qu'il lui fallait un tireur, pour le tracter hors du recoin du mess où il se cachait.

Sinon, Gallagher ne se fait pas d'illusions, il n'aurait pas survécu longtemps. Une vague de terreur pure le clouait sur place. Mais « clouait » n'est pas le bon mot, parce que ce qu'il ressentait à ce moment-là ressemblait plus à du vertige – comme si bouger risquait de le faire tomber dans une direction imprévisible, au milieu de ce monde en plein basculement.

Alors il a honte, à présent, de lui fausser compagnie, à son sauveur. Mais il était coincé : impossible de repartir en arrière, de continuer dans la même direction, de rester sur place. Dans ces cas-là, on donne un coup de pied vers le haut pour sortir de la vase.

Le fleuve le sauvera. Il y aura des bateaux, abandonnés depuis les jours anciens d'avant la Cassure. Il pourra s'éloigner à la rame ou à la voile, histoire de se trouver une île quelque part. Une île avec une maison mais pas d'affams, où vivre du fruit de ce qu'il récoltera et ce qu'il chassera. Il sait que l'Angleterre en est déjà une et qu'il y en a d'autres tout près. Il a vu des cartes, même s'il ne s'en souvient pas très en détail. Ça ne peut pas être si difficile que ça. Les explorateurs et les pirates le faisaient tout le temps.

Il se dirige vers le sud, en s'aidant de la boussole fixée à sa ceinture. Du moins, il essaie, mais le tracé de la ville n'est pas pratique. Il a délaissé la grande artère où il se sentait beaucoup trop exposé pour progresser en zigzag dans les voies secondaires. La boussole lui indique où aller, il suit ses conseils chaque fois que le labyrinthe d'avenues, de rues en arc de cercle et de culs-de-sac le permet. C'est vide, quel soulagement : il n'a pas vu un vrai affam depuis qu'il a ouvert à la volée la porte du Rosie pour s'enfuir, juste deux autres allongés dans lesquels poussaient des arbres.

Arrivé au fleuve, qui ne peut pas être à plus de sept ou huit kilomètres, il avisera. Pendant qu'il marche, les nuages de pluie moutonnants le dépassent et le soleil revient. Gallagher s'étonne, un peu perturbé, de le revoir. Cette tiédeur et cette lumière lui semblent en décalage total avec le monde qu'il traverse. Elles le mettent même mal à l'aise. Il se sent dangereusement exposé, comme si cette clarté était un projecteur concentré sur lui, et qui le suit en rythme.

Il y a autre chose. Un mouvement dans la rue devant lui le fait sursauter comme un lièvre, presque au point de se pisser dessus. Mais il se rend compte que ça ne peut pas être dans la rue. Il n'y a rien. C'était l'ombre de quelque chose qui bougeait derrière lui en hauteur, sur un des toits. Un cureur ? Pas l'air assez gros. Il aurait sans doute déjà reçu une balle dans le dos dans ce cas-là. Un chat, plus probablement, ou une bestiole comme ça, mais merde, c'était un sale moment.

Il en tremble encore, et il n'est pas loin de vomir. Ayant trouvé un endroit où les vestiges rouillés d'une voiture font écran avec la rue, il s'assied un instant. Prend une gorgée d'eau à sa gourde.

Qui est presque vide.

Il réalise soudain qu'il y a beaucoup de trucs qui lui seraient vraiment très utiles maintenant et qu'il n'a tout bonnement pas. À manger, par exemple. Comme il ne se sentait pas de voler l'un des sacs à dos en partant, il a filé les mains vides. Sans même le sachet de cacahuètes qu'il avait glissé sous l'oreiller de sa couchette pour plus tard.

Ni son fusil.

Ni le tube d'établoquant vide qu'il comptait fendre en deux pour le récurer et s'enduire les aisselles et l'entrejambe des derniers restes de gel.

Il a son arme de poing et six chargeurs pleins. Il lui reste un peu d'eau. Il a la boussole. Et la grenade, dans la poche de son treillis. Elle ne l'a pas quittée depuis qu'ils ont abandonné le Humvee. Son inventaire se limite à ça.

Quel genre de débile part crapahuter en territoire ennemi juste vêtu de sa tenue de jour ? Il doit se réapprovisionner, et vite.

Le garage où Justineau et lui ont trouvé les amuse-gueules est trois kilomètres derrière, maintenant. Ça l'enquiquine de rebrousser chemin, donc de perdre du temps, mais ça l'enquiquinerait encore beaucoup plus de mourir de faim, car rien ne garantit qu'il dénichera un autre trésor du même genre entre ici et la Tamise.

Gallagher se lève, s'oblige à se remettre en route. Ce n'est pas facile, mais le simple fait d'agir le ragaillardit tout de suite. Il a un objectif défini, et un plan. Il rebrousse chemin – pour pouvoir avancer à nouveau et aller plus loin, cette fois.

Au bout de cinq ou six bifurcations, boussole ou pas, il s'égare.

Et il est prêt à parier qu'il n'est pas seul. Il ne voit plus d'ombres mouvantes, mais il entend des bruits, des pieds qui raclent et qui progressent quelque part, tout près. Chaque fois qu'il stoppe pour écouter, il n'y a rien, sauf que c'est bien là, sous le son de ses propres pas, dès qu'il recommence à marcher. On bouge dès qu'il bouge, on s'arrête en même temps que lui.

Ça semble venir de juste au-dessus. Il devrait pouvoir voir de qui il s'agit, mais non. Il n'a même aucun moyen d'être sûr d'où provient le bruit. Par contre, l'ombre qu'il a entrevue… elle, elle émanait forcément d'un truc situé sur le toit. Il lui vient à l'esprit que si on le suit, se placer là-haut serait une méthode géniale pour passer inaperçu.

D'accord. Alors, qui que ce soit, il va l'obliger à sauter en travers de la rue.

Gallagher se met à sprinter d'un seul coup, sans prévenir. Traverse la chaussée à toutes jambes, puis se glisse sur le côté, dans une ruelle.

Il atteint le fond d'une sorte de zone de parking derrière des boutiques cramées. Des accès de service béants. Celui dans lequel il fonce ouvre sur un étroit couloir.

Une porte en caoutchouc vulcanisé, pourrie et collante au toucher. Elle donne au niveau des caisses, que Gallagher franchit à toute vitesse, avant…

De ralentir. Puis de s'arrêter.

Parce que cet endroit est une sorte de supérette, qui compte environ six rayons étroits couverts d'étagères du sol au plafond.

Dessus : balais à W.-C., coquetiers en forme de poules qui sourient, boîtes à gâteaux décorées d'Union Jacks, tapettes à souris en bois au nom tamponné sur le côté (« Say Cheese »), râpes à fromage à poignée antidérapante, planches à découper, sets de table, assortiments de boîtes à condiments, sacs poubelle, housses de siège de voiture, tournevis magnétiques.

Et à manger.

Pas grand-chose – juste une section d'étagères au bout d'une allée –, mais les conserves et les sachets ont l'air intacts. Ils sont encore bien rangés par genre, toutes les soupes à un endroit, les plats cuisinés à un autre, le riz et les pâtes ailleurs. Exactement comme l'employé mort depuis longtemps les a disposés pendant ce qui ressemblait à une matinée normale, dans un univers où personne ne croyait la fin du monde possible.

Les conserves ont éclaté, absolument toutes. Elles sont en plein soleil, comme elles ont dû l'être tous les jours sans pluie depuis avant même la naissance de Gallagher.

Mais il y a les paquets cartonnés aussi. Il les examine avec espoir, puis l'excitation le gagne.

Festin Gourmet – Poulet au curry riz basmati – un peu d'eau et hop !

Festin Gourmet – Bœuf Strogonoff – un peu d'eau et hop !

Festin Gourmet – Paella aux deux viandes – un peu d'eau et hop !

En d'autres termes, des plats déshydratés en sachets sous vide. Gallagher en déchire un et renifle l'intérieur. Ça sent bougrement bon, tout bien considéré. Et il se fout complètement de savoir s'il y a du vrai poulet ou du vrai bœuf dedans, du moment que c'est pas à gerber.

Il verse un tiers de l'eau qui lui reste, pince bien le haut du sachet, qu'il agite une minute ou deux. Ensuite, il l'ouvre et étale direct dans sa bouche une noix de la pâte ainsi obtenue.

C'est délicieux. Un festin de gourmet, exactement comme le dit l'étiquette. Et il n'a même pas besoin de mâcher. Ça glisse aussi facilement que de la soupe. Le léger côté grumeleux ne le gêne pas non plus, jusqu'à ce qu'un peu de poudre mal mélangée se faufile dans sa gorge, déclenchant une quinte de toux. Les paquets encore sur l'étagère se retrouvent maculés de miettes jaunâtres de salive au curry.

Il termine le sachet, en faisant un peu plus attention. Puis il déchire plusieurs paquets, en laissant tomber l'emballage cartonné pour se remplir les poches. Quand il parviendra au fleuve, il fêtera ça avec deux ou trois sachets choisis au hasard. Un buffet assorti.

Bon, d'ailleurs, il faudrait vraiment y aller. Mais il ne résiste pas à la tentation de jeter un œil rapide sur le reste du magasin, en se demandant quelles autres merveilles il peut bien contenir.

Quand il trouve le présentoir à revues, son cœur s'emballe. L'étagère supérieure tout entière – sur trois mètres ou plus – regorge de magazines porno. Il les descend l'un après l'autre et tourne les pages avec autant de révérence que s'il s'agissait des Saintes Écritures. Des femmes d'une beauté inconcevable, compréhensives et accueillantes, lui rendent son sourire avec amour. Elles ont les jambes et le cœur grands ouverts.

S'il était encore sur la base, un tel trésor ferait de lui un homme riche au-delà du possible. Tout le monde ferait le pèlerinage depuis son baraquement pour échanger tabac et bibine contre une demi-heure en compagnie de ces dames. D'accord, il ne fume pas et l'alcool lui fait presque aussi peur que les affams et les cureurs, mais ça ne ternit en rien cette vision éblouissante. Il serait quand même le roi. Un de ces gars qui a droit à un mot ou un signe de tout le monde quand il entre dans le mess et qui le prend comme un dû. Un homme dont les égards qui lui sont donnés en retour confèrent un statut particulier à ces mêmes mots ou signes.

Le grincement d'une lame de plancher le tire de ses rêves de gloire éternelle pour le ramener au présent immédiat. Il sursaute, abaisse la revue qu'il tenait. À trois mètres, cachée jusque-là par ce qu'il regardait, alors qu'elle ne fait aucun effort pour, il y a une petite fille. Elle est nue, menue, maigre comme un clou. Un instant, on dirait une photo noir et blanc, parce qu'elle a les cheveux corbeau et la peau d'un blanc pur, immaculé. Ses yeux sont aussi noirs et sans fond que des trous percés dans une planche. Sa bouche se réduit à une ligne droite blême.

Elle doit avoir dans les cinq, six ans, voire même sept, vu sa maigreur. Elle reste là sans rien faire, à contempler Gallagher. Une fois qu'elle est sûre d'avoir attiré son attention, elle tend la main pour lui montrer ce qu'elle tient. C'est un rat mort, décapité.

Gallagher le regarde, revient au visage de la fillette. Puis au rat. Ils restent comme ça pendant ce qui fait l'effet d'un bon moment. Gallagher prend une longue goulée d'air tremblante.

— Salut, finit-il par dire. Ça va ?

On ne trouve pas tellement plus con comme entrée en matière, mais il a vraiment du mal à croire ce qui se passe. Cette fillette est une affam, ça crève les yeux. Mais du même genre que Melanie : elle peut réfléchir, elle n'est pas forcée de manger des gens si elle ne veut pas.

Et elle lui tend même un gage de paix. Un gage vraiment gros, vu sa maigreur inquiétante à elle.

Sauf qu'elle n'amorce pas un geste dans sa direction, et qu'elle ne dit rien. Sait-elle seulement le faire ? Les gamins de la base ressemblaient plus à des animaux quand on les a amenés. Ils ont appris à parler assez vite une fois qu'ils ont entendu d'autres gens le faire, mais il se souvient qu'au début ils couinaient comme des porcelets ou ils poussaient de petits cris faisant penser à des chimpanzés.

Peu importe. Il y a d'autres trucs. Son attitude corporelle.

Gallagher adresse un grand sourire à la petite, accompagné d'un salut amical de la main. Elle ne bouge plus et son visage reste aussi rigide qu'un masque. Elle se contente d'agiter le rat vers lui, comme on le ferait devant un chien.

— Tu es une très jolie petite fille, lui lance bêtement Gallagher. Comment tu t'appelles ? Moi, c'est Kieran. Kieran Gallagher.

Nouveau remuement de rat. La fillette ouvre et referme la bouche. On dirait qu'elle imite une mastication.

C'est ridicule. Il va falloir prendre le rat, sinon cette impasse va se prolonger à l'infini.

Gallagher repose très lentement le magazine porno – côté couverture, comme si cette môme morte vivante pouvait être gênée ou souillée en voyant des nichons. Il lui montre ses mains vides. Il adopte le pas ralenti, progressif, que lui a enseigné le sergent Parks, et avance vers elle un pied après l'autre. Il prend soin de laisser ses paumes bien en vue et de continuer à sourire tout du long.

Il tend une main, très lentement, vers le rat.

La petite le ramène en arrière, hors de sa portée. Gallagher s'arrête net, en se demandant s'il a par hasard mal compris.

Une douleur brusque, inattendue, explose dans sa jambe gauche, puis la droite. Il pousse un hurlement et il tombe, ses membres inférieurs cédant sous son poids. Il atterrit par terre avec la lourdeur et la disgrâce d'une armoire renversée. Des silhouettes de petite taille s'égaillent sur sa droite et sa gauche, depuis les allées perpendiculaires dans lesquelles elles devaient se tenir accroupies. Il ne les distingue pas bien à cause de la douleur. Il est trop furieux et trop déstabilisé pour comprendre tout de suite ce qui vient de se passer.

Il se hisse sur un coude et regarde ses pieds, sans réussir à démêler ce qu'il voit. Il y a du rouge partout. Du sang. C'est du sang. Le sien. Il le sait parce qu'il le sent autant qu'il le voit. Ses mollets pulsent. Ils le lancent atrocement. Son pantalon est déjà détrempé à partir des genoux.

Qu'est-ce qu'ils ont fichu ? se demande-t-il confusément. *Qu'est-ce qu'ils viennent de me faire ?*

Il repère un mouvement flou au coin de son champ de vision. Il se retourne. Un deuxième gamin fonce vers lui. Il a le visage éclaboussé de couleurs vives, ses yeux ressortent dedans comme deux têtes d'épingle noires. Son bras levé très haut tient un truc en métal qui luit dans la lumière oblique de l'après-midi à en éblouir Gallagher.

Qui s'écarte avec un glapissement de terreur au moment où le jeune garçon frappe. Dans un instant de délire, il prend l'arme pour une épée, mais quand elle file devant lui, il voit qu'elle est trop épaisse, trop lourde. Le rayonnage en métal absorbe la plus grande partie du coup. Gallagher lève le bras pour assener un revers sur le torse du gamin, et vu que l'autre est léger comme une plume, le choc l'envoie tournebouler par terre. L'arme – une batte de base-ball en aluminium – s'arrache de sa main pour atterrir dans un bruit métallique aux pieds de Gallagher. Ils baignent carrément dans une mare, maintenant. Une mare de son propre sang.

Le gamin peinturluré se carapate tant bien que mal, mais il y en a deux autres qui accourent de chaque côté, un muni d'un couteau et le second balançant ce qui a l'air d'un couperet de boucher. Gallagher pousse un nouveau cri, à pleins poumons, et il rafle la batte.

Les mouflets affams renoncent à leur attaque plein pot, font marche arrière hors de sa portée.

Mais ils pullulent, maintenant. Gallagher ne voit pas combien il y en a exactement, mais plusieurs dizaines, on dirait. Des centaines, peut-être. Les petits visages livides le scrutent à travers les vides des étagères, risquent un œil et se planquent. Les plus courageux s'amassent au bout de l'allée en le contemplant ouvertement. Ils sont armés de tout ce qu'on peut imaginer, ça va des couteaux aux fourches en passant par des branches. La plupart sont nus comme des vers, à l'image de la gamine, mais certains portent des vêtements bizarrement assortis qu'ils ont dû razzier dans des vitrines de magasins. Un a un soutien-gorge léopard accroché en diagonale sur le torse, noué à un ceinturon auquel pendent tout un tas de porte-clés servant d'ornements.

La petite fille que Gallagher a vue en premier est toujours là, remarque-t-il maintenant. Elle s'était juste reculée un peu pour laisser la place à ceux qui ont des armes. Calme et patiente, elle mâchonne le rat mort.

Gallagher essaie de se lever, mais ses jambes refusent de le porter. Impossible de détacher les yeux des gamins, ils risquent d'attaquer à nouveau. Du coup, il abaisse sa main libre pour se figurer au toucher ce qui lui est arrivé. Il y a une large déchirure dans sa jambe de pantalon droite, à mi-chemin entre le genou et la cheville. Précautionneusement, il y plonge les doigts pour tâter les bords de la blessure. Elle n'est pas large, mais longue et droite, et forcément profonde.

Idem pour la gauche

Le rat n'était pas un gage de paix. C'était un appât. Et ça n'aurait pas dû marcher puisqu'il n'en mange pas, mais voilà, il se fait toujours avoir par les jolies frimousses. Ce petit bout de femme l'a manœuvré, amené où elle voulait, et ensuite deux de ses amis l'ont tailladé par-derrière.

Ils lui ont tranché les tendons.

Il ne sortira pas d'ici sur ses jambes.

Il ne remarchera sans doute jamais.

— Putain ! jette-t-il tout haut. Écoutez-moi. Ce n'est pas… Vous n'allez pas me faire ça. Vous comprenez ? Vous ne pouvez pas…

Les visages qui lui font face ne bronchent pas. La même expression sur tous. Un besoin fou, douloureux, d'une certaine manière maîtrisé, refoulé.

Ils attendent sa mort pour pouvoir le manger.

Il dégaine son arme de poing, la brandit. Vers la fillette. Puis vers le gamin qui a laissé tomber la batte de base-ball. Ça semble être un des plus âgés. Il a les lèvres épaisses, d'un rouge incongru, alors que celles des autres sont pratiquement réduites à néant. On ne s'en rend pas compte tout de suite parce qu'il a la trogne couverte de diverses couleurs, et Gallagher comprend que les motifs ne sont pas abstraits. C'est un autre visage, style monstre, peint par-dessus le sien, et dont la bouche ouverte recouvre tout de son nez à son menton. Vu le tracé baveux et hésitant, il a dû le faire lui-même, sans doute au marqueur. Ses cheveux noirs, qui lui pendent tout raides dans les yeux, lui donnent un look de rock star louche. Il est si décharné qu'on peut compter ses côtes. Et le flingue ne lui fait ni chaud ni froid. Ce n'est pas ça qu'il fixe sans ciller, c'est le regard de Gallagher.

Gallagher agite le pistolet vers les autres mômes, l'un après l'autre. Ils n'ont même pas l'air de le voir. Ils ignorent ce qu'est une arme à feu, et pourquoi ils devraient la craindre. Il va devoir tirer sur au moins un pour les forcer à comprendre.

Autant le faire vite, d'ailleurs. Il a la main qui tremble, et une sorte de brouillard dans les yeux. Le monde s'est mis à tressauter, comme une voiture sur une route pleine d'ornières. Il s'efforce de se concentrer malgré ces secousses.

Le gamin au visage peint. Celui qui a laissé tomber la batte. Il se trouve pile devant le rassemblement, c'est sans doute lui qui dirige l'opération Mangeons Kieran Gallagher. Alors, qu'il aille au diable, l'heureux élu, le voilà.

Sauf qu'il n'arrête pas de bouger. Les autres aussi, d'ailleurs. Gallagher risque de toucher la petite s'il ne fait pas gaffe. Il s'y refuse, sans s'expliquer pourquoi, alors même qu'elle l'a pris en embuscade. Elle est trop petiote. Ça lui ferait trop l'effet d'un meurtre.

Le voilà, ce petit salopard. Cible acquise. L'arme pèse deux cents kilos, mais Gallagher n'a besoin que de deux secondes, le temps de viser droit et d'appuyer sur la détente, et…

Elle ne bouge pas.

Le chargeur est vide.

Gallagher a tiré toutes les balles au cours de la deuxième journée, quand ils fuyaient à travers la foule d'affams pour entrer dans l'hôpital. Ensuite, il a basculé sur le fusil, et c'est ça qu'il a eu en mains chaque fois qu'il y avait un risque de bagarre. Il n'a jamais rechargé.

Pour un peu, il en rigolerait. Ces gamins n'ont pas réagi parce que le flingue ne signifie strictement rien à leurs yeux. C'est la batte de base-ball qui les maintient à distance.

Sauf que non. Plus maintenant. Ils avancent lentement des deux extrémités de l'allée, en se rapprochant d'un ou deux pas à la fois, comme dans un jeu. Le peinturluré mène la meute, alors même qu'il n'a plus d'arme. Ses doigts osseux fléchissent et se contractent.

L'engourdissement gagne Gallagher peu à peu à partir de ses jambes blessées. Mais la terreur qui bout dans son esprit lui fournit une inspiration soudaine. Rapidement, il bascule sur le flanc gauche, pour pouvoir tâter son treillis et trouver…

Oui ! La voilà ! Sa main se referme sur le métal froid. Je vous salue Marie, pleine de grâce, pense-t-il, incrédule.

Les gamins sont très près. Gallagher extrait la grenade de sa poche et la tend, bien en évidence.

— Regardez ! braille-t-il. Regardez ça !

La progression inexorable ralentit, puis s'arrête, mais il sait que c'est son cri, pas le danger, qui les a fait hésiter. Ils jaugent la résistance qui lui reste.

— Bouuuuum !

Il mime une explosion, en projetant sauvagement les bras en l'air. Un instant, le silence règne. Puis le peinturluré pousse une sorte d'aboiement. Il croit qu'il s'agit juste d'une menace. Que Gallagher joue les m'as-tu-vu.

Et les gamins se déplacent à nouveau. Se rapprochent pour la curée.

— Ça explose ! crie désespérément Gallagher. C'est une grenade, putain ! Elle va vous déchiqueter. Allez manger un chien errant, par exemple. Je vais le faire. Je suis sérieux. Je vais le faire !

Aucune réaction. Il attrape la goupille entre le pouce et l'index. Il ne veut pas les tuer, juste être sûr que sa sortie à lui se fera dans une lumière blanche et d'un coup d'un seul, au lieu de s'étirer horriblement, au-delà du supportable. Ils ne lui ont pas vraiment laissé le choix. Il n'en a qu'un seul.

— S'il vous plaît !

Rien.

Et quand c'est le moment, il n'y arrive pas. S'il pouvait leur faire comprendre avec quoi il les menace, ce serait peut-être différent.

Il laisse tomber la batte, et les enfants sauvages l'emportent comme une vague. Un coup lui fait lâcher la grenade, qui s'éloigne en roulant.

— Je ne veux pas vous faire de mal ! piaille Gallagher.

Et c'est la vérité, alors – quand ils l'agrippent, le mordent, le déchirent, il s'efforce de ne pas se débattre. Ce sont juste des mômes, leur enfance a dû être une aussi grosse palanquée de merde que la sienne.

Dans un monde parfait, il aurait fait partie de leur troupe.

61

Parks est décidé à fouiller, même s'il sait que les chances de trouver Gallagher sont proches de zéro. Ils ne peuvent pas crier, ni quadriller le secteur puisqu'ils ne sont que trois – lui, Justineau et la môme. Caldwell s'est déclarée trop faible pour marcher, et comme elle a l'air prête à se briser en deux au moindre mot un peu dur, Parks n'a pas insisté.

Mais le quadrillage est inutile. Melanie pivote sur elle-même comme une girouette, hume le vent deux fois et finit par s'orienter légèrement au sud-ouest.

— Par là.

— Tu es sûre ? demande Parks.

Un hochement de tête. Elle ne gaspille pas sa salive. Elle mène la marche.

Seulement, la piste s'éparpille en tous sens, remonte une rue, en descend une autre, au départ plutôt vers le sud, mais ensuite, même plus. Gallagher a l'air d'avoir rebroussé chemin alors qu'il n'était qu'à environ un kilomètre et demi du Rosie. Parks se demande si la gamine n'est pas en train de les mener en bateau, pour une raison obscure – se donner de l'importance, mettons, et avoir droit à l'attention des adultes. Non, il déconne. Peut-être qu'un enfant de dix ans classique jouerait un tour pareil, mais Melanie est plus équilibrée que ça. Si elle ne savait pas où est allé Gallagher, elle le dirait, tout simplement.

Cela dit, il se passe un autre truc, entre Melanie et Justineau – un dialogue de regards effrayés qui atteint son crescendo à l'endroit où la piste traverse une rue pour mener dans une ruelle.

La gamine se retourne vers Parks.

— Sortez votre arme, Sergent, dit-elle tout bas.

Elle a pris un ton très solennel.

— Des affams ?

Il se fout de comment elle le sait. Il veut juste avoir une idée claire de ce dans quoi il met les pieds.

— Oui.

— Où ?

La gamine hésite. Ils sont sur une sorte d'aire de stationnement entre plusieurs magasins. Des tas de portes des trois côtés, pour la plupart fracturées ou cassées. Une voiture rouillée contre un mur, posée sur des briques, sans doute immobilisée bien avant que la Cassure n'ait réduit les routes au silence. Des poubelles roulantes disposées en une longue file, pour une collecte qui n'est jamais venue.

— Là, finit par dire Melanie.

À première vue, l'entrée qu'elle indique de la tête ne diffère pas des autres. Un second regard embrasse les mauvaises herbes piétinées qui se trouvent juste devant, dont un chardon monumental aux tiges brisées, encore humide là où la sève a afflué.

Parks bascule en mode discret. Mieux vaut tard que jamais, se dit-il. Il tape sur la main de Justineau, lui indiquant de sortir son arme. Tous deux s'approchent de la porte comme des flics dans une série télé pré-Cassure, avec une furtivité exagérée – alors même qu'ils foulent un sol fendu, craquant et crissant sous les pas.

Melanie s'interpose et se retourne pour leur faire face.

— Libérez-moi, dit-elle à Parks.

Il la fixe droit dans les yeux.

— Les mains ?

— Les mains et la bouche.

— Il n'y a pas si longtemps, tu me demandais de te ligoter, lui rappelle-t-il.

— Je sais. Je ferai attention.

Elle n'a pas besoin de dire le reste à voix haute. S'ils entrent dans un espace fermé plein d'affams, elle leur sera sans doute utile. C'est indiscutable. Parks ouvre les menottes, les glisse à sa ceinture. Melanie défait elle-même la muselière, la lui tend.

— Vous voulez bien me la garder, s'il vous plaît ?

Il l'empoche, et Melanie les précède dans l'obscurité.

Mais ils arrivent trop tard pour la fête. Quoi qu'il se soit passé ici, c'est déjà terminé. Une large traînée de sang mène du centre d'une allée jusque dans un recoin à l'écart de la lumière du jour : l'endroit où les affams ont emmené Gallagher pour pouvoir le manger. Il contemple le plafond avec une expression de souffrance patiente, comme le Christ est dépeint sur la croix dans les représentations les plus convenues. Contrairement au Christ, il s'est fait dévorer jusqu'à l'os un peu partout. Son gilet pare-balles a disparu. Aucune trace nulle part. Sa chemise grande ouverte encadre le gouffre de son torse. Ses plaques militaires sont tombées parmi ses vertèbres exposées à l'air libre. Les affams semblent s'être débrouillés pour lui bouffer la gorge sans casser la chaîne en acier – comme dans ce truc de prestidigitation où on arrache la nappe sans faire bouger le couvert.

Justineau se détourne, elle chasse ses larmes en écrasant ses paupières, mais sans un bruit. Parks non plus ne dit rien, une seconde ou deux. Tout ce qui lui vient à l'esprit, c'est qu'il avait un homme sous ses ordres, un enfant, qu'il a laissé mourir seul. C'est le genre de péché qui vous vaut d'aller en enfer.

— On devrait l'enterrer, dit Melanie.

Un instant, sa colère se détourne sur elle.

— Pour quoi foutre ? gronde-t-il en la fusillant du regard. Ils n'en ont pas laissé assez. On pourrait le ramasser à la petite cuillère. Ce qu'il en reste tiendrait dans un sac poubelle, merde !

Melanie réagit au diapason. Elle montre les dents.

— Il faut l'enterrer, lui rétorque-t-elle dans un grognement. Sinon les chiens et les autres affams l'attraperont et en mangeront encore plus. Et il n'y aura rien pour dire où il est mort. Il faut honorer les soldats tombés au combat, Sergent !

— Honorer les… Putain, ça sort d'où, cette idée ?

— De la guerre de Troie, sans doute, murmure Justineau. (Elle s'essuie les yeux du revers de la main.) Melanie, on ne peut pas… Il n'y a pas d'endroit où le faire. Et on n'a pas le temps. Ça nous transformerait en cibles. On va devoir l'abandonner.

— Si on ne peut pas l'enterrer, il faut le brûler.

— Avec quoi ?

— Avec ce qu'il y a dans les gros bidons ! s'impatiente Melanie. Dans la pièce où il y a le générateur. C'était écrit Inflammable sur l'étiquette, ça veut dire que ça brûle.

Justineau ajoute autre chose. Sans doute pour tenter d'expliquer que traîner des bidons de cent litres de kérosène à travers les rues, c'est une activité dans laquelle ils ne vont pas se lancer non plus. Pendant ce temps, Parks est en train de penser, avec une sorte de fascination sourde, qu'aux yeux de cette gamine le monde ne s'est jamais arrêté. Ils lui ont appris tous ces trucs hypervieux, ils lui ont rempli la tête de conneries complètement HS, en se disant que ça n'avait pas d'importance parce qu'elle n'allait jamais quitter sa cellule sauf pour se faire démembrer et finir étalée sous un microscope.

Il en a la nausée. Il ressent de l'intérieur, pour la première fois de sa carrière, à quoi un crime de guerre peut ressembler. Et ce n'est pas lui le criminel, ni même Caldwell. C'est Justineau. Mailer. Et cet enfoiré d'ivrogne de Whitaker, et tous les autres. Caldwell, c'est juste un boucher. Elle est comme Sweeney Todd, le serial killer, elle a le fauteuil de barbier et le coupe-chou. Elle n'a pas passé des années à tordre des cerveaux de gamins dans tous les sens.

— On peut dire une prière pour lui, Melanie, concède Justineau. Mais pas traîner un de ces bidons de carburant jusqu'ici. Et même si on pouvait…

— O. K., jette Parks. On le fait.

Justineau le dévisage comme s'il était devenu dingue.

— Ce n'est pas une plaisanterie, lui dit-elle sombrement.

— J'ai l'air de plaisanter ? Enfin, elle a raison ! Elle est beaucoup plus saine dans sa tête que nous deux.

— On ne peut pas… recommence Justineau.

Parks craque.

— Ah ouais, et pourquoi ça, merde ? Si elle veut honorer les morts, putain, accordons-lui ça ! L'école est finie, maîtresse ! Ça fait plusieurs jours ! Vous avez peut-être raté cet épisode-là ?

Justineau le contemple, éberluée. Elle est légèrement blême.

— Vous ne devriez pas crier, murmure-t-elle en lui faisant signe de se taire.

— On m'a transféré dans votre classe ? jette Parks. C'est vous ma maîtresse, maintenant ?

— Les affams qui ont fait ça doivent être encore assez près pour vous entendre. Vous trahissez notre position.

Parks lève son fusil et balance une bastos. Justineau tique et lâche un vagissement. Le tir perce un trou dans le plafond. Des grumeaux de plâtre détrempé s'abattent, l'un d'entre eux rebondit sur l'épaule de Parks, où il laisse une traînée blanche.

— Je serais bien content de leur dire deux mots. (Il se tourne vers Melanie, qui regarde tout cela les yeux écarquillés. Ce doit être comme de voir papa et maman s'engueuler.) Tu en penses quoi, la môme ? On lui fait des funérailles vikings, à Kieran ?

Elle ne répond pas. Elle est prise entre le marteau et l'enclume, parce que dire oui, c'est se ranger de son côté, contre Justineau, or il ne faut pas y compter avant longtemps : elle l'a trop à la bonne pour que ça arrive.

Parks décide que le silence est un consentement. Il passe derrière le comptoir, où il a déjà repéré une boîte de briquets jetables. Ils sont encore pleins d'essence – quelques centimètres cubes seulement dans chaque, mais il y en a une centaine. Il les rapporte devant les restes pitoyables de Gallagher.

Étant d'un naturel pragmatique, il ôte le talkie-walkie de la ceinture du cadavre pour le transférer sur la sienne avant d'ouvrir un par un les petits tubes de plastique et de les vider. Justineau regarde en secouant la tête.

— Et la fumée ? lui demande-t-elle.

— Oui, quoi ? grommelle Parks.

Melanie leur tourne le dos pour descendre l'allée jusqu'au fond, vers la devanture du magasin. Elle revient un instant plus tard en rapportant un K-way jaune fluo sous emballage plastique.

Elle s'agenouille pour le caler sous la tête de Gallagher. Elle a les jambes dans ce sang même pas encore sec. Quand elle se relève, des traînées rouge-noir ornent ses genoux et ses mollets.

Parks attaque le dernier briquet. Il pourrait s'en servir pour allumer le bûcher funèbre, mais non, il le déverse avec les autres, puis il gratte une étincelle avec sa boîte à amadou afin de lancer le brasier.

— Dieu te bénisse, soldat, murmure-t-il tandis que les flammes consument le peu qu'il reste de Kieran Gallagher.

Melanie dit quelque chose aussi, mais c'est tout bas – elle s'adresse au mort, pas à eux – et Parks n'entend pas quoi. Justineau, il faut lui rendre cette justice, attend en silence jusqu'à ce qu'ils aient terminé, c'est-à-dire en gros quand le feu gras, puant, les oblige à reculer.

Ils effectuent le trajet de retour vers le Rosie bien plus loin les uns des autres qu'à l'aller, et beaucoup moins loquaces. Le magasin qui flambe derrière eux projette une épaisse colonne de fumée qui s'étale pour former un parapluie noir loin au-dessus de leur tête.

Justineau traite Parks comme un chien qui a la bave aux lèvres, ce qu'il trouve sans doute plus qu'adapté sur le moment. Melanie marche en tête de leur trio, épaules affaissées et menton baissé. Elle n'a pas demandé qu'on lui remette les menottes ni la muselière, et il ne le lui a pas proposé.

Alors qu'ils sont presque à bon port, la gamine s'arrête. Sa tête se redresse d'un coup, soudain éveillée.

— C'est quoi ? souffle-t-elle.

Parks est sur le point de dire qu'il n'entend rien, mais il y a une vibration dans l'air, qui à présent s'assemble en un son. Quelque chose qui remue en s'éveillant, menaçant et dangereux, affirmant qu'il est prêt à la bagarre, prêt à la gagner.

Les moteurs du Rosie.

Parks fonce à toutes jambes et passe le coin de Finchley High Road à temps pour voir la tache au loin se transformer en quelques secondes en mastodonte.

Le Rosie gîte un peu, à la fois parce qu'il y a des débris sur la route et parce que le professeur Caldwell conduit avec les pouces crochetés autour du bas du volant. Chaque tressaillement de ses bras se traduit par un mouvement latéral du long véhicule.

Sans même y réfléchir, Parks s'avance au milieu de la chaussée. Il n'a pas la moindre idée de ce que Caldwell fabrique, de ce qu'elle peut bien vouloir fuir, mais il sait qu'il doit l'arrêter. Le Rosie fait un écart d'ivrogne pour l'éviter et part emboutir une voiture garée, qui se retrouve entraînée avec sur quelques mètres avant de se disloquer dans un torrent de rouille et de verre.

L'instant d'après, il a filé. Ils contemplent les feux arrière du labo mobile qui accélère en s'éloignant.

— C'est quoi ce délire ? s'exclame Justineau d'un ton stupéfait.

Parks acquiesce à cette émotion.

62

Dès que Parks et Justineau partent en quête du soldat en s'adjoignant le sujet d'expérience n° 1, Caroline s'approche de la porte donnant sur la partie médiane du Rosie. Elle ouvre le compartiment voisin situé à hauteur d'homme pour abaisser le levier qui contrôle et bloque l'accès extérieur d'urgence. Plus personne ne peut désormais pénétrer dans le véhicule contre son bon vouloir.

La chose faite, elle gagne le poste de pilotage pour allumer un des trois tableaux de bord. À vingt mètres derrière elle, tout au fond, le générateur se met à bourdonner – sans rugir, parce que Caldwell ne dirige pas le courant vers le moteur.

C'est au labo qu'elle en a besoin et c'est là qu'elle se rend ensuite. Comme elle travaillera directement sur des tissus infectés, elle enfile des gants, des lunettes et un masque de chirurgien.

Elle allume le microscope électronique à balayage, avant de parcourir avec patience et minutie la fenêtre de réglage puis celle des options et d'installer la première des lames qu'elle a préparées. C'est avec un pincement de plaisir anticipé qu'elle passe aux écrans d'affichage. Le système nerveux central de l'affam trouvé à Wainwright House apparaît aussitôt, étalé sous son regard avide.

Ayant choisi le vert comme couleur principale, Caldwell se retrouve à se promener dans une futaie de dendrites neuronales, une jungle corticale.

La résolution est à couper le souffle. Les structures, grossières autant que fines, sont rendues avec une précision détaillée comme dans des illustrations de manuels. Caroline fait basculer la lame méticuleusement sous le canon. Les tissus cérébraux ont été gravement endommagés avant qu'elle puisse prélever son échantillon, mais cela se manifeste essentiellement par la présence de matière étrangère parmi les neurones, particules de poussière, poils humains et bactéries, en plus du mycélium fongique attendu. Les cellules nerveuses elles-mêmes sont révélées dans leur totalité à l'observateur. C'est palpitant.

Caroline distingue ce que d'autres commentateurs ont vu, mais qu'elle n'a jamais été en mesure de vérifier par elle-même, vu l'instrumentation inadaptée, de bric et de broc, dont elle disposait sur la base. Elle comprend exactement comment le coucou qu'est *Ophiocordyceps* fait son nid parmi les taillis du cerveau – comment ses filaments s'enveloppent, fins comme des fils, autour des dendrites neuronales, comme du lierre autour d'un chêne. Sauf que le lierre ne susurre pas de chant des sirènes au chêne pour le dérober à lui-même.

Coucou ? Lierre ? Sirènes ? Caroline ! s'enjoint-elle férocement. *Regarde ce que tu as devant toi et tire tes déductions quand il le faut, quand tu possèdes des éléments qui te le permettent.*

Les preuves existent. Elle voit à présent ce que d'autres regards ont raté – les fissures dans la forteresse (*concentre-toi !*) à l'endroit où les structures parallèles du cerveau humain, aux abois, débordées, se sont regroupées autour et entre les cellules nerveuses étouffées par le fungus. Si les plus récentes sont enflées et à nu, rompues de l'intérieur par des parois de plaque amyloïde en dents de scie, certains groupes de neurones non infectés ont en réalité cru en densité.

Le cuir chevelu de Caroline la chatouille : elle vient de comprendre la signification de ce qu'elle voit.

Le processus a dû intervenir très lentement. Les premiers chercheurs n'en auront pas tenu la chronique parce que, immédiatement post-Cassure, cette progression n'atteignait pas encore un stade détectable par l'observation. Le seul moyen de la découvrir aurait été de deviner sa présence éventuelle puis d'effectuer des expériences pour s'en assurer.

Caldwell relève la tête, s'écarte de la console d'imagerie. Cela lui coûte, mais il le faut. Elle pourrait contempler ce monde vert pendant des heures, des journées entières, en continuant à y trouver de nouvelles merveilles.

Plus tard, peut-être. Mais « plus tard » est une expression qui n'a plus guère de référent. Elle signifie un ou deux jours supplémentaires d'une fièvre galopante et de perte des fonctions vitales, auxquelles succédera une mort humiliante, douloureuse. Caroline tient la première moitié d'une hypothèse de travail. Pour l'heure, elle doit boucler cette recherche tant qu'elle le peut encore.

Dans son labo de la base, il y a – ou avait – des dizaines de lames provenant des tissus cérébraux des sujets d'expérience n°s 16 (Marcia) et 22 (Liam). Si elle les avait toujours à sa disposition, elle s'en servirait. Malgré la remarque adressée une fois à Justineau sous le coup du dépit, sur la nécessité d'amasser autant d'observations que possible dans l'espoir qu'un schéma en émerge, Caldwell ne gaspille pas les ressources. À présent qu'elle tient ce fameux schéma – ou du moins une hypothèse testable –, elle ne dispose plus des échantillons des sujets de la base, ces enfants qui semblaient posséder une immunité partielle contre les effets d'*Ophiocordyceps*.

Il lui faut de nouveaux prélèvements. Et c'est là qu'intervient le sujet n° 1.

Or elle sait qu'Helen Justineau s'opposera à toute tentative de dissection de Melanie, ou même de biopsie du cerveau. Et le sergent Parks et le jeune Gallagher se sont tous les deux engagés, ainsi que Caldwell le craignait dès le départ, dans des relations de proximité inacceptables avec le sujet d'expérience via des interactions répétées au sein d'un contexte social partiellement normalisé. Il n'y a désormais aucune garantie, si elle annonçait son intention d'obtenir des échantillons de tissu cérébral de Melanie, que quiconque dans le groupe la soutiendrait.

Par conséquent, elle bâtit son plan en partant du principe qu'elle a déjà fait cette annonce et qu'on lui a opposé un refus.

Elle déplie puis assemble le sas rabattable autour de la porte d'entrée du milieu du Rosie. Sa conception ingénieuse à base de charnières multiples permet un montage relativement simple malgré la maladresse de Caldwell. Ce ne sont pas seulement les bandages qui la handicapent, désormais : la sensibilité des tissus du début a cédé la place à une perte de sensation générale et à un manque de réaction. Quand elle ordonne à ses doigts de faire quelque chose, ils réagissent avec retard, s'actionnent par saccades, comme une voiture qui démarre en hiver.

Mais elle persévère. Étiré à fond, le sas se verrouille dans huit rainures, quatre dans le plafond du véhicule et quatre dans le plancher. On doit l'enclencher dans chacune puis le fixer à l'aide d'un manchon qui se resserre en tournant une molette. Caldwell est obligée de s'y prendre à deux mains, avec une clé adaptée. Cela à huit reprises. Longtemps avant qu'elle ait terminé, ses mains retrouvent des sensations sous la forme d'une douleur intense, soutenue, un supplice qui la fait gémir tout haut malgré elle.

Les côtés et le devant du sas sont constitués d'un plastique ultraflexible, mais extrêmement solide. Elle doit maintenant fermer hermétiquement le haut et le bas à l'aide d'une solution à durcissement rapide, qui s'applique au pistolet de bricolage. Forcée de tenir l'outil au creux de son coude gauche, elle appuie sur la détente avec son pouce droit.

Ça déborde, mais l'étanchéité est parfaite : Caldwell s'en assure en vidant tout l'air du sas et en observant la course de l'aiguille du manomètre, qui descend régulièrement jusqu'à atteindre le zéro.

Très bien.

Elle fait à nouveau entrer de l'air, met le sas en pression normale. Ayant redirigé le contrôle manuel des portes vers l'ordinateur du labo, elle y retourne en les laissant toutes les deux fermées – mais sans verrouiller l'extérieure. Ensuite, elle fait rouler une bouteille de phosgène jusque dans la cuve d'alimentation en air du sas.

Elle avait remarqué la présence de cette bombonne au cours de sa fouille initiale et s'était dit qu'on avait dû s'en servir pour accélérer la synthèse des polymères organiques. Mais le gaz en question possède d'autres usages, bien sûr, dont l'asphyxie rapide et efficace de gros animaux de laboratoire sans trop endommager les tissus.

À présent, Caldwell attend. Et tout en attendant, elle considère les sentiments que le geste qu'elle s'apprête à commettre éveille en elle. Elle rechigne à imaginer en détail les effets que le gaz toxique aura sur ses compagnons humains. Le phosgène est certes moins cruel que son proche parent, le dichlore, mais dire ça, c'est un peu se voiler la face. Reste à espérer que Melanie pénétrera la première dans le sas et qu'il sera possible de fermer la porte extérieure avant que quiconque la suive.

Caroline a cependant conscience du risque. Il est beaucoup plus plausible que Justineau entre avec Melanie ou la précède dans le véhicule. Cette perspective-là ne la trouble guère. Cela présente même un certain à-propos. Les interventions à répétition de sa collaboratrice ont contribué de façon très substantielle à l'absurdité de la situation actuelle, où Caldwell se voit forcée de manigancer pour récupérer la maîtrise de son propre spécimen.

En revanche, elle espère au moins qu'il ne sera pas nécessaire de tuer Parks ni Gallagher. Les deux militaires devraient assurer les arrières en couvrant Justineau et Melanie jusqu'à ce qu'elles se trouvent à l'intérieur du Rosie – stade auquel la porte pourra se refermer pour les bloquer.

Rien de tout cela n'est parfait. Ce n'est pas que Caroline tienne à commettre ce qui revient plus ou moins à un meurtre, mais son hypothèse est si énorme dans ses implications que reculer devant une telle extrémité constituerait un crime contre l'humanité. Elle a un devoir, et elle dispose encore d'un intervalle de temps pendant lequel travailler. Intervalle qui se mesure fort probablement en heures et non en jours.

Elle a ôté les déflecteurs de la vitre du labo pour pouvoir scruter la rue, afin de voir revenir l'expédition de secours. Mais la douleur lancinante dans ses bras et ses mains l'épuise. Malgré tous ses efforts, elle pique du nez. Elle flotte entre veille et sommeil. Chaque fois qu'elle force ses paupières à se rouvrir, elles s'abaissent à nouveau, un cran subliminal après l'autre. À l'issue d'un de ces épisodes, Caldwell se retrouve à croiser – à distance, à travers la fenêtre – le regard d'un enfant debout sur le seuil d'une entrée, presque pile devant elle. Un affam, manifestement. Âge au moment de l'infection primitive : pas plus de cinq ans. Nu, étique, incroyablement crasseux, comme une victime de catastrophe lors d'un appel aux dons d'avant la Cassure, cette époque où un millier de morts donnait l'impression d'un désastre.

Le garçonnet observe Caldwell avec fixité et avidité. Il n'est pas seul. C'est la fin d'après-midi maintenant, les ombres étirées sont autant de cachettes naturelles. Mais, comme les détails d'un puzzle photo, les autres affams émergent un par un du paysage. Une fillette rousse plus âgée, derrière la carcasse rouillée d'une voiture garée. Un garçon aux cheveux noirs accroupi dans les vestiges d'une devanture de magasin, qui agrippe une batte de base-ball. Deux autres derrière lui, dans la boutique proprement dite, à croupetons sous une série de robes délavées par le soleil, en cours de décomposition.

Toute une meute ! Fascinant. Quand Parks et son équipe ont annoncé que les sujets d'expérience commençaient à se faire rares à l'extérieur, Caldwell a immédiatement su que ça pouvait signifier plusieurs choses. Une possibilité – qu'elle jugeait à l'époque peu plausible à son avis, mais elle en est moins sûre aujourd'hui – était que les enfants sauvages infectés avaient été assez intelligents pour percevoir une menace chez Parks et ses rafleurs et pour se déplacer vers de nouveaux terrains de chasse.

À présent, sous ses yeux, le garçonnet aux cheveux noirs fait un signe de tête aux deux situés derrière lui, qui se portent à sa hauteur pour voir ce qu'il regarde. C'est lui le chef, à l'évidence. C'est aussi l'un des très rares à n'être pas complètement nu. Un gilet pare-balles est jeté sur ses frêles épaules. Il a abattu un soldat à un moment donné et, non content de dévorer sa chair, s'est arrogé sa livrée. Son visage est une débauche de couleurs, étalage tribal de statut et de puissance.

Caldwell note la façon de procéder de cette meute d'enfants. Ils s'adressent des signaux – gestes silencieux et expressions faciales. Ils coordonnent leurs efforts contre cette chose inusitée au milieu d'eux.

C'est peut-être le bruit qui les a attirés, le bourdonnement régulier du générateur. À moins qu'ils n'aient surveillé le Rosie depuis un moment, après avoir suivi Justineau ou Gallagher au retour d'une de leurs excursions. Quoi qu'il en soit, peu importe ce qui a suscité leur intérêt, maintenant qu'ils l'ont repérée, elle.

Puisque, l'ayant repérée, ils la guettent.

Alors même qu'elle est confinée derrière du verre blindé, dans un char d'assaut surdimensionné dont l'armement pourrait réduire en miettes tous les bâtiments alentour, qu'il n'y a aucun moyen évident de l'atteindre ni de quantifier le risque qu'elle représente, et surtout qu'ils ne peuvent sentir son odeur à travers l'acier, le verre, la résine et les joints hermétiques... Malgré tout cela, ils l'ont reconnue pour une proie et réagissent en fonction.

Lorsqu'elle se lève pour gagner la porte du milieu en silence, elle n'a pas conscience tout de suite d'avoir tranché. Pourtant, cette décision-ci mérite les honneurs. On peut lui trouver plusieurs justifications.

Caldwell rend la fonctionnalité de contrôle des accès au panneau placé à côté du sas. Après quoi elle fait glisser la porte extérieure en position ouverte, puis fermée, pour tester son fonctionnement à divers niveaux de rapidité. Les pistons hydrauliques aussi épais que ses avant-bras s'enfoncent et remontent en douceur en haut et en bas de la porte. Même à la vitesse n° 3 – il y en a sept plus rapides – ils doivent exercer une force de plus de sept cents newtons. La porte intérieure, en revanche, est actionnée par des servomécanismes. On n'a jamais prévu que le sas puisse faire office de seconde cage.

Caldwell prend en compte plusieurs facteurs hautement pertinents. Il n'y a pas moyen de savoir si le sujet d'expérience n° 1 reviendra de l'expédition. Si c'est le cas, rien ne dit que l'embuscade qu'elle-même vient de monter fonctionnera. Ni, si ça fonctionne, comment les survivants éventuels réagiront à la mort des gens coincés dans le sas.

Mais la vérité – du moins en partie –, c'est que Caldwell est incapable de résister. Ces monstres l'ont prise pour une proie. Elle tient à leur rendre la pareille et à englober leurs efforts dans son stratagème.

Une fois la porte extérieure ouverte en entier, elle fait glisser à demi celle, intérieure, du sas. Elle se campe dans l'ouverture, puis se met en devoir d'attendre.

Sa peau reste collante depuis la suée due à ses efforts de montage. Ses phéromones se répandent à présent au-delà de son corps, diffusées via les gradients de pression de l'air qui se rafraîchit. Chaque fois qu'elle exhale, les enfants affams les hument. Sans doute sont-ils doués de conscience et coopèrent-ils avec ruse, mais, étant donné leur nature, il ne leur faudra pas longtemps pour réagir.

C'est la petite fille rousse qui bouge la première. Elle sort de derrière la voiture pour s'avancer en terrain découvert, droit vers l'entrée tentante du Rosie.

Le garçon au gilet pare-balles émet un son proche de l'aboiement. La fillette ralentit, réticente, et se retourne vers lui. Le plus jeune, celui qui se tenait dans la devanture, la dépasse. Il s'est mis à sprinter sans crier gare vers l'ouverture de la porte. C'est si soudain et si rapide que Caldwell a à peine le temps de réagir, pourtant c'est exactement ce qu'elle attendait.

Son pouce appuie sur un bouton.

Le garçonnet affam bondit sur le seuil extérieur et s'élance vers Caldwell tel un missile, les bras écartés, prêts à saisir, à serrer.

Avant qu'il ait eu le temps de la toucher, la porte intérieure se referme d'un coup. Caldwell a sous-estimé la puissance des servomécanismes. Le battant happe le corps de l'affam comme un casse-noix, en lui écrasant les côtes. L'affam ouvre la bouche pour hurler, mais il est victime d'un collapsus pulmonaire irrémédiable et mortel. Il n'a plus la possibilité de crier. Il s'est fait piéger à l'intérieur du sas, un bras derrière le torse, l'autre projeté en avant. Il s'étire toujours vainement pour atteindre sa proie de ses longs doigts. L'un d'eux triture du reste la manche de la blouse de Caldwell, mais on ne peut être infecté par une simple égratignure, seulement par le sang ou la salive. Avec son masque de chirurgie et ses grosses lunettes de protection, elle ne court aucun risque.

Le crâne, note-t-elle, est complètement intact. Une joie sans mélange, étourdissante, la gagne, au point qu'elle rit tout haut. Du moins commence-t-elle. Car le reste du son s'étouffe : un objet jailli de la rue vient de heurter sa mâchoire, arrachant les ficelles et le papier du masque. La douleur brusque la surprend. Sa bouche se remplit de sang, des bouts de dents brisées frottent les uns contre les autres en un raclement sourd.

La pierre tombe par terre à grand bruit, colorée de rouge sombre. La fillette rousse en installe déjà une deuxième dans la bande de tissu fané ou de cuir qui lui sert de fronde.

Le cadavre écrasé du garçon coince la porte du sas en position ouverte sur environ dix centimètres, celle du dehors reste béante, et les affams de l'extérieur, sa cohorte, ses amis, foncent vers cette brèche en brandissant leurs armes improvisées.

Caldwell tend la main, purement par réflexe, pour actionner les manettes de la porte extérieure. Cette dernière se rabat, mais Caldwell a oublié de monter la vitesse au maximum. Au dernier moment, le bout de la batte de base-ball s'insère dans la fente presque close, dans laquelle elle se fiche. L'hydraulique se met à grincer et les extrémités de la porte mordent sévèrement dans le métal, commencent à fendre la batte en deux. Mais, à présent, de petites mains tâtonnantes viennent s'agripper, tentant pour certaines d'atteindre Caldwell, luttant pour d'autres contre le battant afin de l'empêcher de se refermer.

Ils ne peuvent pas atteindre leur proie. Mais ils tirent, déterminés, sur la porte, en changeant de position de manière à fournir une prise à d'autres. Ils cumulent leurs efforts. Caldwell connaît la solidité du système de fermeture. Quand elle le voit commencer à céder, un étonnement soudain pousse malgré elle son corps à la révolte. Elle recule en chancelant, ses poings se lèvent vers sa bouche comme si elle voulait se cacher derrière. Le visage peint du garçon aux cheveux noirs apparaît dans l'entrebâillement extérieur. Il fixe Caroline avec un regard menaçant, de ses yeux injectés de sang. Il lui dit avec des grimaces muettes que tout ceci est vraiment une vengeance personnelle, désormais.

Ce qui signifie qu'il se considère comme une personne. Époustouflant.

Caldwell sprinte vers le poste de pilotage, où elle rabat deux autres manettes, enclenchant des volants et des armes. Elle ne peut pas diriger les deux à la fois, évidemment. Ce sera déjà une veine si elle se rappelle comment conduire ce machin après les deux jours de formation subie vingt ans plus tôt. L'espace d'un instant de terreur, le tableau de bord tout entier lui fait soudain l'effet d'un objet étranger, dénué de sens. Elle s'oblige à extirper son cerveau du flux d'adrénaline qu'elle éprouve, afin de ramener ses pensées sous son contrôle conscient.

Le bouton marqué E. C'est lui la première étape, et il se trouve là-bas, au centre de la colonne de direction. E pour Élever.

Le châssis du Rosie se hausse de vingt centimètres au-dessus de la chaussée, sifflant comme un serpent à mesure que les circuits hydrauliques se mettent en route. Sous les yeux de Caldwell, plusieurs des affams s'égaillent, mais les chocs et les coups en provenance de la partie médiane signalent que certains d'entre eux y opèrent toujours.

La panique lui tord le ventre. Elle doit sortir d'ici. Ça reviendra peut-être à emmener l'ennemi avec elle, elle le sait bien, mais rester signifie terminer en pâtée pour chiens. Ils finiront par ouvrir la porte extérieure, après quoi l'intérieure les retiendra au mieux quelques secondes.

Caldwell coince ses mains inertes dans les poignées de la colonne de direction. Elle exerce une forte poussée vers l'avant tout en émettant une prière. Les freins se débloquent sans qu'elle ait rien fait. Le Rosie se secoue comme un chien puis s'anime dans une embardée si rapide et si brusque qu'elle en est projetée en arrière sur le siège conducteur. Ses mains glissent à demi et le mastodonte fait un écart en emboutissant un réverbère, qu'il arrache du sol d'un seul coup, dans un tintement métallique évoquant la cloche du début d'un combat de boxe.

Caldwell doit empoigner la colonne et tirer sec pour redresser le Rosie. La douleur lui fait émettre un vagissement, qu'elle n'entend qu'à peine par-dessus le grondement des moteurs menés à plein régime. Elle n'a pas la moindre idée de ce qui se passe à la porte du milieu, parce que ce bruit-là est noyé également. Résultat, elle pousse plus fort, remontant la colonne tout en haut de sa rainure. La rue devient un flou de gris.

Il y a un deuxième impact, puis un troisième, mais Caldwell n'en ressent que des vibrations. Le Rosie a acquis une telle vitesse qu'elle fend le monde comme de l'eau.

Des silhouettes dans la rue devant elle, brièvement, puis sur le côté, qui disparaissent. Encore des affams ? L'une d'elles faisait penser à Parks, mais il n'y a pas moyen de savoir sans s'arrêter, et elle ne veut pas le faire. Comment s'y prendre, d'ailleurs ? Pour l'instant, elle ne s'en souvient même pas.

Certains instruments de bord, cela dit, commencent à lui paraître beaucoup plus familiers. Caldwell se rend compte qu'elle n'est pas forcée de rouler à l'aveuglette. Le Rosie dispose de caméras tout le long du blindage, capables, pour la plupart, de pivoter dans n'importe quelle direction. Elle les allume d'une pichenette, parcourt du regard les écrans montrant le flanc gauche. L'un des objectifs est orienté en plein sur la porte du milieu, où deux affams ont réussi à rester agrippés au poids lourd dans ses déplacements.

L'un est le chef. L'autre la fillette rousse.

Caldwell bifurque brusquement vers la droite, sur un raidillon où un panneau indique les quartiers d'Highgate et de Kentish Town. Au dernier moment, elle tire sur la colonne de direction, aussi fort qu'elle peut, si bien que le Rosie gîte notablement, ce qui le ralentit. L'effet n'est pas aussi spectaculaire qu'elle l'espérait. Les affams s'accrochent toujours et continuent de se démener pour agrandir l'ouverture de la porte.

Elle est déjà passée dans ce secteur, il y a longtemps. Pré-Cassure. Des souvenirs s'agitent, se juxtaposent dans son esprit. Des maisons dans lesquelles elle a autrefois aspiré à vivre défilent le long du Rosie, ramassées et sombres, telles des veuves attendant patiemment la résurrection dans un cimetière espagnol.

Parvenue en haut de la colline, elle tourne à nouveau. Elle mésestime l'angle, défonce en partie le mur du pub qui faisait le coin. Le Rosie n'est pas ébranlé, même si les caméras arrière montrent le bâtiment qui s'écroule derrière elle.

La route forme un coude serré avant de dévaler vers le centre de Londres en s'élargissant. Caldwell pile à nouveau sur l'accélérateur. Elle fait racler volontairement le flanc du Rosie contre le long mur de ce qui ressemble à un immeuble scolaire. Le panneau au-dessus de la porte annonce « La Sainte Union ».

De la brique pulvérisée vient saupoudrer le pare-brise, un hurlement de métal torturé s'élève, encore plus fort que le rugissement du moteur. Le Rosie tient le choc et, belle récompense, au moins un des affams finit éjecté sous cette pluie drue.

Caldwell braille à pleins poumons – un cri de sorcière mêlant triomphe et défi. Le sang de sa bouche blessée va moucheter la vitre devant elle.

Elle fait demi-tour et regagne le milieu de la chaussée en lançant un nouveau coup d'œil vers les caméras. Plus de signe des affams. Il faut s'arrêter pour examiner son trophée et s'assurer qu'il est toujours intact. Mais les enfants dont elle vient de se débarrasser ne sont peut-être pas morts. Elle se rappelle l'expression du visage du garçon aux cheveux noirs. Il la suivra aussi longtemps que ses jambes le porteront. Alors elle continue à rouler, plus ou moins vers le sud, à travers Camden Town. Puis ce sera Euston, après quoi elle approchera du fleuve. Les rues ont beau demeurer vides, Caldwell se méfie. Sept millions d'individus vivaient dans cette métropole. Derrière les fenêtres aveugles, les portes fermées, certaines doivent encore attendre, coincées à mi-chemin entre la vie et la mort.

Ayant enfin compris comment les freins fonctionnent, elle ralentit, intimidée par le beuglement des moteurs du Rosie qui tonnent dans ces paysages désolés. Une nausée la traverse. Elle a l'impression d'être le dernier être humain à la surface d'une planète nécrosée. Tout ça risque de ne pas avoir d'importance, au final. L'espèce qui a bâti ces mausolées reposera dedans, silencieuse et résignée, puis se dispersera en poussière.

À qui manquerions-nous ?

C'est la redescente, après la poussée d'adrénaline éprouvée en capturant son spécimen et en écartant ses ennemis. La redescente, et la fièvre. Caldwell tressaille, sa vision se trouble. La route devant elle semble soudain se dissoudre dans du gris. Cette perte de fonction est brusque et spectaculaire. Deviendrait-elle aveugle ? C'est hors de question. Pas maintenant. Il lui faut encore une journée. Plusieurs heures, au moins.

Elle stoppe le Rosie dans un tressautement grinçant.

Bloque la colonne de direction.

Et fait courir une main sur son visage, en se massant les yeux du pouce et de l'index. On dirait deux billes brûlantes enchâssées dans son crâne. Mais quand elle se risque à rouvrir les paupières pour regarder par le pare-brise du poste de pilotage, sa vision fonctionne tout à fait normalement.

Il y a vraiment une paroi grise, de quinze mètres de haut, édifiée en travers de la route devant elle. Et, au bout d'une minute ou plus de respect éberlué, Caroline la perçoit pour ce qu'elle est.

Son puissant adversaire, son ennemi juré.

Ophiocordyceps.

63

Comme Mlle Justineau est furieuse, Melanie s'efforce de l'être aussi. Mais elle a du mal, pour de nombreuses raisons.

Elle reste triste de la mort de Kieran, et cette tristesse semble empêcher la colère de naître. Et puisque Mme Caldwell est partie dans le gros camion, ça veut dire que Melanie n'aura plus à la revoir, ni sa cage, ce qui lui donne envie de sautiller en flanquant des coups de poing en l'air. Alors, même si Sergent Parks utilise tous les gros mots de son vocabulaire, ou du moins ça en donne l'impression, et même si Mlle Justineau est assise au bord de la route avec une expression désolée, Melanie pense : *Adieu, madame Caldwell. Partez très très loin, et ne revenez pas.*

Mais à ce moment-là, Mlle Justineau lance :

— Cette fois-ci, c'est la bonne. Nous sommes cuits.

Ça, ça change tout. Au lieu de se contenter de ce qu'elle ressent, Melanie réfléchit à ce qui va arriver maintenant et son ventre se glace d'un coup.

Parce que Mlle Justineau a raison.

Ils ont utilisé tout ce qu'il leur restait d'établoquant. Leur odeur appétissante est très forte, heureusement que Mélanie peut se tenir aussi près sans avoir envie de les mordre ! Elle s'est habituée, sans savoir comment. On dirait que la part d'elle-même qui ne demande qu'à manger tout le temps est enfermée à clé dans une petite boîte qu'elle n'a pas besoin d'ouvrir si elle ne le veut pas.

Sauf que ça ne va pas beaucoup servir à Mlle Justineau ni à Sergent Parks. Ils sont obligés de traverser cette ville à pied en émettant des odeurs de nourriture. Ils n'iront pas loin avant de croiser quelque chose qui veut les manger.

— Il faut la suivre, affirme Melanie, prise d'un sentiment d'urgence maintenant qu'elle comprend. On doit retourner dans le Rosie.

Sergent Parks lui adresse un regard interrogateur.

— Tu peux ? Comme tu as fait pour Gallagher ? Y a-t-il une piste d'odeur ?

Melanie, qui n'y a même pas réfléchi, inspire à fond – et tout de suite elle trouve. Une trace si forte qu'on dirait une rivière coulant dans l'air. Elle contient une part de Mme Caldwell et une d'autre chose, peut-être un affam ou un truc comme ça. Mais surtout il y a l'odeur chimique puante du moteur du Rosie. Elle pourrait la suivre les yeux bandés, et même en dormant.

Sergent Parks lit tout ça sur sa figure.

— D'accord, dit-il. En route.

Mlle J. le dévisage en ouvrant grand les paupières.

— Elle fonçait à quatre-vingt-dix à l'heure ! proteste-t-elle, la bouche tordue en un rictus. Elle a disparu. Il n'y a strictement aucune chance pour qu'on la rattrape.

— On ne le saura pas si on n'essaie pas, contre Sergent Parks. Vous comptez attendre la mort sans rien faire, Helen, ou vous voulez tenter le coup ?

— Ça reviendra au même, de toute façon.

— Alors, mourez debout.

— Je vous en prie, mademoiselle Justineau ! supplie Melanie. Avançons juste un peu. Quand la nuit tombera, on pourra s'arrêter pour trouver un endroit où se cacher.

Ce qu'elle se dit, c'est qu'ils doivent quitter ces rues où les enfants qui lui ressemblent vivent et chassent. Elle pense pouvoir protéger Mlle J. contre des affams ordinaires, mais pas contre le garçon au visage peint ni sa tribu féroce.

Sergent Parks tend une main. Mlle Justineau se contente de la contempler, mais il la laisse là devant elle, et en fin de compte elle la prend. Mlle J. lui permet de la hisser debout.

— Il nous reste combien avant la nuit ? demande-t-elle.

— Dans les deux heures.

— On ne peut pas se déplacer dans le noir, Parks. Caroline, si. Elle a des phares.

Sergent Parks le concède d'un bref hochement de tête.

— On la suit jusqu'à ce qu'il fasse trop sombre pour y voir. Là, on se terre quelque part. Au matin, si la piste est encore perceptible, on continue. Sinon, on se cherche du goudron, de la créosote ou une autre connerie qui masque notre odeur, comme font les cureurs, et on poursuit vers le sud. (Il se tourne vers Melanie.) Passe devant, Lassie, dit-il. Utilise tes dons.

Melanie hésite.

— Je crois...

— Ouais ? Qu'est-ce qu'il y a ?

— Je crois que je risque de courir beaucoup plus vite que vous deux.

Il éclate de rire – un bruit bref, dur.

— Ouais, je pense aussi. On fera de notre mieux. Contente-toi de ne pas nous perdre de vue.

Mais il a une meilleure idée, et il se tourne vers Justineau.

— Donnez-lui le talkie-walkie. Si on la perd, elle pourra nous appeler pour nous guider.

Justineau tend l'appareil à Melanie, et Sergent Parks lui montre comment envoyer et recevoir des messages. C'est très simple, mais conçu pour des doigts beaucoup plus gros que les siens. Melanie s'exerce jusqu'à y arriver. Sergent Parks lui montre aussi comment accrocher le boîtier à la ceinture de son jean rose à la licorne, où il a l'air ridiculement gros.

Mlle Justineau lui adresse un sourire d'encouragement. En dessous, Melanie distingue toutes ses peurs, toute sa peine et son épuisement. Elle n'a presque plus rien en elle.

Elle la rejoint pour une étreinte rapide, intense.

— Ça va aller, mademoiselle Justineau, assure-t-elle. Je ne laisserai rien ni personne vous faire du mal.

C'est la première fois qu'elles se prennent comme ça dans les bras – que c'est Melanie qui la réconforte plutôt que l'inverse. Et elle se rappelle que Mlle Justineau lui a fait la même promesse, elle ne saurait plus dire exactement quand. Elle ressent un pincement de nostalgie en pensant à cette époque passée. Mais elle a conscience qu'on ne peut pas rester éternellement enfant, même si on en a envie.

Elle démarre au trot, puis accélère progressivement. Malgré ces précautions, elle court à une vitesse que les deux adultes arrivent à peine à suivre. À chaque carrefour, elle doit attendre qu'ils apparaissent avant de repartir. Talkie-walkie ou pas, elle ne va pas les laisser se débrouiller tous seuls quand la nuit tombera – une nuit qui, elle le sait, est pleine de choses horribles.

64

Caroline Caldwell sort du Rosie par la porte du poste de pilotage plutôt que celle du milieu, qui reste doublée du sas, où le spécimen affam se trouve toujours coincé. Caroline avance de vingt pas, soit à peu près autant que possible.

Elle reste longtemps à contempler le mur gris. Plusieurs minutes, sans doute, encore qu'elle ne puisse plus se fier à sa perception du temps. Sa bouche blessée pulse en rythme avec son cœur, mais son système nerveux est comme un carburateur noyé : le moteur ne démarre plus, les signaux confus ne se combinent pas en douleur.

Elle prend note de la structure du mur, de sa hauteur, sa largeur, sa profondeur – une simple estimation, pour cette dernière – ainsi que le temps qu'il a dû mettre à se former. Elle sait exactement ce qu'elle a sous les yeux. Mais cela ne sert à rien. Elle ne va pas tarder à mourir, et ce sera avec cette… chose qui fait barrage devant elle. Ce gant jeté à sa figure par un univers violent et méprisant, qui a permis aux hommes de se hisser jusqu'à la conscience pour les remettre à leur place de façon encore plus douloureuse.

Caldwell finit par s'obliger à bouger. Elle fait la seule chose qui lui vient à l'esprit. Elle relève le gant.

Elle retourne au Rosie et se glisse par la porte de la cabine de pilotage, qu'elle ferme et boucle. Elle traverse les quartiers de vie, puis le labo, pour atteindre la partie médiane. Elle s'arrête brièvement en route le temps de remplacer son masque, arraché lorsque la pierre jaillie de la fronde l'a frappée. Elle se désinfecte et enfile des gants de chirurgien, se munit d'une scie à os prise sur un rack et d'un plateau en plastique posé sur une étagère. Un seau conviendrait mieux, mais elle n'en a pas.

L'affam qu'elle a attrapé bouge encore mollement, malgré les dégâts horribles infligés par le mécanisme de la porte aux muscles et aux tendons de la partie supérieure du corps. Vue d'aussi près, la taille de la tête en proportion de celle du tronc laisse entendre que le spécimen était peut-être plus jeune au moment de sa contamination que Caldwell ne l'avait estimé.

Bah, de toute façon, elle s'apprête à tester cette hypothèse, non ?

Le bras droit est bloqué derrière le dos, à l'intérieur de l'espace dévolu au sas. Caldwell l'attache en faisant un nœud coulant avec un fil en nylon, dont elle enroule trois ou quatre fois l'extrémité autour de son avant-bras, en faisant contrepoids avec son propre corps pour restreindre les mouvements de l'affam qui se débat. Le fil mord profondément dans son bras, passé du rouge vif au violacé. Caldwell sent à peine la douleur, ce qui est en soi mauvais signe. Les dégâts subis par les nerfs dans une chair nécrosée sont progressifs et irréversibles.

Aussi vite qu'elle le peut, mais avec prudence, elle scie la tête de l'affam. Il grogne et claque des dents vers elle pendant toute l'opération. Ses deux bras battent violemment – le gauche, dans l'arc de cercle défini par le jeu que laisse le fil. Aucun ne peut atteindre Caldwell.

Les cervicales fragiles cèdent presque aussitôt sous l'effet de la scie. C'est le muscle, sur lequel la lame colle et glisse en alternance, qui se révèle le plus résistant. Quand elle parvient à ses fins, la tête de l'affam se met soudain à dodeliner, ouvrant en grand l'incision, ce qui dévoile les protubérances d'os tranché d'un blanc saisissant. Par contraste, les liqueurs qui s'échappent de la blessure, puis coulent sur le plateau et le plancher, sont pour l'essentiel grises, injectées de ruisselets rouges.

Le dernier ruban de chair s'arrache sous le poids du crâne, qui chute sans crier gare. Il va heurter le rebord du plateau, qu'il renverse avant de rouler par terre.

Le corps de l'affam bouge à peu près comme lorsque la tête y était rattachée. Les bras moulinent inutilement, les jambes battent et glissent sur le sol métallique rainuré du sas. Les colonies de *Cordyceps* ancrées à la colonne vertébrale tentent encore de piloter l'enfant mort pour le faire travailler dans l'intérêt de son passager fongique. Les mouvements ralentissent – Caldwell s'est penchée afin de récupérer la tête –, mais ils n'ont pas totalement cessé quand elle se redresse pour porter sa prise jusqu'au labo.

La sécurité prime. Elle laisse la tête sur le plan de travail une seconde ou deux, le temps de repartir vider le sas, de balancer sur le macadam le cadavre qui tressaille toujours. Il y gît bientôt comme un reproche adressé non seulement à elle-même, mais à l'aventure scientifique en général.

Caldwell lui tourne le dos et claque la porte. Si le chemin de la connaissance est pavé d'enfants morts – comme ç'a déjà été le cas à certaines époques et en certains lieux – elle le parcourra tout de même, quitte à s'absoudre ensuite. Comment faire autrement ? Tout ce qui compte à ses yeux, c'est ce qui se trouve au bout.

Elle ferme les portes, repart au labo et se met au travail.

65

Quand Justineau et Parks bifurquent enfin vers la longue route qui débouche sur la gare d'Euston, Melanie est là à attendre. La fillette montre quelque chose du doigt sans rien dire. Justineau regarde. Hors d'haleine, ruisselant de sueur, les jambes et la poitrine prises de contractures atroces, elle ne peut rien faire d'autre.

À mi-chemin entre eux et la gare, le Rosie s'est arrêté en travers de la large avenue en pente en touchant pratiquement chaque trottoir. Juste devant, une énorme barricade bloque la rue. Elle s'élève sur une quinzaine de mètres, plus haut que les maisons situées de chaque côté. Dans la clarté rasante, Justineau constate que le barrage se poursuit par-dessus les maisons, qu'il transperce. Il donne au départ l'impression d'une verticale pure, mais à mesure que ses tonalités subtiles deviennent visibles, Helen se rend compte qu'il s'agit d'une déclivité semblable à un flanc de montagne. On dirait qu'un million de tonnes de neige sale se sont accumulées en cet unique endroit.

Parks la rejoint dans sa sidération.

— Des suggestions ? finit-il par demander.

Justineau secoue la tête.

— Vous ?

— Je préfère commencer par regarder tous les éléments. Ensuite, je trouve quelqu'un de plus malin que moi pour m'expliquer.

Ils avancent en lambinant, à l'affût de tout mouvement hostile. Le Rosie a livré une guerre dont ils voient les conséquences. Les bosses et les rayures sur le blindage. Le sang et les chairs coagulés autour de la porte du milieu. Un petit cadavre disloqué gisant dans la rue, juste à côté du véhicule.

C'est celui d'un affam. Un enfant. Mâle, pas plus de quatre ou cinq ans. Il manque la tête – visible nulle part à proximité – et le haut du corps est écrasé presque comme une crêpe, à croire que quelqu'un a serré son torse étroit dans un étau. Melanie, la mine solennelle et pensive, s'agenouille à côté pour l'examiner de plus près. Justineau, debout au-dessus d'elle, cherche des paroles à prononcer, sans en trouver. Elle voit bien que le garçon porte un bracelet de cheveux au poignet droit. Les siens, peut-être. En tout cas il n'y a pas plus clair comme signe identitaire. Il était du même genre que Melanie, pas comme les affams ordinaires.

— Je suis désolée que tu doives voir ça.

La fillette ne répond pas.

Justineau doit tourner la tête : un mouvement s'est fait jour à la périphérie de son champ de vision. Le sergent Parks regarde dans la même direction, vers la partie centrale du Rosie. Caroline Caldwell a décollé le gros Scotch de la fenêtre du labo et ouvert les déflecteurs de lumière. Elle contemple leur trio, l'air dur et impassible.

Justineau s'avance jusqu'à la vitre pour articuler « Que faites-vous ? »

Caldwell hausse les épaules. Elle ne fait pas un geste pour les laisser entrer.

Justineau martèle la fenêtre, désigne la porte du milieu. Caldwell s'absente quelques instants, puis revient avec un bloc demi-format. Elle le tient à la verticale pour montrer à Justineau le message rédigé sur la feuille du haut. *Dois travailler. Suis très près d'une percée. Vous risquez de vouloir m'en empêcher. Pardon.*

Justineau ouvre grand les bras en indiquant la rue vide, les ombres allongées de cette fin d'après-midi. Elle n'a besoin de rien dire, de rien mimer. Son message à elle est clair : *Nous allons mourir.*

Caldwell l'observe encore un petit moment, puis lui referme les déflecteurs au nez.

Parks est à quelques pas sur la gauche de Justineau. À genoux, il actionne la manivelle qui ouvre la porte. Mais ça ne fonctionne pas malgré ses encouragements sous forme d'un flot continu d'injures. Caldwell a dû désactiver l'accès d'urgence.

Melanie n'a pas bougé, soit chagrine, soit tellement perdue dans ses pensées qu'elle n'a pas conscience tout de suite de ce qui se passe autour d'elle et du corps décapité. L'estomac de Justineau se soulève, elle est écœurée. D'avoir couru autant, et d'avoir reçu la baffe mortelle de Caldwell en pleine figure. Elle marche un peu en essayant de distancer la nausée et parvient aux limites extérieures du mur.

Ce n'est pas un mur mais une avalanche, un étalement informe de matière qui progresserait au ralenti. Elle est constituée de vrilles d'*Ophiocordyceps*, de milliards de mycéliums fongiques entrecroisés plus finement que n'importe quelle tapisserie. Les filaments sont si délicats qu'ils en paraissent translucides, et qu'on peut voir dans cette masse jusqu'à une profondeur de trois mètres environ. Tout à l'intérieur est engoncé dans ce cocon, colonisé, enveloppé dans des centaines d'épaisseurs de matière. Les contours sont adoucis, les couleurs affadies forment mille nuances de gris.

L'étourdissement et la nausée reviennent. Justineau s'assied posément. Elle se prend la tête dans les mains jusqu'à ce que ces sensations passent. Elle a conscience du fait que Melanie la dépasse, longe le bord de cette chose et s'apprête apparemment à y entrer.

— Ne fais pas ça ! hurle-t-elle.

La fillette la regarde, décontenancée.

— Mais c'est comme du coton, mademoiselle Justineau. Ou comme un nuage qui serait descendu par terre. Ça ne peut pas nous blesser.

Elle le démontre : elle se penche pour faire courir légèrement la main à travers la masse duveteuse. Qui se divise de façon nette en conservant une trace parfaite de son passage. Les filaments qu'elle a touchés lui collent à la peau comme des toiles d'araignée.

Justineau se relève avec peine pour l'ôter de là, avec douceur mais fermeté.

— Je n'en suis pas sûre. Peut-être que non, peut-être que oui. Je ne veux pas avoir à le découvrir.

Elle demande à Melanie de s'essuyer les mains très soigneusement sur une touffe d'herbe poussant tout près, dans le revêtement éventré. Les filaments fongiques s'enveloppent aussi autour des tiges, et la majeure partie de la plante paraît morte – on y voit plus de gris que de vert.

Elles rejoignent Parks, qui a renoncé à tenter d'ouvrir la porte du milieu et s'est assis adossé au Rosie, contre l'une des chenilles arrière. Il a à la main sa gourde, qu'il soupèse avec prudence. Il boit une gorgée d'eau pendant qu'elles s'approchent, puis tend le récipient à Justineau pour qu'elle fasse de même.

En le prenant, cette dernière se rend compte au poids qu'il doit être presque vide. Elle le lui rend.

— Je n'ai pas soif, prétend-elle.

— N'importe quoi, répond Parks. Il faut boire, manger et se réjouir, Helen. Je vais pas tarder à partir explorer ces maisons. Il en restera bien au fond d'un seau ou d'une gouttière. Dieu y pourvoira.

— Vous croyez ?

— Il est célèbre pour ça.

Elle vide la gourde, puis s'affale tout en la laissant tomber sur les genoux de Parks. Elle lève la tête vers le ciel, qui s'assombrit. Le crépuscule va commencer d'ici une demi-heure. Parks doit bluffer lorsqu'il parle de se mettre en quête d'eaux stagnantes – qui seraient sans doute pleines de toutes sortes de merdes, de toute manière.

Melanie vient s'asseoir en tailleur face à eux, au milieu.

— On fait quoi maintenant ? demande Justineau.

Parks a un geste vague.

— On attend encore un peu, et ensuite on choisit une maison. On la sécurise autant qu'on peut avant la nuit. On improvise un genre de barricade, parce que c'est deux pistes qu'on laisse actuellement : l'odeur et la chaleur. Les affams nous trouveront bien avant le matin.

Justineau est partagée entre désespoir et fureur suffocante. Elle opte pour la fureur, parce que le désespoir risque de la paralyser.

— Si je mets la main sur cette salope, je lui fous une trempe à lui faire jaillir le cerveau du crâne et j'étale ses morceaux choisis sur des lames de microscope, grommelle-t-elle. (Avant d'ajouter, mue par un réflexe atavique :) Désolée, Melanie.

— Pas de problème, dit Melanie. Moi non plus, je n'aime pas madame Caldwell.

Quand le soleil touche l'horizon, ils se forcent enfin à bouger. Les lumières du labo sont allumées, à ce stade. Un peu de leur clarté se déverse autour du bord des déflecteurs, si bien que les vitres semblent dessinées à la peinture fluo sur le flanc du Rosie.

Le reste du monde est plongé dans l'obscurité qui s'accentue.

Parks se tourne vers Melanie, tout soudain, comme s'il venait de prendre son courage à deux mains pour quelque chose.

— Tu as sommeil, la môme ?

Melanie secoue la tête.

— Peur ?

Cette question-là l'oblige à réfléchir, mais c'est non aussi.

— Pas pour moi, précise-t-elle. Les affams ne me feront rien. Mais à mademoiselle Justineau, si.

— Alors, tu pourrais peut-être me rendre un service. (Parks désigne la masse grise.) Je n'ai aucune idée de ce qu'on risque à passer à travers, mais je suis à peu près sûr que ce truc nous étoufferait si on en respirait trop.

— Et donc ? demande Melanie.

— Donc j'aimerais savoir s'il y a moyen de le contourner. Tu pourrais peut-être aller voir, une fois qu'on se sera déniché un refuge pour cette nuit. Ce serait un avantage de savoir où passer demain.

— D'accord, répond-elle.

L'idée a beau déplaire à Justineau, elle la trouve pleine de bon sens. Melanie peut survivre ici dans le noir, contrairement à Parks et à elle, c'est certain.

— Tu es sûre ? demande-t-elle.

Melanie l'est tout à fait.

66

Elle ne demande même que ça, parce que tout ce qui s'est passé aujourd'hui l'énerve et la peine. La mort de Kieran – tué parce que son histoire à elle, son mensonge, l'a fait fuir de peur. Et ensuite, le départ de Mme Caldwell, qui a laissé Mlle Justineau sans nulle part où dormir sans danger. Et puis, le petit cadavre qu'elle a trouvé, celui d'un enfant beaucoup plus jeune qu'elle, à la tête coupée.

Melanie se dit que ce doit être Mme Caldwell qui lui a coupé la tête, parce que c'est bien sa manière de faire. Sous la tristesse, elle se découvre une fureur pure, noire. Il faut obliger cette femme à arrêter. Elle mérite une bonne leçon.

Les enfants sauvages sont exactement pareils que Melanie, à part qu'ils n'ont jamais eu droit à des cours avec Mlle Justineau. Personne ne leur a jamais montré comment penser tout seuls, ni même comment être des gens, et pourtant, ils sont capables d'apprendre sans aide. Ils ont déjà appris tout seuls à se comporter comme une famille. Là-dessus, Mme Caldwell arrive pour les tuer comme si c'étaient de simples bêtes. Peut-être qu'ils ont essayé de la tuer en premier, sauf qu'eux, ils ne savaient pas à qui ils s'attaquaient, alors que Mme Caldwell, si.

Tout ça remplit Melanie d'une colère si forte qu'on dirait presque une faim. Se découvrir capable de ressentir ça lui fait très peur.

Donc ça ne l'embête pas du tout de sortir explorer la chose grise. Elle se fait la réflexion que bouger sera bien mieux que de rester immobile.

Sergent Parks et Mlle Justineau trouvent un grenier dans l'une des maisons mitoyennes sur trois étages d'une rue située à quelques carrefours du Rosie. Une échelle y mène. Une fois que les deux adultes y ont grimpé, Melanie tire sur le bas du montant tandis qu'ils font pareil en haut, et à eux trois ils réussissent à arracher l'échelle des équerres en métal qui la maintenaient. Melanie la rattrape pendant qu'elle tombe. Elle l'allonge avec précaution par terre pour que ça ne fasse pas trop de bruit.

— À plus tard, lance-t-elle à voix basse.

Elle prend le talkie-walkie à sa ceinture, puis l'agite pour montrer qu'elle n'a pas oublié et qu'elle va s'en servir. Elle pourra leur parler, même si elle s'éloigne beaucoup.

Mlle Justineau répond dans un murmure. Au revoir, bonne chance ou un truc comme ça. Melanie descend déjà l'escalier d'un pas rapide et léger. Ses pieds nus ne font pas de bruit sur la moquette pourrie recouverte de mousse.

Pour longer le bord de la masse grise, elle choisit un point de départ au hasard. Elle démarre au pas, mais comme elle a toujours un sentiment d'urgence et d'impatience, elle se met à courir à petites foulées, puis à toutes jambes. Elle parcourt une longue distance, en faisant des détours partout où il faut pour retrouver le mur dès qu'elle peut.

Il semble s'étirer à l'infini. Sa surface extérieure n'est pas totalement droite : il part souvent vers l'intérieur et l'extérieur, en lançant des saillies le long des rues les plus étroites, et il retombe un peu plus bas, là où les espaces dégagés offrent moins de prises. Mais il n'y a aucune trace de rupture ni aucun endroit d'où Melanie voie quoi que ce soit de l'autre côté de la barrière.

Après avoir couru plus d'une heure, elle s'arrête.

Pas pour se reposer – elle pourrait continuer sans gêne physique –, mais pour se signaler à Mlle Justineau et à Sergent Parks. Elle appuie sur le bouton du talkie-walkie et salue dedans. Le haut-parleur crachote un bon moment sans rien dire, mais ensuite, la voix de Sergent Parks finit par répondre.

— Comment ça va ?

— Je suis partie vers l'est, lui explique Melanie. Sur une bonne distance. Le mur continue sans arrêt.

— Tu as marché tout ce temps ?

— Couru.

— Où es-tu, maintenant ? Tu vois des panneaux ?

Non. Elle reprend sa progression jusqu'au carrefour suivant.

— Northchurch Road, répond-elle. Dans le district de Hackney.

La respiration de Parks est bruyante.

— Et il continue plus loin que ça ?

— Beaucoup plus. Aussi loin que je voie. Et je vois loin, même dans le noir.

Ce n'est pas se vanter : c'est juste quelque chose que Sergent Parks doit savoir.

— D'accord. Merci, gamine. Reviens, maintenant. Si ça te dit d'aller jeter un œil du côté ouest, ça aussi, ça me serait utile. Mais ne t'épuise pas. Reviens par ici si tu te sens fatiguée.

— Je vais bien, dit Melanie. Terminé.

Elle repart sur ses pas, puis en sens inverse, mais c'est exactement pareil. S'ils font le tour du mur, ils devront aller très loin, soit vers l'est, soit vers l'ouest, et rien n'indique où ils pourront à nouveau prendre vers le sud.

En fin de compte, Melanie se retrouve juste devant le mur, à quelques kilomètres de l'endroit où ils l'ont découvert. Il y est aussi épais que partout, mais la pente a un angle différent. Une saillie mousseuse grise s'avance sur une bonne longueur, pile au-dessus de Melanie. On aperçoit la lueur de la lune à travers. Cette clarté sévère est comme une promesse, un encouragement. En pénétrant dans le mur, on trouve peut-être l'autre côté avant de perdre cette lumière.

Mlle Justineau a dit que c'était dangereux, mais Melanie ne voit pas en quoi et elle n'a pas peur. Elle fait un pas en avant, un autre. Les fils gris lui montent jusqu'aux chevilles, puis aux genoux, sans offrir aucune résistance. Ils la chatouillent juste un peu pendant qu'elle s'avance. Ils s'écartent avec de mini-mini-soupirs, des sons qui n'en sont presque pas.

La lune la suit. Un projecteur mouvant qui ouvre tout au regard de Melanie. Les fils gris s'épaississent rapidement. Les trucs qu'elle croise – poubelles, voitures garées, boîtes aux lettres, haies de jardins et portails –, changés en statues d'eux-mêmes, baignent dans une nuée de couches de gris.

À sept mètres du bord, elle trouve les premiers corps. Elle s'arrête lentement, ébahie par ce qu'elle voit. Les affams sont tombés au milieu de la rue ou se sont affalés au pied des murs – exactement comme les cadavres découverts pendant leur marche dans Londres. Mais ils sont tellement plus nombreux ici ! À partir de leur crâne fendu et de leur tête explosée, des tiges grises d'environ quinze centimètres de diamètre ont poussé comme des troncs d'arbres. Elles s'élancent tout droit à des hauteurs incroyables, et des fils s'en déversent en tous sens en une prolifération continue. Certaines d'entre elles sont reliées aux plus proches, elles forment un filet dense qui ressemble à des millions de toiles d'araignées toutes tissées ensemble. D'autres s'enveloppent autour de ce qui se trouve sur leur chemin, ou, s'il n'y a rien, descendent doucement vers le sol. Là où elles le touchent, d'autres troncs apparaissent, mais ceux-là sont beaucoup plus courts et plus minces que ceux qui poussent directement dans le corps des affams.

Melanie se rapproche. Elle ne peut pas s'en empêcher. Les tristes enveloppes qui reposent au pied de chaque champignon ne lui font pas peur. Il ne reste plus rien d'humain en elles qui rappelle qu'elles ont été vivantes autrefois. C'est plus comme des vêtements que quelqu'un a ôtés et abandonnés par terre.

De près, on distingue les fruits gris qui pendent sur ces arbres fantômes. Melanie tend le bras pour toucher une des sphères, située juste un peu plus haut que sa tête. La surface fraîche s'enfonce très légèrement au contact de ses doigts. Elle appuie fort, ça laisse un creux. Quand elle ôte sa main, la marque disparaît peu à peu. L'enveloppe est assez élastique pour reprendre sa forme. Melanie compte lentement jusqu'à dix et le fruit a l'air exactement identique à ce qu'il était avant qu'elle le touche.

Elle continue à s'aventurer dans cette nature grise. On dirait qu'il n'y a pas d'autre côté : ça se contente de se prolonger encore et encore. Et de s'épaissir. Au bout d'un moment, il reste juste assez d'espace entre les troncs pour qu'elle y faufile sa maigreur, et la lune dégouline à travers comme une eau sale dans un tas de fils entrelacés si serré qu'on dirait presque une masse solide.

L'épaule de Melanie heurte un des ballons gris, qui tombe par terre dans un petit *plop*. Elle s'accroupit pour le ramasser. Il y a une bague plissée là où il était fixé au tronc, mais le reste de la surface est lisse, uni. Elle le presse dans sa main. Là encore, il reprend rapidement sa forme.

Si elle continue d'avancer, elle se cognera dans les troncs. Lorsqu'elle en caresse un, elle le trouve désagréablement moite. Elle se recule un peu. Elle s'attendait à ce qu'ils soient lisses et secs, comme les fruits qu'ils portent. À son avis, ça aurait été beaucoup moins écœurant.

Quelque chose se met à bouger sur sa gauche et elle sursaute violemment. Elle se croyait seule dans ce monde crépusculaire. Une silhouette étrangère titube vers elle, découpée dans la lumière argentée. En dessous du cou, ça ressemble à un homme – mais ça n'a ni épaules, ni cou, ni tête. Le haut du corps n'est qu'une masse indifférenciée.

Melanie s'éloigne de ce truc, avant tout effrayée par sa complète étrangeté. Mais il ne l'attaque pas. Il ne semble même pas savoir qu'elle est là.

Alors qu'il la croise, elle comprend, elle le reconnaît. C'est un affam dont le torse a commencé à se fendre en deux. Les trente premiers centimètres et quelques d'une des tiges verticales percent sa poitrine, où des esquilles de côtes saillent au point d'origine. Les fils ont fleuri abondamment à partir du tronc, masquant ce qu'il reste de la tête de l'affam, qui a basculé sur le côté selon un angle aigu à cause de l'excroissance impitoyable.

Melanie contemple l'apparition, à la fois soulagée, parce que l'horreur de l'inconnu est plus effrayante que celles qu'on peut comprendre, et révoltée devant cette étrange profanation de la chair.

L'affam la dépasse en traînant des pieds. Sa trajectoire en zigzag est dictée par les troncs, il les heurte et rebondit dessus. C'est presque plus ridicule qu'horrible. *Il ne va pas tarder à tomber, j'imagine,* se dit-elle, *et là, le tronc pointera de biais. Il devra trouver le moyen de se redresser.*

Toute cette forêt a grandi sur des restes de morts. C'est ici que les affams terminent après services rendus à l'infection qui a fait d'eux ce qu'ils sont.

Melanie y lit son avenir et l'accepte. Mais elle n'est pas encore prête à mourir avec tant de choses importantes à faire.

Elle tourne les talons pour repartir par où elle est venue, en suivant le tunnel qu'a dégagé son passage à travers la foule de filaments gris.

67

Le professeur Caldwell passe la nuit fiévreusement à pied d'œuvre. La fièvre, littérale, s'élève à 39,5 °C.

Extraire le cerveau de l'affam prend beaucoup plus de temps qu'à l'habitude, sans l'aide de Selkirk. La préhension de Caldwell est si maladroite qu'elle ne peut pratiquement pas le sortir sans l'abîmer. Elle procède du mieux qu'elle peut, en en ôtant la majeure partie par tronçons de trois centimètres, avant de mobiliser enfin assez de courage pour trancher dans le tronc cérébral.

Quand elle lève le cerveau pour l'extirper, ses mains ont beau trembler violemment, il se révèle à elle.

Elle allume le microtome et prélève des tranches d'encéphale, en choisissant des coupes qui lui permettront d'examiner la plupart des structures principales. Elle prépare ses lames, émerveillée de la perfection du travail réalisé par l'instrument. Malgré leur finesse arachnéenne, les échantillons sont de toute beauté, nullement abîmés : ni écrasés, ni tassés.

Caldwell étiquette ses lames de chaque côté, puis elle les examine en séquence – une tournée virtuelle du cerveau du petit affam qui commence par le bas et progresse vers le haut et l'avant.

L'hypothèse nulle est atomisée. Caldwell comprend ce que sont ces enfants, d'où ils proviennent. Elle connaît leur passé et leur avenir, la nature de leur immunité partielle, et elle se rend compte que ses propres efforts exténuants des sept dernières années constituaient une perte de temps à presque cent pour cent.

Elle éprouve un instant de pur bonheur. Si elle était morte hier, ç'aurait été dans le noir. Malgré son caractère sinistre et radical, sa découverte compense tout.

Un bruit tout proche la pousse à se lever d'un bond. Des sons innocents, pourtant – quelques petits cliquetis et de simples murmures –, mais ils proviennent de l'intérieur du Rosie !

Caroline Caldwell n'est pas très encline aux caprices de l'imagination. Elle sait que les portes du Rosie sont hermétiques et que toute tentative d'ouverture en force aurait fait du raffut un bon moment, ce qui l'aurait alertée. Malgré cela, lorsqu'elle se dirige vers l'avant à travers les quartiers de vie pour suivre le son vers le poste de pilotage, elle tremble un peu.

Une partie du tableau de bord est allumée du côté droit et c'est de là que provient le bruit. De la radio. Caldwell se glisse sur le siège, se penche en avant pour tendre l'oreille.

Il n'y a pas grand-chose à entendre. Des parasites, des crachotements, des sifflements – des quintes de son pareilles au chaos entre deux radios sur les anciens postes à modulation analogique. Pourtant, quelques mots se détachent dans ce marigot auditif. « Plusieurs jours de Beacon... vu votre... identifiez... »

La voix est creuse, inhumaine, déformée par des échos.

Le faisceau d'une torche électrique se déplace rapidement en travers du blindage avant de la cabine, puis disparaît. Aucun bruit ne pénètre du dehors, mais Caldwell perçoit du mouvement. Juste une ombre, que projette momentanément le rayon mouvant de la lampe. Une silhouette marche d'un pas vif le long du flanc gauche du Rosie.

« Juste une épave... pense pas qu'il y ait de... »

Caldwell se dirige en toute hâte vers la porte du milieu. À mi-chemin, elle se rend compte qu'elle aurait pu sortir par la cabine. Elle stoppe, se retourne, mais elle connaît moins bien son mécanisme. Les sons en provenance de la radio déclinent puis s'éteignent. Avec un glapissement d'inquiétude, elle se précipite vers le tableau de bord pour répondre sur la fréquence d'où provenait la voix.

— Allô ? s'écrie-t-elle. Qui est là ? Ici Caroline Caldwell, de la base HE, dans la région 6. Qui est à l'appareil ?

Des parasites, rien de plus.

Elle essaie les autres fréquences tour à tour en obtenant la même réponse.

Elle se précipite à nouveau vers la partie médiane. Mais quand elle y parvient, elle hésite. Elle n'a pas mis d'établoquant depuis la veille et sa sueur dégage une puissante odeur. Si elle ouvre, elle risque d'attirer les affams sur elle ainsi que sur ses sauveurs potentiels.

Le placard qui flanque le sas contient six combinaisons, des tenues d'intervention protégeant contre les risques biologiques. Caldwell a été formée à leur utilisation lorsqu'elle était encore inscrite pour l'expédition, et bien qu'il lui faille dix minutes pour en enfiler une, il n'y a pas de doute, elle la met correctement. La combinaison masque entièrement son odeur et contient sa température corporelle, au moins pour le moment.

Quand elle pousse la porte, rien de visible ne se meut audehors.

— Il y a quelqu'un ? lance-t-elle.

Elle s'aventure sur la chaussée. Personne. Mais la lueur se trouve désormais à l'extrémité arrière du Rosie, où elle continue à bouger en clignotant vers la gauche et la droite.

— Il y a quelqu'un ? répète-t-elle.

Le casque étouffe peut-être sa voix. Caldwell longe le flanc du véhicule, les jambes en coton, la nuque couverte de chair de poule. Elle fait le tour de l'arrière. La lampe l'éblouit un instant. Elle s'adresse à celui ou celle qui la tient.

— Je m'appelle Caroline Caldwell. Je suis une scientifique postée à la base Québec Golf de la région 6. Je me trouve ici avec…

La lumière se détourne d'elle, et ses paroles se tarissent. On a fixé la lampe par sa lanière à une barre de métal du Rosie. C'est le vent qui l'agite, pas les mains d'un humain.

La rage qu'éprouve Caldwell devant cette blague puérile cède la place à une prise de conscience mâtinée de terreur pure. C'était une embuscade. Et puisque personne ne l'attaque, la cible doit être le Rosie. Elle repart à toutes jambes. Sprinte vers la porte du milieu en s'attendant à tomber sur un commando de cureurs, ou peut-être le sergent Parks, qui jailliront de leur trou (mais où peuvent-ils bien s'être cachés ?) pour foncer vers leur trophée.

Rien ne bouge. Elle rentre dans le Rosie en claquant la porte, boucle à la fois la serrure et les sécurités. Puis le sas, pour faire bonne mesure. Et ensuite la cloison qui ferme le poste d'armes.

Enfin, elle s'arrête de trembler. Il n'y a pas de bruit, ni signe de quiconque. Elle est en sûreté. Le ou les visiteurs du dehors sont simplement repartis en laissant cette torche. C'était peut-être vraiment une équipe de recherche et de secours venue de Beacon. Qui se sera fait dévorer. Caldwell n'a pas la moindre idée de ce qui s'est passé, mais peu importe. Elle ne quittera plus le Rosie. Pas pour le chant des sirènes d'une voix dans la radio, pas pour de vrais humains montrant leur vrai visage, ni même pour des fanfares et un défilé. Elle traverse le véhicule et regagne le labo en desserrant les joints hermétiques de la combinaison isolante.

Melanie est assise dans son fauteuil, devant le microscope. Elle lit ses notes.

— Bonjour, madame Caldwell, dit-elle poliment en levant la tête.

Caldwell s'est arrêtée net sur le seuil. Sa première pensée est une interrogation : la fillette est-elle seule ou pas ? La seconde :

que puis-je utiliser comme arme ? Le phosgène est resté dans la chambre d'alimentation du sas. Puisqu'elle porte toujours la combi, elle sera immunisée contre ses effets. Si elle réussissait à…

— Je vous en empêcherai, dit Melanie, sur le même ton courtois et égal. Si vous bougez. Si vous prenez une arme à feu ou un objet coupant, je vous en empêcherai. Pareil si vous essayez de vous enfuir, de m'enfermer encore dans cette cage, ou quoi que ce soit d'autre qui risque de me faire du mal.

— C'était… c'était toi ? lui demande Caldwell. Dans la radio ?

Melanie indique d'un mouvement de tête le walkie-talkie posé à côté d'elle sur le plan de travail.

— J'ai essayé toutes les fréquences. Vous avez mis beaucoup de temps à répondre.

— Et ensuite… ensuite, tu… ?

— Je me suis allongée sous la porte. Vous m'êtes passée au-dessus. Dès que vous vous êtes éloignée, je suis entrée.

Caldwell ôte le casque pour le poser, très doucement, sur un plan de travail. À quelques pas de là, il y a la masse courtaude du microtome et de son couteau, une guillotine d'une extrême délicatesse. Si elle parvenait à manipuler Melanie pour qu'elle s'en approche, il suffirait de la faire basculer sur le banc de coupe. Tout ça pourrait être terminé en un instant.

Melanie fronce les sourcils et secoue la tête, semblant deviner ses intentions.

— Je ne veux pas vous mordre, madame Caldwell, mais j'ai ça. (Elle lève un scalpel, un de ceux dont Caroline s'est servie au cours de la dissection du spécimen affam, et qu'elle n'a pas encore trouvé le temps de désinfecter.) Et vous savez avec quelle rapidité je peux bouger.

Caldwell médite.

— Tu es une petite fille sage, tente-t-elle. Je ne crois pas que tu me ferais vraiment du mal.

— Vous m'avez attachée à une table pour pouvoir me découper en morceaux, lui rappelle Melanie. Comme vous avez découpé Marcia et Liam. Et sans doute beaucoup d'autres enfants. La seule raison que j'avais de ne pas vous faire de mal, c'était que ça n'aurait sûrement pas plu à mademoiselle Justineau ni à Sergent Parks. Mais ils ne sont pas là. Et même s'ils l'étaient je ne pense pas qu'ils me le reprocheraient autant maintenant.

Caldwell est encline à la croire.

— Que veux-tu de moi ? demande-t-elle.

Il est clair, vu le ton de la petite, qu'elle cherche quelque chose, qu'elle a une idée en tête.

— La vérité.

— Sur quoi ?

— Tout. Moi et les autres enfants. Et ce qui nous rend différents.

Caldwell temporise.

— Je peux ôter cette combinaison ?

Melanie lui fait signe que oui.

— Je dois aller dans le sas pour ça.

— Alors gardez-la.

Caldwell renonce à l'idée de récupérer le phosgène. Elle s'assied sur l'un des fauteuils du labo. Ce faisant, elle se rend compte aussitôt de l'ampleur de son épuisement. C'est à coup de volonté et d'opiniâtreté qu'elle a tenu le choc aussi longtemps. Là, elle est près de s'écrouler – trop faible pour résister à cette enfant monstrueuse qui la rudoie. Elle doit rassembler ses forces pour choisir le bon moment.

Elle s'attend à ce que Melanie lui fasse subir un interrogatoire, mais cette dernière continue à parcourir ses notes. Les observations que Caldwell a jetées sur le papier sur les sporanges et sur ses deux séries d'échantillons de tissus cérébraux. Elle semble particulièrement fascinée par les premières – elle s'attarde sur les diagrammes et leurs légendes.

— C'est quoi, un déclencheur environnemental ?

— Tout facteur externe au corps producteur des spores qui cause ou qui prédispose au déclenchement de la sporulation, répond froidement Caldwell.

C'est le ton qu'elle emploie d'habitude pour remettre le sergent Parks à sa place, mais Melanie ne flanche pas.

— Une chose extérieure ? paraphrase-t-elle au contraire. Extérieure à la capsule, qui en fait sortir les graines ?

— Tout à fait, reconnaît Caldwell à contrecœur.

— Comme dans la jungle amazonienne.

— Pardon ?

— Il y a des arbres dans la forêt là-bas qui ne lâchent leurs graines qu'après un incendie. Le séquoia et le pin gris d'Amérique du Nord font pareil.

— Ah, vraiment ?

Caldwell a parlé d'un ton tranchant. En réalité, c'est un exemple parfait.

— Oui. (Melanie pose les notes. Elle a regardé chaque page de la pile une fois, pas plus, s'est arrêtée en revenant à la première.) C'est mademoiselle Mailer qui m'en a parlé, sur la base. En quoi suis-je différente ?

Ses yeux bleu vif soutiennent sans ciller le regard de Caldwell.

— Qu'est-ce qui me rend différente des autres ?

— Précise ta question, grommelle Caldwell.

— La plupart des affams ressemblent plus à des animaux qu'à des gens. Ils n'arrivent pas à réfléchir ni à parler. Pourquoi y a-t-il deux sortes d'affams ?

— C'est la structure de ton cerveau.

Caldwell est en guerre contre elle-même. Une part d'elle-même tient à garder le secret, à ne pas donner plus que ce qu'on lui demande. Elle veut forcer Melanie à plonger profond pour chaque perle qu'elle rapporte. L'autre part ne demande qu'à se livrer. Caldwell brûle d'avoir tout un auditoire de génies, de sages vivants comme morts. Elle écope d'une enfant qui n'est ni l'un ni l'autre – ou les deux à la fois. Mais dans un monde en perte de vitesse, on prend ce qu'on vous donne. Elle se lance.

— Les affams, y compris toi, sont contaminés par un champignon appelé *Ophiocordyceps*.

Elle part du principe que la petite ne sait rien, parce qu'il n'y a pas moyen d'être sûr de ce qu'elle a compris, ou échoué à comprendre, en lisant ces notes. Par conséquent, Caldwell commence par décrire la famille de parasites court-circuiteurs – les organismes qui trompent le système nerveux de l'hôte à coups de faux neurotransmetteurs, piratant le cerveau encore vivant pour le faire agir selon leurs besoins.

Les questions de Melanie, bien que rares, se révèlent tout à fait à propos. Elle est douée. Comme de juste.

— Mais pourquoi je suis différente, moi ? insiste-t-elle. Qu'y avait-il de spécial chez les enfants que vous avez ramenés à la base ?

— J'y arrive ! s'emporte Caldwell. Tu n'as jamais étudié la biologie ni la chimie organique. C'est difficile à expliquer de façon compréhensible pour toi.

— Alors prenez des mots que *vous* comprenez, réplique Melanie à peu près sur le même ton. Si je trouve ça trop dur, je vous demanderai de réexpliquer.

Du coup, Caldwell délivre sa communication. Pas devant Elizabeth Blackburn, Günter Blobel ni Carol Greider, mais devant une gamine de dix ans. C'est humiliant, par un certain côté. Mais seulement un seul. Elle reste celle qui a établi tous les rapports et trouvé ce qu'il y avait à trouver. L'exploratrice qui a pénétré dans la forêt vierge pour rapporter vivant l'agent pathogène. *Ophiocordyceps caldwellia*, c'est ainsi qu'on le baptisera, maintenant. Et pour toujours.

À mesure que le ciel pâlit au-dehors, elle déroule sa pensée. Melanie l'interrompt de temps à autre avec des questions pertinentes et précises. Malgré son absence de Nobel, elle est un public réceptif.

Pour les infectés de fraîche date, détaille Caldwell, *Ophiocordyceps* se montre sans pitié aucune. Il défonce la porte, fait effraction chez l'hôte, le dévore et prend son contrôle. Ensuite, il finit par transformer ce qu'il en reste en sac d'engrais à partir duquel croîtra sa forme fructificatrice.

— Mais nous nous trompions sur la vitesse à laquelle le substrat humain est détruit. Le champignon cible les divers secteurs du cerveau avec une rapidité et une sévérité différentes. Il étouffe les raisonnements d'ordre supérieur. Il intensifie la faim et ses déclencheurs. Or nous étions partis du principe que toutes les pulsions en dehors de celle-là – tous les comportements inutiles au vu des objectifs du parasite – subissaient en même temps ce blocus.

» Quand j'ai vu cette femme dans la rue à Stevenage, puis l'homme à l'hospice, je me suis rendu compte que ce n'était pas le cas. Aucun des deux n'avait tout à fait perdu le lien avec son existence passée. Ils s'adonnaient à des comportements – pousser un landau, chanter, regarder de vieilles photos – absolument sans utilité du point de vue du parasite.

Caldwell lève la tête vers Melanie. Elle a la bouche désagréablement sèche, malgré la sueur qui lui dégouline sur le visage.

— Je peux avoir un verre d'eau ?

— Quand vous aurez fini, promet la fillette. Pas tout de suite.

Caldwell accepte ce verdict. Elle ne déchiffre rien, sur les traits de la jeune affam, qui lui accorderait une marge de négociation.

— Eh bien, reprend-elle d'une voix qui se casse un peu, ça m'a fourni matière à réflexion. À propos de toi et des autres enfants. Peut-être étions-nous passés à côté de l'explication évidente de votre différence.

— Continuez.

Melanie a parlé d'un ton uni, mais son regard trahit sa peur et son excitation. Disposer au moins de ce pouvoir-là réconforte quelque peu Caldwell, en l'absence du contrôle physique qu'elle exerçait autrefois.

— J'ai compris que vous aviez pu naître porteurs de l'infection. Que vos parents, si ça se trouve, étaient déjà infectés au moment de vous concevoir. Il nous paraissait impossible que des affams aient des pulsions sexuelles, mais après avoir constaté que d'autres pulsions et d'autres émotions humaines perduraient – amour maternel, sentiment de solitude –, ça n'a plus semblé impossible du tout.

» En gardant cela à l'esprit, j'ai repris les éléments cytologiques dont je disposais. J'ai eu la chance de pouvoir obtenir un échantillon inédit de tissus cérébraux…

— Pris sur un petit garçon, dit Melanie. Vous l'avez tué, vous lui avez coupé la tête.

— Exact. Et son cerveau était très différent d'un cortex humain normal. Avec l'équipement dont je disposais sur la base, je ne pouvais en gros que vérifier et cartographier la présence du champignon. Avec ça… – elle indique du menton le microtome, la centrifugeuse, le microscope électronique à balayage –, j'ai pu regarder chaque neurone un par un et examiner la façon dont les cellules du champignon interagissaient avec lui. Le petit garçon et l'homme de l'hospice étaient si différents qu'il n'y a presque aucun point de comparaison. Le champignon dévaste totalement le cerveau des affams de première génération. Il fonce dedans comme un train. Les substances chimiques qu'il sécrète – qui attaquent en force pour déclencher ou empêcher tel ou tel comportement – causent des dégâts terribles en s'accumulant. Et le champignon tire aussi sa nourriture du cerveau. Ce dernier se retrouve progressivement vidé, aspiré, desséché.

» Dans la deuxième génération – autrement dit, toi –, le champignon est réparti de façon égale dans tout l'encéphale. Il entrelace les dendrites des neurones de l'hôte. À certains endroits, il les remplace carrément. Mais il ne s'alimente pas du cerveau. Il ne trouve sa nourriture que quand l'hôte mange. Il est devenu un vrai symbiote plutôt qu'un parasite.

— Mademoiselle Justineau a dit que ma mère était morte, objecte Melanie.

C'est presque une protestation – comme si un mensonge en provenance d'Helen Justineau était chose qui n'a pas sa place en ce monde.

— C'était notre hypothèse privilégiée, admet Caldwell. Que tes parents aient été des cureurs, ou d'autres survivants qui n'étaient jamais parvenus jusqu'à Beacon, et que vous ayez tous été mordus et contaminés en même temps. Nous n'avions aucun modèle d'affams copulant. Encore moins donnant naissance dans la nature et dont les petits auraient survécu. Vous devez être plus résistants et plus autonomes que les bébés humains normaux. Peut-être avez-vous pu vous nourrir de la chair de vos mères jusqu'à ce que vous soyez assez forts pour…

— Arrêtez, jette durement Melanie. Ne dites pas de choses pareilles.

Mais, désormais, la parole est tout ce qui reste à Caldwell, et elle est incapable de s'interrompre. Elle parle de ses observations, de sa théorie, de sa réussite (elle a élucidé le cycle biologique de l'agent pathogène) et de son échec (il n'existe ni immunité, ni vaccin possible, ni remède concevable). Elle raconte à Melanie où trouver ses présentations et le reste de ses notes, à qui les confier quand ils arriveront à Beacon.

Quand ses difficultés à parler commencent, Melanie s'approche pour s'asseoir à ses pieds. Le scalpel toujours à la main, mais elle ne profère plus ni intimidations, ni menaces. Elle se contente d'écouter. Ce qui lui vaut la reconnaissance de Caldwell, car elle sait ce que signifie la léthargie qui l'inonde.

La septicémie entre dans sa phase finale. Elle ne vivra pas assez longtemps pour rédiger ses découvertes, pour stupéfier par le spectacle de son acuité et de leur bêtise les esprits d'une arrière-garde humaine vouée à sa perte. Il n'y a que Melanie. C'est la messagère que la Providence lui envoie dans sa dernière heure et qui ira chercher ses médailles pour elle.

68

Ils passent une mauvaise nuit.

La pièce ne contient rien hormis une table et un réservoir en métal qui faisait autrefois partie du système de chauffage central de la maison. Chaque mouvement fait craquer bruyamment les lattes nues du plancher, si bien que Justineau et le sergent Parks restent assis sans bouger la plupart du temps.

Les premiers visiteurs arrivent environ une heure après que Melanie a ôté l'échelle. Quelques minutes plus tard, la fillette les appelle sur le talkie-walkie depuis les étendues sauvages de Hackney. On entend les affams trébucher et tout triturer dans la pièce en contrebas, ils vont et viennent sans arrêt. La source de l'odeur, le gradient chimique qu'ils suivent, se trouve au-dessus d'eux, mais ils ne peuvent pas grimper. Leur unique ressource consiste à foncer, guidés par les flux d'air, les changements aléatoires dans l'intensité du déclencheur. Justineau prie pour qu'ils partent, ou au moins qu'ils cessent de bouger, mais ce n'est pas comme à Stevenage. À Wainwright House, les affams n'étaient attirés que par le bruit et par les mouvements. Quand les signaux stoppaient, eux aussi : ils attendaient que le champignon présent dans leur cerveau leur donne de nouveaux ordres. Ici, les ordres arrivent en continu, ce qui les maintient dans une animation constante, agitée.

Au début, Parks ouvre la trappe et les scrute de temps à autre, en faisant courir la lueur de sa lampe dans l'obscurité pour éclairer des visages sans expression tournés vers lui, aux yeux laiteux écarquillés et aux narines épatées comme des bouches de tunnel. Mais comme ce paysage ne change jamais, au bout d'un moment, il renonce.

Une heure après, à travers les murs, leur parviennent des coups sourds provenant des pièces voisines de la leur. D'autres affams, suivant l'odeur ou la piste thermique aussi assidûment que le premier groupe, mais trahis par la géographie des lieux, qui les a fait grimper par le mauvais escalier, tourner au mauvais endroit.

Ils se trouvent cernés de toutes parts par des choses qui veulent les manger.

Non, se morigène Justineau. *Pas de toutes parts. Il n'y a rien sur le toit. Pas encore, du moins.*

Elle repère un vasistas et grimpe sur la table pour regarder par la vitre. La pleine lune illumine le vaste panorama de rues vers le sud et le fleuve. La mousseline fongique les remplit à ras bord et s'étend à perte de vue. Londres est un secteur à éviter, une zone d'exclusion pour les vivants. Seuls les affams peuvent y prospérer. Dieu seul sait jusqu'où il faudra pousser vers l'ouest ou vers l'est pour contourner cela.

Dieu, et peut-être Melanie, aussi. Ils tentent de la contacter par talkie-walkie, mais il n'y a pas de réponse et pas de trace de son signal. Parks pense qu'elle a pu basculer sur une autre fréquence, même s'il ne voit pas pour quelle raison elle l'aurait fait.

— Vous devriez essayer de dormir, dit-il à Justineau.

Il est assis dans un coin de la pièce, à présent. Il nettoie son fusil à la lueur de sa lampe électrique. Le faisceau frappe par en dessous son menton, ses orbites oculaires et surtout, le plus dérangeant, le sillon en diagonale de sa cicatrice.

— Comme vous ? rétorque laconiquement Justineau.

Mais elle redescend. Ces affleurements gris à l'infini l'écœurent.

Alors elle vient s'asseoir à côté de Parks. Au bout d'un moment, elle lui caresse le bras, tout en bas, près du poignet.

Puis, avec un léger sentiment d'irréalité, elle glisse la main dans la sienne.

— Je n'ai pas été juste envers vous, reconnaît-elle.

Parks s'esclaffe tout haut.

— Ce n'était pas vraiment ça que je recherchais.

— Quand même. Vous nous avez permis d'arriver jusqu'ici contre toute attente, et j'ai passé le plus clair de la route à vous traiter en ennemi. Pardon pour mon attitude.

Il prend sa main, la lève à hauteur de sa tête. Elle se dit qu'il va l'embrasser, mais il la retourne juste en tous sens pour que la lampe se reflète dessus.

— Pas grave, affirme-t-il. En fait, ça vaut sans doute mieux comme ça. Je ne pourrais jamais respecter une femme qui s'abaisserait assez pour coucher avec moi.

— Ce n'est pas drôle, Parks.

— Non, vous devez avoir raison. On peut se tutoyer, au fait.

— Vous êtes sûr ? Ce ne serait pas de la fraternisation ?

Cette fois-ci, elle espère le faire rire, et quand elle y arrive, ça la réjouit.

Le désire-t-elle ? Elle ne le sait même pas. Elle recherche quelque chose, c'est clair. Elle n'a pas pris la main de Parks par un besoin abstrait de contact humain. Elle l'a fait avant tout pour voir quel effet celui-ci aurait sur elle. Mais le résultat est équivoque.

La cicatrice ne la dérange pas. Au contraire, elle tire son visage de la catégorie des choses symétriques et ordonnées dont relèvent les traits habituels. Ce sont des traits comme un coup de dés. D'instinct, elle aime cet aspect arbitraire. C'est quelque chose qui l'attire.

Ce qui la rebute, ce sont les atrocités du passé de Parks, et du sien à elle, par-dessus lesquelles il faudra ramper pour l'atteindre. Elle regrette de lui avoir avoué le meurtre. Elle regrette de ne pas être pure, dans son esprit à lui, pour que le toucher lui fasse l'effet d'un redémarrage à zéro.

Mais ce n'est pas comme ça qu'on renaît, si jamais c'est possible.

Elle se détache de lui. Puis elle prend sa tête entre ses mains et l'embrasse sur la bouche.

Au bout d'un instant, il éteint la torche. Elle sait pourquoi, et elle ne fait aucun commentaire.

69

Vers le milieu de la nuit, les bruits en dessous d'eux changent.

Jusqu'ici, ils étaient aléatoires – chocs sourds et vibrations d'affams piétinant et s'entrechoquant à l'infini en une cascade brownienne. Maintenant résonnent des grognements, des claquements de langue, des sifflements, qui se mélangent avec des sons évoquant efforts et impacts. Or, un affam, ça ne vocalise pas.

Parks se détache de l'étreinte lourde et endormie de Justineau pour ramper jusqu'à la trappe. Il se redresse, allume sa torche déjà dirigée vers le bas.

Un visage de cauchemar s'encadre dans le faisceau. Il semble sauter vers la lumière depuis la noirceur. Des yeux sombres, une peau livide, mouchetée de pois et de traits de couleur. Sa large bouche béante dévoile des dents effilées faisant penser à une mâchoire de piranha. Puis il saute vraiment, réagissant à cette lueur avec une rage meurtrière instantanée. Quelque chose fend l'air avec un vrombissement flou, pile devant le nez de Parks – un truc qui luit sous l'effet de la torche et qui frappe le bord de l'ouverture en tintant.

Parks se recule sans s'écarter de la trajectoire ratée, et il distingue ce qui se trouve derrière son attaquant. Des petits enfants, garçons comme filles, fondent sur les affams frénétiques, qu'ils font tomber, avant d'en venir vite à bout grâce à tout un éventail d'armes.

Mais ce n'est pas ça qui les amène. Ils se contentent de nettoyer les lieux. Ils n'ont pas trouvé cet endroit par hasard. C'est le grenier et ce qu'il contient qui les a attirés. Leurs yeux sombres ne cessent de se lever vers Parks et de fixer les siens.

Il abat la trappe. Justineau gigote déjà. Il se hâte de la faire lever.

— On doit partir, prévient-il. Tout de suite. Habille-toi.

— Pourquoi ? demande-t-elle. Qu'est-ce qui…

Elle ne finit pas sa phrase, parce qu'elle a entendu les bruits du dessous. Peut-être qu'elle comprend immédiatement ce qu'ils impliquent. En tout cas, elle sait qu'il y a un problème, et elle n'est pas idiote au point d'exiger une explication qui risquerait de leur faire perdre les secondes nécessaires pour fuir.

La trappe n'a pas de système de blocage, mais Parks parvient à renverser le réservoir en métal dessus. Juste à temps : elle s'ouvrait déjà quand la cuve s'écrase en travers. Un cri perçant venu d'en bas indique que celui ou celle qui grimpait n'a pas apprécié qu'on le freine ainsi dans son élan.

Au bout de quelques secondes, la trappe vibre et résonne sous les coups : les enfants affams s'y sont mis à plusieurs pour exercer une pression dessus. Parks ne voit pas comment ils s'y prennent pour l'atteindre. En se grimpant les uns sur les autres, ou en empilant les corps des autres affams abattus, peut-être ? Peu importe. Ils sont trop forts et trop déterminés pour que la cuve les retienne longtemps.

Il saute sur la table pour passer la tête par le vasistas laissé ouvert par Helen. Personne sur le toit. Il se redresse, se hisse. Justineau suit déjà le mouvement, et il lui propose de l'aide avec sa main, mais elle n'en a pas besoin.

Les ardoises en pente se révèlent glissantes comme pas possible. Justineau et lui grimpent jusqu'au faîte du toit en écartant les bras et les jambes façon grenouille et en s'aplatissant contre la surface traîtresse.

Une fois en haut, c'est plus facile. Une unique série de briques forme un sentier étroit qui leur permet de se redresser et de progresser à pas hésitants, comme des trapézistes saouls, en s'aidant des contreforts de cheminées et des tuyaux des bouches de chaleur pour garder l'équilibre.

Parks compte atteindre le bout des maisons mitoyennes et trouver une autre fenêtre par laquelle entrer dans l'une d'elles. Ils n'ont pas parcouru la moitié du chemin que des trépignements et des cris suraigus dans leur dos les préviennent : ils ne sont plus seuls. Parks se retourne pour regarder. Des petites silhouettes agiles, clairement définies sous la pleine lune, grouillent sur les ardoises ou émergent du vasistas par lequel ils viennent de passer. Elles ne se dirigent pas vers le faîte du toit : elles progressent vers eux en crabe, en diagonale, par le chemin le plus court.

Parks attend d'avoir atteint la prochaine cheminée pour sortir son pistolet. Il tire deux balles, en direction de l'enfant le plus proche. La première le frappe de plein fouet. Le gamin s'étale en arrière, dévale la pente et tombe par-dessus le rebord sans pouvoir s'arrêter. L'autre projectile rate sa cible, mais les enfants paniqués se dispersent et un deuxième tombe.

Le reste se dépêche de battre en retraite. Pas assez, cela dit. Parks a tout le temps qu'il faut pour en viser quelques autres.

— Ne les tuez pas ! crie Justineau. Ne tirez pas, Parks ! Ils s'enfuient !

Ta ta ta. Ils changent de tactique, surtout. Mais il ne s'embête pas à contester. Autant économiser les munitions, ils en auront besoin en arrivant au sol.

S'ils y arrivent.

Quelque chose vient heurter la cheminée pile à côté de la tête de Parks. Des éclats de brique lui jaillissent sur la joue. De derrière les pignons et les contreforts, les enfants font tourner ce qui doit être des frondes – mais avec leurs bras affams presque aussi rapides que des fouets, les pierres frappent aussi vite qu'une balle. L'une d'elles fend l'air si près qu'il la sent passer et entend son vrombissement de moustique lorsqu'elle lui frôle l'oreille.

Ça suffit.

Il décroche son fusil, balaie le toit de deux rafales. La première asperge les cheminées, forçant les enfants à retourner se cacher. La seconde réduit les ardoises en miettes entre eux et lui selon une courbe large, destructrice. Ils auront du mal à progresser par là s'ils décident d'en prendre le risque.

— Continue à bouger ! hurle-t-il à Justineau. (Il pointe le doigt.) Vers le bas ! Dans ce sens-là ! Trouve une fenêtre !

Elle se laisse déjà glisser en arrière vers la gouttière. Elle racle des pieds tout en écartant les bras pour ralentir le mouvement. Parks la suit à croupetons, orienté vers le faîte, prêt à tirer sur tout ce qui bouge, mais rien ni personne n'ose.

— Parks ! appelle Helen en dessous de lui. Ici !

Elle a trouvé une fenêtre qui n'est pas seulement ouverte, mais carrément tombée. Tout ce qu'ils ont à faire, c'est se laisser descendre du toit en s'accoudant pour retenir leur poids, puis de prendre pied sur l'entablement. Ensuite, il suffit d'une seconde pour se glisser à l'intérieur en s'accroupissant.

Les secondes comptent, à présent. Il faut arriver au niveau de la rue avant les enfants. Prendre autant d'avance que possible.

Ils avancent en trébuchant dans le noir, à la recherche d'un escalier.

C'est à ce moment qu'un son résonne dans le talkie-walkie. Sans s'arrêter – c'est trop risqué –, il s'empare de l'appareil accroché à sa ceinture pour répondre.

— Parks. À vous.

— J'ai entendu des coups de feu, dit la voix de Melanie. Ça va ?

— C'est pas la grande forme.

Justineau l'attrape par l'épaule, le tire sur le côté. Elle a trouvé un escalier. Ils s'élancent dans ce puits sans lumière en trébuchant tant qu'ils en tombent presque. Il devrait s'arrêter pour sortir la torche de son sac à dos, mais cette clarté ne servirait sans doute qu'à attirer plus vite les enfants vers eux.

— On a des gamins affams aux fesses, explique-t-il entre deux ahans. Armés jusqu'aux dents. Ils sont un peu comme toi, mais on a plus de mal à s'entendre. Ils nous suivent toujours.

— Où êtes-vous ? demande Melanie. Là où je vous ai laissés ?

— Plus loin. Au bout de la rue.

— Je viens vous chercher.

Bonne nouvelle.

— Dépêche-toi, suggère-t-il.

En atteignant le rez-de-chaussée, ils le savent, parce que la porte d'entrée de la maison est grande ouverte. Ils se dirigent vers elle, mais le clair de lune vient souligner une silhouette pile devant eux. Un mètre vingt, un couteau dans chaque main, prêts à trancher.

Parks tire et la forme se met à couvert. La dernière balle du chargeur, ou peut-être l'avant-dernière. Il s'arrête en glissant et en battant des bras. Justineau lui rentre dans le dos. Marche arrière toute, ils prennent vers le fond de la maison.

Ils passent d'une caverne moisie à une autre. La fonction de chaque pièce est impossible à deviner et Parks se fout royalement de savoir à quoi elles servaient. Il cherche juste une porte de service. Quand il la trouve, il l'ouvre d'un coup de pied et ils jaillissent dans ce qu'il espérait : la jungle ceinte de murs d'un jardin urbain en friche depuis vingt ans.

Ils plongent dans des ronces à hauteur d'homme, laissent de la chair et du tissu en rançon. Un ululement derrière eux leur indique que les gamins sont tout près et en ont toujours après eux. Parks leur souhaite bien du plaisir. Pour la plupart à poil, ils sont particulièrement exposés aux épines de deux centimètres de long, plus nombreuses à mesure qu'on approche du sol.

Il regarde dans son dos. Le seuil qu'ils viennent de franchir en courant se perd déjà dans une noirceur d'encre, mais on y distingue de vagues mouvements. Il tire dans cette direction. Quelque chose glapit. Nouveau tir, puis la glissière de l'arme repart en arrière dans un cliquetis creux. A-t-il un autre chargeur à sa ceinture ? Va-t-il s'arrêter pour s'équiper dans le noir, avec ces jolis petits bambins qui s'accrochent à eux comme des poux sur des poils de cul ?

Le mur du jardin.

— Vas-y, vas-y ! braille-t-il.

Il propulse Justineau par-dessus, saute, rate son coup, recommence. Il touche le haut au troisième essai, elle le hisse par le col de sa chemise.

Quelque chose lui assène un choc à l'épaule. Un autre truc explose sur la brique à côté de sa main. Justineau pousse un grognement de douleur et disparaît, étalée aussi proprement qu'une cible sur un champ de tir.

Parks glisse par-dessus le mur et saute à sa suite. Il atterrit sur le macadam fendillé d'un parking bouffé par le chiendent. Les restes d'un 4×4 gisent pas loin. Il n'a plus de roues avant, on dirait un bœuf à genoux, pistolet d'abattage contre le crâne, qui prie pour qu'on appuie enfin sur la détente, qui attend le coup de grâce.

Justineau est par terre, immobile. Parks lui tâte le front avec précaution. Ses doigts en reviennent humides.

Elle pèse son poids, mais Parks réussit à la balancer sur son épaule. Il ne peut pas l'y maintenir d'une seule main, donc c'est soit fuir, soit combattre.

Il fuit. Pour se rendre compte tout de suite que c'était le mauvais choix. Une demi-douzaine de petites formes souples surgissent en sprintant du coin de la maison, sans même ralentir quand elles bifurquent vers lui. D'autres se tortillent pour grimper au mur du jardin et se laissent tomber par terre derrière lui.

Il court dans la seule direction dégagée qu'il voit, en terrain découvert, où il fera une cible idéale pour les frondes. Bien calculé : ça recommence. Il encaisse une autre pierre, vers le bas du dos. Ça lui fait l'effet d'un coup de poing en plein dans les reins. Il titube. À peine s'il réussit à ne pas s'effondrer.

Sur quoi il se fait tacler, renverser au sol, par le plus rapide des mômes. Un autre s'élance vers lui en vol plané, atterrit au creux de sa colonne et s'y accroche en profitant de sa vitesse acquise pour faire basculer Parks. Ce dernier valdingue, essaie de se mettre entre le sol et Justineau pour amortir sa chute à elle, mais ils se séparent quelque part pendant le trajet.

Les mains de l'affam cherchent déjà à lui arracher la gorge. Parks lui flanque un uppercut en pleine poire, aussi fort qu'il le peut, et le gamin bascule en arrière, ce qui laisse de la marge pour relever un pied et l'envoyer bouler au loin. Ça va, maintenant. Parks a assez de place pour choper son fusil et le faire glisser devant.

Quelque chose s'écrase contre son épaule – celle qui a déjà pris une pierre – avec une force étonnante. Il laisse échapper le fusil, mais il ne s'en rend compte qu'en l'entendant tomber par terre. L'espace d'une seconde ou deux, il ne ressent rien, pas même de douleur. Puis elle afflue, le remplissant à ras bord.

Il est étalé au sol, le fusil à côté de la tête. Il a beau essayer de bouger, ça ne donne pas grand-chose. Son bras droit n'est plus bon à rien, un tas de supplices complexes s'enchevêtrent de tout ce côté-là de son corps. Le gamin maquillé au gilet pare-balles s'agenouille à côté de lui. Les autres attendent massés derrière tandis qu'il se penche, la gueule grande ouverte. Vues d'aussi près, il n'y a pas de doute : ces dents ont été limées.

Elles se referment sur l'avant-bras de Parks. Le droit, donc ça ne fait pas mal : il n'a plus de place pour de nouvelles douleurs de ce côté-là du corps. Il crie quand même quand la tête du garçon se redresse, un bout de chair crue ensanglantée fichée entre les canines.

Ce qui donne le signal de départ du banquet. Les autres mômes arrivent en sautillant comme si on venait de les appeler pour un pique-nique. L'un d'eux, une toute petite fille blonde, se précipite sur la poitrine d'Helen en lui attrapant les cheveux pour faire basculer sa tête en arrière.

La main gauche de Parks trouve le pistolet coincé à la ceinture de Justineau. Il l'en extirpe et tire. Au jugé. La gamine dégringole dans le noir. La balle à tête creuse l'envoie valser comme une toupie.

Les enfants affams se figent un instant, surpris par cette détonation si proche.

Au cours de cette seconde-là, s'intercale un bruit nouveau.

Assourdissant.

Terrifiant.

Qui crache du feu et qui hurle comme tous les démons de l'enfer.

70

Melanie a fait de son mieux avec le matériel limité qu'elle avait.

Elle marche sur les enfants sauvages sur la pointe des pieds, étirée de toute sa hauteur, pour donner autant l'impression d'une petite fille que d'un dieu ou d'un Titan, si possible. Elle est nue jusqu'au cou – vêtue de ciel –, mais elle a coiffé le casque trop grand de la combinaison étanche, dont la visière polarisante lui cache complètement le visage.

Son corps bleu vif est luisant, enduit des pieds à la tête de ce gel désinfectant qu'emploie Mme Caldwell dans ses dissections. Employait.

Dans sa main gauche, elle tient l'alarme individuelle de Mlle Justineau, qui fait exactement ce que Mlle J. avait dit qu'elle ferait. Cent cinquante décibels de son martèlent les oreilles et ratatinent les cerveaux tout autour, rendant toute réflexion impossible. Ça a le même effet sur Melanie, bien sûr, mais elle, au moins, elle s'y attendait.

Dans sa main droite, elle brandit le pistolet d'alarme, avec lequel elle tire maintenant en plein dans le garçon aux traits peints qui a volé le gilet de Kieran. La fusée éclairante lui file juste à côté du visage et la fumée qui la suit lui retombe dessus – leur retombe dessus à tous – comme un foulard qui s'étale dans le ciel.

Melanie lance l'alarme de Mlle J. aux pieds du garçon, qui recule d'un pas en battant des bras comme si on l'attaquait.

Elle se jette sur lui. Elle n'en a pas vraiment envie. Elle veut qu'il s'enfuie au loin, parce qu'alors tous les autres l'imiteront, sauf qu'il ne le fait pas, donc elle se retrouve à sa hauteur et à court d'idées.

Elle le cueille sous le menton avec la crosse du pistolet, un coup bien senti qui lui projette la tête en arrière et le fait chanceler. Mais il ne tombe pas. Il bascule d'un pied sur l'autre et balance de toutes ses forces la batte de base-ball.

Qui frappe. Mais il a été trompé par le casque, beaucoup trop grand pour Melanie et qui repose de façon très lâche sur ses frêles épaules. Il la croit quinze centimètres plus grande qu'en vrai. Le coup dévastateur, qui lui aurait perforé le côté du crâne s'il l'avait heurté, s'enfonce en fait en haut du métal, qu'il catapulte loin de Melanie.

Le garçon paraît surpris de découvrir qu'elle a une deuxième tête en dessous et il hésite, la batte prête à un revers de volée. Le bruit de l'alarme continue de leur percer les oreilles. On dirait que le monde entier est en train de hurler.

Melanie fait monter une autre fusée dans le pistolet. Elle la tire en plein dans le visage du garçon.

Pour les autres enfants, qui observent, ça doit donner l'impression que sa joue a pris feu. La grosse munition s'est logée dans son orbite oculaire, en brillant comme un morceau de soleil tombé sur la Terre. De la fumée s'en déverse, d'abord tout droit, à la verticale, puis part en une spirale serrée : le garçon s'est arqué en arrière à partir des genoux.

Il laisse tomber la batte pour s'agripper le visage.

Melanie l'achève avec.

Le temps qu'elle ait terminé, les autres enfants ont fini par s'enfuir.

71

Melanie mène la marche, suivie de Sergent Parks, qui porte Mlle Justineau sur l'épaule gauche. Son bras droit qui pend raide à son côté se balance légèrement au rythme de ses pas. Il ne semble pas capable de le bouger.

Mlle Justineau est inconsciente mais elle respire toujours, il n'y a pas de doute. Et elle n'a aucune trace de morsure.

Les enfants reprennent courage peu à peu. Ils n'osent pas encore lancer d'attaque, mais plusieurs pierres sifflent, sorties de l'obscurité, et viennent se fracasser aux pieds de Melanie. Elle garde la même allure. Sergent Parks aussi. Les enfants vont les poursuivre s'ils se mettent à courir, s'est-elle dit. Et ensuite, ils devront à nouveau se battre.

Ils découvrent enfin le Rosie devant eux en tournant à un carrefour. Elle accélère juste un peu, histoire d'arriver la première pour ouvrir la porte. Sergent Parks passe le seuil en titubant, s'affale à genoux. Avec l'aide de Melanie, il pose Mlle Justineau par terre. Il est épuisé, mais on ne peut pas encore le laisser se reposer.

— Je suis désolée, Sergent, mais il nous reste encore une chose à faire.

Elle referme la porte d'un coup de pied.

Sergent Parks lui adresse un signe de la main gauche : il montre la déchirure irrégulière à son épaule. Il est pâle et ses yeux sont déjà un peu rouges dans les coins.

— Je… Je dois sortir d'ici, halète-t-il. Je suis…

— Les lance-flammes, coupe Melanie, pressante. Vous avez dit à mademoiselle Justineau qu'il y avait des lance-flammes. Où ?

Au départ, il n'a pas l'air de comprendre ce qu'elle veut. Il la regarde dans les yeux. Il respire difficilement.

— Le mur ? hasarde-t-il. Le... Le truc des champignons ?

— Oui.

Il se lève et part en titubant vers le poste d'armes du fond.

— Il faut allumer le générateur.

— Je l'ai fait avant de venir vous chercher.

Sergent s'essuie le visage du dos de la main. Sa voix est un murmure.

— D'accord. D'accord. (Il montre deux interrupteurs.) L'amorçage. L'alimentation. Tu lances l'amorçage, tu ouvres l'alimentation, et ensuite tu tires. Le jet de flammes s'éteint quand tu relâches cette manette.

Melanie est campée au milieu du poste d'armes. Elle atteint les commandes, mais elle n'est pas assez grande pour caler l'œil derrière le viseur ni même regarder par-dessus le rebord inférieur du hublot. Sergent se rend bien compte qu'elle ne pourra pas tirer toute seule.

— D'accord, répète-t-il d'une voix rauque, à cause de la douleur et de l'épuisement.

Elle descend et il grimpe à sa place, en trébuchant et en tombant presque de la plateforme. Avec une main inutilisable, se servir du lance-flammes semble beaucoup plus difficile à faire qu'à expliquer. Melanie aide Sergent en actionnant les interrupteurs pendant qu'il manie l'arme proprement dite.

La tourelle tourne sous l'effet des servomoteurs, en suivant le mouvement du canon de l'arme, donc cette partie-là au moins est facile. Sergent vise la masse grise informe de la forêt de fungus, impossible à rater puisqu'elle emplit la moitié de l'horizon.

— N'importe où ? lui demande-t-il.

Il a la voix lente et glissante comme l'était parfois celle de M. Whitaker.

— N'importe où, confirme Melanie.

— Eh, il y en a des kilomètres, de ce machin. Ça ne… Ça ne pénétrera pas dedans. Pas jusqu'au fond. Ça ne percera pas de passage.

— Pas besoin, répond Melanie. Le feu se répandra.

— Merde, espérons.

Il se penche au-dessus du fût du lance-flammes pour viser, puis il actionne la détente. Un incendie trace une traînée à travers le ciel, d'abord horizontale, puis qui plonge au bout de sa courbe pour fendre la masse grise comme une épée de vingt mètres de long.

Les filaments situés pile sur le chemin de la flamme disparaissent purement et simplement. Ce n'est que sur les côtés que le feu prend et se répand. Et il se répand plus vite que Sergent et Melanie n'arrivent à tourner la tête pour le voir. Le matelas fongique est sec comme de l'amadou. Il ne demande qu'à brûler, apparemment. À la lueur impitoyable des flammes, certains des troncs les plus proches se détachent, maintenant : ce sont des ombres aux bords droits qui basculent follement pendant que le cœur de l'incendie erre comme un animal sauvage à travers la forêt. Contenant moins d'humidité que les filaments, les champignons se consument et jettent des étincelles longtemps avant de prendre feu à leur tour et de passer de l'ombre à une clarté douloureuse.

Melanie attend une minute entière, puis elle touche le bras de Sergent.

— Ça devrait suffire, dit-elle.

Il lève le doigt de la détente avec reconnaissance. En l'espace d'une seconde, l'épée de feu se rétracte au creux du lance-flammes.

Sergent descend de la plateforme. Ses genoux plient un peu sous son poids.

— Tu dois me faire sortir, marmonne-t-il. Je suis un danger maintenant. Je… J'ai l'impression que ma putain de tête est en train de se fendre en deux. Pour l'amour de Dieu, la môme, ouvre la porte.

Il n'a pas l'air capable de la trouver lui-même. Il se tourne dans un sens, puis dans l'autre en cillant. Ses yeux sont injectés de sang et il fait la grimace devant la lumière. Melanie prend sa bonne main, la gauche, pour le mener jusqu'à la porte.

Mlle Justineau se redresse, maintenant, mais elle n'a pas l'air de les remarquer quand ils passent à côté d'elle. Il y a une flaque de vomi à ses pieds, et elle a la tête entre les genoux.

Melanie s'arrête pour l'embrasser, très doucement, sur le haut de la tête.

— Je reviens, dit-elle. Je prendrai soin de vous.

Mlle J. ne répond pas.

Sergent a la main sur la poignée de la porte extérieure, mais celle de Melanie se referme sur la sienne, avec douceur – elle essaie de ne pas lui faire mal, tout en l'empêchant de tirer sur la poignée et d'ouvrir le battant.

— Il faut attendre, explique-t-elle.

Elle fait tourner un cycle, en suivant les instructions inscrites sur le mur juste à côté des commandes. Sergent Parks l'observe, fasciné. La lampe passe du rouge au vert. Melanie ouvre la porte extérieure.

Ils sortent dans un brouillard si fin qu'on dirait que quelqu'un a tendu un rideau de dentelle en travers de l'univers. L'air a le même goût que d'habitude, mais il est un peu granuleux sur la langue. Melanie n'arrête pas de se lécher les lèvres pour ôter le dépôt et Sergent Parks le fait aussi.

— On peut s'asseoir quelque part ? lui demande-t-elle.

Il cille beaucoup et un de ses yeux a laissé échapper une larme rouge. Melanie trouve une poubelle roulante noire, qu'elle renverse sur le côté. Elle fait asseoir Sergent Parks dessus. Elle prend place à côté de lui.

— Qu'est-ce qu'on a fait ?

Il a la voix rauque et il lance des regards pressés autour de lui, comme s'il avait perdu quelque chose sans se rappeler quoi.

— Qu'est-ce qu'on a fait, la môme ?

— On a brûlé le truc gris. Tout entier.

— Ah oui, dit-il. Est-ce que… Est-ce qu'Helen…

— Vous l'avez sauvée, assure Melanie. Vous l'avez ramenée dans le Rosie, et elle est en sécurité, maintenant. Elle ne s'est pas fait mordre ni rien. Vous l'avez sauvée, Sergent.

— Bien, dit-il.

Après quoi il reste muet un long moment.

— Écoute, finit-il par lâcher, pourrais-tu… La môme, écoute, tu pourrais me rendre un service ?

— Lequel ? demande Melanie.

Il ôte son pistolet de son étui. Il est forcé de mettre le bras en diagonale pour le faire de la main gauche. Il éjecte le chargeur vide et tâtonne à sa ceinture jusqu'à en trouver un plein, qu'il insère dans la poignée. Il montre à Melanie où placer ses doigts, et aussi comment ôter le cran de sûreté. Il enclenche une balle.

— J'aimerais… commence-t-il, et puis à nouveau le silence.

— Oui ? Que voulez-vous ? lui demande Melanie.

Elle tient le gros pistolet dans ses petites mains et elle connaît, en vrai, la réponse. Mais il faut qu'il le dise pour qu'elle soit sûre de ne pas se tromper.

— J'en ai vu assez pour savoir… Je ne veux pas ça. Je veux dire… (Il avale bruyamment sa salive.) Pas finir comme ça. Sans vouloir te vexer.

— Vous ne me vexez pas, Sergent.

— Je ne sais pas tirer de la main gauche. Pardon. C'est beaucoup te demander.

— Non, ça ira.

— Si je pouvais le faire moi-même…

— Ne vous inquiétez pas, je vais le faire. Je ne partirai pas tant que ce n'est pas fini.

Ils restent assis côte à côte pendant que le jour se lève. Le ciel s'éclaire cran après cran, des instants tellement minuscules qu'on ne peut pas dire quand la nuit s'arrête et quand la journée commence.

— On l'a brûlé ? demande Sergent.

— Oui.

Il pousse un soupir. Aux sonorités humides.

— Quelle connerie, grogne-t-il. Cette merde dans l'air… c'est le champignon, pas vrai ? Qu'est-ce qu'on a fait, la môme ? Dis-le-moi. Sinon, je te reprends ce pistolet et je t'envoie au lit.

Melanie se résigne. Elle ne voulait pas l'inquiéter avec ça alors qu'il est en train de mourir, mais elle refuse de lui mentir puisqu'il lui demande la vérité.

— Il y a des capsules, dit-elle en montrant l'endroit où le mur gris brûle toujours. Là-dedans. Des capsules pleines de graines. Madame Caldwell a dit que c'était la forme mûre du champignon et qu'elles étaient censées s'ouvrir toutes seules, se propager dans le vent. Mais elles ne sont pas dures, et elles ne s'ouvrent pas toutes seules. Madame Caldwell a dit qu'il leur fallait quelque chose pour leur donner un coup de main. Elle a appelé ça un déclencheur environnemental. Et je me suis souvenue des arbres qui ont besoin de gros incendies pour que leurs graines poussent, dans la jungle amazonienne. J'en avais en photo sur le mur de ma cellule.

Sergent Parks est suffoqué par l'horreur qu'il vient de commettre.

Un peu honteuse, Melanie lui caresse la main.

— Voilà pourquoi je ne voulais pas vous en parler. Je savais que ça vous ferait de la peine.

— Mais…

Il secoue la tête. Si elle a du mal à lui expliquer, il en a encore plus à comprendre. Il n'arrive pas à former des mots, ça se voit. *Ophiocordyceps* est en train de démolir les parties de son esprit qui ne lui servent pas, ce qui lui en laisse de moins en moins pour penser. En fin de compte, il se décide pour un « Pourquoi ? »

À cause de la guerre, lui explique Melanie. Et des enfants. Les enfants comme elle – la deuxième génération. On ne peut pas soigner l'épidémie affam, mais en fin de compte elle devient son propre remède. C'est atrocement triste que des gens attrapent le champigon, par contre leurs enfants iront bien. Ce sera eux qui vivront, qui grandiront et qui auront des enfants à leur tour pour bâtir un monde nouveau.

— Mais seulement si on leur permet de grandir, conclut-elle. Si on continue à leur tirer dessus, à les découper en morceaux et à les jeter dans des fosses, il ne restera plus personne pour le bâtir. Vos gens et les cureurs n'arrêteront pas de s'entretuer, de tuer les affams partout où vous les trouverez, ce qui fait que le monde sera vide. Cette fin-là est meilleure. Tout le monde se transforme en affam d'un seul coup. Ça veut dire que tout le monde meurt, ce qui est très triste. Sauf qu'ensuite, les enfants grandiront et ce ne sera pas des gens comme ceux avant, mais pas des affams non plus. Ils seront différents. Comme moi, et comme le reste des enfants de la classe.

» Ils seront les prochains êtres humains. Ceux qui remettront tout en ordre.

Elle ne sait pas ce que Sergent a entendu ou pas. Ses mouvements changent. Son visage se fige et puis se tord. Ses mains s'agitent soudain comme une marionnette mal manipulée. Il marmonne plusieurs « d'accord », et Melanie se dit qu'il a peut-être compris. Qu'il accepte cet avenir. Ou alors, ça veut juste dire qu'il s'est rappelé qu'elle lui parlait à lui et qu'il écoute toujours.

— Elle était blonde, jette-t-il tout à coup.

— Pardon ?

— Marie. Elle était… blonde. Comme toi. Alors, si on avait eu un môme…

Ses mains font des cercles l'une autour de l'autre, il cherche un sens qui leur échappe. Au bout d'un moment, il se fige complètement. Ensuite, le son d'un oiseau chantant sur un fil entre deux maisons le fait se redresser d'un coup en pivotant la tête à gauche puis à droite pour localiser la source. Sa mâchoire s'ouvre et se referme, le réflexe affam le gagne brusquement.

Melanie appuie sur la détente. La balle à tête creuse entre dans le crâne de Sergent sans en ressortir.

72

Helen Justineau reprend connaissance comme on se traîne chez soi au bout d'une randonnée de trente kilomètres. Un processus épuisant et lent. Elle n'arrête pas de voir des repères familiers et de se dire qu'elle doit presque être arrivée, pour ensuite se perdre de nouveau et continuer à progresser comme une limace à travers son cerveau réduit en purée. Elle revit les événements de la nuit dans une centaine de réordonnancements aléatoires.

Elle finit par comprendre où elle se trouve. Elle est de retour à l'intérieur du Rosie, assise sur une grille en acier près de la porte du milieu, dans une flaque de son propre vomi.

Elle se lève à grand-peine, en gerbant un peu plus. Elle parcourt les différents espaces du Rosie à la recherche de Parks, Caldwell et Melanie. Score final : une sur trois. Le cadavre de son ex-patronne gît rigide et froid sur le sol du labo, lové en un point d'interrogation post-mortem. Elle a un peu de sang séché sur le visage, résultat d'une plaie récente, mais qui ne semble pas susceptible de l'avoir tuée. Et de toute façon, à en croire ce qu'a raconté Parks, elle était déjà mourante – une septicémie contractée via ses blessures aux mains.

Sur l'un des plans de travail du labo repose une tête d'enfant à laquelle manque le haut du crâne. Il y a des bouts d'os et de chair sanguinolents dans le saladier voisin, ainsi qu'une paire de gants de chirurgien abandonnés recouverts de sang séché.

Aucun signe de Melanie ni de Parks.

En regardant par la fenêtre, Justineau se rend compte qu'il neige. Une neige cendrée, aux flocons minuscules évoquant plus une poussière tamisée, en réalité, mais qui descend sans arrêt du ciel.

Quand elle comprend de quoi il s'agit, elle se met à pleurer.

Il s'écoule des heures. Le soleil grimpe. Justineau trouve sa lumière un peu atténuée, comme si les graines grises formaient un rideau dans la haute atmosphère.

Melanie arrive, rentrant à pied au Rosie au milieu des rafales de la fin du monde. Elle salue Justineau de la main à travers la vitre, puis elle montre la porte. Elle va entrer.

Le sas fait très lentement son office tandis que Melanie enduit d'une couche de fongicide liquide son corps déjà couvert de désinfectant.

Je reviens. Je prendrai soin de vous.

À présent, Justineau comprend ce que ça signifie. Comment elle va vivre et ce qu'elle sera. Et elle s'esclaffe, au milieu des sanglots qui l'étouffent, devant cet avenir si approprié. Rien n'est oublié, tout se paie. Même si elle le pouvait, elle ne marchanderait pas sur le prix.

La porte intérieure du sas s'ouvre. Melanie accourt, la prend dans ses bras. Mérité ou pas, elle lui accorde son amour sans hésitation ni limite – tout en prononçant en même temps sa sentence.

— Habillez-vous, lance-t-elle gaiement. Venez faire connaissance.

Les enfants. Boudeurs et embarrassés, assis en tailleur par terre, réduits à un silence effrayé par les regards noirs de menace que leur jette Melanie. Justineau n'a que des souvenirs très flous de la nuit écoulée, pourtant le respect se lit dans leurs yeux quand la fillette déambule parmi eux pour les obliger à se taire.

Justineau combat une vague de nausée claustrophobe. Il fait très chaud dans la combinaison étanche, et elle a déjà soif alors qu'elle vient de boire l'équivalent de la moitié de son poids en eau à la cuve de filtration du Rosie.

Elle s'assied sur le seuil de la porte du milieu. Elle a un marqueur à la main. Le tank sera son tableau effaçable.

— Bonjour, mademoiselle Justineau, dit Melanie.

Un murmure s'élève et retombe : certains des autres enfants – plus de la moitié – tentent de l'imiter.

— Bonjour, Melanie, répond Justineau. (Puis :) Bonjour, les élèves.

Elle trace deux A sur le flanc du Rosie, un majuscule et un minuscule. Les mythes grecs et les équations du second degré viendront plus tard.

Remerciements

Ce roman était à l'origine une nouvelle intitulée *Iphigenia at Aulis*, rédigée pour une anthologie américaine que dirigeaient Charlaine Harris et Toni Kelner. C'est aux encouragements et au retour fournis à l'époque qu'il doit son existence. J'aimerais aussi adresser un énorme merci à Colm McCarthy, Camille Gatin et Dan McCulloch pour nos formidables séances de brainstorming quand j'ai dû transformer ce premier texte en pitch pour le cinéma. Nous avions trouvé diverses approches et diverses solutions pour le film ; leur clairvoyance, alliée à la force de leur imagination, a sûrement déteint sur moi pour ensuite se transférer dans le roman. Enfin, toute ma gratitude à mes proches (Lin, Lou, Davey et Ben, Barbara et Eric) qui m'ont servi de soufflerie et de banc d'essai pour la plupart des instants clés du récit sans jamais se plaindre une seule fois. Même s'ils se remettaient à peine d'une grave opération.

Achevé d'imprimer en octobre 2014
par l'imprimerie LEGO
à Trente (Italie)
pour le compte de
la Librairie L'Atalante

Dépôt légal : octobre 2014

IMPRIMÉ EN ITALIE

PEFC
PEFC/18-31-280

Certifié PEFC

Ce livre est issu
de forêts gérées
durablement et de
source contrôlées

www.pefc-france.org